王宏 著

SHENG YAN

江苏凤凰文艺出版社
JIANGSU PHOENIX LITERATURE AND ART PUBLISHING.LTD

图书在版编目(CIP)数据

盛宴 / 王宏著. -- 南京：江苏凤凰文艺出版社，2020.11（2022.1重印）

ISBN 978-7-5594-4495-0

Ⅰ. ①盛… Ⅱ. ①王… Ⅲ. ①长篇小说—中国—当代
Ⅳ. ①I247.5

中国版本图书馆 CIP 数据核字(2020)第 012812 号

盛宴

王宏 著

责任编辑 朱雨芯
装帧设计 书香力扬
责任印制 刘 巍
出版发行 江苏凤凰文艺出版社
南京市中央路 165 号，邮编：210009
网　　址 http://www.jswenyi.com
印　　刷 三河市燕春印务有限公司
开　　本 787mm×1092mm 1/16
印　　张 19
字　　数 330 千字
版　　次 2020 年 11 月第 1 版
印　　次 2022 年 1 月第 2 次印刷
书　　号 ISBN 978-7-5594-4495-0
定　　价 58.00 元

［序一］

认识你自己

李巨怀

很喜欢苏格拉底的那句名言“认识你自己”，它与布莱兹·帕斯卡尔的那句“会思想的芦苇”有着异曲同工之妙。认识别人易，认识自己难。人虽渺小，却因思想而尊贵。

我一直坚信草根奋斗的意义，尤其是农村寻常家庭出身的学子们，每个人都有着一段心酸无奈、悲愤难忘的奋斗历程，社会只是看到其中的冰山一角。这些人身上的那种吃苦耐劳、忘我前行的大无畏精神，只有同样出身的人才能理解。“吃自己的饭，流自己的汗，自己的事业自己干，靠天靠地靠老子，不算是英雄汉。”这是《盛宴》主人公周锁澜的人生信条，也是其作者王宏的人生映照，更是千千万万个我们这些农村学子们的生命写照。

王宏的《盛宴》是一部金融人写金融事的行业类文学作品，他用洋洋洒洒三十几万字，刻意塑造了主人公周锁澜在寻常道路上的奋斗、挣扎、思考的心路历程，让读者对貌似光鲜实则艰辛的金融人有了更深层次的了解和体悟。整部作品语言流畅、情节激荡、极富悬念，有着较为深刻的思想性和故事性，虽然从文学创作的角度讲，它还有些许值得商榷的地方，但这部作品已经突破了王宏文学创作的惯性桎梏，跨入了一个全新的阶段，可敬可贺。它是宝鸡市文学创作尤其是小说创作的新成果，更是陕西金融文学创作的一枚沉甸甸的新果实。通过他的这部《盛宴》，我们多维度地看到了百年中行不屈不挠、筚路蓝缕的开拓精神；更深深地感受到国之重器金融为本的责任和担当；也让我们眼睛一亮，从内心深处对那些一直默默坚守金融一线的中行人有了更多的理解和敬重。

生命是靠苦难和希望支撑的，人活在希望中自然是欢喜的，活在苦难中却是万般煎熬的，但恰恰是苦难让我们对希望有了更高品质的追求。苦难是人生最好的大学，苦难可以使人在生活的万千波澜面前日趋淡然。当我们有一天发现自己不是世界中心的时候；当我们有一天发现我们再怎么努力、终究还是对有些事无能为力的时候；当我们有一天明确知道对有些事可能会无能为力、但还是会尽力争取的时候，我们自会一天天成熟起来，明白生命无常、活在当下、有舍有得方为人生的真实面孔。

百姓所拥有的“盛宴”，就是那踏踏实实的出门七件事，就是为这七件事有责任更有情怀地去争取去奋斗，有苦有难更有甜。“周锁澜”们做到了，王宏也做到了。尤其是在他即将退居二线的时候，以《盛宴》这部作品，为他的职业生涯做了一个完美的注释，从个体生命的角度讲，有着非同寻常的现实意义。

长篇小说创作不仅仅需要长久的知识储备、举一反三的思想积累，更需要一腔昂扬奋发的赤子之心。我一直以为，人和人的距离是八小时之外拉开的，我特别敬重那些嗜书如命、用心思考、用头走路的朋友们，正是他们的存在，让我们这些摇摆不定、首鼠两端的“小我”们有了更加醒目的前行标尺，感谢生命，感谢《盛宴》。

李巨怀
己亥年夏月于陈仓半心斋

作者简介：李巨怀，中国作家协会会员、长安大学研究员、多所高校客座教授。

[序二]

金融文学的《盛宴》

赵晓舟

人生，总有一些事难以释怀，总有一些人无法忘却。我们一路走来，告别一段往事，走入下一段风景，路在延伸，风景在变换，但对往事的记忆却与日俱增，这也许是人老多情的缘故吧？王宏先生就是这样一位“多情人”，他在自己职业生涯已近黄昏之时，用文学《盛宴》为自己前半生的“不了情”描绘了一幅“满目青山夕照明”的风景。

《盛宴》是王宏先生的处女作，这本倾注了他半生情缘的小说，用长达三十万字，向人们诉说了主人公周锁澜从出生、成长、上学到参加工作之后的人生经历。全书语言朴实、情感真挚、内容丰富、史料翔实，是一部典型的“金融人写金融事”类文学作品，我为他的小说能顺利付印出版由衷点赞。

认识王宏先生，要追溯到二十世纪九十年代初。那时，我们同在一家银行从业，我任分行办公室主任，他在县支行负责部门工作。年轻时的王宏先生英俊帅气、文质彬彬。步入中年后，他敏而好学、敬业乐群，处事八面莹澈、沉稳干练。我真正了解王宏先生，是因为陪同分行领导前往他所在的县支行选拔干部，在当时的提名人选中，他出类拔萃、卓逸不群，赢得最高得票，由此给我留下深刻印象。

岁月不居，时节如流。一晃我们认识已有二十七年。这期间，他担任过县支行行长、市分行办公室主任等多个岗位职务，但和我从未间断往来，这也使我对他的认识更进一步，对他的小说更易于读懂，对书中反映的历史画面更能产生共鸣。有关这部小说的文学性、艺术性、思想性，姑且由其他专家去评说，我自知才疏学浅，不宜在这里班门弄斧，借此仅想谈一下本人对金融文学的认识。

“金融是国家重要的核心竞争力。”由于互联网快速发展，金融业正经历着巨大变革，出现了一些新理念、新技术、新业态，包括在金融服务实体经济方面产生了深刻影响。传统金融业务借助互联网尤其是移动互联技术，将金融服务覆盖到千家万户，让金融更有温度、情怀。同时，互联网企业通过技术、大数据、消费场景等优势，介入到支付、借贷、融资、理财、信息中介等金融服务领域，发展起互联网金融，让金融更有活力、更具生机。面对新时代、新金融、新理念、新服务，金融文学应当如何为金融事业发展塑造新典型、树立新风尚、讴歌新事物、注入新活力，这不仅是金融文化工作者的职责所在，也是每一个金融作家的神圣使命。

当前金融文学创作存在着两个误区，一是部分金融作家对现实题材创作缺乏重视，缺乏“金融人写金融事”的自觉，有的甚至对反映现实生活完全不感兴趣；二是一些作家虽然从事现实题材创作，但只关心自己关注的问题，对社会关注的金融热点、难点、疑点问题以及金融业自身关注的焦点问题缺少热情、态度消极。以上这些问题对金融文化的正向传播非常不利。

黑格尔曾说：“一个民族有一群仰望星空的人，这个民族才有希望。”当代文学、当代作家理应敏感于这一点，以文学之力，举精神之旗，立精神支柱，建精神家园，这才是文学的应有之义，也是金融作家追求的目标。杜甫曾写下“致君尧舜上，再使风俗淳”的诗句，让我们看到了一位大诗人对理想的追求，对社会的责任。当代著名作家汪曾祺也说过：“文学要有益于世道人心。”文学虽然不能直接产生经济效益，但能润物细无声地改变公民的品行，抚慰和温暖人心灵的伤痛，让人性更美好，让社会更文明，让这个世界更和谐。作为一名金融作家，王宏先生深谙此理，所以，他在繁忙的工作之余写下了《盛宴》，以此向金融职业生涯致敬，向祖国七十华诞献礼，向人生岁月告慰，这种精神实在令人敬佩。

《盛宴》一书中描述的故事虽然平凡，但每一个独立成篇的故事，都是从一个基点荡漾开去，形成一圈一圈的涟漪，折射出岁月的波光，这既是对金融人生活的记录，也是对金融事业发展的折射。作为一个有思想、有情怀、有建树的叙述者，去探寻一串串隐藏在他成长生活中的“秘密”，为金融这座富矿留下一点文气，为自己留下一点回忆，为朋友留下一点念想，这也许是王宏先生撰写此书的初衷。

毋庸置疑，《盛宴》一经出版，必将为金融文学的繁荣增添一抹新的色彩。明天是夏至，今日雨纷纷，我似乎已经看到了风雨过后的彩虹，也闻到了《盛宴》散发的浓香，为了在秋天里收获，让我们奋笔疾书，在文学创作的道路上深耕远行。

2019 年 6 月 20 日　于西安雨花台

作者简介：赵晓舟，中国企业文化促进会专家委员，中国文化管理协会企业文化专业管理委员会理事、专家委员，山东大学华夏文化研究中心中国金融文化研究所研究员，陕西师范大学企业文化研究中心研究员，西部新闻文化研究院常务院长，陕西省创意文化产业协会副会长，陕西省中小企业投融资促进会秘书长。

[序三]

平凡人的人生《盛宴》

巨世亨

日前，王宏同志说他写了篇三十万字的长篇小说，索稿拜读后，掩卷沉思：这岂止是一部小说，它更是金融战线一位老员工的奋斗史，共和国一位平平凡凡、默默无闻的建设者的心路历程。

初识王宏，第一印象是标准的“岐山娃”（西府人传说岐山人长得帅）。浓眉大眼、标准国脸、老成持重、忠厚善良。我们虽然是同乡和同行，由于彼此都忙，见面并不多。偶尔求他帮忙办事，一个电话过去，事就办得妥妥切切。后来在行业刊物上看到他发表的作品，只知道曾当过基层金融高管，现在又在市行负责综合管理工作的他，还是个才子，那种纪实性散文写得不错。至于能写出三十万字的长篇，还真没有想到。

路遥的《平凡的世界》中有一句名言：“生活不能等待别人来安排，要自己去争取和奋斗；而不论其结果是喜是悲，但可以慰藉的是，你总不枉在这世界上活了一场。有了这样的认识，你就会珍重生活，而不会玩世不恭；同时，也会给人自身注入一种强大的内在力量。”《盛宴》主人公周锁澜从一个农民到福利院员工、中层管理人员，再到中国银行员工及基层高管，直至市行综合管理部门负责人。他这一路走来，没有跌宕起伏的故事，没有波澜壮阔的事迹，没有大起大落的命运，但人生的每一环节，都充满了踏踏实实的工作，任劳任怨的奉献，一丝不苟的求索和刻苦自觉的学习。他没有冉·阿让（雨果《悲惨世界》主人公）的悲惨命运，没有于连（司汤达《红与黑》主人公）那样的政治野心，他不像高加林（路遥《人生》主人公）那样为摆脱命运而苦苦奋斗，不像金狗（贾平凹《浮躁》主人公）那样在社会变革中浮躁与彷徨，也不像那些各级树立的典型，不像在重要岗位上做出突出贡献和成就的英模人物，更不像某些权高位重的领导人那样为自己树碑立传，而是在平平常常的人生中，随着命运的安排，踏踏实实地做好平平淡淡的每一件事情，像大海中的一朵浪花，高楼大厦中的一粒砂子，历史长河中的一个符号，使人生变得十分充实饱满，丰富多彩，十分有价值，从而不枉此生。因此，他在每个人生关头，都是顺其自然，随遇而安。当他在农村正为高考冲刺的时候，“谁知，现实却发生了一百八十度的大转弯，我有了招工的机会。我父亲告诉我招工的事后，我反复思考是继续复习考大学，还是现在就参加工作，也许考大学可能对我来说以后的前途会好一些，但现实的情况是，自从我们一家人户口转到城里后，仅靠我父亲每月三十八块五毛钱的工资要养活全家谈何容易。如果现在参加工作肯定能帮父母分担些忧愁。思前想后，我还是选择了先参加工作。”参加工作在绛纱社会福利院工作几年期间，他凭借着工作主动、待人诚恳，在职工中取得了威信，得到了领导的重视，慢慢当上了中层负责人。当中国银行开办分支机构，在社会上招聘人员时，他也是因媳妇一个电话，为解决两地分居而进了金融单位。在中国银行，他仍然坚持平平常常、爱岗敬业、任劳任怨的工作作风，由一般员工到中层负责人再到县支行行长，一步一个脚印地走着人生的每一步。作品中在写他人生关头又一重大转折时，竟轻描淡写地写道：“后来，他（指刘立峰）调市行监察室工作，我当了县支行的行长。市行又派来了张开发副行长，任命了蔡家塬分理处主任刘学谦任县支行行长助理。”

其实，这是周锁澜人生的重大转变。在金融行业，县支行一级的法人代表属于金融高级管理人员，从行政级别套用是科级领导干部。根据金融行业和行政干部管理要求，县支行行长选拔，要经过员工民主推荐，上级人事部门考察，监管单位任职资格审核，这个过程要经过十多道“工序”，进入了这个行列，就意味着正式进入了金融领导干部行列！这对每一个追求上进的银行员工来说，是一个重大的人生节点，但作者在这儿只轻描淡写地写了一句：“后来，他（指刘立峰）调市行监察室工作，我当了县支行的行长。”寥寥二十个字一笔带过。这就显现了周锁澜宠辱不惊、淡泊低调的人生态度。有了这样的世界观、人生观和价值观，他在后来由县支行调入市行及多次职位的变化就能从容应对了。如当市行宣布调他任市行党务工作部主任时："我仍然不能相信我的耳朵，就一直在心里嘀咕：这怎么可能呢？我从来没有向组织提出过我要来市行工作的诉求啊！至于以后郑卫国副行长在念些什么，我已完全没心思听了……""那时，我就打算在中行双山县支行工作一辈子，从没想哪一天还要离开双山县支行去别的地方工作。如今，阴差阳错地我又要去鸡峰市中行工作了。我长长地吁了一口气，心想：要不要给组织谈一谈我的想法？但我心里也清楚，这次人员调动是连环套地变动，只要有一个人出现状况，这次改革方案执行将整个受阻。罢了！还是服从组织分配吧！"平和的心态，一切服从组织安排，一切顺从命运的安排，这就是周锁澜的人生态度。

怀着这样的人生态度，周锁澜每到一处，从事每项工作，都会风生水起，成绩斐然，看似平平淡淡的工作，却做出不凡的业绩；每次工作升职，一切都是那么自然，都是瓜熟蒂落，水到渠成；既是意料之外，又在意料之中。就如奥斯特洛夫斯基说的那样："……当他回首往事的时候，不因虚度年华而悔恨，也不因碌碌无为而羞愧……"《盛宴》就为我们解答了这一问题。正如王宏在作品后记中写的："值得我欣慰的是，我把我毕生所学奉献给了我工作的单位和岗位……"

金融行业是我国经济和社会建设的十分重要的组成部分，几十万金融员工在平凡地打算盘、点钞币、收放贷甚至深入田间地头、家庭院落、车间商铺宣传金融政策、考察支持项目；下班后和节假日，在其他行业员工携妻抚子溜马路、逛商场、游名胜的时候，他们却在加班、值班、揽储、收贷，尤其是在同行业竞争十分激烈的情况下，金融工作人员可真是"千方百计、千言万语、千辛万苦"……正是有千千万万个像周锁澜那样的银行员工，才使我国金融大业由小到大、由弱到强、不断发展，成为我国社会主义现代化发展的重要力量。《盛宴》里的周锁澜，就是千千万万个金融员工的缩影；周锁澜的成长史，不仅是中国银行的发展史，也是新时期金融业的发展史。

初读《盛宴》，给人的感觉就像作者本人在同你谝闲传，拉家常，推心置腹，絮絮叨叨，如数家珍，娓娓道来。这样的写作和叙述方式，在当前眼球经济、卖点经济、媚俗经济环境下，很可能没有市场效应，没有经济卖点，但你若沉下心来仔细阅读，你就会被他这种平淡朴实的述说吸引住，就会被主人公周锁澜平凡得不能再平凡的日常工作和家长里短的默默奉献所感动。《盛宴》通篇没有夸张式文学语言的描写，没有深奥发光和哲理式的精彩语句，都是拉家常式的表达叙述方式，直接同你拉近距离，与读者一起分享人生的“盛宴”！

让我敬佩的是，这篇三十多万字的长篇，作者对人生每一个环节每一件事情和每一项工作变化，都交代得十分清楚，有年有月有日，甚至上午还是下午、晚上，晴天还是雨天，工作日还是休息日，都很具体。如：“第二天正是元旦，天气已放晴。”“此时，正是吃饭的时间，那位从保险公司调来的年轻人正轮换着回家吃中午饭了。”“晚上 7:00 整，李淑娟副组长宣布会议开始。当天晚上，她打着一条崭新的白底红条纹丝巾，她说：‘请大家肃静！现在开会！中国银行鸡峰分行保持共产党员先进性教育活动启动大会现在开始，第一项，请全体起立，奏国歌。’台上台下哗啦一下子所有人员都一齐站立起来，物业公司冯德才开始放国歌……”“当天，郑卫东副行长打着一条蓝底白条纹领带，穿一身藏蓝色行服，声音洪亮地从开展这次保持共产党员先进性教育活动的目的和意义，到要达到的效果和收获进行了全面阐述。最后，他又从六个方面对这次保持共产党员先进性教育活动提出了明确要求。一个多小时的动员讲话，他一口水都没喝。”尤其是对于市中行综合培训楼的问题，作者用了大量篇幅，把市中行这个老大难问题写得清清楚楚，如：“一年后，综合培训楼竣工了，建筑面积六千五百八十四点七六平方米，决算资金为五百八十万五千零四十二元一角一分。”可见作者的记忆力。

作为一个诚实善良的人，对待工作对待事物特别是对待一起工作过的同事和同志，他都保持以诚挚友善的心态；在回顾往事时，都以美好的心态和语言来评价来肯定。在《盛宴》中，周锁澜不论是对在绛纱社会福利院，还是对在中国银行双山县支行到中行鸡峰分行，对同他一起打拼一起奋斗一起搭档过的同事，字里行间都充满了喜欢、充满了感激、充满了珍惜，没有一句怨言和牢骚发泄。这种心态在当今社会更是难能可贵，值得点赞。

语言的生活化，是《盛宴》最鲜明的特点。作者是土生土长的宝鸡人、岐山人，作品中充满了方言，让人读起来亲切自然。如：“他说：‘啊就！下！下一礼拜，我们去四所看一看！’”“吃完烙面皮，马俊抢着要开钱。我赶忙阻拦说：

‘再不能让你破费了，大家只管往饱哩咥！一切由我来负责……’”

总之，这部励志题材的小说值得一读，通篇通过朴实的语言描述了一个普通人的平凡往事，不失为一部平凡人的人生“盛宴”！

草于二〇一九年端阳月

作者简介：巨世亨，退休干部，文学爱好者。中国散文学会、中国金融作家协会会员，陕西省作家协会、散文学会会员，陕西省金融作家协会理事，陕西省金融学会会员。

一

这是一个典型的关中农村，村庄不大，坐北向南，呈“丁”字形，东西宽约二百米，南北长约一百五十米。按老辈人口口相传，周村以前是有城门的，一旦出现状况，东南西三个城门一关，城内固若金汤。据说，西周的时候，周村还驻扎着军队。那时，周村不叫周村，它是西周仁义之师的练兵场。直到今天，村庄的北边还有一个大城壕，西边是西坝沟，南边是南坝沟，周围被椿树、楸树、桐树、槐树等古老树种包围着，外面人看周村总觉得神秘兮兮的。

然而，在现实生活中的周村，“丁”字路口有一个大碾盘。大碾盘的正对面，也就是德芳爷家的大门旁矗立着一根两丈多高的电线杆。电线杆是水泥做的，像一根粗壮的竹竿，一节一节向上延伸，越往上越小。在距离地面一人多高处用八号铁丝固定着一个半米多长的横担。横担上挂着一块半弧形锈迹斑斑的钢板，周村一队的队长克勤爷要敲铃，就往电线杆下的那块石头上一站，“叮叮当当”敲钢板。往上看，在电线杆的顶头处还安装着一个约有七十公分的横担。横担上架着一个有线灰色大喇叭。平时，公社和大队有事的时候都是通过这个灰色大喇叭传递信息；一队的社员要听新闻也是站在这个灰色大喇叭下收听。不用说，克勤爷要通知上工、分粮、分柴以及生产队其他重要事项都是通过敲这块破钢板传递信息。破钢板的声音清脆而响亮，敲铃声能传遍周村的每个角落。这里也是一队、二队社员聚集的饭场和各种消息的传播中心。

这天，早饭时辰，西老墙居住的山才爷就圪蹴在碾盘上，吸溜着半碗稀包谷糁。突然，他惊喜地对周围吃饭的乡邻说：“你们闻闻这是谁家过事哩？这爨味儿都飘到包谷糁里了。”这时，看他的样子就好像谁真的给他包谷糁碗里放了一疙瘩臊子肉，他夸张地吸溜了两口包谷糁。二狗他爸、怀斌叔、宝宝爷、金山、黑娃都停下筷子自觉不自觉地也跟着吸了吸鼻翼说：“就是么！咋这么爨呢？”不知是谁说了一句：“我早上背柴，看见城门口的第一家，人来人往好像过事哩！”他说的城门口的第一家，当然指的是“丁”字街道最南头的第一家。如今，“丁”

字街道的东城门和西城门早已没有了城门，改叫东老墙和西老墙了。南城门虽然也没有了城门，但人们还是习惯把南城门附近的地方叫城门口。

邻村马庄村来周村要饭的六善，在一个不起眼的角落里也闻到了这个让人流口水的饗味。他吸了吸鼻翼，顿时来了精神。他赶忙靸上没有后跟的解放鞋一瘸一跛地急匆匆寻着这饗味儿向南走去。不远处，有一棵三搂多粗的老槐树，枝叶茂盛，葳蕤多姿。在六善的记忆中，只要他来周村讨饭，都能一眼看见这棵老槐树。这棵老槐树完全就是周村的标志了。老槐树总显得一派沧桑，树干上还有一个老瓮粗的圆洞，已腐朽形成了一个两米多深的空心。每次，他来周村都能看见老槐树最高处枝丫上的一个脸盆大的喜鹊窝。想到这里，他不由自主地抬起头来，眯缝着本来就不大的斜眼，寻找那枝丫上的喜鹊窝。喜鹊窝还在，叽叽喳喳的两三只喜鹊正兴奋地围着老槐树蹦来跳去，好像要向他报告这个村庄又有了什么重大新闻一样。他朝着叽叽喳喳乱叫的喜鹊不耐烦地“嘘”了一声。几只喜鹊好像根本没听见似的，叫得更欢实了。他生气地朝着这几只喜鹊骂道：“干叫唤啥呢？不就是城门口的过事呢吗？”他正想再呵斥这几只不知天高地厚乱叫唤的喜鹊，不知从什么地方猛然间飞来一颗石子，不偏不倚打在他胳膊上。他不由自主地“哎哟”了一声，急忙向石子飞来的方向看去，只见一群小孩子正在向老槐树的圆洞里投石子。他气愤地吼道：“滚！”这群孩子顿时像惊弓之鸟一般四处散去。遇到平时，他一定要不遗余力地追赶这群恶作剧的小孩，尽管他知道追赶不上这些孩子，但他还是要表现出他的愤怒和不满。然而，今天他不想再撵这群讨厌的孩子们了，他眼下紧要的是想赶快吃一碗香喷喷的臊子面，填充一下他饥肠辘辘的肚子。这样想着，他加快了步伐继续往城门口跛去。

过了老槐树，又过了两户人家，在城门口的第一家，他看见了这户人家的大门敞开着。一扇褪了色的单扇木门开在三间半厦房的后背墙左下方，撩人心扉的饗味儿就是从这儿飘出来的。他急急地进入屋中，穿过门道，院子里打扫得干干净净，南厦的两个房门扣着门扣，北厦的东头传来说话声。他循声近前，听见靠头门口的一间挂红十字白布门帘的房间里传来一片热闹声。他不敢贸然闯入，只是站在大门口犹豫了片刻，继而咬字不清地大声喊道：“哎！过事哩！”只见一个他不认识的中年妇女从房间里挑起门帘说：“来人咧！”似乎是给房间里主人说。他抬眼看见房间靠北边的银柜上摆放着几个五颜六色带花纹图案的曲联，曲联看上去白生生胀喷喷的，他不由得流下口水。他还看见房间的银柜上悬挂着很讲究的绣花蓝布信插，信插两旁各有一个色泽鲜亮的灯曲罐罐，上面分别绣有一个戴肚兜、留有铲铲帽盖、抱着石榴和莲藕的胖娃娃。这家主人做的灯曲罐罐和蓝布信插这样好看和讲究，他还是第一次见到；再往西瞧，只见炕头上坐着一位扎着蓝色头巾的年轻妇女，怀里抱着一个包裹着红扑扑的月娃子的牡丹花被单，婴儿的脖项上挂满了红头绳绑着的折叠成对角扇形的一角、两角钱，几乎覆盖了挂在孩子脖项上的闪亮的银项圈。一位五十多岁的老奶奶正在给月娃子脖项上套曲联。这个淘气的婴儿似乎有些不情愿，哇哇大哭，逗得满房间里的人哄堂大笑。这时，抱婴儿的妇人看见了站在门外的六善，就对那位老奶奶说："娘！这是六善来要饭了！赶快给他浇一碗臊子面，再掰一节曲联馍……"

这位抱婴儿的妇人便是我的母亲上官慧芳，那位给六善浇臊子面掰曲联的老奶奶就是我的外婆上官翠娥，给六善挑门帘来我们家帮忙的中年妇女就是门子我二妈。听我母亲讲，这就是我来到人世间过满月时的第一次盛宴。

二

我很小的时候就听我外婆给我讲过我们这一带农村小孩过满月舅家送曲联馍的故事。

说当年方腊起义军路过周村，村里的老百姓害怕战乱，方腊队伍还没来，都早早地背上粮食上山躲避了。方腊队伍进村后，看见一户人家的门口有一个不满两周岁的小孩躺在摇篮里啼哭，他就让部下将小孩抱回家，烧面糊糊喂给小孩吃。队伍要走时，小孩不方便带走，丢在原地又怕饿死，方腊就命人做了一个大饼，饼中间挖了一个圆洞，套在小孩脖项上，小孩饿了就随时可以张开嘴巴吃。

方腊队伍走后，村民回到村里发现小孩脖项上套着一个大饼，小孩还活着。丢失了小孩的这家媳妇抱起孩子激动地说，起义军真是活菩萨，方腊就是孩子的他干大。这件事很快传开了。后来，人们为纪念方腊这一善举，就依照这个大饼的样式，用面粉做成圈形馍，刚出生的小孩过满月，就将其套在小孩的脖项上，寓意孩子平安健康。由此，这种圈形馍的习俗便演变成了今天的曲联馍。

在周村还有一个习俗，那就是小孩满月时，大人不仅要给小孩脖项上套曲联馍，还要把小孩抱出家门在村里转一圈，碰到的第一个成年男人就成了小孩的干大。我母亲给我讲过，我过满月那天，我外婆刚给我套完曲联馍，我爷就让我母亲包裹好我，又给我被单上盖了一块红布，便抱着我走出了家门。我爷先抱着我在城门口转了一圈没遇见人，又抱着我去“丁”字路口大碾盘转了一圈，也没遇见人。回来时，在城门口土堆上捡了一个土疙瘩，揣在我的怀里便进了家门。回家后，我母亲接过我，问我爷：“爹！拜下干大了没有？”我爷指着我怀里的土疙瘩说：“拜了个土地爷。不过，给乖孙娃没拜下干大不要紧，我就给乖孙娃起个保平安的名字吧！”我母亲说：“爹！那您给丑娃起个啥名字？”我爷说：“就叫锁柱吧！锁住一生平安！”我父亲是个文化人，听见了，便从房间里走出来对我爷说：“爹！锁柱有点太土气，不如叫锁澜吧！孩子长大后应该展翅飞翔，力挽狂澜才是！”就这样，我的名字是我爷给我起了一个字，我父亲给我起了一个字。从此，我有了自己的大名——周锁澜。

我的满月盛宴过罢，转眼又到了一周岁的生日。在我周岁盛宴上，我爷和我父亲请了所有亲朋好友。借来了高桌子低板凳。那时，我的周岁盛宴也就早上吃了一顿青菜豆腐汤，中午吃了一顿臊子面。在那个年代能吃上这样的饭食也已经是盛宴了。

吃过中午周岁生日宴，当着亲戚朋友的面，我母亲拿来戬子、鞭子、钢笔、塑料小汽车摆了一长溜测试我的未来。我毫不犹豫地将小鞭子一把抓在手里摇了起来，嘴里还“咿咿呀呀”喊叫着。我母亲一看着了急，欲从我手中夺下鞭子，我就是不放手。她当着众人的面遗憾地说：“看来我儿以后和我一样，是一个拿鞭杆戳牛沟子的料。”我父亲一听，却乐呵呵地说：“修理地球有啥不好？我们周家又添了一个强壮劳力么。我看好着哩！”我爷说：“不管戳牛沟子还是拿笔杆子，只要乖孙娃一生平安健康就行……”

此后，每逢我过生日，不论家里再困难，我母亲都要给我煮一个荷包蛋吃。后来，我先后又有了两个妹妹。大妹妹叫周锁丽，小妹妹叫周锁娟。我们仨无论谁过生日，我母亲都要给谁煮一个荷包蛋吃，这已是我们家一直以来延续下来的约定俗成的传统了。那时，我父亲在鸡峰县文教局工作，我母亲在农业社劳动。

三

我六岁的时候，我爷就去世了。那时，还没有我的小妹妹锁娟，我母亲带着锁丽去鸡峰县探望我父亲。傍晚，我和我爷将五只芦花鸡赶进鸡窝堵好窝门，我爷俩就早早地休息了。

翌日，鸡打鸣的时分，我尿急叫我爷开灯，可我爷就是不答应。我想：我爷可能是病了，得赶快送医疗站去看病。我第一个想到的，就是去陈家村我舅家找我外婆。

我外婆家离我们村有二里来路，说来也怪，平时我母亲不在，我穿衣服都是我爷帮扣扣子、系裤带。那天，天还没亮，我摸黑胡乱把衣服穿在身上，也没扣纽扣，急忙提着浑裆棉裤，爬下炕，抽开房门门闩，又摸索着走到大门抽开大门门闩，出门后，我随手拉上大门，站在门墩石上一只手提着棉裤，另一只手扣上门扣。又从门墩石上下来，两只手提着裤腰，小跑操小路去陈家村找我外婆。在路上，我遇见去双仁公社中学上学的同村的几位大哥哥，他们问我："锁澜！你起这么早干啥去呀？"我说："我去我舅家呀！"我不想告诉他们我爷的事。

天刚麻麻亮的时分，我找到了我外婆。"锁澜！你咋这么早来了？"我外婆惊讶地问我。

"舅舅婆！我爷叫不言语了！"

"咋个叫不言语了？"

我说："我要起床叫我爷，怎么叫都叫不言语！我起来摇了摇我爷，还是没动静！"我外婆就操着尖尖脚跟我一起往周村跑。

到了周村，她叫上门子我二妈，一起来到我家门口，一见大门门扣着，我二妈摸着我的头说："蛮娃子！走时还知道把老鸹嘴扣上。"我害羞地没有说什么。

原来，我爷殁了。我爷没有像电影里的英雄人物那样留下啥豪言壮语。人咋说殁就殁了呢？我外婆和我二妈给我爷穿上老衣，把人放在门板上，抬到客厅。我外婆给我爷脸上苫了一张麻纸。随后，托人到双仁公社打电话叫回了我父母……

安埋完我爷，我家成了地地道道的一头重家庭。那时候，生产队抓革命促生产，我常常被我母亲锁在家里带锁丽。有时候感到无聊，便找来废旧报纸教锁丽学绘画。我照猫画虎，想象着舅舅绘画时的一招一式，画一些大头娃娃、蘑菇树、鸟儿、熊猫之类的东西。夏天，只要我母亲一收工从外面打开屋门，我就像鸟笼里圈久了的小鸟一般溜了出来，跑到村南头坡下的涝池与同伴耍水，直到我母亲把饭做熟或上工时寻我，我才不情愿地跟着我母亲回家。回家后，又被我母亲锁在屋里带锁丽。

那时，我虽然在家里带锁丽，但也有我的乐趣，特别是冬天下大雪，虽然在家里带锁丽，我和锁丽也能找到我们的乐子。因为我家的院子有七八分大。院子的前院和后院是用二门隔开的。二门门楼不知是哪辈祖上建的，很是气派。高高的门楼全部用青砖青瓦砌成，白石灰砂浆勾勒的方块条线虽然看起来有些发黄，但依旧能彰显出当年的精致和富有来。门楼顶部的青砖该打磨的地方全部都进行了打磨，该动刀子的地方全部都进行了精雕细刻。尽管我爸爸因为形势所迫一次回家后用泥巴糊掉了“光前裕后”四个大字，但两旁方框里的花鸟图案还清晰可见。栩栩如生、活灵活现的花鸟图案与泥巴糊掉的四个大字图形形成了极大的反差，让人看起来很不协调。

我家前院盖满了房屋。头门上盖了三间半倒厦，南北两面都盖了三间厦房。打开二门：后院有一棵粗大的老杏树，一棵老桑树，几棵老椿树。因为下着雪，树木满枝头都是银装素裹，地面上像盖了一层厚厚的白海绵垫子。皑皑白雪足有三四寸厚，我和锁丽拿着笤帚扫出一块空地来，将雪堆成雪人，给雪人安上眼睛、鼻子和嘴巴。然后，拿出筛子，将筛子撑在扫出的空地上，撒上米粒，在撑筛子的小棍上绑上细绳子，拉到不远处的僻静地方观察动静。每当有麻雀试探着钻进筛子啄食时，我猛地将绳子一拽，便有一两只麻雀被扣在筛子里。大多数的时候，我俩都是逮不住麻雀的。我刚一将筛子留出缝来，麻雀早从缝隙里飞跑了。偶尔，也能逮住一只麻雀，我和锁丽兴奋不已。我们在麻雀身上糊上泥巴放在锅眼门里烤麻雀肉吃。往往是麻雀肉烧煳得难以下咽，还弄得我俩全身都是锅墨，就像唱戏的花旦，但我们却吸着鼻翼很高兴……

有一年春天，我父亲从鸡峰县回家休假，有好长时间没去鸡峰县上班了。只见他整天忧愁地闷在家里帮我母亲砸石头。那时，生产队给每家每户分了砸石头任务。石头是从北山上炸下来的大块青石，生产队组织社员统一从山上拉回来倒在城门口，然后，由各家各户拉回自己家里利用工余时间砸成鹅卵石大的石块，再交给生产队统一过磅秤，根据砸石头的重量折成工分。据克勤爷说，要用砸的这些碎石块支援国家修铁路、铺轨道。那阵子，只见我父亲整天阴沉着脸，天一明就在我家倒厦屋檐下砸石头，我也不敢问我父亲为啥不去上班呢。后来，听我母亲说，我父亲从揽凤县师范学校毕业后，就被分配到鸡峰县慕村小学当老师，由于表现好，很快被提拔到县文教局工作。再后来，他被任命为鸡峰县新街小学校长。我父亲在家呆了大半年，文教局才派人找我父亲去上班。

四

没过几年，我有了我的小妹妹周锁娟。锁娟刚满月，我母亲就参加生产队的劳动了。我就不能再上学了，必须与锁丽一起在家带锁娟。一天，我母亲放工在厨房擀面，我帮我母亲拉风箱烧锅。突然听见锁娟在隔壁房间哇哇大哭。我母亲对我说：“锁娟醒了，你快去哄锁娟。”我撂下柴火棍，就去厨房隔壁的房间看锁娟。进房间后，看见锁娟盖在身上的被单已蹬掉，小腿还不住地踢腾着，在炕上哇哇大哭。我站在炕边拍锁娟的肩膀，还是不顶事，就赶快上炕去抱起锁娟，在炕上来回转悠，哄锁娟。当时，我年龄小转着转着，不小心一脚踏空与锁娟一同从炕上掉了下来。我倒没事，爬起来拍了拍膝盖上的土，又赶快去抱锁娟。可我抱起锁娟怎么哄锁娟就是哭个不停。原来，锁娟摔断了小腿。

那时，锁娟不到两个月，我不到八岁。母亲只好请假，背着锁娟在图家庄给锁娟接骨治腿伤。锁娟的腿伤刚好，母亲又去生产队参加劳动。我和锁丽又被锁在家里照看锁娟。锁娟不会走路，一夏天在潮湿的地上爬行，胳膊上生出了一个毒疖。先很小，像米粒那么大。后来，化脓成了一个大疔疖，像铜钱那么大。母亲急在眼里，疼在心上。她又请假抱着锁娟搭车去双山县医院去看病。周村距离双山县城有三十多里路。到医院后，医生诊断锁娟胳膊上的疔疖为骨髓炎，说弄不好要截肢，我母亲急坏了，便拿着住院的诊断证明向生产队请了假，带着锁娟去我父亲工作的鸡峰县医院去看病，在那里给锁娟看病有落脚的地方。

我母亲带锁娟去治病后，我和锁丽白天在外婆家吃饭。我外婆除白天要参加他们生产队的劳动外，还要给我舅舅、我和锁丽做饭。晚上，我外婆就提着一罐罐泔水带我和锁丽回家喂猪给我们做伴儿。在农业社的时候，每家喂猪是有任务的，好不容易把肥猪喂到能达到收购标准了，交给收购站后只能领几斤肉票。平时，家里人是舍不得买猪肉吃，只能等到过年过节才凭肉票在收购站割肉。那时，一等猪肉八毛三，二等猪肉七毛四，价格还算稳定。计划经济时代，不光买猪肉要肉票，外出吃饭要粮票，扯布要布票，大家也好像习惯了这样的生活。

我母亲给锁娟看胳膊一时半会儿也看不好，就耽搁时间长了，生产队因此扣了我家的口粮。我母亲找大队书记李斌理论也无济于事，心里一直通不过，就着急生了一场大病，由此落下了病根。从此，完全不能参加劳动了，也不能照顾我们兄妹仨的生活起居……

我母亲生病后，迫不得已，我与外婆每天背着锁娟带着锁丽去邻村窑家村医疗站给锁娟胳膊上贴药膏。也许是老天眷顾，在鸡峰县医院没有看好的疔病毒症，却在窑家村医疗站通过贴黄布纱条、贴药膏，竟然治好了。

这一年，我父亲为便于照顾家庭，从鸡峰县调动回双山县民政局工作。他把我转学到护庵县祖庭镇投靠了我姑婆。我姑婆膝下无子女，她和我姑爷在祖庭镇南街有两间街坊，一间从中间隔成两半，前半截住人，后半截做灶房；另一间既做走廊又做客厅。我姑爷在镇上一家皮革厂工作，姑婆是居民。好在姑婆家住在南街的中央，隔日有集的时候，我姑婆经常为四邻八乡前来赶集的人代看自行车，不管存放多长时间，每次收取五分钱。赶集的人觉得我姑婆心肠好，都喜欢到我姑婆那里存放自行车。这样下来，一年还能积攒下几个钱来。姑婆家的斜对面是祖庭镇市管所。那时，我第一次在市管所会议室见到了黑白电视机，节目很好看，但我姑婆不让我常看，她怕影响我的学习。不过，我在祖庭镇上学的时候，老师说我写的字好，让我当班长。初生牛犊不怕虎，我也就痛快地担当起了班长的责任，在学校按老师的安排，协助老师管理全班同学。我不怕上学，就怕有集一天从学校回姑婆家，因为祖庭镇有东南西北四条大街，遇到有集一天人多，学校在北大街，一过十字路口，每个街口大致都一样，人也一样拥挤稠密，我就不知道从哪条大街回家；还好，时间一长，我摸索出了回家的方法。南街路口有一个菜铺子，只要找到菜铺子，我就找到了回家的路。

暑假的时候，我父亲带着棉衣来祖庭镇看我。临返程，我姑婆将她平时在空茬地里拾的小麦拾掇干净装在布口袋，非让我父亲带回去贴补家用。我父亲说：

“姑！我把锁澜放在您这里让您照顾，您已帮我大忙了。我不能再给您添麻烦了。况且，西京我舅也给我捎了些粮食，让锁澜他妈好好调养病哩，不要再为口粮的事生气了，家里现在吃的能接济得上。”

我姑婆说：“锁澜兄妹仨，年龄小正在长身体哩，要让娃吃饱，拿去!”最终，在我姑婆的坚持下，我父亲还是背回了那半袋小麦……

五

在祖庭镇上了两个学期课后，我又转回我的家乡周村大队上小学，我想为家里多减轻些负担。那时候学校都是半天上课，半天放假。为了能多挣下几个工分，只要生产队有学生干的活，我都要每天下午参加。当时，一天一个成年男子工分是十分，妇女是七分，学生是三分。我是学生，每天劳动半天只能挣一分五厘，一年下来也挣不下多少工分。

更让我头疼的是每次晚上分粮的时候，排了半晚上的队，轮到我家时，我把粮食口袋往磅秤上刚一放，队长克勤爷却说：“你们家没粮!”这样的日子困惑了我好几年。那时，我天天盼着我快快长大，有朝一日我也能拿到十工分，分粮时不再受人白眼。

时间就这么一天一天往前推进。一九七六年是个不寻常的年份，这一年先是一月八日总理周恩来逝世。后来，七月六日，人大常委会委员长朱德又逝世了。七月二十八日凌晨，唐山又发生了大地震。唐山地震相当于四千颗广岛原子弹在距地面十六公里处的地壳中猛烈爆炸。这座百万人口的大城市在顷刻间被夷为平地。那天晚上，我们一家人睡得很熟，根本不知道地震。听说地震发生后，队长克勤爷在村子里吆喝，后来还打铃让社员们到生产队南场上躲避地震，我们全家人竟然连一个人也没听见。

这突如其来的地震惊吓了周村人。第二天，家家户户都纷纷到外边搭建地震棚，我家也不例外，我父亲从双山县赶回家里，在我家后院也搭建了一个地震棚，将我家唯一值钱的蜜蜂牌缝纫机抬到了地震棚里。

这一年秋天，连阴雨下了个没停，满街道都是稀泥糊汤，人们穿着半扎高的泥屐子行走。九月九日，伟大领袖毛主席在北京逝世了。那天下午，我正在往家里背生产队分的柴火。突然，听到喇叭里播放哀乐。哀乐过后，播音员怀着无比沉痛的心情播放毛主席逝世的消息。我听了“哇”地一声哭了，跑回家将这一消息告诉了我母亲。我母亲一听也流下了眼泪。我母亲一哭，我两个妹妹锁丽和锁娟也跟着一齐哭了起来。后来，我们一家人哭得一塌糊涂。

第二天我去学校上学后，一进教室，来得早的同学都在哭，我也跟着哭。后来，周老师走进教室给我们每个学生一人发了一个黑纱。学校那几天一直沉浸在悲痛中……

十月的一天上午，徐乐文校长在学校操场上召开全校师生大会，传达中央文件。徐校长念文件时说：十月七日，中共中央政治局召开会议一致通过华国锋同志任中国共产党中央委员会主席、中共中央军委主席……”

我听得很认真，周老师和同学们听得也很认真。全校师生大会一结束，同学们高兴极了，周老师也显得特别兴奋。我们班里的同学回到教室都把课本和本子扔得满天飞，以此来祝贺。第二天，学校组织学生去双城人民公社社会主义大集上进行游行。我从家里拿来塑料花，与游行队伍一起在双城人民公社街道上转了一大圈。中午参加游行的所有人都没顾上吃午饭，我也不觉得饿。

第二年，国家恢复了高考，我又有了自己的新梦想，想将来考大学，有朝一日也能走出这个小村庄，去外面的世界走一走看一看。可我母亲不知道，我也不想过早地告诉她我的新梦想。一天中午，我母亲做饭时，我放学回家，她吆喝我去厨房。我去厨房后，我母亲正在拉风匣。她让我圪蹴在她跟前对我说：“锁澜！你也老大不小了，咱家的情况你也是知道的，你爸一月工资就三十八块五，一大家子都得靠他养活。你周老师给你说了个媳妇，你们遇个面，行了，就把这门亲事订下来！”我一下子闷了头，不高兴地对我母亲说：“我现在不想订婚！”说着，我顺手把放在身旁的小锄头拿起来，就在厨房脚底不停地来回勾划，我母亲问我：“为啥？”我说：“不为啥！”她打比方说：“你看咱们村哪一个不是十四五岁就订婚！”我还是执拗地说：“我就不想现在订婚！”说着，我赌气地在地上勾划了一个深渠渠。我母亲一看怎么比方，我都听不进去，就给媒人回了话，说我是一头犟驴，怎么说都不愿意遇面……

六

就在我下决心考大学的二十世纪八十年代初，双山县出台了解决“一头重”干部家庭困难的农转非政策。我父亲单位的领导看到我们家的困难，又念想起我父亲平时的工作，就将这一指标分配给了我们家。手续报上去不久，很快就批准了。从此，我们全家变成了商品粮户口。那年月，就意味着我们全家人跳出了农门。

其实，自从粉碎“四人帮”后，中国大地上已悄然发生了变化。安徽凤阳的小岗村十八位农民就冒着天下之大不韪，私下签订了“生死状”，将村内的土地分开承包。结果，没想到当年竟然获得了粮食大丰收。不久，周村大队李斌书记不知啥原因下了台，新上任的周仁益书记开始领着乡亲们效仿小岗村的做法，对集体土地实行联产承包责任制。就在那一年，我有了一个招工的机会。

那天，我父亲把我叫到他跟前对我说：“市里给县上分来几个招工的指标，不行了你就先去参加招工考试吧！”我说：“爸！这事太突然，让我再想一想吧！”我当时脑瓜子“嗡”一下，一时转不过弯来。虽然，我第一次参加高考没能如愿以偿，但我已下定决心立志要再复习一年考上大学。我父亲说：“那你就好好考虑考虑吧！我的意思，你最好先招工……”

那天晚上，我失眠了，辗转反侧，纠结着到底是继续复习考大学，还是先参加工作。我脑海里像放幻灯片一样，一阵是我的童年时代，一阵又是我的少年时代。我十二三岁时就在我家倒厦东边的一间空闲房间支了一张床，搬来一张桌子，不再与家人住在一起了。放学或参加完劳动，我就呆在我的房间里学习或休息。

那年忙假，队长克勤爷让我组织周村一队的红小兵带着绊笼去村南面的大块地拾麦子。我们十几个红小兵就排着队，唱着歌曲兴高采烈地前去拾麦子。出了村子，走了一段路，周金栋和周宏科眼尖，老远就看见别村的小孩在我们一队的大块地拾麦子。周金栋和周宏科扔下绊笼，拾起土疙瘩就冲了过去。我们的队伍立马就散了。瞬间，双方交起了火。我也扔下绊笼，加入到开火队伍之中。我们一鼓作气，很快就将窑家村的小孩子们赶出了大块地。可对方不服，派人回去搬救兵。结果连开了三次火，还是没占到便宜，一个戴红领巾的生姜头在往回撤的时候，气急败坏地边跑边骂：“周金栋！你狗日的，今后再不要来你舅家，如果来了，小心我们打断你的腿！”周金栋他舅家的确在窑家村。此时，他哪顾得上这些事。他回击说：“你如果路过周村，小心爷把你腿颠断……”开了一下午的火，没顾上拾麦子，回到家里，不用说，我们遭到了大人的训斥。

那些年，我们家的口粮总是青黄不接。每年总要买几百斤洋芋当口粮吃。一次，学校放假，我母亲让我去店房公社菜铺买洋芋。我叫上金栋给我做伴。金栋与我是好朋友，我俩既是同村，又是同学。店房公社距离周村有个七八公里路程，去时，要路过北干渠，金栋看见渠水兴奋地说：“锁澜！你看北干渠的水多好！咱们游个泳再去吧？”我手搭凉篷望了望日头，对金栋说：“店房还远着呢！要不，咱们买下洋芋，回来时再游吧！”金栋一看我是这意思，就没反对。我们从店房买下半袋洋芋，返回北干渠的时候，金栋老远就脱掉汗衫和裤子，抱着衣服跑到渠边，把衣服一扔，一个闷子就扎下了水……

我一看周金栋下了水，也背着洋芋向前猛跑几步，放下半袋洋芋，脱掉衣服，跟着就跳下了水。下水后只感觉上面看似平缓的渠水，下面却激流湍急，两脚还没站稳，已身不由己让水带着向前走了两三米。我对金栋说：“不行，水流太急，赶快上岸吧！”说着，我游到岸边，赶忙沿着预制板边沿爬上了岸。周金栋也沿着前面的预制板边沿往岸边爬来，岂料，快上岸时，他脚下一滑，哧溜溜掉到渠里。他好几次想从水里爬上岸来，都被水冲走了，可前面不远处是一个过水涵洞。我不顾一切地沿着岸边冲到金栋跟前就跳了下去。我想抓住金栋把他扶上岸来，却几次没抓住他。眼看金栋已被水冲到了涵洞跟前。我很清楚金栋如果被冲进涵洞将会是什么后果……

好在涵洞跟前有一个台阶，我忙吆喝金栋赶快抓住台阶。金栋着急地抓住了台阶。我也抓住了台阶。我俩这才上了岸。金栋的两个膝盖被蹭破了一大块皮，渗出了血。金栋痛苦地给我说，千万不要给他妈说。

周金栋他妈是我桃英姨。我回家后，既没敢给我母亲说，也没敢给我桃英姨说。

一晃，我已上了高中，我们的课本也换成了全日制课本。虽然，自从我上了高中后，我一直很努力，但毕竟十年浩劫使我们这一代人还是感到文化底子略显单薄。第一年高考，我还是仅差几分与大学无缘，但我立志再复习一年，一定要考上大学……

谁知，现实却发生了一百八十度的大转弯，我有了招工的机会。我父亲告诉我招工的事后，我反复思考是继续复习考大学，还是现在就参加工作，也许考大学可能对我来说以后的前途会好一些，但现实的情况是，自从我们一家人户口转到城里后，仅靠我父亲每月三十八块五毛钱的工资要养活全家谈何容易。如果现在参加工作肯定能帮父母分担些忧愁。思前想后，我还是选择了先参加工作。

七

那一年，我脱下了穿了一冬已洗得发白的劳动布上衣，换上我母亲给我新缝制的一件绿色的确良上衣，戴上我父亲给我的他一直舍不得戴的上海牌手表。我母亲走到我身旁端详了我的新上衣后说："还算合身，我就怕穿不上。"她珍惜地拍了拍我的上衣领，拽了拽我的后襟，发现有一根线头粘在后襟，就顺手拈了下来说："参加工作后，一定要好好工作。听领导的话，不要惦记家里。"我点了点头。我父亲一边给我递铺盖卷，一边叮嘱我说："轻易不要回家，只管把你的工作搞好就行！有空了多看看书……"

我接过我父亲递给我的铺盖卷说："爸！您放心吧！我已经是个大人了……"

我父亲和母亲把我送出家门口，我背上铺盖卷，提上洗漱用品，就径直走向了双山县长途汽车站……

那天，天气特别冷，先是下着大雪，后来太阳又从云里钻了出来，双山县长途汽车站搭车的人并不多。我从售票口购买了车票，很快就坐上了班车……

下午到达绛纱火车站的时候，天气已放晴。刚下车，阳光显得特别刺眼，天上零星飘下的雪花一落到水泥路面就立刻融化了，街道上汽车一开过，泥水四溅，使人来不及躲避。我背过手去将后背上盖在铺盖卷上的塑料布往下拽了拽。从一位卖菜的大叔那里打听到绛纱社会福利院的正确位置，我就顺着大叔所指方向看去，西头福利院的大楼高高耸立，在众平房之中，显得特别耀眼。那时候，能盖起如此气派的大楼的并不多见。我第一次见到如此气派的大楼还是上小学的时候。那年，我父亲刚从鸡峰县调回双山县工作。县革委会的对面就是百货大楼。县百货大楼有三层高，我当时并没见过如此高的大楼。我父亲领着我去了一趟县百货大楼，我却背着我父亲一整天在县百货大楼上到处逛。

绛纱社会福利院的这座大楼还有几分像双山县百货大楼。我心中暗喜，能在这样一栋大楼上班，也算是我的福气了。谢过大叔，我急步沿着湿滑的街道，迎着凛冽刺骨的西北风，向绛纱社会福利院走去。尽管有雪花飘落在我的脖项上，使我感到一阵冰凉，但我心里却热乎乎的。

到了绛纱社会福利院大门口，我的心情有些紧张，心“突突”地跳得像打鼓一样。绛纱社会福利院的大门是由花岗岩碎石砌成的四个粗大的方柱组成，一大两小三个黑色的方条形钢栅栏门显得时尚而又庄严。中间的大门和左边的小门紧闭，只有右边的小门敞开着。透过栅栏门一眼就能看到坐北朝南的花岗岩混合碎石砌成的大楼外立面。大楼的正门是枣红色四扇套格玻璃门，左侧挂着鸡峰市绛纱社会福利院的木牌。两侧各栽有六棵高大的雪松。雪松的枝头银装素裹，树梢已被积雪压得折弯了腰，时不时还有一两块积雪从枝头上掉落下来。

传达室在栅栏门的东侧。进入右边小侧门时必须经过传达室。望着高大的绛纱社会福利院大楼，我有些怯生，我站立了一会儿，平静了一下心情，鼓起勇气走进了开着的右侧栅栏门。

撩开传达室的蓝色棉布门帘，一位年逾花甲的大叔正坐在窗下的桌子前，戴着老花镜凭借着窗外亮光看报纸。我说：“师傅！您好！我是新来的青工，请问我应该找谁报到？”大叔不紧不慢抬起头隔着鼻梁上面的老花镜瞧了我一眼热情地说：“噢！你刚来？”我说：“刚下公共汽车！”他站起身来找了一把笤帚递给我，操着一口河南话说：“快扫扫雪，把行李先搁在这儿，一会儿，你直接去二楼政工科找张科长报到。他有四十岁的样子，在政工科正对门坐着。”我应声说：“噢！行……”其实，我身上并没有多少雪，但我还是感激地接过笤帚，在门外扫了扫身上的雪。回到传达室客气地问大叔贵姓，大叔爽朗地说：“我姓李，马上要退休了，临时在这里顶替着看大门。”我“噢”了一声随口问：“您老家是河南的？”

他说：“是河南偃师的，我儿子这次也来报到了。我要退休了，他接我的班。”我高兴地说：“那以后我们还是个伴儿呢！他叫什么名字？”“李国庆！个子与你差不多！”他说。

告别李师傅后，我就匆匆去二楼政工科报到了。

刚上二楼，一眼就看见政工科的牌子。政工科在二楼楼梯的正对面。我一进政工科的办公室正好就看见张科长。他站在政工科正对门的一张老式办公桌旁操着袖筒用两只胳膊撑着办公桌看报纸。张科长中等个子，人长得瘦瘦的、背微驼，穿一件绑绑棉袄。绑绑棉袄上套着一件青丝蓝对襟衫。整个政工科除了他以外，在东边一对办公桌上还坐着一男一女两个年轻人。张科长似乎意识到我进来了，他抬起头笑笑向我打招呼说："你来啦!"在他向我打招呼的时候，他露出了一颗镶着银壳的虎牙来。我说："您好！您是张科长吧？我是来报到的青工！我叫周锁澜!"张科长站起来走向我，热情地握了握我的手说："欢迎你来报到，我是张余庆!"他回到座位上拿出一张干部履历表，仍笑盈盈地对我说："小周！你填好这张履历表后交给张宗强。然后，就去一所培训班找王林锁和张建设他们报到去!"我接过履历表就在他的办公桌上填了起来。随后，张科长不紧不慢去火炉旁的炭箱里拿出炭夹来，夹了两三块煤放入火炉里说："小周！你慢慢填，我出去一下!"就走出了政工科。

张宗强有二十五六岁，穿一件两个兜的绿军装，他是政工科人事干事，就坐在东侧的另一组办公桌的西侧。他对面坐的是一位女青年，大约有二十出头，扎一个马尾辫，上身穿一件咖啡色宽条绒上衣，下身穿一条蓝色西裤，看上去挺阳光挺精神的。她见我来了后向我微微笑了笑算是打了招呼。我也点点头向她笑笑。填完履历表交给张宗强。我向张宗强打听去一所的路线，他详细告诉了我。

走出政工科，下楼路过门房的时候，再次向李师傅打了个招呼说了声"谢谢"，就去了一所。

八

一所在距离绛纱火车站约两公里的营东村。从绛纱火车站街道东头水泵厂大门端前向南走有一条石子马路，穿过铁路匝道继续向南走约 1.5 公里就是一所。

到了一所，未见挂有一所的牌子，但一所很好找，它周围被村庄包围着，这里只有这么一个单位，在路的西边，东边是一片被皑皑白雪覆盖的麦田。

一所的大门敞开着，院子挺大。虽然天已放晴，但院子里的冬青、女贞、刺柏、青竹、雪松等风景树全都披上了银装。从大门往里走，院子门前建有一个“7”字形三层楼，南边有门房、卫生间，恰好形成了一个方形院落。整个院落空气清新，特别安静，除了能听到我走路的脚步声外，再也听不到任何声音。走过这个院落再往里走，北边是一个单边二层小楼，西边建有一个五间大的职工灶，南边盖了一排偏厦房，这一布局恰好自然形成了另外一个院落。这个院落的形成并不影响继续往里走的通道。此院落的中间还建有一个小花园，里面的花草虽然已被厚厚的积雪覆盖，但四周栽种的冬青、雪松等常绿植物还清晰可见。整个院落到处是一片寂静，这让我越走越摸不着头脑，感觉这一所就好像是一个永远走不到尽头的无底洞。继续往前走，北边是一排大房。大房的中间开有一扇枣红色单扇大门。大门敞开着，能听见里面有说话的声音。我估摸着这可能就是青工培训班所在的位置吧！走进大门，过道东边有个值班室，北边又是一排大房，加上南边进门时的这一排大房，这里完全就是一个封闭的院落，院落中间建有一个小花坛。因厚厚的白雪覆盖，花坛里只露出几支美人蕉的残花败叶。在东北角的会议室里，我找到了王林锁。他正一本正经地组织青工学报纸。会议室里坐满了青工，大约有八九十号人。王林锁见我找他，把报纸交给另外一个人念，他从会议室里走了出来。我才注意到他是一个中等个子、白白胖胖、身材魁梧的年轻人。他见我后热情地说：“你也是来报到的？”我说：“是的！我叫周锁澜！”他说：“是这！北一排是男青工宿舍，你先在北一排房间里找一个空床住下，随后再来会议室学习。”后来，我知道他曾当过兵，复员后在他们大队当党支部书记，爱人是知青，返城安置在扶爱县化肥厂，他也是这次新来的一百名青工之一。张建设是一个黑黑瘦瘦的年轻人，他就是我找王林锁报到那天、王林锁出来时让他念报纸的那个人。他个头比王林锁稍微低一点，从部队当兵回来等待分配工作，院里就把他临时安排在培训班帮忙。他是绛纱社会福利院张嘉修副院长的儿子。因我报到比较晚，来时，大部分的青工已在这里报到和培训。我按王林锁说的，在北一排东边第三个房间里找到一个空床位放下行李就去会议室参加培训了。

年轻人聚在一起无比热闹，白天由王林锁或张建设组织大家读报纸。有时候还安排一所景涛所长、常振华、王经纬副所长或三病区刘耀祖组长组织学习院史、介绍护理经验、交流医疗案例。晚饭后，王林锁又安排青工当中有文艺特长的王凤霞组织教唱《幸福不是毛毛雨》和《年轻的朋友来相会》。这两首歌曲在二十世纪八十年代初可以说是家喻户晓，风靡全国，年轻人个个都能哼唱。至今，我还能将张枚同作词、谷建芬作曲的《年轻的朋友来相会》一字不落地完全唱下去。也许是因为这首歌与当时改革开放初期我们所处的环境相吻合，也许是因为它更能表达那时候我们年轻人的心愿，总之大家都爱唱这首歌。特别是唱到第二段“再过二十年，我们重相会，伟大的祖国该有多么美。天也新，春光更明媚，城市乡村处处增光辉。啊，亲爱的朋友们，创造这奇迹要靠谁？要靠我，要靠你，要靠我们八十年代的新一辈”时，我们特别有斗志，特别有激情，能把整个会议室给震塌。有一次，我们召开联欢晚会，青工们表演《年轻的朋友来相会》。王林锁让大家排成梯形方队统一站在舞台中央，每个人都身穿白衬衫、蓝裤子，打着红色领带。白衬衫统一扎在裤腰里，个个将塑料花藏在自己的身后，根据歌词的大意，男声和女声对唱到高潮时，突然大家从背后拿出塑料花开始男女反方向摇摆，动作整齐划一，所有人脸上都荡漾出幸福的微笑。能为“四个现代化”出力、流汗，这是我们这一代人的荣耀。

傅中华表演完节目后，他兴奋地不回宿舍睡觉，却在大门口与我们几个要好的朋友谝闲传。他说：“再过二十年，我们会变成什么样子？”我说：“不管变成啥样子，只要我们曾经为‘四个现代化’出过力、流过汗，那我们就值了。”杜润虎涨红着脸说：“再过二十年，我们的孩子或许与我们都一般高了，我们应该让他们知道，他们的父辈曾经为四个现代化出过力、流过汗……”那晚，我们一直谝到夜深人静。

九

听景涛所长讲院史，我知道了鸡峰市绛纱社会福利院的历史。它成立于清朝中后期。那时候官督民办就有了普济堂、育婴堂、恤嫠局。

普济堂建于一八〇二年八月二十三日，它位于西京市的八家巷。主要收养无依无靠的残疾和鳏寡孤独生活无着落的老人。育婴堂建于一八四九年，它位于西京市的端履门街路东公字二号，主要收养贫民抛弃的婴儿。恤嫠局相对于普济堂和育婴堂成立得要晚一些，它建于一八七四年，在西京市东羊市街。恤嫠局由左宗棠督办，西京府李慎选地建成，主要收养仕宦流落的遗族，以愿意守贞扶孤自保生活的青年孀妇为主。一九〇〇年，慈禧太后西行，在西京避难时，特意给恤嫠局增加了经费，允许新入局的孀妇携带最多两个孩子，孀妇们拍手叫好。

辛亥革命后，普济堂、育婴堂、恤嫠局归西京省民政局管理，普济堂分为两个院，一个叫养老院，一个叫残疗院。

一九四九年五月二十日西京解放，六月，军管会接管了西京救济院和五个收容所。到九月的时候，军管会就将西京救济院和五个收容所移交给了陕甘宁边区政府民政部管理，随即更名为陕甘宁边区政府救济院。半年后，陕甘宁边区政府又将救济院移交给西京省人民政府管理，更名为西京省孤贫教养院。第二年五月，西京省人民政府又接收了扶爱育幼院及所属农场，将其并入西京省孤贫教养院。

一九五〇年八月十六日，西京省人民政府接收了扶爱育幼院及所属农场后，又将西京省孤贫教养院由西京市迁至扶爱县，院部就设在绛纱火车站，残老、妇女、难童都住在扶爱县原育幼院旧址内。

景涛所长讲述这段历史时，特别提到了一位朱将军。他说：“一九二九年，西北大旱，遭遇了百年不遇的年馑。田原荒芜，四民胥困，十室九空，哀鸿遍野，饿殍载道，到处都是流离迁徙的难民；身为华北慈善联合会主任委员的朱将军，看到这一前所未有的灾情后，联合平、津、沪、汉及东北各大慈善事业家，想方设法排除困难，携巨款来到西北赈灾。他发起了‘三元救一命’的义举，救助灾民无数。在这期间，为了能让无依无靠的灾童终身不受饥饿，也能受到良好的教育，朱将军又决定在扶爱县城大公馆及以西空闲公地筹资设立灾童教养院。聘请教职员工，对儿童除智、德、体三育并重外，教授他们掌握基本生活技能，由小学毕业后视其优劣或升学深造或服务社会。在扶爱县境内购置五千余亩土地，开办农场以长久供员工、学生生活。一九三八年，他两次兑换国币五万二千多元，修缮儿童教养院及农场房舍。并在绛纱火车站以西以三万元购置土地二十点五亩，作为粮盐转运站；在麒麟县购地一千三百五十亩，设立怀柔一村、二村、三村、四村，安置穷苦百姓不计其数。

“这位受人尊敬的朱将军就是朱庆澜，字子桥，生于一八七四年三月十一日，是浙江绍兴人。他不仅是一位著名的慈善事业家，还是赫赫有名的辛亥革命老人。朱将军五岁时丧父，十四岁时丧母，孤苦贫穷。十九岁投奔东北总督赵尔巽部下新军。削除匪患，屡建功勋，受到上司赏识，任统领及三十二混成旅协统。后调任四川，任成都陆军混成旅协统。辛亥革命时，朱将军响应孙中山号召，率领十七镇官兵起义。通电宣布四川独立，万众拥戴，荣任四川省大汉军政府副都督。

“一九一三年北洋军政府派任他为黑龙江督军兼民政长，并授予他‘镇安右将军’称号。从此，人们就叫他‘朱将军’。后来因为朱将军反对袁世凯称帝而辞职。”

“一九二四年由孙中山推荐，朱将军赴哈尔滨任东北特区行政长官兼任中东铁路护路军总司令。一九二六年以后，朱将军一直从事社会救济事业，直到一九四一年一月十三日，朱将军因病去世，享年六十七岁。朱将军一生对辛亥革命和社会救济事业的贡献不可磨灭。今天，我们之所以要给大家讲述这段历史，就是想让大家铭记历史，永远记住这位令人尊敬的朱将军。”

听完景涛所长的这堂院史课，大家唏嘘不止，散场后，刘大伟夹着笔记本从二楼会议室往楼下走的时候感慨地对我说：“没想到咱们福利院的不但历史悠久，而且还由这么一个大人物创建。”我附和着说：“就是么……”

我们这批青工到鸡峰市绛纱社会福利院的时候，绛纱社会福利院已几经迁址、更名。院部、卫生所、二所、三所已设在绛纱火车站，一所则设在绛纱镇营东村，四所设在绛纱镇。

在随后的培训中，我得知一所为啥要迁到营东村，四所又为何要迁址绛纱镇。听景涛所长讲，现在的一所所在地原是营东村天主教司铎张之栋于一九二八年创建的育婴堂，后因管理等众多问题，一九五二年的时候，由扶爱县政府接收，并移交鸡峰市绛纱社会福利院。随后，鸡峰市绛纱社会福利院就在育婴堂旧址设立了育幼小学。一九五六年，绛纱社会福利院又与扶爱县政府协商，将扶爱县城内的十二点七一四亩土地及一百六十六间房屋与绛纱镇原绛纱区公所和仪仁小学旧址三院公房五点零六亩土地及一百三十三间房屋兑换。扶爱县政府又给绛纱社会福利院在绛纱镇划拨了二亩公地做菜地。再后来绛纱社会福利院整体规划将安老所迁至营东村，将妇女所迁至绛纱镇三院公房院内。

一九七九年以前，绛纱社会福利院隶属西京省民政厅管理。在我们这些青工到来的时候，虽然县团级架子还在，但绛纱社会福利院已归属鸡峰市民政局管理了。

十

我来绛纱社会福利院报到那天，在绛纱火车站街道上看到一个电线杆上挂着“绛纱”的路牌，心想：这地方为啥叫这么个名字？向前走了一段路后又看到电线杆上的路牌写着“降纱”，孰对孰错，我有些糊涂了。“绛”和“降”本身就是两个不同的意思。如果真有一个写错了，那不就闹出笑话来了吗？就像我小的时候在祖庭上学，总把“祖庭”写成“祖请”。一次，我姑婆发现后告诉我：祖庭不是祖请，这地方之所以叫祖庭，是因为这里有个重阳宫是道教全真祖师王重阳修道和葬骨的地方。全真教弟子马丹阳、丘处机为纪念他们的祖师，就修建了这个祖师之庭。或许“绛纱”与“祖庭”一样，有别的意思？我一直想问问别人，但又没有合适的机会。

一天吃过晚饭，我正闲着没事就去一所办公楼二楼读书室看报纸，无意中看到一则报道专门介绍绛纱地名的由来，我仔细阅读了起来……

原来，绛纱的地名与一位东汉大儒马融有关。马融字季长，他曾跟随名重关西的挚恂学过安邦治国平天下的儒术。后来，挚恂感觉马融这个学生不错，就把自己的女儿许配给了马融。

大将军邓骘是东汉皇帝的大舅子，听说马融才华横溢，博览群书，就托人找马融为他做事。马融是个旧式文人，个性比较鲜明，不喜欢的人，打死也决不为其做事，他从骨子里就看不起邓骘，就找了个理由推脱没去，而独自一人去了甘肃一带游学。当时，边境羌族叛乱，甘肃一带经常打仗，马融也经常东躲西藏，连饭都吃不饱。他思前想后：“难道我一身的治国本领，就这么饿死在甘肃吗？”于是，他又去找邓骘看有个啥差事能适合他做。

邓骘见马融找上了门，也没推辞，就给他安排了一个谋生的差事。几年后，马融当上了校书郎，也就相当于现在的国家图书馆馆长这个位置。

随着朝代更迭，前朝皇帝驾崩。邓骘的小外甥当上了皇帝，他的妹妹成了皇太后。他也荣升成了国舅，负责管理朝政。当时，邓骘的身边有一些高参给他谏言：现在天下太平了，没有必要再操枪弄棒训练军队了，歌舞升平地过日子多好啊！邓骘一听，是呀！辛辛苦苦把天下弄到手，不赶紧享用还等何时？于是，他兵也不练了，先进武器也不研发了，整天饮酒作乐、歌舞升平地过起了太平日子，民间盗贼横行也顾不上了。马融是个直率的儒生，一看心里着急，便写了一篇《广成颂》进谏邓骘，文章说："文武之道，圣贤不坠，五才之用，无或可废。"他引用孔子"奢则不逊，俭则固"的名言，劝诫朝廷勤俭建国、爱惜民力、重视农耕。

此时，邓骘一大家人正玩得快活，哪能听得进去一个书生的进谏，就给马融吃了个闭门羹，还说他狗拿耗子多管闲事。马融是个争强好胜的人，他越想越生气。心想：朝廷排挤自己不采纳自己的建议也就罢了，干了十年了还一直原地踏步，像这样干下去还有个啥意思？他一气之下辞官不干了。邓太后知道了此事后说："马融还反了不成，竟敢把朝廷的威严当儿戏。"就立即叫人把马融关了起来。

邓太后去世后，当朝小皇帝还算开明，就把马融放了。他不但放了马融，还给马融官复原职。马融有了用武之地后，通过自己的努力，一直把官做到了太守。每次在平定叛乱中，他都屡出奇谋，但计谋老不被大将军梁冀采纳，偏偏后来事实证明他的分析和判断都是对的。大将军梁冀脸上有些挂不住了，就排挤马融，找了一个理由把马融发配到了北方。后来，马融被放了回来，又回到了国家图书馆。这官做了一大圈，又回到了原点。马融看清了这世事，觉得在朝廷干事没啥意思，就辞官回了老家。

那时，绛纱不叫绛纱，马融回老家后，办学堂讲学，因为名气大、资历深、学识广，座下听课的弟子有一千多人。东汉经学大师郑玄，大政治家、军事家卢植都是他的学生。马融生性潇洒，吹拉弹唱样样精通。讲学时坐在高堂之上，身后拉一道红色的纱帐，好多美女在帐后演奏。而他讲他的，学生在下面听，在这种环境下能学到他的精髓的，肯定是非常专注的人。当时卢植从来都是目不斜视，专心听讲，后来成就了他"名著海内，学为儒宗，士之楷模，国之桢干"的人生。再后来，人们就将这地方叫绛纱了。

知道了绛纱这个地名的故事后，我将这个故事讲给杜润虎、傅中华、刘大伟他们听，他们听后都很好奇，杜润虎说："原——原来，绛——绛纱还有这么多丰富的故事呢，我——我以后绝不——不会把'绛纱'写成'降纱'了！"

在绛纱社会福利院一所培训的时候，院里对青工们的管理是非常严格的。培训班规定青工八小时以内绝不允许外出，男青工与女青工必须分开居住。男青工三人一间，统一居住在青工大院北一排大房；女青工三人一间，统一居住在青工大院南一排大房；晚上八点以后，杜绝男青工去女青工宿舍串门。

这天礼拜天，青工们休息。我邀约杜润虎、傅中华、刘大伟一起去绛纱火车站玩。

我们从营东村抄小道，不到四十分钟就到了绛纱火车站。杜润虎是普吉火车站长大的，对周围铁路沿线比较熟悉。当然，也对绛纱火车站熟悉。一到绛纱火车站，他就直接带我们去东头的老马家卤肉馆开洋荤。老马家卤肉馆的老板姓马，是一名绛纱铁路机务段的退休职工。他做卤猪蹄和猪杂碎很地道。马老板经营的店铺不大，是一间窄长而又简洁的铁路工勤队门面房，里面摆放着四张方桌。四张方桌上都铺着一色的白方格蓝塑料布，每个桌上摆放着辣子、醋、盐等调味品和一罐罐红筷子，老板和伙计就他一个人。杜润虎一进门店就吆喝着马老板。马老板应声后，他利索地点了四个猪蹄、一碟猪杂、一碟油炸花生，又要了四个烧饼。烧饼和菜品都上齐后，杜润虎又要了一瓶太白酒，给我们四个人均匀分配到茶杯里。一齐干杯后，我们每人拿了一个猪蹄就狼吞虎咽地解起馋来。

半杯白酒下肚，杜润虎、傅中华、刘大伟开始语速加快，语无伦次。平时杜润虎说话就有点结巴。他一高兴，两眼一闭，不停地举着酒杯说："啊——就！啊——就！喝！喝一个！"傅中华也是普吉人，说话鼻音重，涨红着脸说："啊——就！啊——就！喝一个！"刘大伟是武凌人，接着说："吃嘎！喝嘎！啊——就！喝嘎！"我是双山人，操着一口浓重的家乡话学着刘大伟的话说："啊就吃嘎！喝嘎！上炕坐嘎！"刘大伟嫌我学他，就说："谝去！干！"

我们边吃边谝边喝，个个吃得津津有味，谝得海阔天空，喝得头昏脑涨，全都不能自已了。

酒足饭饱，傅中华提议去院部看一看，他说他父亲在二所工作，他路熟。反正是礼拜天，我、杜润虎、刘大伟就随他一同去了院部。

十一

绛纱社会福利院院部、二所、三所和卫生所都在绛纱火车站，我报到那天去过，院部机关全部都在办公大楼上办公。办公楼一楼是生产科、院部职工灶炊事员的宿舍以及总务科的几个库房；二楼南一排从东边依次是办公室、政工科、总务科、党委书记办公室，北一排是正、副院长、各科室科长主任办公室。当天是个礼拜天，二楼没有人，所有办公室门都紧锁着，我们转了一圈又上了三楼。

一到三楼就看见有两个年轻女同志正在楼梯隔壁卫生间外水房里洗衣服，她俩边洗衣服边说笑，一见我们上来了彼此吐了一下舌头扮了个鬼脸就不再言语。我一看是这情况就赶快叫上杜润虎、傅中华、刘大伟返回了下来。下办公楼后，傅中华又叫上我们一起去院部后面整个转了一圈。

办公楼的后面一个三十多米的地方有一座四面淌水的砖木结构的会议室。这五间会议室古色古香，典雅大方，红色玻璃门窗全部用青砖砌墙白灰拉缝卷成了窑洞式。傅中华说："听我父亲说，这个会议室的木料和砖瓦都是从西京朱将军的墓地搬运回来原样建的。当年西京省民政厅准备在朱将军的墓地建一个纪念馆，在征询朱将军女儿的意见时，朱将军女儿说：'老人一生简朴，不愿铺张，还是将木料运回绛纱社会福利院盖一栋房子让院民住吧！'后来，省民政厅就原样在这里盖了五间会议室。"

我问："这就是景涛所长在培训班讲的三元救一命的朱庆澜将军？"

他说："就是的！就是那个朱将军！"

我说："这也算对朱将军最好的纪念吧！"

他说："那是啊！"

我们边走边聊，东边是院部的职工食堂，西边隔了一条马路盖了一长溜厦房；紧挨着会议室的后面是一排人字梁结构的大房，傅中华说："这里全都住着院里的领导，每家还带着一个小灶房呢！"院里领导的住处后面盖着一个大礼堂，大礼堂能容纳上千人。可惜这个大礼堂已不再使用了，里面堆放着一些圆木和解好的松木及桐木板，但大礼堂当年的风采和标语口号还清晰可见。

大礼堂的后面盖着一座大房，这八间大房全部住着院部的双职工，当时就有人提着锅铲正在窗檐下炒菜，还有一个穿中山装的老干部模样的人正在东头搭建的简易草棚下砍柴火。我看见有人向我们这边张望，赶快叫杜润虎、傅中华、刘大伟离开了此地去了二所。

二所在八间房的后面几排大房里办公和生产。这里的大房与大房之间都用青砖砌成的大圆门连接。走进大圆门，里面是独立的院落。有生产场所和生活场所。我们走进生产场所，里面有扎拖把的、扎笤帚的、制作棕刷的。我们进去后，他们仍然在忙他们的事，到我们走出房间，他们都与我们没有任何交流。

听傅中华讲，二所主要安置着能够参加生产劳动的轻残人员，大多数都是聋哑人。他们的食堂就在二所的西北角。二所食堂的最北边是三所。

三所是一个独立的院落，食堂就在东边另一个独立的院落里。从环境、色彩、装饰一看就是儿童活动的场所。里面有木马、秋千、溜溜板等儿童用具和设施，这里全部安置着伤残儿童。这些伤残儿童大到六七岁，小到几天或几个月。护理员全部都是清一色穿白大褂的女同志。因为三所的大门紧锁着，我与刘大伟、杜润虎、傅中华从门缝里看了看。

再往东走，卫生所在二所与三所的东隔壁。傅中华说："卫生所医疗条件相当不错，凡是绛纱地段医院能看到的医疗设备这里都有。我随我父亲来这儿看过病……"

院部的院子挺大，足有二十多亩。且绿化和规划也胜过一所，这里道路的两旁都栽种着雪松、女贞等植物……

参观完院部，下午，我们回到一所，又去一所转了转。

一所的办公楼一楼是医务室、护士室和药房；二楼是办公室、正副所长室、会议室、阅览室和单身宿舍；三楼是为我们男青工们预留的单身宿舍。因为我们都来过一所办公楼，这次没再上去，只去了青工培训班院子西边的男病区、三病区和女病区。男病区、三病区和女病区的位置正好在篮球场的东、南、西三面，北面是三个病区的病员食堂。

男病区和女病区分别安置着男精神病人和女精神病人。三病区则安置着智能发育不全或患有癫痫病的病人。因为这三个病区管理都比较严格，非当班工作人员不能随便入内，我们只好在外面转了转……

四所设在绛纱镇，因为时间的关系，我们没有去。听说四所在绛纱镇街道的最中间，主要安置着老残人员和智力发育低下的呆傻人员。杜润虎快人快语，他说："啊就！下！下一礼拜，我们去四所看看！"我说："行！到时候咱们一块去！"傅中华、刘大伟一起响应说："行么！到时候我们一块去！"

十二

尽管绛纱社会福利院对青工们的培训和管理都比较严格甚至很苛刻，但一百名青工都是情窦初开的年龄，年轻人在一块相处，一些对上眼者免不了要擦出火花。刘大伟与姜小月、傅中华与白小娟、杜润虎与师小凤就悄悄地谈起了恋爱。起先，他们还瞒着我只是搞地下活动。一次，我偶然发现后，他们只好老老实实向我坦白。我说："亏你们仨还是我的朋友，在我心中总觉得你们仨是正人君子，谁知你们竟然背着我谈起了恋爱！"他们仨见我一本正经地对他们说，就有些不好意思的光是嘿嘿地笑。我以前不知道的时候，他们仨在我面前还装模作样啥都看不出来，我一旦揭穿了他们的事，他们仨反倒整天大明大放带着对象在我眼前晃悠，不但工余时间双双如胶似漆肩并着肩外出散步，就连在饭堂买饭吃饭都形影不离，这倒使我感到心中空落落的。后来，傅中华联合刘大伟与杜润虎开导我，做我的工作。傅中华说："锁澜！你看起来人长得聪明，咋个智商很高，情商太低，这么好的机会，还不趁早挂搭个女朋友？"刘大伟说："锁澜！你看政工科穿咖啡色宽条绒上衣的那个咋样？我打听过了，她刚满二十三岁，我看你俩挺般配的！"杜润虎忙说："如——如果你愿意，咱哥们托人给你——你说说？"我说："你们都胡说啥呢？乱点鸳鸯谱！她多大，我多大？"傅中华说："女大三，抱金砖。想不到你还挺封建的。"杜润虎怀疑地问我说："真——真没看上？"我说："不是没看上，是年龄不合适！"我话还没说完自己脸先唰地红了……

话说回来了，般配的人在一起谈情说爱无可厚非，可不般配的人在一起相处这就让人好奇了。我万万没想到青工里的文思思竟然和闫三学谈起了恋爱。闫三学是什么样的人呢？她文思思能不清楚不知道？真是苍蝇爱叮有缝的蛋，一朵鲜花插在牛粪上。

闫三学是一所洗衣机房的管理员，瘦高个儿，秃顶，一脸圈脸胡须子，有四十来岁，他媳妇是农民，家里还有一对儿女。

一所洗衣机房距离青工大院很近，在西边篮球场的东北角。我每天去开水房打开水经常能看见闫三学在洗衣机房两手一抹黑捣鼓他的摩托车或玩弄一些洗衣机零部件；有时候还看见他当着前来打开水的人的面故意卖弄一些诗文什么的。不知道的人还觉得闫三学是一个文化人。可他在一所职工中名声并不好，清高、自负、吊儿郎当、爱拈花惹草。闫三学本人并不这么看。他对别人说：“燕雀安知鸿鹄之志，如果是战争年代，我绝对是一把好手，能拉起一杆队伍来把事弄大。”他觉得他是一个帅才，有勇有谋，考虑事情周全，可领导就是不重用他。他还说：“我是个轻汉人，自从家庭联产承包制后，秋夏两料播种收获能把人挣死。每次收种完毕，我都要生一场大病，不挂几瓶吊针病就好不了。”他叹息他有一身的本事，可命运却给他安排了一个农村媳妇让他活受罪。他羡慕城里的双职工，瞧人家礼拜天穿红戴绿，拾掇得干干净净，成双成对地去逛大街，他们凭啥？每次想到自己像一个土贼一样，为生活奔忙，他就要骂娘、骂老子，说苍天对他不公。时间一长，他慢慢就有些玩世不恭、萎靡不振、破罐子破摔了。对待工作漫不经心，与同事说话，纯粹就一个杠头，爱唱反调，惹得大家见他就像躲瘟神一样。久而久之，谁也不愿意搭理他，他也不搭理大家。业余时间，他就自娱自乐，高兴时吹吹笛子、拉拉二胡，不高兴时就旁若无人地朗诵一些古怪的诗词。因为他的工作相对比较独立，一般是周一、三、五各病区定时来洗衣房洗衣服、被套、床单之类的东西，他只需要开关一下洗衣机就行。装衣服、取衣服等活儿都是各病区的护理员和病员完成，这就让他有了更多的时间干自己的事。

一次，他在洗衣机房手捧一本诗集朗诵古诗：“东风袅袅泛崇光，香雾空蒙月转廊。只恐夜深花睡去，故烧高烛照红妆。”

正好文思思要打开水经过这里就听见洗衣机房里有人在朗诵古诗词，出于好奇，她就进去探个究竟。她一进洗衣机房就看见闫三学踱着步，双目紧闭，两手背着拿一本发黄了的厚书在自我陶醉地朗诵诗词……

猛然间，闫三学好像也感觉有人进来了，他吓了一跳，睁眼一看是一位大美女站在他的眼前。他先是一愣，后又像猪八戒看见了嫦娥一样发起了呆。当两人四目相对的一刹那，文思思竟先红起了脸，她赶忙对闫三学解释说：“噢！原来是你！我刚才经过这里，听见你在朗诵古诗词就进来了！”

闫三学说：“你是新来的青工？”

“是的！”

“你也喜欢古诗词？”

“我看过一些古诗词！脑子笨，就是记不住。刚才，你朗诵的是苏轼的《海棠》吧？”

“是的！正是苏东坡的《海棠》。”

此时，闫三学就好像发现了新行星，他上下打量了一番文思思，殷勤地说：“噢！想不到你对古诗词还这么熟！如果你喜欢，我就把这本古诗词书借给你看！里面全是古人咏花的诗词。”

“行啊！如果你愿意借给我，我就笑纳了！”文思思感激地说。

这时，闫三学才记起问文思思的大名：“你怎么称呼？”文思思脸又一次绯红，说：“我叫文思思。文化的文，思念的思。那你怎么称呼？”闫三学爽快地回答道：“我叫闫三学！闫字是门字里有一个三字，三是三座大山的三，学是学习的学！以后你就叫我老闫或闫师好了！”他给文思思说出自己的名字的时候，他感觉他与她好像已经非常熟悉了，他只感觉他们两人相见恨晚，只怪以前天公不作美。闫三学一旦喜欢文思思，他知道应该怎样讨好对方。他随口朗诵道：“远山眉黛长，细柳腰肢袅。妆罢立春风，一笑千金少。归去凤城时，说与青楼道。遍看颍川花，不似师师好。”

文思思一听这首诗就好像触了电，她越发脸红了。她故作镇静地说：“你在说什么？我怎么没听懂？”

闫三学已看穿了她的心，笑着说：“名如其人，看见你，我突然想起了晏几道的诗。”

此时，文思思的脸像一朵绽放的牡丹花……

十三

那次邂逅，文思思对闫三学有了好感，她有事无事就想去闫三学那儿玩。每次去闫三学那儿玩过后，她又有些后悔。她回到自己的宿舍想心思：她一个大姑娘家去他那儿好不好？她与他究竟算什么？是爱情？是友情？后来，她强迫自己将两人的关系定格为同事与同事之间的友情。她之所以喜欢他，或许是因为他俩有着共同的爱好、聊得来。她又想：虽然她与他年龄相差二十岁，但如果闫三学真的是单身，她也许会愿意嫁给他，但问题是他是有妇之夫。想到这儿，她又试图躲避他。可每天晚上，她偏偏又能听到闫三学经过青工大院的时候在唱《军港之夜》。他一唱："军港的夜啊静悄悄，海浪把战舰轻轻地摇……"就好像为自己而唱，在暗示着自己什么。

闫三学唱苏小明的《军港之夜》动听幽婉。一听见他的声音，她马上又坐立不安，立刻就想去见他。

隔了几日，她去找闫三学。闫三学见到文思思后非常激动。他拉着文思思的手说："思思！我知道你会来的，我给你准备了一摞诗集，你可以带回去慢慢阅读。"文思思高兴地说："我不但爱读诗，更喜欢听你朗读咏花的诗……"闫三学一听文思思这么说来了精神，他就一股脑儿地向文思思朗诵了好几首咏花的诗……

他最后说："王安石写过一首《梅花》的诗：'墙角数枝梅，凌寒独自开。遥知不是雪，为有暗香来。'思思！你听多有诗情画意啊！"他将这首诗翻给她看。

文思思是一个处世不深的姑娘，一听闫三学的朗诵，再看看他为她精心准备的这一摞古诗集，她完全被他的文学才气所征服……

自从那次见面后，文思思感觉自己似乎找到了知音，她与他在一起心情非常愉悦，甚至，她觉得与他促膝长谈是她人生最大的幸福。也是从这天起，文思思就开始无所顾忌地隔三岔五去洗衣机房找闫三学谈古论今。有时候，他俩谝说完古诗又谈文学、谈人生，他们的谈话无所不及。闫三学有时候就找机会利用休息的时间用他半新不旧的摩托车载着文思思去单位外面兜风。那天晚上，他俩将摩托车骑到风阁岭，摩托车坏了。闫三学和文思思就在外面过了一夜……

自从闫三学和文思思在风阁岭借宿后，俩人的关系就更加紧密了。

过去，他俩是隔三岔五见一面，现在却成了有事无事天天见。有时候遇到所里开会或培训，他俩如果彼此见不上面，文思思就像热锅里的蚂蚁坐立不安。

闫三学的宿舍在一所办公楼二楼，他俩的联系方式只有他俩知道，每天晚上，闫三学就推上他的嘉陵摩托车从西边洗衣机房经过青工大院门口，当听见他在唱"军港的夜啊静悄悄，海浪把战舰轻轻地摇……"时，文思思就像谁按了她的敏感神经，又像喝了长虫油一样哧溜跑出了青工大院……

这天是个礼拜天，吃过午饭，文思思闲着没事，一个人回到宿舍。她与刘文娟、郭爱玲住一个宿舍，恰巧这天刘文娟和郭爱玲都不在宿舍。文思思就躺在床上想心思。她先打开收音机，收音机里播放的是蒋大为的《牡丹之歌》。遇到平时，她最喜欢听蒋大为的《牡丹之歌》，可今天她听了一会儿就关掉了收音机。她又顺手翻了翻放在枕边的小说《人啊！人》，感觉也没意思。就起身去了一所洗衣机房。

到了洗衣机房门口，太阳正红，除了洗衣机房门前一棵大槐树和不远处几棵梧桐树上的知了在叫外，周围寂静无声，不见一人。洗衣机房的门虚掩着，她轻声推门侧身进去，只见闫三学在简易单人钢丝床上“吭唧——吭唧——”睡大觉。她没吭声又退出洗衣机房，在墙角掐了一根蒲公英，又返回到他身边，她轻轻地将蒲公英放在他的圈脸胡须上来回划动。闫三学睡梦中以为是一只苍蝇在他脸上爬动。他打了一把脸，翻了一个身又睡过去了。反复多次，他感觉不对劲，睁眼一看，是文思思站在他跟前咯咯地笑。他顿时像打了鸡血，立刻坐了起来一把就抱住文思思的腰心疼地说：“你咋来了？”

文思思说：“我咋不能来？”

闫三学说：“来了就好，来了就好！”

“我不来，你也不想我？”

“咋没想！你不信我把心掏出来让你看看！”

“编！你既然想我，哪还睡得这么死？”

“我正在梦里想你哩！”

“谁信？你在梦里不知想哪个相好的哩！”

“我发誓……”

闫三学举起右手正要发誓，文思思赶忙用手捂住了他的口说：“我就这么一说，谁让你发誓赌咒了！”说着，她顺势坐在了闫三学的大腿上。闫三学换了个姿势又顺势搂住了文思思的脖子……

他俩打情骂俏的这段风流韵事被收养人员王安安和青工中的好事者无意中发现了，这件事就自觉不自觉地传扬出去了。

景涛所长知道了此事后，专门为这事找闫三学和文思思谈了话，可他俩根本听不进去，继续交往。后来，全国开展“严打”活动，闫三学因偷盗一所解放牌汽车汽油被金沙河劳教所劳教了两年。

文思思在培训班学习结束后，被分配在一所女病区上班，上了一段班后，不知是啥原因，辞职不干了。可闫三学和文思思的风流韵事在绛纱社会福利院传了好长一段时间。

十四

谈了恋爱的青工幸福都写在脸上，没谈恋爱的青工心里却像打翻了的醋瓶五味杂陈不是滋味。一次，达宽录下早班看见傅中华、杜润虎、刘大伟他们带着对象在一所大院转悠，就对我说：“你看见了没有？这伙瞎瞎一进福利院就先谈起恋爱了！”我说：“怎么？你是羡慕了还是嫉妒了？”他一句话没说就进了宿舍。停了一段时间，我偶然发现他也领着一个我并不认识的姑娘在一所大院转悠。我说：“达宽录！前段时间你还说傅中华他们是一伙瞎瞎。现在，你怎么也变成了瞎瞎？”他红着脸不好意思地说：“这是我同学……”

那时，我是一百名青工里年龄最小的一个。瓜瓜的，只知道一门心思学习业务知识。有时候瞧见傅中华他们成双成对领着对象在我面前转悠，心里也不是滋味。可我能很快调整好心态，把精力放在学习上。

在青工培训班里，景涛所长给我们讲了“四级护理”的基本方法，简单归纳起来，即：一级护理为间歇性偶发性护理；二级护理为比较狂躁型护理；三级护理为生活不能自理型护理；四级护理为先天痴呆型护理。同时，院里也给我们请来了西京医科大学附属医院张教授专门进行了授课。张教授主要给我们讲了“药物、精神与工娱”的治疗方法。

张教授给我们青工上第一课的时候着实吓了我们一跳。大家当时都不知道张教授是西京医科大学附属医院的教授。他上身穿一件蓝色中山装，下身穿一条黑涤卡裤，看起来五十来岁，留一头自来卷短发，秃顶，戴一副近视眼镜，从眼镜里能看见两眼下方还有两个大眼泡。张教授一进教室猛然向讲桌上一坐，一只手将板刷在讲桌上“啪”地拍了一下，两眼直勾勾地瞪着前面一位青工，嘴里吼道：“张爷爷在此！看谁还敢乱来？”我以为他是从一所男病区跑出来的精神病人……

他的这一举动好像使那位青工被禁锢了一样不敢动弹，教室里鸦雀无声，没有一个人敢说话。我就坐在那位青工的后面，也被这突如其来的举动吓了一跳。我还没有反应过来的时候，张教授已像没事人似的恢复了原态。他说：“这就是典型的精神分裂症病人!”教室里唏嘘成一片。张教授示意大家安静一下。随后，他说：“我叫张成轩，是西京医科大学附属医院的医生，我刚才模仿的这种病人是典型的精神分裂症，治疗这种病，一般要用录丙嗪、利血平。同时，配合阿米妥纳、水化氯醛、苯巴比通等药物，具体要根据病人的病情采取不同的治疗方法。通常我们治疗典型的精神病人分为三类情况：第一类为快速治疗法。”他龙飞凤舞地用白粉笔在黑板上写下“快速治疗法”，然后说：“这种治疗法的特点就是节省药物，疗程短、效果快。最适合病期短、体质较好的急躁性病人。”

讲完“快速治疗法”，他又在黑板上写下第二类“常规治疗法”和第三类“对症治疗法”。

他说：“所谓常规治疗法，就是我们对疗程长、效果慢、体质差、病期长，而且有治疗价值的慢性病人一般都采取这类治疗方法。”讲到这里，他转身用白粉笔指了指黑板上“对症治疗法”五个字说：“第三类所谓对症治疗法，这种治疗方法的主要目的是为防止病人过度兴奋躁动，对于预防病情衰退、保持病人现有的劳动能力能起到很大的促进作用。因为精神病人的兴奋冲动，最容易发生自残伤人事故，引起病人病情恶化，甚至发生突然死亡。当然，在临床上，无论哪类治疗方法都要依据病情和病人的体质及时进行药量调整，定期检查体格和血象，才能确保用药安全，预防医疗事故的发生。”

随后，他又讲了“精神治疗法”和“工娱治疗法”两种治疗方法。他说：“……所谓精神治疗法就是通过医护人员的肢体语言和对病人在生活上的体贴关心，从而使病人的大脑皮层发出有利的变化，达到治疗的目的。在方法上，应该从关心病人入手，通过与病人谈心交朋友，摸清他们的病史、病因和特点，对症下药……

“工娱治疗法就是我们通常所讲的组织病人逐一开展像种菜、搬运、纳鞋底、编草帽、缝洗衣被、帮厨、外出散步、看戏、看电影、阅读书籍、下棋等文体劳动活动。主要采取诱导说服，因人而异，由少到多，由简到繁的一种工作方法。具体根据各个病人不同情况采取不同活动项目。每天以四小时活动为适宜度，实行选择、活动、休息三自由，培养病人活动兴趣。采取精神激励或物质奖励等手段，根据病人不同表现，定期召开病员大会，给予口头表扬或奖励。我们在临床上把这些都归纳为精神激励的范畴。对于有些病人也可采取物质激励措施，像给评定劳动津贴级别，每月发给适当劳动报酬，鼓励他们多劳多得……”张教授讲课很投入，我们听课也很认真。

从张教授的授课当中，我学到了很多实用的临床经验和知识。后来，我把这些临床知识和经验都用到了工作中，效果很佳。可自从那次张教授来院讲完课后，一些青工还是给张教授起了个不雅的绰号——“张疯子”。每次，张教授受邀来院讲课，只要有一个青工得到消息，好多青工们都要在背后描画一番张教授的奇闻逸事。有人说：“张教授的老婆年轻的时候是一个精神病人，家人带她找张教授看病，张教授竟然看好了她的病。后来，他俩居然成了两口子。”我听了这个浪漫的爱情故事后，不由得从内心更加佩服和仰慕张教授了。

十五

隔了两周，这天是个礼拜天，我、傅中华、杜润虎、刘大伟四个人吃过早饭闲着没事就相约一起去了绛纱镇。

绛纱镇距离一所有两公里多路程，它的位置在绛纱火车站院部的西南方向，正好与院部、一所形成了一个对角三角形。

绛纱镇因马融讲学而得名，它是一个地地道道的古镇。镇子的东西、南北有两条街道在街正中交会，形成了一个繁华的十字。镇上的建筑虽然经过岁月的变迁大多已变成现在的砖瓦水泥结构，但街道的整体布局仍然保持着古代镇店特有的气质。店铺高低错落，一家挨着一家。我们去时正逢有集，各个摊位在店铺门前紧密相连，赶集的人摩肩接踵，吆喝声、讨价还价声、商铺里吼出来的秦腔声，交织在一起好不热闹。十字西北角大肉泡馍摊长长的案板上，摆放着煮熟的猪耳朵、猪蹄、猪大肠散发着诱人的香气，十几个赶集的人或坐或立，抱着海碗尽情地品味着这种神来之食。似乎自古以来绛纱镇就是这样的繁华和热闹。过了十字，一直往西走。很快，我们到了四所。四所的大门显得与众不同。青砖青瓦，雕刻精致，古香古色，一看就是明清时代的做派。两扇大木门因为有四排黑色泡钉和一对威武的铸铁老虎门环显得十分大气和沧桑，也许是年代久远，大门的门槛已被人踩成了凹形。我透过门缝往里看，院内有青竹和绿植，整个院落布局有序，层次分明，地面与房屋的院台全部用青石和青砖铺成。傅中华叩了叩门环，一位穿白大褂的中年男子开门向我们打招呼说："来啦！你们找谁？"傅中华随口说："我们是咱们福利院新招来的青工，今天休息想来四所看看。"那人说："噢！欢迎！欢迎你们！"我说："您贵姓？"他说："我姓齐，你们就叫我老齐好了！"我客气地说："齐师傅！给您添麻烦了！"他边走边说："这有啥？都是自己人！"就直接带我们一起进了四所。

四所的布局是一个四合院的形式，所有建筑都是明清时代的砖木结构，看上去虽有些陈旧，但依然能显出当年的华贵和考究。门窗、屋顶的彩绘都还清晰可见。特别是套格门窗上花鸟图案的雕刻到现在都能看得出精致可人、不可复制来。

四所共有木板楼房三十六间，厦房十二间。院子坐北向南，木板楼房的六根柱子由六个圆石墩支撑；房上的斗拱和瓦当特别讲究和精致，看得出每个材料和用料都是精心挑选的。可惜，我们去时这座木板楼房的二楼已经闲置多年一直没有住人，里面全堆满了杂物。院子的东边和西边都是砖木结构的人字梁架子大房。

我问齐师傅四所都安置着什么人，他说："主要安置着老残人员和智力发育低下的呆傻人员。现在总共有五十八人，最多时有七八十人呢！"

交谈中，齐师傅给我们讲：四所原本是解放前绛纱区公所和一所私立学校所在地，共有两院地方。五十年代，扶爱县人民政府为调换院里县城的老地方才将这两院地方划归福利院。因为这里的建筑都是明清时期所建，随着时代的变迁，木板楼房的二楼已成为危房。因此，院里决定让四所将二楼居住的病员全部搬到了西大院居住。

参观完东大院，我们随着齐师傅去了西大院，西大院除了有病员的宿舍外，还有独立的一个灶房和餐厅，整个大院与东大院布局基本一致，地面全部都用青石青砖铺成……

我们四个人从四所参观回来不久，有一天晚上，王林锁和张建设组织青工们在一所二楼会议室举办联欢晚会。我在晚会上朗诵了一首自己写的《心中的向往》。这首诗歌是我根据青工们在培训班学习和我参观院部、一所和四所的感受所写。除了对我们将要服务的对象进行了描述外，还抒发了我对社会福利事业的追求和向往。

晚会结束后，王林锁觉得我写的这首诗歌不错，就要了我的手稿，让李彩霞抄录在一所职工灶山墙上青工们办的墙报上。一天，福利院党委书记郑明翰骑着自行车在一所调研无意中看到了我写的这首《心中的向往》，他便记了下来。

三个月的培训结束后，郑明翰书记在青工培训班结业典礼上讲话时提到了我这首诗。他说：“一次，我来咱们一所调研，看到你们青工们办的墙报。其中，有一首诗写得真好，前面我没记住，后面是这样写的：‘……我们的工作虽然平凡，但我们有一颗金子般的心。我们的服务对象虽然不是我们的亲人，但我们一定要把他们当做自己最亲的人一样来呵护。我们知道在社会福利事业的工作岗位上我们还很稚嫩，但我们有决心有信心一定能完成好这项神圣而光荣的工作。不把福利事业搞好决不罢休；这是我们向组织庄严的承诺……’这首诗歌的作者是周锁澜。”说到这里，他把黑框眼镜往鼻梁上摁了摁，然后抿了一口茶水继续说：“我们有这样一支不把社会福利事业搞好决不罢休的青工队伍，我们还怕搞不好社会福利事业……”

自从郑明翰书记有意无意地在青工培训班结业典礼上的这次讲话中提到我之后，我在青工当中多了一个外号，大家都叫我“周先生”！

叫我“周先生”，先不说是褒义词还是贬义词，我觉得怪怪的，好像我与其他青工不一样了。我很抵触大家叫我“周先生”。尽管我抵触，但“周先生”这个绰号还是在青工当中叫开了。

一天中午是个礼拜天，我在一所篮球场打篮球。陈亚芳刚下早班，她端着一个瓷脸盆路过篮球场见我们几个男青工在一起打篮球，她喊我：“周先生！周先生！你们不好好休息，怎么打起了篮球来？”我正要投篮，瞪了她一眼，将篮球砸向篮筐。她见我没理她，就说：“怎么？周先生！还生气了，叫你咋不言语？”我说：“陈亚芳！请你以后不要再喊我‘周先生’了，我有名字！”她却笑嘻嘻地说：“叫你周先生怎么啦？叫你周先生是本小姐看得起你！”说着就一溜烟向前院走去。我忙吆喝说：“我求你了！以后别再胡叫了行吗？”她已不见了踪影。

陈亚芳是绛纱社会福利院的子弟，她十八岁高中一毕业就接了她父亲陈远征的班。她哥哥陈亚龙是知青，返城后，接了她母亲宋淑珍的班，现在就在一所三病区上班。他们家住在一所职工灶的南边两间偏厦房里，去青工大院时必须经过他们家，我与他们一家人都挺熟的。有时候，他们家改善生活，热情的宋淑珍师傅还会邀请我去她家吃饭，不然陈亚芳怎么敢不顾我坚决反对还要开我的玩笑，叫我“周先生”呢？

十六

三个月的培训一结束，我们所有人都被分配了工作。凡是党员的被分配到了院部。李玉祥、刘丽丽被分配到了机关办公室；王林锁、李彩霞被分配到了机关政工科；郭爱玲、李志远被分配到了机关总务科。其他青工都被分配到了一、二、三、四所工作。这次分配除一所分配的青工比较多以外还有二所。二所共分配了三十八人，听郑明翰书记说，下一步院里计划在二所成立制鞋厂，这些人都是为制鞋厂预备的业务骨干。我、杜润虎、韩水怀、安天佑、韦馨梦、刘荣惠、文会娟、陈银丽、杜丽丽被分配到了一所三病区工作；傅中华、刘大伟、贾玲玲、陈云丽等人被分配到了一所男病区和女病区工作。我们从双山县一块来的安广丽被分到了二所，袁芳琴被分到了三所，刘云丽被分到了四所。

初来三病区，我一切工作从零开始。第一天上班，三病区刘耀祖组长就安排我跟醋广魁师傅一起上夜班。晚上21:00接班，我提前半个小时来到三病区。到值班室后，上一班的师傅一个在洗手，另一个在往值班簿上填写什么。我赶快向两位师傅打了招呼，就坐在值班室条椅上等醋师傅。没多久，醋广魁师傅就拿着灶具等进了值班室。他把随手拿的东西往半截柜上一搁，就叫我与他一起去查房。

三病区一共安置着收养和代养病员五十八人，共有五个病房。三个大病房，一个中型病房，一个小型病房。大病房有六七十平方米，每个房间里有近二十名病员。其中，两个大病房在值班室的西边，我与醋师傅逐一进去查了房。我们进去时，病员已全部入睡。醋师傅挨个点了点人数，就与我走出了病房。再往西走，是三病区病员的饭厅兼活动室。最西边有一个十几平方米的小病房，里面住着四名病情较轻生活能自理的小儿麻痹症患者，他们见我和醋师傅进来，就叽叽咕咕跟我们说什么，我没听懂，就听醋广魁师傅说：“好了！不用说了，睡觉！”我与醋师傅走出病房后，我问道：“醋师傅！他们在说什么？”醋广魁师傅说：“我也没听懂，可能是说咸阳睡觉时打呼噜吧！”

从西边小病房出来，我们又拐到值班室的东边。东边是一个三十平方米的中型病房，里面居住的是一些企事业单位送来的代管病人。其中有一个七十多岁的老头正在自言自语地骂人。我问醋师傅说："他骂谁呢?"醋广魁师傅说："他既有癫痫病，又有精神病，他能骂谁？可能是想起了陈年旧事了吧!"

中型病房的东边，直接用青砖扎了一个隔墙，在隔墙的中间留了一个砖箍圆门。醋师傅领着我进了圆门，里面有一个小院，小院里有一大两小两个房间。大房间全部住着肺结核病人。有一个六十多岁叫李保善的收养人员专门负责照料这些人。平时，除了医护人员查房外，一般不允许其他人员进入。小房间一个是三病区的库房，一个是护士室。听醋师傅说库房里全是三病区病员的日常用品和衣物。查完房，醋广魁师傅又领着我回到值班室，他用消毒液洗了洗手，要求我也用消毒液洗洗手。我洗手的时候就看见醋广魁师傅在值班簿上写什么，后来，醋师傅去上卫生间，我赶快看了看值班簿。上面写着："一切正常！值班人：醋广魁、周锁澜。"

等上一班两个同事交完班回家后，醋广魁师傅就拿着一本《护理知识大全》在翻看。晚上23:00的时候，我俩又一次挨个查了一遍病房，处理完一切事务后，他又一次用消毒液洗了洗手，就开始用自己带来的灶具及食材包起了饺子。我问醋师傅说："上夜班还要自己做饭吃?"他说："不做饭肚子饿。况且，一做饭后时间也过得快些。等会儿，我做好了咱们一块儿吃!"我"噢"了一声……

自从那天起，我知道了上夜班还可以自己做饭吃。

我和醋广魁师傅吃过夜班饭后，我俩又一起去五个病房查了一次房……

第二天，我利用白天休息的时间去了一趟绛纱火车站，购买了一个小铝锅和做饭的用具及米面油以及调味品。

与醋广魁师傅上了一周夜班后，刘耀祖组长又安排我与郭抗山师傅上了一个早班，与黄爱琴师傅上了一个中班。后来，刘耀祖组长就安排我带着我们一起来的青工陈银丽上夜班。这是我第一次离开师傅独立与陈银丽上夜班。

那天晚上，我俩自从接班后，一直就没消停。先是有两个病员打架；刚处理完打架的事，又有一个病员发高烧。我赶快去一所办公楼叫值班医生孟卫平大夫来处理；孟大夫处理完这位病员的病情刚走，又有一个病员不停地蹬被子，我怕他感冒了，就一直坐在他跟前没敢离开。原本还打算做夜班饭，结果根本没顾上。

在三病区上班一个月后，我们遇上了发工资。那天，我特别高兴，这是我第一次领工资。虽然，工资里扣掉了四个月八元钱的互助金，每个人还强制性从工资里开了个二十元的零存整取存款单，但我还是挺高兴的。不光我高兴，我们一块儿上班的青工们都很高兴。工资一发到手，傅中华和刘大伟很快就通过男病区代管病员蒋城岳所在单位——西京手表厂的联系人陈大方主任给他俩一人买了一块“蓝蝶”牌手表。我有手表，就让傅中华捎着给我父亲和母亲每人也买了一块手表。留够生活费，我又去绛纱火车站给我外婆买了一个老年人戴的黑平绒帽子，给锁丽和锁娟每人买了一条红围巾。

轮到我休假的时候，我将给家人买的礼物带回了家。锁丽和锁娟一拿到红围脖都很高兴；但我父母亲接过手表后却嫌我乱花钱。我母亲说：“你给你外婆和你两个妹妹买礼物我和你爸都高兴！可你给我和你爸买这么贵的表干啥呀？我们都这个年龄了，还戴这个？”我父亲说：“挣钱不容易，要学会节省着花哩！”我说：“单位有熟人，手表便宜。”锁丽背过我父母亲给我说：“爸爸和妈妈给我和锁娟说，他们很喜欢你买的手表。”我说：“只要爸爸和妈妈喜欢就好！”

第二天，我去了一趟陈家村，将黑平绒帽子送给了我外婆。另外，我还给我外婆硬塞了十元钱让她零花。我外婆高兴得合不拢嘴。她说：“没想到我享了我外孙的福！”我说：“外婆！我现在挣钱了，您想吃啥就买啥吧！”晌午，我外婆非要留下我给我做臊子面吃……

可我万万没想到，我那次回去不久，外婆就病倒了。我听我父亲在电话里说，我外婆这次得的是瞎瞎病，我舅已将我外婆送到西京肿瘤医院进行治疗了。

等我再一次休假回去看我外婆的时候，我外婆已从西京肿瘤医院回到了陈家村。听说是肿瘤医院不收了，我舅才将我外婆送回家。这次，我来陈家村看我外婆，她躺在病榻上紧闭着双眼不停地呻唤，她已经让病痛折磨得不能说话了。这次，我看完我外婆时间不长，外婆就去世了。

我外婆是个苦命人，我舅八岁的时候，我外公就去世了。外婆一辈子生养了四个子女，我母亲为大，我还有两个姨都出嫁在周边村子里当农民，我舅最小。两个姨出嫁后，外婆就一个人在生产队管电磨子和压面机，一天能挣七工分，供我舅上学。外婆还没把我舅供到高中毕业哩，我母亲又病了。在我母亲看病期间，外婆既管我舅，又照顾我、锁丽和锁娟，等我们都长大了，她却不在了……

十七

三病区是绛纱社会福利院一所一个老牌先进病区，这里安置着癫痫病和智能发育不健全的呆傻病人。病区大部分工作人员实行倒班制。早班凌晨5:00上班13:00下班，中班13:00上班21:00下班，晚班21:00上班第二天凌晨5:00下班，每个上倒班的人一周轮休一天；正常班是早上8:00上班，中午休息两个小时，下午18:00下班，每周正常礼拜天休息。虽然我们一同分来的青工有七八个，因为大多数人都上的是倒班，因此，我们之间并不常见面，但大家对福利事业精益求精的劲头并没有减弱，比如：不管谁上夜班都要按时督促病人睡觉，给病人盖被子、摆放鞋袜，半夜24:00准时叫病人解手；上白班或正常班必须按规定多长时间给病人理一次发、洗一次头、剪一次指甲、换一次衣被，又多长时间给病人洗一次澡，这些都得熟记于心，严格做到，并创造性地工作。

由于我积极要求进步，在工作中虚心学习，任劳任怨，业绩突出，我递交了入团申请书后，很快就被第一团支部发展成共青团员并被选为第三团小组组长。团支部书记陈云丽还让我负责办第一团支部的黑板报，这对我来说是极大地鼓励和鞭策。从此，我的工作积极性更高涨，在我的倡议下，三病区的团员青年利用班余时间给每位病人缝制了一个棉“裹肚”。每天晚上病人睡觉时，让病人戴上“裹肚”睡觉，即使是夜里病人把被子蹬掉了，也不会着凉拉肚子。

那天，刘耀祖组长带着我、陈银丽和韦馨梦上早班。中午开饭时，我带着四个病情较轻的病员从大灶领回了饭菜，与刘耀祖组长一起在饭厅给病员打饭菜。陈银丽和韦馨梦招呼病人吃饭。忽然，“咚”一声闷响，陈银丽和韦馨梦“啊呀”叫了一声。我以为是她俩绊倒了，就朝东北角望去……

原来是病员咸东来犯病倒地了，正蜷缩在地上抽搐呢。陈银丽和韦馨梦见状都吓得不知所措。我赶忙放下铁勺，跑过去准备扶咸东来起来。刘耀祖组长却对我说：“先不要动，让我来处理！”我一听刘耀祖组长这么说，只好着急地看着咸东来在地上吐白沫。

刘耀祖组长没停就拿来一条毛巾，只见他把咸东来搬平，用手掰开咸东来的嘴，将毛巾塞到咸东来的嘴里。随后对我们仨说：“这种病人犯病后，如果窝躺着，一定要把他搬平了，让他出气畅通。为了防止他咬断或咬伤舌头，记住必须要给他嘴里塞一条毛巾或软物。”我把刘耀祖组长讲的话全都记在了心中。大约过了十几分钟，咸东来苏醒了……

后来，受刘耀祖组长处理咸东来病情的启发，我在工作中也摸索出了癫痫病人犯病的五种类型：第一种，饭菜冷热型；第二种，气候变化型；第三种，生活偏见型；第四种，逢年过节思念亲人型；第五种，外界刺激型。对于一遇见饭菜冷热就犯病的病人，我在开饭时就给病人优先或推后打饭；对于因气候变化犯病的病人，我根据气候变化情况适时给予增减衣被来缓解他们的病情；对于有偏见犯病的病人，我注意做好他们的解释工作，及时观察和疏导他们的情绪；对于逢年过节思念亲人的病人，我将家属探亲日期记在笔记本上，探亲日期快到了时就提前通知家属前来探亲；对于因外界刺激犯病的病人，我尽量不让这些病人见外面来的人，避免他们见了外界的人受到刺激。没想到这五种类型的处理方法在实际工作中还挺管用的。我把它及时推广给了三病区上班的其他人……

第二年年初，刘耀祖组长到了退休年龄。刘耀祖组长一退休，林安学就当了组长。林安学有四十多岁，是从西京机器厂对调回绛纱社会福利院的。他性格沉稳，个头不高，黑瘦而精神。没想到他管理病区有他的方法，不管是青工，还是老员工见他都是服服帖帖的。林安学组长一到三病区除负责全面工作外，主要分管行政工作；刘素珍护士兼任三病区副组长，主要分管医疗护理工作。刘素珍副组长性格外向，个头不高，微胖，留个刘海，快人快语，他俩搭档反倒使三病区的工作很和谐。

那时，我已能够独立给狼娃打吊针了。而且是一针见血，不扎二针，这在三病区青工里引起了不小反响。凡是能给狼娃打吊针的护士或护理员那绝对是业务技术相当过硬的，因为狼娃本身皮肤黑，血管细。而且，人一去就“哼哼”着手不停地在头上或板凳上打。每次，不管是谁给狼娃打吊针都捏着一把汗。不过，我每次都能准确无误地给狼娃扎上静脉针，这倒让三病区的新老员工刮目相看，从心底里佩服。

关于狼娃的身世，在新老员工中永远是一个说不完的话题。我们不妨也一起来听听……

十八

一九二零年十月，有人曾在印度葛达莫里村附近的狼窝里发现两个女孩，一个约八九岁，另一个不足两岁。毕业于加尔各答大学的锡恩神父将这两个狼孩带回了密拿坡孤儿院，并开始对这对经历非凡的姐妹进行长期研究。

神父给这两个女孩取名为卡玛拉和亚玛拉。这对姐妹在很多方面表现出“狼”的特性，她们能利用四肢飞快奔跑，用舌头舔食牛奶和水，吃生肉，嗅觉也异常灵敏，能闻到距离很远的食物味道，视觉也很突出，两人能在伸手不见五指的深夜，在崎岖的山路上游玩。

同一年，在印度的芝兹卡查尔村猎人打死了两只雏豹，母豹竟然跟随猎人到村子，叼走了一个两岁多的男孩。三年后，当地人打死了母豹，并救出了小孩，不过已经快六岁的小男孩已经完全习惯了豹的生活方式。

据说野兽的母性本能非常强烈，特别是比较凶猛的母狼、母豹等动物，当它们失去了幼兽后，在母性本能的驱使下，便对其他幼小的动物进行喂养。因而有时竟掠夺人类的孩子，或者人类的小孩被遗弃在荒野后，被狼或其他出来觅食的动物发现，误以为是自己的幼崽而带回去抚养。三病区的这个狼娃莫非也是这样？

国庆节那天，我、韦馨梦和文会娟都上早班，刘素珍副组长也在。吃过午饭病员们都休息，常生华副院长引领着四个干部摸样的人来到三病区看狼娃。我们送走常生华副院长一行人后，我问刘素珍副组长说：“狼娃名气这么大，他是怎么被发现的？”她说：“听刘耀祖老组长讲过，狼娃是一九六零年二三月被三秦县城关公社西塬堡第五生产队女社员许淑琴发现的。当时，她在麦场揽柴火，突然有一个小孩从西边学校空院里跑来，这孩子上身穿一件黑布破棉袄，光着屁股，也没穿鞋，头发蓬乱。那天，天气特别冷，孩子冻得直往柴火堆里钻。许淑琴把柴火揽好后，正要往回走。这孩子忽然扯住她的衣服，傻哭不停。许淑琴问他从哪里来的，他不吱声；问他想要啥，他也不吱声。许淑琴就背着柴火回家，没想到这孩子却跟在她后面来到了她家。到家后，这孩子在房子里乱钻，怎么叫他也不出去。这时，村里群众都来围观看热闹。有一个贫农妇女叫赵淑云，看见这孩子冻得可怜，就将她孩子的一件旧棉裤给这孩子穿上。后来，许淑琴把这孩子交给了大队治保主任李志义。李志义把这孩子往大队部领时，这孩子却在村子的街道乱钻，不直走。无奈，李志义就把这孩子背在背上去了大队部。等他把这孩子放在大队部炕上时，这孩子光往炕角钻，想睡觉，看样子可能是冷。当天晚上，大队领导一商量就把这孩子送到了县集训队。经过在县集训队几个月的生活后，人们发现这孩子吃东西用手抓，爱吃干硬的东西，有时还抢着吃。一次，集训队杀羊，他就用手抓着吃地上流下的羊血和羊皮上的血肉，还啃羊骨头，吃后消化很好，不受任何影响。同时，人们还观察这孩子行动有时还爬行，手经常拿着树枝或柴火棍，睡觉或休息时经常双手抱着脖子仰着头，表情怪异，很不正常。根据这些现象，县集训队怀疑这孩子可能是被狼叼去而喂养长大的狼娃。后来，就将这孩子送来咱们绛纱社会福利院进行收养。院里张文蔚在给这孩子登记户口的时候就给他起了个名字叫毛新生，意思是说这孩子是在毛主席领导下的新中国才获得新生的。”

我问刘素珍副组长说：“那他究竟是不是狼娃?”韦馨梦和文会娟也着急地问道：“那他是不是狼养大的?”

刘素珍副组长看到我们非要打破砂锅问到底，停顿了一会儿说：“这也正是院里一直想弄明白的问题。一九六四年五月，毛新生突然生病需要送西京省人民医院治疗。院里和所里领导一再叮咛随行护理员石青山，不要暴露狼娃这个名字。结果，这位老先生沉不住气，无意间与同病房陪护人员谝闲传时还是在医院和住的招待所说出了狼娃这个名字。不但说出了狼娃的名字，他还出于好奇心，私下领着狼娃去西京革命公园和动物园与狼见面。这样一来，致使周围群众纷纷前来围观看狼娃。结果，前来观看的群众挤破了招待所的门窗玻璃，阻塞了交通。就这样，四面八方的群众还是不断涌来。西京省民政厅得知这一情况后，赶快派车将毛新生从后门接走转移。从此，关于狼娃的传说在西京省广大人民群众当中广为流传，经久不衰。而且，愈演愈烈。福利院有个狼娃吃牛肉、吃骨头、舔羊血等传闻不少。瞧！今天这些鸡峰市来的干部就是专程来看狼娃的，猎奇心理人人有之吗！”刘素珍副组长笑着说……

我来三病区工作后也观察过狼娃，他白天睡一条长凳子，经常双手抱着脖子仰着睡，大多数时候双目紧闭，嘴里“哼哼”着一种怪异的声音，遇到有蚊子飞过，他就一把抓住送到嘴里。

我对刘素珍副组长说："那院里去西京也没有搞清狼娃的真实身份?"刘素珍副组长说："咋能搞不清楚呢！为这事，咱们院曾派干部去三秦县调查。后来，又经过专家确诊，毛新生不是狼娃，而是一个被遗弃的呆傻孩子，可周边的群众不信，还是以讹传讹，继续络绎不绝前来观看狼娃……"

十九

自从我们这批青工分配到三病区后，三病区的男员工和女员工几乎成了对半。林安学组长考虑到女同志的安全，就在安排值夜班时，尽量做到男员工与女员工搭配着上班。这样一来，我就与陈银丽安排在一起经常上夜班。陈银丽是鸡峰市人，来绛纱社会福利院之前刚结婚，新婚燕尔，小两口正在蜜月期，她爱人刘大远一休假就来一所小住。那时，一所的男员工都住在一所办公楼的三楼；女员工住在一所职工灶北面的二层楼上。原来我们培训时住的青工大院已做了复退军人疗养所。因此，刘大远每次一来，刘荣惠就唉声叹气，她当时与陈银丽住一个房间。那天，我与刘荣惠上早班，刘荣惠在我跟前诉苦。我对她开玩笑地说："这好办么！"她以为我给她出啥好主意，就凑到我跟前问我说："你说咋办呢?"我说："下次刘大远来了你不腾房子，你睡你的，他俩睡他俩的，井水不犯河水！"刘荣惠红着脸说："你啊……"就一溜烟忙着另寻地方了。

自从我分配到三病区工作后，就一直与韩水怀住一个宿舍。韩水怀人不错，他是武凌镇人，插队返城后就与我们一起分配到了绛纱社会福利院工作。他爱喝茶水，经常见他有迟没早手里端着一个茶杯。那时，兴罐头瓶。每个人的茶杯都是用罐头瓶做的，上面套一个红皮筋编织的杯套，一眼就能看见里面漂浮的茶叶。我问韩水怀说："你为啥在杯子里总爱放那么多茶叶呢?"他说："喝着没味了就往里添，不知不觉就攒多了！"我说："那你也不把陈茶倒掉?"他笑着说："习惯了！"其实，我们大家都知道他还不是为了节省茶叶么。

时间一长，杜润虎给韩水怀起了一个外号叫"韩水牛"。起先，他还不接受这个外号，谁叫他"韩水牛"，他就用他水牛一般大的眼睛翻谁一眼，并对喊他的人狠狠地说："耍去！"后来，他好像习惯了这个外号，谁叫他"韩水牛"，他答应得比谁都欢实。

韩水怀是个大方人，每次回家经常要从家里带一些苹果给我们吃，他父母在武凌镇卖水果。老吃韩水怀的苹果，我心里过意不去，就经常从双山县带一些手工空心挂面送给他。他很喜欢吃双山县的空心挂面。他说："做夜班饭下空心挂面既省事，又好吃！"我说："爱吃我就经常给你带！"

不知从啥时候开始，男病区、女病区和三病区每个人上夜班时都要带上锅碗瓢盆做夜班饭。我来三病区后，是跟醋广魁师傅上夜班时知道了这个约定俗成的规矩的。因此，每次上夜班，我也要带上锅碗瓢盆做夜班饭。一天，我和陈银丽上夜班，提前准备了面粉、韭菜和大肉馅，准备晚上包饺子吃。我们俩夜里24:00查完房。陈银丽回值班室坐在值班桌前看闲书，我在长条椅上和面，准备韭菜肉馅儿，一切准备就绪，我就对陈银丽说："我包饺子技术不行，我给咱擀饺子皮，你包饺子！"结果陈银丽却放下书本笑嘻嘻地对我说："我没包过饺子呀！没结婚时，是我妈包饺子，我吃现成的；结了婚以后是刘大远包饺子……"

我只好说："有福之人不在于能干。行了！你就凑合包吧！只要能吃就行！"陈银丽难为情地拿起我擀的饺子皮就包了起来。我看见她包的饺子的确样子很难看，就拿起我擀好的饺子皮包了一个月牙形的饺子。陈银丽鼓励我说："你包的饺子比我强！"我正要指导陈银丽按我的方法包饺子的时候，一所王经纬副所长敲门来三病区检查工作，我去开了大门，我们一起来到值班室。他见我俩包的饺子大的大小的小，就说："在我们老家包饺子是有口诀的：'想吃饺子先和面，放面放水筷子拌；不想皮破放鸡蛋，要想面软放点盐；拌到适当用手和，手不粘来盆不粘；醒面之时再切馅，搅拌肉馅顺着拌；素馅拌好放点油，菜汤也要包进馅；手揪剂子有技巧，拇指围成半个圆；握剂手儿不能紧，揪出剂子是个蛋；要擀剂子先一按，一手擀剂一手转；中间厚来周边薄，这种皮子好包馅；包的饺子要好看，多捏褶子不偷懒；双角用手向里捅，放到饺板立起来。'只要你们按我说的这个口诀和面、拌馅、擀皮、包饺子，保证包出来的饺了没麻达！"说着，他拿起一个面剂子按了一下，转着剂子擀了一个饺子皮，夹上韭菜肉馅，左手食指一弯，右手大拇指和左手大拇指往里一压，一个又圆又大的饺子就包成了，放在菜板上就像一只亭亭玉立的大公鸡。我说："王所长！想不到您还有这一手。"王经纬副所长笑着说："我们山东人爱吃饺子，熟能生巧，时间一长就总结出这套包饺子的方法来了……"

我来绛纱社会福利院一所第一次听王经纬副所长作报告，从他说话的口音就能判断出他是山东人。他咬字真切，略带鼻音，长相也是一副山东大汉的形象。

后来，醋广魁师傅对我说："王经纬副所长以前在空军部队里工作，还是个团职干部。因那一年发生了'林彪坠机事件'，他们那一批空军干部就提前转业了，他被分配到绛纱社会福利院一所工作。那天，王经纬副所长来绛纱社会福利院一所报到时，还戴着一顶空军的大盖帽，穿一件空军呢子服大衣，很是气派。可王经纬副所长命不好，他有一个傻瓜儿子，还得了癫痫病。他来一所工作后，就将他那个傻瓜儿子王大宝从山东接来，自费送进三病区代养。"

我对醋广魁师傅说："怪不得我来三病区上班后，经常看见王经纬副所长礼拜天休息的时候来三病区给坐在轮椅上的王大宝喂饭。原来，王大宝是他儿子！"醋广魁师傅说："是啊！我以为你知道这事呢！"我说："我这是头一次听你说！"醋广魁师傅继续说："虽然王经纬副所长的现职是副科级，可他的待遇却一直享受着正处级，这也算是给王副所长一点安慰吧！"

自从那次王经纬副所长教会我与陈银丽包饺子后，我包饺子的技术大有长进。后来，我还成为了我们家包饺子的把式呢。

二十

这年年底，我被绛纱社会福利院评为先进个人。同时，也被鸡峰市民政局评选为"优秀民政工作者"。我第一次光荣地出席了全市民政工作暨"双先"表彰大会。

这次民政工作暨"双先"表彰大会，我们绛纱社会福利院一共去了四个人。我们是前一天下午坐火车来鸡峰市的，这也是我第一次来鸡峰市。当天晚上，我们就住在军转站的八一宾馆。一所女病区的冯淑珍和三所的强凤英住 301 房间，我与党委书记郑明翰住在 302 房间。来时，我特意买了一条蓝色哔叽西裤套在棉裤上，我把我母亲给我缝制的黄的确良上衣洗干净套在棉袄上，穿上母亲做的千层底松紧黑条绒鞋，提上我父亲给我的印有西京省双拥表彰大会奖品字样的人造革手提包。手提包是当年我父亲在西京省出席双拥表彰大会的奖品。郑明翰书记来时在棉袄棉裤上各套着一件土灰色涤卡中山装和一条西裤，又披上一件蓝色呢子大氅，穿一双圆口黑色平底鞋，挎一个黑白相间的旅行包。他是代表绛纱社会福利院来参加这次民政工作暨“双先”表彰会议的；我、冯淑珍和强凤英师傅，我们仨是来领奖的。冯淑珍和强凤英师傅来时好像是商量好的，两人都穿一件鸭绒棉袄，一条黑色裤子，一双黑平绒方口平底鞋，背一个红白相间的旅行包。两人唯一的区别就是冯淑珍师傅的鸭绒棉袄是蓝色的，强凤英师傅的鸭绒棉袄是紫红色的。那时，八一宾馆是鸡峰市的标志性建筑之一。一进302房间，暖气扑面而来，白床单、白被套、白枕头，里面还有一台黑白电视机和一对咖啡色人造革沙发。我没住过这么高级的宾馆，进房间后感觉全身燥热很不自在。加之，又与郑明翰书记住一个房间，郑明翰书记睡觉时呼噜声能把天震塌，我那一晚上根本就没睡着。第二天，郑明翰书记问我：“小周呀！昨晚休息得咋样？我打呼噜没吵着你吧！”我违心地说：“还行！”心想，与您住一块，我能休息好吗？一晚上我连一个大气都不敢喘……

从鸡峰市领奖回来，我获奖的喜悦还没散尽，景涛所长就安排我说：“你准备一下，明天咱们一所召开职工政治学习会的时候，你在会上传达一下这次会议的精神。”当天晚上，我准备了三页纸的内容，第二天下午按照景涛所长的要求进行了会议精神的传达。在会上，我先叙述了会议的整体召开情况，又谈了我对会议的感想和今后工作的决心……

景涛所长听了后，说我会议精神传达得全面。后来，我工作的劲头就更大了。

一天晚上，我与陈银丽上夜班。交班时，上一班的韩水怀和韦馨梦告诉我俩代管病员李波病情危重，可能熬不过这几天。他们已通知李波的家属前来探望。韩水怀又说：“景涛所长给李波开了处方，刘素珍副组长取了药已给李波挂上了吊瓶，你们接班后多留些神。”我见韩水怀和韦馨梦已将这一情况记载在值班簿上就对他俩说：“行！你们下班吧！”他俩走后，我就在李波床前观察了一阵子，感觉李波病情虽然危重，但还算稳定，挂上吊瓶后，应该会熬过今晚没问题。我就对陈银丽说：“前半夜我照看李波，你到值班室休息，后半夜我做饭时，你再来病房值守。”陈银丽听了后就高高兴兴地回值班室休息。夜里24:00刚过，我让陈银丽照看李波，我到值班室做饭。刚进值班室洗完手，陈银丽就来告诉我，说：“我发现李波有点不对劲，你快去看看！”我穿上白大褂，赶忙与陈银丽一起去病房查看。一到病房，就看见李波不停地颤抖，脸色发青，的确有些异常。我吆喝隔壁收养人员王安安赶快给陈银丽做伴，一块去一所办公楼找值夜班的医师景涛所长。

办公楼在东头，三病区在西头，中间隔着男病区、以前的青工院、家属院，要去办公楼还有一段距离。这期间，我给李波做了一些必要的应急护理。在陈银丽和景涛所长他们还没有到来之前，我眼睁睁地看着李波去世了。这是我第一次看见一个大活人就这么去世了。我心里咚咚直跳，手在颤抖，腿也发软。顿时，头上渗出了汗滴……

偌大的一个病区，我就这么一个人呆呆地注视着李波，周围除了能听见智能发育不全的病人的打鼾声，一切仿佛全都凝固了……

过了一会儿，陈银丽和景涛所长他们来到了病区。我的心情有所缓解，手不再颤抖。景涛所长走到李波床前，先是用右手的大拇指和食指分开李波的眼睛看了看，再用手背放在李波的鼻子上试了试，然后回过头来对我和陈银丽说：“抬去太平间吧！”

陈银丽见状已吓得半死。我叫上王安安把李波放在担架上，给李波盖上白床单。王安安在前面抬着，我在后面抬着。黑灯瞎火，我的手又开始颤抖了，腿脚也不听使唤了，高一脚低一脚向太平间走去……

二十一

自从一百名青工招进绛纱社会福利院后，绛纱社会福利院团支部经过鸡峰团市委批准，成立了团委。院里召开了第一届共青团鸡峰市绛纱社会福利院团员代表大会，张宗强和张文蔚当选成了正副书记；一所女病区的陈云丽、二所的张若芳、三所的郭秀琴当选为委员。在一所、二所、三所、四所和院部机关分别成立了一、二、三、四、五团支部。第一团支部书记由陈云丽兼任；第二团支部书记由张若芳兼任；第三团支部书记由郭秀琴兼任；第四团支部书记由屈惠梅担任；第五团支部书记由张宗强兼任。

第一团支部又在男病区、女病区和三病区分别设立了第一、二、三团小组。陈云丽除担任团支部书记外，还兼任第二团小组组长；傅中华任第一团支部组织委员也兼第一团小组组长；韦馨梦任第一团支部宣传委员并兼第三团小组组长。不久，我入了团，韦馨梦主动让贤，建议陈云丽改选第一团支部。后来，我成为了第一团支部宣传委员兼第三团小组组长。我除了组织三病区团员青年开展团的活动外，还负责一所职工灶门前的黑板报的更换工作。这块黑板报是一所和第一团支部的宣传阵地，每周都需要更换一次，每期黑板报，我都精心设计，用心撰稿。黑板报的插图、粉笔字都是我一个人完成。一所景涛所长和团支部书记陈云丽对我办的黑板报给予了充分肯定。年底评选优秀团干部，我被推选为院里的优秀团干部，这让我感到十分荣幸和自豪。从此，我更加使出浑身解数努力为团的工作做奉献。

八十年代初，各种电大、夜校此起彼伏，风起云涌。各机关单位都组织年轻人争先恐后补习文化课。我和大多数青工一样，除了晚上恶补文化课知识外，还利用业余时间参加了《鸭绿江》函授创作中心的学习。

《鸭绿江》函授创作中心，顾名思义，就是以函授的形式辅导学员学习写作。每期都要给学员邮寄写作资料。邮寄来的小册子印刷精美，内容丰富。主要有戏剧、小说、散文和诗歌等文体的写作及范文点评。每期还将上一期优秀学员的一些习作选登在内部刊物《小荷才露尖尖角》上，每篇习作都附有辅导老师的点评。那时，谁的习作能打印成铅字刊载在《小荷才露尖尖角》上，那绝对是一种荣耀。每次，我都要按照辅导老师邮寄来的每期学习重点坚持给《鸭绿江》函授创作中心写一篇习作。《鸭绿江》函授创作中心的辅导老师们收到我的习作后，都要按时批改，提出修改意见，再邮寄给我做修改。一次，我写了一篇《吃饭这工夫》被刊载在《小荷才露尖尖角》上，我看到后特别兴奋，这更加激励了我利用业余时间搞创作的激情。后来，我陆续写了几首小诗发表在《新星》刊物上，我就把这几期《新星》刊物一直保存着。

三月份，绛纱社会福利院开展“文明优质服务礼貌月”活动，团支部书记陈云丽让我写一篇报道，在黑板报上宣传一下一所的团员青年在活动中的好人好事。晚饭后，我琢磨构思了一阵子后，就写了一篇通讯报道，第二天拿去让陈云丽和景涛所长审阅。他俩看后都觉得不错，让我拣一些重点选登在一所黑板报上。我连续登载了二期还没登载完，就索性将这篇报道邮寄给了《鸡峰日报》编辑部。邮寄出去后，我也没在意，就把这事忘到了脑后。过了几天，《鸡峰日报》头版刊登了我写的长篇通讯《福利院中活雷锋》。那天，我上夜班，韦馨梦和韩水怀上中班。韦馨梦看到我写的这篇通讯报道后，我一来接班，她就高兴地将这个消息告诉我。我一拿起报纸就看，还没等我看完，陈银丽一把就把报纸抢走了，她要先睹为快。我表面上显得很平静，可内心早已乐开了花。这毕竟是我人生第一次把手写体变成了铅字，而且还公开发表在报纸上。因此，我非常高兴，等韦馨梦和韩水怀下班，陈银丽看完报纸后，我赶快把这篇文章剪下来折好夹在自己的笔记本里。陈银丽故意说："周先生！看来你确实有两把刷子！"我说："你胡说啥呢！我只是瞎猫逮了个死老鼠。"

林安学组长知道了我写的这篇报道后，他提出让我抽空以三病区的名义在一所职工灶的山墙上办一期墙报。他在三病区召开的会议上说："这次，我们三病区办墙报，就是想通过这种形式来展示一下三病区老牌先进病区的风采，也想发现一些人才，希望大家踊跃投稿，八仙过海各显神通。"说完，他问我说："小周！你这里还有啥说的？"我说："没有啥！我一定办好这期墙报！"

会后，我经过构思，加班加点，很快，一幅报头画就画了出来。我还写了一首抒情诗《手》。墙报画画的是一位白衣天使给病员输液的形象。画中年轻的女护理员头戴护士帽，身着白大褂，手拿吊瓶正专心致志地为病员输液。整幅画看上去手法自然流畅，没有丝毫的做作和矫情，特别在细节上，我还凸显了女护理员额头上的汗珠，让人一下子能联想到我们的日常工作。

《手》则讴歌的是年轻护理员们对理想和抱负的追求，它与报头画是融为一体的。我写《手》是有感而发一气呵成的。开始我写道：手有各种各样的手……你见过护理员的手吗……再由护理员的手，写我们日常的工作。这期墙报办出后，取得了较大的成功，三病区绝大多数员工都投了稿。景涛所长在一所礼拜三学习会上连续把三病区表扬了好几遍。

一天，院部办公室李治国主任找我。当时，我正在上早班。林安学组长告诉我说："小周！你去一下一所办公室，我刚在前面办公室碰见李主任，他说让你来一下！"我怕我没听清楚就问林安学组长说："是李主任找我吗？"他说："是啊！快去吧！他在等你！"我赶忙去值班室脱掉白大褂，去了一所二楼办公室。

到了二楼办公室，李治国主任正在与张文蔚干事谈工作。张文蔚见我来到了办公室，就热情地向我介绍说："小周，这是院办公室李主任！找你有事谈！"我有些紧张地说："李主任！您好！我是……"

李治国主任微笑着与我握了握手说："小周！请坐！我来一所有别的事，看见你写的诗歌，想与你聊聊!”

我坐在李治国主任的对面。张干事给我倒了一杯茶水，又给李治国主任茶杯里续了一些开水，说：“你们聊，我有事先出去一会儿!”说完，他走出了办公室。

此时，办公室就只剩下了我和李治国主任两个人，李主任有五十多岁，头发有些花白。他开门见山地问我说：“你在三病区工作有两年了吧?”我说：“刚满两年!”他继续说：“工作还习惯吧?”我说：“习惯着呢！一所和三病区的领导都很关心我们年轻人。”接着他说：“工作之余你都在干些啥?”我说：“大多数的时候看一些护理方面的书籍，有时候也爱看一些文学方面的书。”他说：“年轻人爱学习是好事，应该把这些习惯和爱好都坚持下去。”我点了点头。随后，他又问了我一些家庭和一所及三病区的情况。我一一作了回答。李治国主任走后，我始终没弄明白他找我谈话的意思。后来，我想是不是要了解我们一所和三病区的领导的什么情况，心想：幸亏我说了一句“一所和三病区的领导都很关心我们年轻人”……

大约过了一周多时间，我被调到了院部机关总务科工作。

原来，李治国主任那次找我谈话是来了解我的工作情况的。后来，我听说李治国主任与我接触后，想调我去办公室工作。总务科科长陈文轩非要让我去总务科工作，说总务科正缺一个管被服供给的人。党委书记郑明翰最早当过总务科科长，他知道被服供给在福利院的重要性。最后，党委会讨论来讨论去还是决定让我先去总务科当保管员。这些，都是后来政工科张余庆科长找我谈话时，我隐隐约约听到的。

二十二

一九八三年三月，我由一所三病区正式调院部总务科当了保管员，前任保管员李国庆用了一个上午的时间将八个库房和一个铁器库的物品经过清点连同账本及一串钥匙交到我手里。我刚回到总务科办公室，陈文轩科长就从他办公室打电话找我。我赶快去了他的办公室。一见面，陈文轩科长说：“院党委研究要提拔咱们科武志学会计担任总务科副科长，科里准备让出纳员郭爱玲接替武志学的工作，我考虑了一下还是让你把出纳员兼上，你觉得怎么样?”我一听陈文轩科长已经这样安排了就说：“我服从组织安排!”

从此，我又兼起了全院职工的工资发放和报账工作。因为我年轻，又是单身，离家又远，一年基本上回不了几次家。节假日的时候，我就从铁器库房入手，把散落在库房地上的汽车零配件、水暖器材等材料进行归类上架，一项一项重新登记造册，进行记载。

一所男病区文永兴组长是年初调院部总务科当采购员的。他比我早来总务科半年。平时，他将采购回来的物品交给我，我凭发票入库。遇到各部室所领用时，再按照院里规定由各科室所凭三级审批的领用单领用。一次，我正在整理铁器库，文永兴采购员刚采购回来物品，见我整理库房就来帮忙，我俩把大件东西抬到一边后，在一个角落里发现了一方两尺左右的正方形石碑。出于好奇，我拿到门外用水擦洗干净，然后看见石碑上清晰地写着：“为扶爱灾童教养院，在绛纱车站西北隅，购地二十亩零五分，建房五十余间。其价物款悉赖盐务总办缪剑霜先生，西京盐务处长费君武先生倡募，计法币费三万元。捐款者：张筱坡、君子宽、陈子显、梁学文、刘纲棠、孙城中、郑光荣诸君嘉惠，孔多勒石志感。民国二十九年三月一日。山阴朱庆澜记。”看完记载，我感到这方石碑很重要：它既佐证了三病区刘耀祖组长给我们讲的关于朱庆澜将军的故事，又清晰地记载着绛纱社会福利院的院史。我赶快叫来文永兴采购员商量。文永兴听了我的想法后说：“既然这么重要，就将它交给档案室保管吧!”我一听文永兴采购员说的有道理就说：“那星期一我把这块石碑交给办公室保管!”

第二天一上班，我就把此碑搬到院办公室交给了文书兼档案管理员刘丽丽，让她造册登记，妥善保管。

整理完铁器库，紧接着，我对日杂库房、文具库房、被服、床单成品库房、布匹、棉花库房、木材库房和汽油库房逐一进行了整理，逐项进行了核对登记，对漏记和错记的账目进行了更正，做到了账实相符、账账相符。

到总务科工作后，我才知道，最早，绛纱社会福利院收养人员男女老幼全都穿着清一色的中式服和大裆裤。到我来总务科工作期间院里才开始逐步由便服向制服过渡，每个收养人员才开始逐个量体裁衣在绛纱服装厂加工制作制服。收养人员的服装面料也由棉布逐步过渡到化纤布料。床铺也逐步改通铺为单人铺了。

那年，我们总务科还给每个病员配了棕床垫、床头柜。冬季增发了网套，夏季配发了凉席。

夏季，总务科陈文轩科长安排我与采购员文永兴去马嵬驿给收养人员采购塑料凉鞋。凉鞋一采购回来，我们就按需求配发给各所。从此，收养人员冬季能穿上棉鞋，春秋季能穿上单鞋，夏季能穿上凉鞋了。不再像过去那样，一年四季除了棉鞋就是单鞋。

平时不管在工作中还是生活中，我与文永兴采购员交集都比较多。文永兴采购员与我的父亲年龄相仿。他最喜爱吃红烧肉，他烧的红烧肉肥而不腻，很地道。每次，他做好红烧肉必叫我去他房间吃。他知道我离家远，一年回不了几次家，隔一段时间，我俩一定要在一起聚一聚。直到现在，我都忘不了文永兴采购员烧的红烧肉。

那年，文永兴采购员休假。总务科陈文轩科长就安排我去西京北大街百货商店给收养人员采购绒衣和绒裤。一千多套绒衣和绒裤按大小号购买好后，我雇了个三轮车从北大街百货商店拉去广济街印字。那时院里规定，凡是给收养人员购买的被褥、床单、服装、脸盆和搪瓷碗，只要能印字的全部都要印上“绛纱社会福利院”字样。我刚随三轮车拉了两趟，突然，天空起了乌云，顷刻间就下起了暴雨。我叫三轮车司机赶快停车，等三轮车停稳后，我和司机赶忙下车用彩条布苫箱子。苫好箱子后，我和司机都成了落汤鸡。三轮车司机一到印字的地方把货一卸，死活不肯再拉货了。我好说歹说，三轮车司机才勉强拉完了最后一趟货。付完钱，三轮车司机走后，我赶快将先前放在三轮车最上面的几个箱子打开，拿出绒衣和绒裤就在印字行旁的走道摊开来晾晒。印字行老板是位南方阿姨，有五十多岁的样子，胖胖的，烫着卷发头，脸上有一脸麻子。她见我全身湿透，还不停地打喷嚏，就去她们住的楼上拿来一件劳动布上衣说：“小伙，这是我儿子的衣服，你穿上吧！我儿子也经常在外面出差，看见你淋得这个样子，我就想起我儿子在外面出差时的情景……”我感动地说：“谢谢！谢谢阿姨！我还行，不用加衣服了！”她见我推辞不想穿，就说：“不要嫌脏，出门人都不容易！穿上暖和！”我见阿姨误会了我的意思，就赶忙接过上衣说：“谢谢！谢谢阿姨……”

一穿上阿姨送来的劳动布上衣，我顿时感觉心里暖暖的……

二十三

这年秋天，文永兴采购员调医护科工作。汪俊儒从鸡峰市民政局调绛纱社会福利院总务科接替文永兴的采购员工作。汪俊儒爱人张桂香在扶爱县渡槽乡农村，他这次调绛纱社会福利院主要是为了解决夫妻两地分居和照顾家庭的。汪俊儒一来总务科，陈文轩科长就安排他为收养人员购买白帆布棉垫子和网套，这是院里为了改善收养人员居住条件而特别做出的决定。他接到任务后行动迅速，很快就从扶爱县棉花公司购买了二百三十条白帆布棉垫子和二百三十床网套。拉货那天，汪俊儒说，他一个人顾不过来，叫我给他帮忙，我也就痛快地答应了他。时间一长，我俩在工作中配合得很密切，我把他当朋友，他把我也当朋友。一天早晨刚上班，我还在打扫总务科办公室的卫生，汪俊儒就跑到办公室来一边与我一起打扫卫生，一边说："院里准备给收养人员做一批半截柜，陈科长让我设计一款半截柜图纸。我说，我哪有这本事？就向陈科长推荐了你！一会儿陈科长可能要找你！"我说："我会绘画不假，可绘画与设计是两码事啊！"他着急地说："那咋办呀？我已给陈科长说了！"我见他有些无可奈何就说："不要紧！一会儿陈科长找我了再说。"话音刚落，陈文轩科长就打电话找我。我去他办公室后，他说："小周！咱们大礼堂木材库有解好的松木板，院里准备用这些木料做一批半截柜配发给各病区。听汪俊儒说，你懂得绘画。那你就给咱设计一款半截柜图纸吧！等图纸确定下来后，咱们再请蓝天的匠人过来按照图纸做半截柜。你感觉咋样？"因为这件事汪俊儒早已给我说了，我就对陈文轩科长说："要么，我先试试吧！如果不行，我再给您汇报。"陈文轩科长是个急性子，见我答应了，就要求我两天内拿出设计图纸。

从陈文轩科长办公室出来回到我们办公室后，汪俊儒焦急地问我说："咋样？陈科长咋说？"我说："与你说的一样，我答应了陈科长先试一试！"他听后不再言语。我就赶快去新华书店购买了几本关于设计方面的书籍，又去文具商店买了设计用具。那天一忙完工作，我就着手考虑设计方案，吃过晚饭，我就赶快回到办公室构思草图，第二天天明的时候，我已根据草图设计好了两款半截柜图纸。

清早，我一听见陈科长来上班，就赶快把这两款图纸拿到陈科长的办公室。到陈科长办公室后，我发现陈科长也设计出一款半截柜图纸正摊在他的办公桌上看。心想：既然你已经设计好了图纸，何必让我劳神费力呢？但我还是对陈文轩科长说："陈科长！我昨晚胡乱画了两款半截柜图纸，您看看吧！"陈文轩科长接过我设计的图纸说："小周！你来得正好！坐下吧！没想到你这么快就设计出了两款半截柜图纸。是这样，我这里也设计了一款，咱们看一看哪款更适合收养人员使用。"他将三款设计好的图纸分摊在自己的办公桌上做对比，我坐在他的办公桌对面的凳子上回答着他的提问。陈文轩科长分析来分析去，最后，还是决定使用我设计的其中一款图纸。他说："就用这一款吧！美观大方，而且还适合收养人员用。"我说："要不，您再考虑考虑？"他斩钉截铁地说："不用考虑了！就用这一款吧！"随手就把这一款图纸交给了我，我也就不好再说什么了……

我自从从一所三病区调到院部总务科后，一直未见三病区的同事们。一天，一所被服管理员刘文俊病了，三病区的韦馨梦就直接来总务科找我领三病区收养人员的被服。一见面，我突然发现她挺着一个大肚子。在三病区工作的时候，我只知道她找了一个部队的连职干部正在谈恋爱。没想到什么时候她已经结婚了，而且，还怀了孕。我开玩笑地对韦馨梦说："馨梦！一所的伙食咋这么好，竟把你吃成了这样？"她脸唰地一红说："都调到机关当领导了，还胡说？"我说："记住！总务科只有陈科长和武科长是领导，其他都是一般同志，不能再胡说。"韦馨梦说："你在咱三病区人心中不就是领导么！"我说："我叫你不要再胡说，你咋还胡说？好了！言归正传！你结婚咋不言语一声呢？"她说："我是去志强部队参加的集体婚礼，没在咱单位办。"我说："这就不对了！说啥得表示一下吧？"我忙从口袋掏出十块钱要送给她，她死活不要……

从她口中我知道，三病区的文会娟和男病区的陈亚龙经过一段恋爱后也已经结婚了；杜润虎和韩水怀分别找了个普吉镇和武凌镇的对象准备春节结婚。我问韦馨梦说："杜润虎不是找的女病区的董小丽吗？"她说："哪呀！他俩后来因为性格不合吹了。"我不理解地说："噢！是这样？"韦馨梦还说："你知道闫三学吗？"我说："就是那个一所管洗衣机的闫三学吗？"她说："就是他！他得了肝腹水，提前从劳教所释放了。回来不久就去世了。"我说："这么一个风流鬼咋就去世了呢？真是：'去年今日此门中，人面桃花相映红。人面不知何处去，桃花依旧笑春风。'"她说："给你说正经的，你咋还作起诗来了呢？"我说："这不是我作的，是唐朝诗人崔护作的。”她笑了笑不再言语……

二十四

一九八四年“七一”党的生日的时候，总务科陈文轩科长和汪俊儒采购员介绍我加入了中国共产党，这是我一生中最光荣的一件事。那天，新党员宣誓仪式就在院部五间房会议室举行，全院所有党员和入党积极分子都参加了会议。我、陈文强所长和徐爱玲医师进行了入党宣誓。当天，新入党的人当中我最年轻，我怕宣誓的时候出错，就提前几天将入党誓词熟记于心。在新党员宣誓完发言的时候，我说：“入党是我一直以来的追求和夙愿，我的父亲就是一名共产党员，他从我小的时候就教我怎样做人，怎样接人待物。我也从小就对共产党员和英雄人物比较向往和敬畏。特别是参加工作以后，在组织和我的两位入党介绍人陈文轩科长和汪俊儒同志的培养下，使我更加坚定了我入党的决心和信心。今天，我终于梦想成真，实现了我的夙愿，从形式上加入了党组织。我知道，比起老党员和先进人物我做得还很不够，我身上还存在许多缺点和错误。我要把这次入党作为契机，真正从思想上、行动上成为一名名副其实的中共预备党员，我非常感谢党组织能给我这样一次难得的机会。入党后，我要向老党员学习，向先进人物学习，把自己的工作做得更加出色……”

这次入党，二所的陈文强所长年龄最大，他已满五十九岁。他说，他从参加工作起就开始向党组织写入党申请书，他一直努力想早日成为一名名副其实的共产党员，终于在他临退休的时候，他实现了夙愿，他感到无比的高兴。他很珍惜中国共产党员这个称谓，他将用毕生的精力为党的事业奋斗终生。说到这里，他流下了激动的泪水……

卫生所徐爱玲医师已人到中年，她说，她盼望这一天盼了二十多年。今天她终于梦想成真，她非常感谢党组织，她要用毕生的努力报答党组织，在今后的工作中，要更加严格要求自己，时刻用一名共产党员的标准来约束和严格要求自己，永远牢记入党誓词，请党组织在今后的工作中继续考验自己……

自从我入团以后，我就一直想早日加入中国共产党。调入总务科后的第一年，我就迫切地向院部机关党支部书记陈文轩科长递交了入党申请书。陈文轩科长很重视我入党的问题，不但主动愿意当我的入党介绍人，后来，汪俊儒来总务科工作后，他还安排汪俊儒也当我的入党介绍人。

自从我写了入党申请书后，在日常的工作中就更加严格要求自己了，不但认真做好本职工作，我还每季度主动向机关党支部和陈文轩科长写一份思想汇报。陈文轩科长每季度都要找我谈一次话，肯定我的成绩，指出我的不足。

在陈文轩科长和汪俊儒采购员的培养下，我终于成为了一名名副其实的中共预备党员。那一年，鸡峰市民政系统对我的先进事迹进行了交流，我再次被绛纱社会福利院和鸡峰市民政局评为先进工作者，这是我的荣耀，也是我们总务科乃至绛纱社会福利院的荣耀……

二十五

那年冬天的一个礼拜天，下午，鹅毛大雪越下越大。霎时，街道上已白茫茫一片。我听到有一列火车鸣叫着经过，惊得我们宿舍的窗户玻璃嗡嗡作响。我放下手中的《诗刊》向窗外看去。街道上有几个穿军用大衣的年轻人和几个工人模样的中年人正一前一后背着大包小包经过。忽然，我无意中看到我父母正满身雪花地站在我们福利院的大门口询问着什么，我以为我看花了眼，静眼一瞧，的确是我父母。我赶忙从我们的宿舍跑向楼下……

一见我父母，我第一句话就问：“爸！妈！你们咋来了?”没等我父亲说话我母亲就说：“本来我们买的是双山火车站下车的票，一看火车在绛纱站停车就下了车!”我说：“天这么冷，赶快回我们宿舍暖和暖和……”

原来，我父亲这次是与另一位同事一起去北京参观民政部举办的社会福利企业成果展览。他与这位同事都没去过北京，两人就商量自费带上各自的家属一块儿去北京看一看。回来时，我父母亲为了看我就从绛纱火车站下了车。

我接过我父母亲的行李就赶快领着他俩回我们的宿舍。刚到宿舍，我母亲就拉开行李袋，从里面掏出一件人造革仿真黑色皮夹克对我说：“锁澜！这是给你买的，北京今年流行这个，你穿上试试看吧!”我高兴地接过我母亲递给我的皮夹克就穿在了身上。我母亲说："我和你爸还担心买的不合适呢！穿上正好！"说着，她又从行李袋里掏出一块咖啡色化纤布料说："这块布料也是给你买的，你拿到裁缝铺里缝一条裤子穿吧！"我赶快跟我母亲说："妈！不用了，你们拿回去给锁丽或锁娟不管谁做一条裤子吧！我有皮夹克就很好了！"我母亲见我这么说就将布料放在床上说："我和你爸也给锁丽和锁娟每人买了一块化纤布料，我们回去后就给她俩每人缝一条裤子穿。这块布料就是专门给你买的！"说话间，她掏出那两块布料让我看。

当我母亲掏出这两块化纤布料后，彩条塑料袋里已空空如也。我问我母亲说："怎么没给你们自己买东西?"我母亲说："买啥呢！我们都老了！开开眼界就行了！"我父亲说："家里都有呢！北京的东西太贵了！"就在这时，我母亲突然好像想起了什么，急忙拉开自己的人造革手提包，从里面掏出一张相片来说："你瞧我这记性，这次我和你爸还在天安门广场上照了一张相片呢！"我接过相片仔细端详了起来……

照片是彩色的，我父亲站在左侧，我母亲站在右侧，我母亲手里提的就是她自己的黑色人造革手提包。他俩看起来虽然有些拘谨，但微笑得很慈祥，背景就是雄伟的天安门。说起天安门，我以前曾看过一本书，它专门介绍天安门。书中说，巍峨壮丽的天安门以前并不叫天安门，而叫承天门，取意"承天启运，受命于天"。它建于明永乐十五年（1417 年）。毁于兵燹后，清顺治八年（1651 年）重建后才改叫天安门。天安门是旧皇城的正门，城门五阙，重楼九楹。新中国成立后，庄严的开国大典就在天安门城楼上举行。那时，天安门城门正中间的门洞上方就悬挂着毛泽东主席的画像。画像的两侧城墙上还书写着"中华人民共和国万岁"和"中央人民政府万岁"两幅标语。楼檐下悬挂着"中华人民共和国中央人民政府成立典礼"的会标。开国大典后，"中华人民共和国中央人民政府成立典礼"的会标换成了国徽。东边城墙的标语换成了"世界人民大团结万岁"。这一换，既显得对仗，又寓意更广泛。我从我父母的照片上能清晰辨认出天安门城楼两侧城墙上的标语"中华人民共和国万岁"和"世界人民大团结万岁"。

我母亲说："这张照片花了五元钱呢！贵死了。"我说："值！好不容易去了一趟北京，再贵也应该留一个纪念呀！"我父亲说："就是么……"

后来，我母亲在拉家常时说："北京的饭菜确实贵，一碗炸酱面就要十元钱呢！那天，我和你爸去饭馆吃饭，一人买了一碗炸酱面，坐在我们旁边桌子上的几个深鼻子大眼窝的人，点了几个菜，要了一盘饺子夹了几个就剩下走人了。那些人没种过粮食不知道粮食的金贵。我感觉怪可惜的，就想打包带回旅馆晚上吃，你爸怕人笑话，还不让我带，我硬带回了旅馆。那天晚饭，我们就吃了这些剩菜剩饺子……”我听了后，心里不是滋味。心想：可怜天下父母心。

第二天，我请了半天假带我父母去了一趟一所。我们在一所男病区、女病区和三病区转了一圈，又去了一所隔壁的天主教堂看了看。回来的路上，我母亲说：“看到你以前工作的地方真是不容易！”我说：“没什么！您和我爸不要为我操心了！这次你们既然已经来了，就多住几天吧！正好我们宿舍的同事出差有地方住！”

我好说歹说我父母才答应再多住一天，可到下午的时候，我突然接到锁丽打来的电话。她在电话里说：“哥！爸妈去北京了，祖庭镇养老院把电话打到民政局说，咱姑婆去世了，叫咱爸快去处理后事呢。”我在电话里对锁丽说：“爸妈从北京刚回来在我这里，我把这事现在就告诉咱爸咱妈！”

我父母听到这事后就急匆匆要去祖庭镇。临走时，我父亲对我说：“你姑婆对咱家不薄，我想把你姑婆搬回来安葬在中营村。”我说：“在咱家最困难的时候，我姑婆接我去祖庭镇上学。我姑爷去世后，已安葬在了双山县中营村老家，这次无论如何也得把我姑婆的骨灰运回来安葬在中营村老家！您看需要我请假与你们一同去不？”我父亲说：“你工作才有了起色，不敢耽搁工作，我和你妈去就行了……”

二十六

这年冬季，中华人民共和国民政部在福建省漳州市召开了城市社会福利事业单位改革整顿经验交流会议。鸡峰市绛纱社会福利院常生华副院长代表院里参加了这次会议。他在会议上介绍了绛纱社会福利院三所伤残儿童智力肢体功能训练的经验……

常副院长回院后，逐级传达“漳州会议”精神。他先是按照郑明翰书记的安排，在党委会上传达了会议精神。后来，又在院务会议上传达了会议精神。

就在各级贯彻落实这次会议精神的时候，鸡峰市委对绛纱社会福利院党政“一把手”做了调整。郑明翰书记和郭腾蛟院长按照新的干部离退休规定光荣离休了。刘庆余书记从南岭县委副书记岗位上调到绛纱社会福利院任党委书记；鸡峰市民政局副局长李俊杰调到绛纱社会福利院任院长。

刘庆余书记和李俊杰院长一上任就根据“漳州会议”精神，在绛纱社会福利院大刀阔斧地进行改革。即：改革城市收养代养人员制度和人事管理制度。

所谓城市收养代养人员制度，就是本着社会福利事业国家办与社会各界一起办相结合的方针，不断改善社会福利机构条件，提高服务质量，扩大服务对象，为国家机关和企事业单位分忧解愁。在资金方面采取国家财政拿一部分，面向社会集资一部分作为经费补充来进行。

所谓人事制度改革就是打破铁饭碗，由原来的干部任命制改为干部聘任制。在干部使用上，做到能上能下，能者上，庸者下，懒者让。在绛纱社会福利院实行院长组阁制。院长组阁中层干部；科室所负责人组阁下面班组长；班组长组阁员工。

就在这次改革浪潮中，我当选为共青团鸡峰市绛纱社会福利院委员会书记，陈亚龙当选为副书记并兼任四所副所长（主持工作），傅中华被院里聘任为四所副所长。那时，我们三个人成为那批青工当中的佼佼者。那一年，我二十二岁，正是吃不饱、干不乏的年龄，我觉得我有使不完的力气。当然，我从内心很感谢组织对我的信任。

我担任团委书记后，首先改选了第一、二、三、四、五团支部。第一、二、三、四团支部继续根据一、二、三、四所团员建立团支部，第五团支部仍为机关团支部。我兼任第五团支部书记；陈亚龙兼任第四团支部书记；第一团支部书记仍由陈云丽担任；第二团支部书记由张若芳担任；第三团支部书记由郭秀琴担任。我们在团委成立了业余文艺宣传队，每逢重大节日都要组织文艺演出活动。由于我们的文艺宣传队节目内容丰富，与时代合拍，一时间，在附近的企事业单位和乡镇还有了名气。谁家如有活动，还专程来福利院邀请我们的宣传队去助兴演出。团委在文艺宣传队的基础上，先后又成立了书法、绘画和写作兴趣小组，配合党委中心工作，定期开展各种活动。团委班子成员还在院内开展了青年员工“一对一”帮教活动。我帮教的是院部职工灶青年员工王洲鳌。王洲鳌是院部职工灶炊事员。他个性张扬，优点和缺点都比较明显。谈恋爱失恋后，他工作颓废，萎靡不振，自己烫一个爆炸头，整天提一个收录机，哼着港台流行歌曲在院部瞎转悠。常生华副院长发现后非常生气，就在一次召开的职工大会上批评了王洲鳌。王洲鳌不服气，当晚就纠集他的狐朋狗友一群青工一起去理发店全部剃成了光头。第二天，几个明晃晃的光头故意在常副院长面前晃悠，气得常副院长来找我，要求团委严肃处理这件事，这下可忙坏了我们几个团干部。

当然，在我的眼里王洲鳌也是有优点的。比如：他很早就买了“三洋”牌收录机，既听流行音乐，又利用收录机每天晚上学日语。他爱好写作，这一点与我有共同的爱好。自从常副院长要求我们要处理王洲鳌几个人的事后，我晚上没事的时候，就主动找王洲鳌，与他一起交流谈论写作的技巧，有时候也旁敲侧击地做他的思想工作，要求他改掉身上的坏毛病。他说：“我就看不惯常副院长那盛气凌人的样子。”我说：“当你改变不了别人的时候，你就得改变自己。再说常副院长也是为你好么……”

后来，他经人介绍认识了一个女朋友。相处一段时间后，却嫌人家是个龅龅牙，非要对象去医院拔掉龅龅牙，气得女朋友掉下了眼泪。再后来，女朋友给媒人捎话说，她不再与王洲鳌处对象了，那个人思想有问题。媒人把话捎给王洲鳌后，王洲鳌对媒人说：“这是个误会，你不能听她胡说。”媒人一看这架势就对王洲鳌说：“那是这！你俩的事，你俩自己解决！”撂下这句话后就走了人。王洲鳌也没留媒人，他能把对象气哭，也能把对象哄笑。当女朋友不再理他的时候，他就给女朋友写了一封几十页的长信。这信的内容旁人不大清楚，但他女朋友看完信后，当晚就从老家刘家崖赶到了绛纱社会福利院这可是不争的事实。

因势利导，我一有机会就找王洲鳌谈心，时间长了，王洲鳌可能觉得我这人心眼还不错就愿意与我交朋友，闲时也爱找我一起去散步。后来，我俩还真的成了一对好朋友。一年后，他凭借着自己的写作特长，被鸡峰市民政局调市民政局办公室工作。一次，我去鸡峰市民政局开会，王洲鳌看见我后就急匆匆从办公室出来，非要去外面摊点买一个烤鸽子犒劳我……

二十七

郑明翰书记离休后，他没有改变他一贯的作风。虽然，他已与老伴搬进院里给老干部们在院部最北边盖的家属楼，但我经常能看见他一大早一个人在他原来居住的五间房前面的树丛中舞剑或打太极拳。郑明翰书记毕业于中国抗日军政大学。抗大的前身是江西瑞金的中国红军学校，一九三三年扩建为红军大学，一九三四年随中央红军长征，后改为“干部团”。红军长征到达陕北后，红军大学恢复创建于陕北瓦窑堡，后改名为中国工农红军学校。

一九三六年五月，中共中央决定以中国工农红军学校为基础，创办中国人民抗日红军大学，后改为中国抗日军政大学。中国抗日军政大学是磨炼意志和培养抗日勇士的一所综合性大学，郑明翰书记就毕业于这所大学。他一九四八年参加革命工作，解放后曾在《西京日报》社当过记者兼编辑。后来，调绛纱社会福利院工作。我调总务科工作后，经常在《西京日报》上看见郑明翰书记发表的随笔或散文，他文章写得相当不错。那时，总务科的隔壁就是郑明翰书记的办公室。郑书记有个习惯，每天早上一上班，他都要在我们总务科的办公室转悠一圈。他来得很早，每次他来，我都在总务科办公室打扫卫生。他一进来都要有事没事跟我聊几句，或问我生活上的事，或与我交流一下总务科的工作。时间长了，我与郑明翰书记也不陌生了。有时候，我星期天回老家，就问郑书记需不需要从双山给他带什么东西，郑明翰书记说：“那就给我带些双山县的挂面吧！”说着，他就给我掏粮票和钱。我说：“郑书记！先不着急，咱们回来再算账吧！”他说：“那哪里话？怎么能让你既跑路，又垫钱和粮票呢？”说着，他就将钱和粮票塞给我。郑书记特别爱吃双山县的空心挂面，他说：“双山县的空心挂面好煮，劲道，又有嚼头。”

一次，我去郑明翰书记办公室送办公用品。一进他办公室，他就说：“小周！你家在双山县，想必你去过周公庙吧？”我说：“每年过会只要休假，我都要去周公庙逛逛，您说有什么事需要我去办吗？”他说：“也没有什么特别的事！就是上次我去周公庙，看到周公庙的碑亭有一方石碑刻有卷阿八景，你看过吗？”我说：

“您说的是否是丹穴凤迹、枯柏复生、桫椤远景、云房仙笔、乐山名画、白杨集乌、玄武玉像、碑镜清莹这八景?”他高兴地说:“就是这八景!我要问你的是这云房仙笔怎么与周公庙扯上了关系呢?是杜撰,还是确有其事?”我以前曾经在我父亲办公室看过《双山县志》,知道这个典故的由来,就对郑明翰书记说:“八仙之一的汉钟离——云房是否去过周公庙我不敢说,但《双山县志》上说,明朝的时候,有人游周公庙就看见一块碑子的碑额上刻有‘云房’二字,点画神异,旁边写着‘钟离笔’。我听父亲说过,他们小的时候在周公庙上学时,在西庵还看到过一块石碑,上面就刻有草书‘云房’二字,一旁就是楷书‘钟离笔’三个字。”郑书记听后,若有所思地说:“噢!还真是以碑为证……”

不久,我就看到郑明翰书记在《西京日报》上发表了一篇关于“卷阿八景”的随笔文章……

郭腾蛟院长恰巧与郑明翰书记性格相反。他是一个脾气耿直的老游击队员。我虽然在机关工作,但接触郭腾蛟院长的机会并不多。偶尔遇见郭院长,也只是礼貌性地微笑着向他点点头,他也向我笑一笑。

郭院长个头不高,圆脸,瘦瘦的,留一个小平头。他经常穿一件对襟老粗布褂子,蹬一双圆口哔叽布鞋,走起路来轻松如云,如他的行事风格。可郭院长发起火来却丝毫不留情面。我与郭爱玲在总务科办公室上班,我是出纳,郭爱玲是会计。郭爱玲是郭腾蛟院长的女儿。一次,不知郭爱玲在啥地方盖了郭腾蛟院长的名章。郭腾蛟院长就来到了总务科办公室,一见郭爱玲就训斥。临走,他还撂下一句话:“以后再犯同样的低级错误,我就没收我的名章!”郭腾蛟院长说这话时,我和郭爱玲一句话也没敢说。

郭腾蛟院长离休后,因为他在院部最北边的家属楼居住,我很少看见他,他也很少在院部转悠……

二十八

一九八五年三月二十四日,我作为集资建院捐赠会议筹备人员之一,专门负责后勤保障工作。这次会议的参会人员午饭就安排在院部职工灶就餐。在这之前，陈文轩科长再三叮咛我说："虽然受院里的条件所限，但中午的饭菜一定要做得卫生可口，而且绝不能出现浪费。"我从陈文轩科长办公室出来，就赶快叫来伙食管理员李志远和炊事班长赵勤劳一块儿商量此事。我刚要提出菜单的事，赵勤劳就说："我已考虑了一个菜谱。你俩听听看咋样？"我说："那你说说，我们为你把把关！"他说了一遍他准备的菜谱。我听后觉得还可以，就征询李志远的意见说："老李！你看咋样？"李志远说："我看可以！挺丰富的。"我一听李志远也同意就对赵勤劳说："那行！你先把这个菜谱写出来。然后，咱们一块去让陈科长再审定一下！"赵勤劳写好菜谱，我俩一起去了陈文轩科长办公室。

陈文轩科长看过菜谱后，提笔划掉了两个凉菜，又新添了两个热菜，最终确定了午饭的菜谱。凉菜为：西岐合盘、烧肉面皮、芹菜拌腐竹、大刀牛肉；热菜：回锅肉、粉蒸肉、韭菜炒鸡蛋、红烧鲤鱼、青椒炒肉丝、炝莲菜。主食：鸡肉浇汤菠菜面。那天，热菜由赵勤劳亲自掌勺，韩西安帮他打下手；凉菜和白案由武彩萍负责，年永丽给她打下手。我、李志远和冯召丽，我们仨负责端饭菜。

在这次集资捐赠会上，刘庆余书记和李俊杰院长邀请了中共扶爱县县委书记赵东宇和二十七家集资单位的三十四位领导和同志们。集资会议在办公楼二楼会议室举行，会议由李俊杰院长主持，刘庆余书记介绍了院里的一些基本情况和召开这次会议的目的及意义。随后，扶爱县县委书记赵东宇讲了话。会议结束后，刘庆余书记和李俊杰院长就带领与会的领导和同志们参观了三所、四所和一所。最后，捐赠仪式在一所操场举行。当天，共集资现金十二万二千五百元，收录机两台，水泥三十吨。郭爱玲负责记账，我负责清点现金和实物。捐赠仪式结束后，我将现金存到了工行绛纱办事处开的绛纱社会福利院账户上，将两台收录机入库存放在了院部办公用品库房进行保管；三十吨水泥就放在一所女病区的大门口。

不久，在常生华副院长的倡导下，院里经过研究，就用这笔捐赠款在一所女病区修建了一栋二层单面病员楼。常生华副院长寻找人勒了一个纪念碑。碑文如下：

人不独亲其亲，不独子其子，老有所养，壮有所用，幼有所长，鳏寡孤废皆有所养，此乃中华民族之美德，社会主义之风尚。一九八五年三月二十四日，中共扶爱县委和二十七家单位的三十四位领导和同志，应邀来我院视察了各所病区病残老幼生活及职工管护工作，深感社会保障是关系整个社会安定、政权巩固、经济发展的全局性问题，是安邦定国的战略举措。残废人福利事业是全社会的事业，支持帮助这个事业是社会各界应尽的义务。与会者济济一堂共商办院大计，并捐资赠物折合人民币十二万五千八百七十元。我院用此款修建二层病区楼一幢八百五十平方米，购置架子床一百零七张，半截柜和床头柜一百一十一个。集资楼的建成和其他设施的添置，缓解了病人住宿拥挤，创造了良好的医疗管护条件。全院工收人员谨向捐资赠物单位致敬，并勒石铭记，永志感谢。

碑文是赵宗礼撰写的，扶爱县大理石厂刻制。二十七家捐赠单位分别是：西棉九厂五千元，商北县农行五千元，鸡峰六五零一仓库三千元，咸城纺织机械厂一万元，九冶鸡峰铆焊厂五千元，鸡峰工程机械厂五千元，北方金属物探队三千元，西京省粮食作物研究所三千元，西京省化工安装公司一万元，国营鸡峰无线电厂五千元及收录机两台，西京省水电一队二处二千五百元，南川县八七七厂五千元，长征机械厂五千元，鸡峰柴油机厂五千元，鸡峰客运公司五千元，西京省二建公司五千元，国营鸡峰机器厂五千元，桥山胶木电器厂一千元，西京省水电工程局二千五百元，鸡峰峡抽水站水泥三十吨，南川县教育局三千元，国营鸡峰五七零二厂二千元，西京柴油机厂一万元，国营西京手表厂五千元，国营西京无线电厂五千元，鸡峰铁路机务段五千元，鸡峰市南门口商场二千五百元。

这年五月，办公室与政工科合并，更名为院长办公室；总务科更名为行政科；医护科与卫生所原来的一套人马两个牌子彻底分设，景涛所长由一所调医护科任科长；孙延年任卫生所所长。张朝辉由鞋厂厂长调院长办公室任主任；张宗强由人事劳资干事提拔任院长办公室副主任；我由总务科调院长办公室接替张宗强做了人事劳资干事兼团委书记。以前的办公室主任李治国调鸡峰市民政局工作；原政工科科长张余庆去鞋厂任党支部书记。

这一年，也是我最忙碌的一年。一到院长办公室上班，我就把大部分精力用在了对开除人员的落实政策上。当然，也有合同工转正、调资、到龄员工子女接班等工作。虽然，人事劳资工作繁杂琐碎，但我干得非常开心。我几乎每周都要去一趟鸡峰市有关部门办事。绛纱火车站距离鸡峰市一个单趟就要耗费近半天时间，但我觉得能为员工办实事、办好事，我挺充实的。

二十九

自从我从一所三病区调院部工作以来，不论是在总务科，还是在院长办公室，我都一直与李志远住一个宿舍。我俩的宿舍就在办公楼三楼一上楼楼梯正对面。李志远大我五岁。当时，他已经结婚，有一个男孩名叫剑剑。剑剑长得虎头虎脑，有两岁多，很招人喜欢。每次，李志远的媳妇吴碧琴带剑剑来看李志远，我碰见了都要逗剑剑玩一会儿。偶尔，我也给剑剑买一些好吃的东西或玩具送给他。剑剑很懂事，也很粘我，小家伙嘴甜，见我就喊叔叔。时间一长，我不见剑剑还怪想他的。晚上无事的时候，我就与李志远谝说小剑剑一些有趣的故事。李志远一听我说他儿子剑剑，就立刻眉飞色舞与我谝说个没完……

当然，喜欢剑剑归喜欢，可一遇到吴碧琴带剑剑来看李志远，我也有犯愁的时候。特别是冬天，吴碧琴带剑剑坐火车来正好是晚上 22:00 左右，我一点思想准备都没有。我立马就得寻找地方住。那时候，院部机关年轻人少，大多数都是结了婚的双职工。我只能寻找二所的马立强和达宽录他俩解决住宿的问题。有时候也不凑巧，我去寻他俩，他俩不是双双回家休假就是双双去出差，我又不得不去别处寻地方睡觉。

当然，与李志远住在一块也有好处。那时，我俩都年轻，住在一块了也能聊得来。他爱好中医，还自费报了西京中医函授学院；我爱好文学，我们就在业余时间井水不犯河水地各学各的书籍。有时候，我学累了，就与李志远谝说写作与中医两个并不相搭的话题。这时候，我俩也能谝说得热火朝天。

我问李志远说：“你看起来身强力壮，咋就对中医产生了兴趣呢?”他说：“我以前身体可不咋样，小时候总是体弱多病，我父亲爱好武术，他就教我跟他学武术，到现在我都没放弃学习武术。”说着，他在我们宿舍的地面上劈了一个叉，又迅速站起来双手展翅踢了几下腿。我看他一招一式的确像一个习武之人，就问他：“武术与中医根本就不搭边，你怎么就把它们结合到了一起呢?”李志远说：“武术和中医确实没有直接的关系。不过，有时候，不搭边的一件事会改变一个人一生的兴趣或爱好。我十二岁的时候，我父亲就因病去世了。我父亲去世后，我就发誓要学习中医，通过学中医解决像我父亲那样的目前医学界无法解决的疑难杂症。从那时起，我就找一些中医方面的书籍看，也许我不会成功，但我想尝试一下。”我说：“中医博大精深，到现在都有许多领域人们还不曾知晓，也许你会成功的。不过，我刚看见你打拳这么顺溜，咋没见你练过呢？”他说：“其实，我每天清晨都在练功，只是怕影响你休息，我都是去外面河堤边练功的。”我说：“怪不得你整天起那么早，也不知道你在干什么！”李志远问我说：“哎！我一直想问你，你为啥对文学这么痴迷？”我说：“与你一样么！有时候经历一些事或听了一个人无意间的一句话，也许就会改变你一生的兴趣或爱好。我就是听了一个我初中老师无意间说的一句话后，对写作产生了浓厚兴趣。上初中那会儿，我们大队六年级的班主任叫王俊莹，她教我们班语文课。一次，王老师要求我将自己写的一篇作文在全班朗读一下。我当时还犯嘀咕，因为前一天下午参加生产队劳动没做完作业，上一节课才挨了数学老师的批评。我以为数学老师在我班主任跟前告了我的状，这节课，王老师要整我。可我没想到，当我朗读完我写的这篇作文后，王老师却说：‘同学们听了后觉得这篇《希望的田野》写得怎么样？’没等同学们说话，她就说：‘如果没有生活体验和细心观察是绝对写不出这样的劳动人民的。在这里我要对周锁澜同学提出表扬……’随后，她请我坐下后又说：‘没想到周锁澜同学在这方面还有特长，希望你以后在这方面多努力，肯定会有成效的！’王老师一句鼓励的话，却使我从此对写作产生了浓厚兴趣……”

李志远好奇地问我：“那你究竟写了些啥让你们王老师这样来鼓励你？”我说：“我当时也很纳闷，因为前一天下午我参加生产队的劳动没顾上写作文，到晚上的时候，为了应付第二天交作文，我就写了我们村的当家人爷——周克剑，一个六十多岁的老头儿，从十几岁开始就一直在庄稼地里务弄庄稼的故事。后来，他成了我们生产队远近闻名的庄稼‘把式’。没想到这篇作文还得到了我们王老师的表扬，就是那次，王老师一句激励的话，使我对写作产生了浓厚兴趣。再后来，周村大队六年级撤销后，我们全班同学转到双城公社中学上学，不知是王俊莹老师特意介绍了我，还是谭先军老师看了我写的作文，在双城公社初级中学开学的第二周，谭老师就把我叫到他办公室说：‘我看了你写的作文觉得还不错，听你们王老师说，你还喜欢画画。那你就与咱们班刘文斌同学负责办咱们班的黑板报吧！’那时，我们学校的教室都是一排排人字梁盖的大房，大房的两头都是各班办的黑板报。”

“得到谭先军老师的肯定和鼓励后，我更加喜爱写作了，也利用办黑板报的机会经常写一些习作登在我们班黑板报上。我当时很崇拜雨果、托尔斯泰、普希金和鲁迅，也喜欢看他们的作品。没想到梦想与现实总是有距离的，后来，鬼使神差我进了咱们绛纱社会福利院，但我写作的爱好一直没有放弃。”李志远听了我的讲述后说：“人就是这样，梦想与现实总是有距离的。那你喜欢画画又是受谁的启发？”我说：“是我舅么！小的时候经常爱在我舅家玩。我舅喜欢画画，他画的棕色熊猫很逼真，我就跟着他照猫画虎学画画。可惜我这个爱好没能坚持下来……”

夜已经很深了，我俩还一直在宿舍闲谝……

与李志远住一个宿舍的时候，李志远爱请我吃饭。他可能感觉到他媳妇和剑剑经常来绛纱社会福利院打扰我，因此只要是他媳妇吴碧琴和剑剑一来，他就一定叫我与他们一块儿吃他媳妇吴碧琴做的麻辣菜和烧狗肉。李志远的媳妇吴碧琴是四川人，她做的饭菜确实很好吃，也有特色，这倒让我觉得有些怪不好意思的……

三十

我在绛纱社会福利院当团委书记期间，正是对越防御作战英模报告团在全国巡回作报告的那段时间。一次，我去鸡峰市西秦宾馆参加团市委组织的英模报告会。回来时，从团市委带回五盘英模事迹录音磁带。我就按团市委工作要求，利用班后学习会的时间组织团员青年收听英模事迹录音报告。

“铁军”一百二十七师侦察兵汤超光，战斗英雄一等功臣宋中贵，十七岁新兵“狼牙山五战士”式的战斗英雄吴建国，排雷大王、被炸弹飞片炸伤致使双目失明的战斗英雄一等功臣骆牧渊，“10·14”战斗中第一突击队长、一等功臣马权斌，“彝族五雄鹰”一等功臣蒋学军和毛挖力等英雄的事迹，深深地打动了团员青年，大家纷纷表示要在本职岗位上建功立业，把对敌人的仇恨和对英雄的敬仰体现在实际行动上。这期间，院党委和团委联合组织了党团员学习“英烈事迹”演讲会。我在这次演讲中获得了第一名，刘云丽和傅中华分别获得了二、三名，院里给我们每人奖了一支钢笔和一个笔记本。第五党支部和第一团支部分别获得了优秀组织奖。

清明节的时候，为了加深团员青年对战争的理解和对阵亡烈士的缅怀，我请示刘庆余书记同意后，与陈亚龙一起利用礼拜天的时间组织团员青年代表去了一趟扶眉战役烈士陵园。我们去时坐的是院里的敞篷解放牌汽车。车一停到停车场，大家立即被哀思的情绪所感染。

前来扶眉战役烈士陵园扫墓的机关单位和人民群众就像赶会的一样多，许多群众还停留在纪念馆广场彭德怀元帅雕像前拍照留念。只见彭德怀元帅胸前挂着望远镜，器宇轩昂，正眺望远方……

走到烈士陵园门口，陈亚龙去接待处登记和联系讲解员。一会儿，一位姓陈的女讲解员就来到我们跟前。她引领我们列队去了扶眉战役烈士纪念碑前敬献花篮和进行爱国主义宣誓。献花篮和宣誓完毕，讲解员小陈又带我们去烈士遗物陈列馆参观。当讲解员小陈为大家讲解撞扁的水壶、打烂的茶缸、笨拙的卡宾枪、少到极限的前线医院医疗机械和斑驳破旧的行军牛皮小挎包背后的故事时，我们不由得眼睛都湿润了。我瞟了一眼陈亚龙，他也和我一样。

“为人民而死，虽死犹荣!”“成千上万的先烈为着人民的利益在我们的前头英勇牺牲了，让我们高举起他们的旗帜，踏着他们的血迹前进吧!”“战斗英雄们，你们是人民解放军的模范人物，希望你们继续努力，为建设强大的国防军奋斗!”

当小陈一个挨着一个给我们讲述伟大领袖毛主席为革命英雄激情澎湃的题词时，我们都被那血火交织的战争风云、枪林弹雨的血染风采和荡气回肠的英雄情怀所感动。

扶眉战役，我军指战员英勇杀敌，浴血奋战，为夺取人民革命胜利伤亡四千七百零一人。其中三千余人壮烈牺牲，他们的鲜血染红了西秦大地。在陵园墓区，有七百多名烈士的忠魂长眠于此。

从烈士陵园回来不久，团委在全院团员青年中开展了一次“学英烈，见行动”大讨论。在这期间，院党委书记刘庆余调西京省拥军疗养院担任党委书记；李俊杰院长调鸡峰市残疾人联合会任理事长。巨世林副院长被市委组织部任命为绛纱社会福利院党委书记兼院长；党民生副县长由眉坞县调绛纱社会福利院任副院长。这是我来绛纱社会福利院工作以来，第二次经历绛纱社会福利院党政一把手同时调整。

对于巨世林书记来说，我并不陌生。他来绛纱社会福利院之前，原本就是部队的正团职干部。转业后，市委组织部早有意向想让他担任绛纱社会福利院“一把手”。因此，当他转业回地方工作后，市委组织部就先任命他为绛纱社会福利院党委委员、副院长。

巨世林副院长来院后，为人谦和，爱钻研业务，工作务实，生活简朴，从不讲他过去在新疆边防站工作时过五关斩六将的事情。他来福利院上班的时候，他爱人李改琴也随他一起来到了福利院。后来，他爱人李改琴被院里安排在鞋厂当出纳。他两个儿子巨侃在家待业；巨峰在铁路小学上五年级；女儿巨英在绛纱镇高中上高二。他们来绛纱社会福利院后，院里就安排他们住在了院部大会议室背后的五间房。五间房共住着三户人家，巨世林副院长一家人住最西边，郑明翰老书记住中间，常生华副院长住最东边。巨世林副院长来绛纱社会福利院时间不长，巨侃就被招到了绛纱镇税务所工作。巨侃结婚时，我还主持过巨侃和夏梦桃的婚礼。巨侃的爱人夏梦桃当时在法门宾馆工作，恰巧那一年中央首长来法门寺，她与另一位市委机要秘书何荣就被安排接待中央首长。当时，中央首长还与宾馆的工作人员一起合了影。那张放大的照片就挂在法门寺展厅。

那天，巨侃和夏梦桃的婚礼就在院部二楼会议室举行。我把婚礼主持词编成了打油诗，还借来了一个咖啡色礼帽和一副黑墨镜。原本我还打算借一个黑色大褂子，想装扮成一个民国时期的老先生模样，可当时没借下黑色大褂子，我就穿上我平时穿的灰色西服上了场，没想到这一装扮更显得巨侃和夏梦桃的婚礼与众不同，从一开始到婚礼结束掌声就没断过……

主持完婚礼，院里的几个年轻人找我要我编的婚礼主持词，他们说我这个婚礼主持词编得既幽默又热闹，还显得很文明。我说：“如果你们不嫌弃，就拿去用行了！”

巨世林副院长让我给他儿子巨侃主持婚礼，可能更重要的一个原因是我负责绛纱社会福利院的青年工作，他也许觉得比较了解我。我以前在总务科工作时，他就分管财务和后勤工作。后来，我调院长办公室工作后，我又分管院长办公室的工作。每次，我去他办公室送文件，都能看见他戴一个老花镜，捧一本书在学习。也许他是军人出身的缘故吧，不论说话还是办事总是雷厉风行，不拖泥带水，工作也有板有眼。我从他身上学到了很多宝贵的工作方法和经验，直到今天我也受益匪浅。

党民生副院长来绛纱社会福利院任职时，院里已盖好了家属楼，他就与爱人及两个孩子直接搬到了家属楼……

三十一

一九八八年六月七日至八日是我参加高考的日子。

为了备战这次高考，我从春节以后，除了白天正常上班外，就加班加点利用休息和晚上时间复习文化课知识。虽然我参加工作以后，绛纱社会福利院按照国家教育部的要求也重新组织了我们这批“文革”期间毕业的青工进行了文化课补习，我也取得了教育部颁发的初中和高中毕业证，但我总觉得我有好多方面还没学到，我一直渴望有机会能再次得到系统的深造。这次，既然组织给了我这个机会，选派我去进行深造，我怎能不努力把握这次机会呢？

连续几个月的熬夜苦读文化课，让我一参加完高考就病倒了。那次，我病得不轻，一吃饭就呕吐，高烧使我卧床不起，一连挂了几天吊针，病情还没有好转的迹象。一天中午，我在宿舍挂吊针。突然，巨世林书记和卫生所孙延年所长来看我。自从李志远从行政科调到一所工作后，我就根据行政科的安排，从办公楼三楼搬到了二楼最西边南排的第一个房间一个人居住。

一看到巨世林书记和孙延年所长到我宿舍来，我赶忙努力想从床上坐起来。巨世林书记摆摆手说：“小周！不要坐起来了，就让孙所长给你检查一下身体吧！”我一听孙延年所长要给我检查身体就没再勉强。只见孙所长戴上听诊器，先示意让我躺平，我躺平后，他就开始给我检查身体。

他先拿听诊器听了听我的胸脯，又让我侧过身听了听我的后背，再用手敲了敲我的后背，又让我转过身来看了看我的舌苔。最后，他对巨世林书记说：“我看小周没有什么大碍，主要是脾胃虚弱、吃不上饭、免疫力变差的原因！”巨世林书记听了孙延年所长的话后高兴地说：“没有大碍就好！”他接着又对孙延年所长说：“小周可是咱们福利院的重点培养对象，如果他这次考上大学，将是改革开放以来咱们院第一个带薪上大学的人……”

他说这话，既是给孙延年所长说，又是给我说。弦外之音可能是想让我好好养病，珍惜这次机会。当然，更重要的可能还是想让孙延年所长重视我的病情，给我好好治病吧！临走前，巨世林书记又对我说了几句安慰和鼓励的话，并叮咛我要安心养病，不要有思想负担。

下午，李桂莲医师给我拿来两瓶胃酶合剂让我口服。她说：“这是孙所长亲自配制的，让你试试看。”李桂莲医师走后，院长办公室张朝辉主任、张宗强副主任和我调院长办公室时接我手的行政科汪俊儒及我们院长办公室的几个同事也来看望了我。我从内心很感激领导和同志们的关心和爱护。

服用了两天胃酶合剂，我渐渐就能喝一些稀饭糊糊了。加之挂着吊针，我的高烧也渐渐退去了。

那年八月，我收到了鸡峰大学的录取通知书，非常高兴。我把录取通知书反复读了好几遍，生怕看走了眼。随后，我立刻给我父亲打电话。我想把这个好消息尽快告诉远在双山县的父母。那头，我父亲听到这个消息后也激动得不住地重复着说：“好！好……”这边，我也激动得说不出话来。几个月的辛苦没有白费，我终于用我自己的付出实现了我要上大学的梦想……

后来，我父亲在电话里说：“你工作忙，本来不想给你说你妈做手术住院的事了，刚好你打来了电话，我就顺便给你说一下！你妈前一段时间才做了胆结石手术刚出院在家休养呢，你知道就行了，也不要回来了。”我一听我母亲病了，就赶快利用休假的机会回了一趟双山县的家。

回家后，我母亲才告诉我，她住了二十多天的医院才出院，伤口疼得还一个劲地捂着伤口呻吟。那时，做胆结石手术还不像现在这样技术成熟，必须在病人的肚子上开刀，腰间部位打洞插导管。因此，母亲的手术也算她人生当中的一次大手术。我听我父亲讲，母亲住院期间腰间插着导管，嘴里不停地吐黄疸水，肚子上的伤口疼得她昼夜不停地呻唤。他问我母亲，需不需要给我打电话让我回家来照顾。我母亲头摇得像拨浪鼓一样，她对我父亲说：“千万不要给锁澜说我住院的事，不要分他的心，让他好好工作，把单位的事干好就行。”这次我打电话报告父母考取大学的事情时，我父亲才顺便把我母亲住院的事告诉了我。我回家后，看着躺在床上养病的母亲，心疼得不知说什么好……

三十二

九月一日，是鸡峰大学开学报到的日子，我既忐忑，又兴奋，一大早，就背上铺盖卷，带上生活用品坐上去鸡峰的火车往鸡峰大学赶。到了鸡峰市，一下火车，我就按照录取通知书背面印制的新生报到指南，乘3路公交车去了鸡峰大学。那天，3路公交车上特别拥挤，我一上车，就听见有人在喊："不要挤了，再挤人都成了相片了!"我感觉那人说话怪有意思的，就向那人看去，人群里只见他有四十多岁，瘦高个儿，头上已谢顶，戴一副近视眼镜，穿一件笔挺的灰色中山装。车内那么热，他还系着风纪扣。我心想：他会不会是鸡峰大学的老师呢?这么想着，我就一路留神观察，看他在哪一站下车，每次公交车停站后，我都要瞟上他一眼。每次他都站在那儿没有下车的意思。3路公交车开到第八站——鸡峰大学站的时候，他下了车，我也跟着人群下了车。下车后，我再没看见他。

从3路公交车站下车后，老远，我就看见鸡峰大学校门口悬挂的欢迎新生的红色条幅。鸡峰大学校门口人头攒动，就像开会一样。一到大门口就有学生志愿者引导我去校内学生饭堂进行报到。我随学生志愿者来到饭堂，里面报到的新生不少，前面不远处，有一长溜桌子一字摆着，上面有"新生报到处"的指示牌子，每个桌子前都有一名银行工作人员模样的人正在那里收学费。我与那位志愿者告别后，就赶快找了一个角落放下行李，站在了第二排交学费的队伍后面排起了长队……

交完学费，安排完宿舍，等我铺好床铺已是下午两点多钟了。我住的是八号学生公寓楼405宿舍。我们宿舍一共有八个床位，我是第一个进宿舍居住的。以前上学没有住过架子床，我就选择住在了靠窗户的东南角上铺。一会儿，邓成功、刘永岗、陈建周、张应文、强启科和卞普吉六个舍友也陆续住进了405宿舍。以前我们彼此都不认识，这次住在一块后才相互介绍算是认识了。邓成功住在我的下铺；刘永岗住在西南角的上铺，陈建周住在他的下铺；强启科住在西北角的上铺，张应文住在他的下铺；卞普吉住在东北角一进门的下铺，他的上铺就空了下来，我们七个人的行李就都放在了这张空床铺上。

第一天上课，果不其然，我就看见了前一天在3路公交车上见到过的那位戴眼镜、谢了顶的中年人。他叫李嘉修，是鸡峰大学中文系副教授，也是我们班的班主任。他负责给我们教古典文学。他虽然穿得古板，但讲课风格很独特，并且风趣幽默，多难懂的古文，经他一讲都是那么的明了清楚。不像教我们高等数学的柴静老师，一个简单的微积分公式经她一讲，绕得我们像听天书一样。

起初，我觉得给我们带课的老师个个都很有水平，可时间一长，我也能感觉出每个老师的水平优劣来。尽管如此，我还是对每门功课都不敢有丝毫懈怠。

人就是这样，当你还在学校读书的时候，可能学习一段时间就会厌倦学习，很想尽快脱离学校走向社会自己创造一番事业来。可当有一天你真的离开学校走向社会，或因为一件事，或遇到了什么挫折，你又会留恋起学生时代的生活，后悔当初在学校没有珍惜那段美好的学习时光。于是，又渴望重新回到学校去读书。

真有一天，你实现了自己的愿望，又重新回到了学校，那种感觉与你以前上学时的感觉是完全不同的。以前是家长或老师要求你学习，现在是你自己愿意去学习，这是两码事。

在鸡峰大学上学时，不管你以前干过什么事，还是没干过什么事，一旦进入大学校门，大家都是普普通通的学员。每个人都必须与其他学员一样爬上爬下住七人间的宿舍；也必须在人声鼎沸的学生饭堂排队买饭；或不管你愿意还是不愿意，你都必须去参加系里或班里组织的各种社团活动。总之，在大学你就是一个学生，你必须尽快融入这个大集体。而且，还必须刻苦去学习，不然，有可能拿不到毕业证。当然，对于我来说，除了参加集体活动外，大多数的课余时间都是在单人单桌的教室或图书馆度过的。我喜欢学习，也喜欢看一些课外书籍。每个星期六的晚上团委组织舞会，偶尔，我也会去学生饭堂跟班上的其他同学一块儿参加舞会。那时候，不管是学校，还是社会上都流行跳交际舞，校团委每周都要在学生饭堂举办舞会。虽然舞场很简陋，但跳舞的学员都异常积极和踊跃。说真的，我并不喜欢吵闹和跳舞，每次举办舞会都是同宿舍的几个难兄难弟连拉带拽逼我上场。有时候迫于无奈，在舞会开始了大家都跳了一曲后，我才在舞伴的再三邀请下上场。上场后，由于没有掌握跳舞的基本要领，跳的舞姿我自已都感觉是那么的别扭，于是，我赶快请求舞伴能否先退场。也许舞伴可能是为了照顾我的面子就不紧不慢地说："锁澜！你行呀！慢慢地你就熟悉了！"我再也不好说什么了，只好硬着头皮将那支舞曲跳完。停了几分钟，又一支舞曲开始了，另一个舞伴又邀我跳舞，我找理由推辞，但推辞不掉，就只好又上场了。后来，为了避免尴尬，我干脆不去舞场了。

当然，舞会上总有几个耀眼的舞星。我们班的白丽莹和沈丹就是其中的佼佼者。每次周六举办舞会，她俩都是异常活跃，也是最耀眼。也许是因为她们都是来自凤凰县，受羌族文化的熏陶，从骨子里就会跳舞，也爱跳舞。每当舞曲一响，她俩就主动邀约我们班的男生翩翩起舞旋转到了舞场中央。随后，其他同学才陆续入场，这已是舞场上一道靓丽的风景了。

三十三

在鸡峰大学上学的时候，老师和学生的界限划分是很清楚的。不论是用餐，还是住宿。老师有老师的饭堂和生活区；学生有学生的饭堂和生活区。这样一来，除了上课和课外活动外，一般是见不到老师的。

那时，每次不等老师将一门课程讲完，我就早已安排好了自己的复习时间。每晚，再忙我都要抽出时间死记硬背那些我并不太喜欢的概念和公式之类的东西。我经常对自己的学习有一种敬畏，总怕哪一门功课考不及格，回单位后给领导和同事不好交代。也许，还有一个原因，我是班上的团支部书记，如果考不好也怕脸上挂不住。因此，每到考试之前，我就拼命地复习。还好，在上学期间，我没有一门功课挂科。但我们班上有些同学就不像我这么幸运了，一学期下来，总有一两门功课考不及格。在他们忙着复习补考的时候，我却能利用这段时间去图书馆或教室看一些我更喜欢的书籍了。到了期末，我还被班级评为优秀学员，这不得不让许多同学佩服和羡慕。

有时候爱学习并不是啥好事，我就吃了爱学习的亏。我们405宿舍的兄弟们为了“报复”我，就给我起了一个外号叫“周好好”，当然，兄弟们没有恶意，给我起了就起了吧！偶尔，谁叫我“周好好”，我也反击他一下，给他也起一个外号。无意间，却连累了全宿舍的其他兄弟们。突然有一天，405宿舍的兄弟们都有了自己的外号。刘永岗与我是老乡，人长得单薄，头发稀少，脸色泛黄，大家就给他起了个外号叫“毛稀公社”；陈建国来自麒麟县，他最怕冷，每到冬季的时候穿得都特别厚实，人显得也比较臃肿，大家就叫他“扑次来嗨松”；邓成功天生头发就是个自来卷，再加上他每天清早一起床，第一件事就是坐在自己的床铺上刮圈脸胡子，无意中大家就给他起了个外号叫“邓髭毛”；强启科说话总爱带口头禅，无论说啥，第一句就是“啦啦”，大家就给他起了个外号叫“强啦啦”；张应文一到宿舍就干咳，陈建国就给他起了个外号叫“张痰多”；卞普吉人长得白净，也爱干净，一到宿舍就爱整理床铺，强启科就给他起了一个外号叫“清而雅淡素”，卞普吉也很乐意，欣然接受了这个绰号。

“强啦啦”“毛稀公社”“邓髭毛”“清而雅淡素”都已结婚；我、陈建国和张应文，我们三个都是单身。偶尔，在星期天的晚上没事的时候，结了婚的兄弟们为了挑逗没有结婚的兄弟们穷开心，免不了要谈一些自己加工过的冷笑话。比如：“毛稀公社”谈的“两下半”，陈建国就是不明白。陈建国越想弄明白，这时候“毛稀公社”就卖起了关子，越不往下说。急得陈建国就从床下拿起一根拖把棍撵到“毛稀公社”的上铺去，压倒“毛稀公社”逼问说：“你这货，‘两下半’到底是啥意思？”任凭陈建国再怎么拷问，“毛稀公社”就是不说。最后，陈建国就扫兴地从上铺下来回到了自己的床铺。等陈建国回到自己的床铺后，“毛稀公社”却贱生生地主动交代了事情的经过。他忧伤地说：“唉！我妈这人啊！没办法说！经常在我和我媳妇要热闹的时候，她就拄着拐杖来到我们房间的窗户前敲我们的窗沿。她这么一惊动，我和媳妇就立刻没了兴趣……”陈建国一听坏坏地一笑说：“你妈咋是个这？是不是你后妈？总爱搅黄你的好事！”刘永岗无奈地说：“唉！没办法么！咱自小亲妈就去世了。后来，我父亲就把我从刘家村带到了李家村上了门。我后妈原本是国民党一个军官的姨太太，解放前夕那位军官去了台湾，她就留在了李家村。我父亲带我上门后，我后妈那种姨太太的做派就一直没有变过，她啥事都要管，管我父亲的工资；我参加工作后，她又要求我也每月除留一些生活费后必须如数把工资交给她，如果哪一月迟交了，她就把我往死里骂。唉！不说了……”刘永岗说到了伤心处还抹了抹眼泪……

“张痰多”躺在自己的床上幸灾乐祸地说：“你看你这个没出息的东西！遇到我，工资不交，照样跟媳妇热闹，看她能咋样？”

“邓髭毛”提醒“毛稀公社”说：“哎！你没问你妈为啥要敲你们的窗户？”

“毛稀公社”说：“唉！我也不知道到底为啥呢。每次，她只用拐杖敲三下窗沿就走人了。我妈这一惊一乍，我媳妇在家干的是体力活，她一会儿就像死猪一样睡着了。”“邓髭毛”接着说：“我看你妈可能是怕你热闹过度才敲的。”“清而雅淡素”迎合着说：“你看你这身体，连个二级风都经不住，还敢连续着胡热闹?”“清而雅淡素”这么一说，刘永岗不再言语了。

后来，“清而雅淡素”又讲起了他的荤段子。张应文凑到“清而雅淡素”跟前说：“‘猫挖脸’到底是啥意思?” “清而雅淡素”也是话到口边不再往下说……

张应文就想当然地说：“怪不得你脸上有指甲印，原来是你媳妇挖的……”

有时候，明明是大家无聊在一起开玩笑，可说着说着就因一句话不投机便吵起架来。这时候，我们其他几个舍友赶快凑过去把两个人往一块儿撮合……

405 宿舍的弟兄们在内部确实有过争吵和矛盾。但对外不论是学习，还是参加各种文体活动，个个都能拿得出手。而且，一遇到班里或系里有重大活动，大家的心比泰山还齐，这在班主任李嘉修眼里绝对是叫得响的标杆宿舍……

三十四

在鸡峰大学上学的最后一年，我认识了白雪。我俩第一次见面是在一次同学聚会上。她当时是随陈琴琴一起来的。陈琴琴是白雪高中时的同学，我们都是乡党。那天，白雪上身穿一件桃红色卫衣，下身穿一条牛仔裤。大家见面后，她话不多，与每个人打招呼总是面带微笑。入座后，白雪就坐在我的右侧，陈琴琴与马文才坐在白雪的右侧。虽然我挨着白雪，但我俩的交流并不多。无意中，我看见白雪在看我，我也微笑着看她。她却有意把目光移开。我无话找话地说：“来!夹菜!”陈琴琴见我招呼白雪夹菜就笑着对白雪说：“别客气！白雪！大家都是自己人，不要拘束!”说着，陈琴琴就给白雪夹了一个西兰花，又给马文才夹了一块红烧肉要直接喂给他。马文才不好意思地把头扭过去假装不吃。陈琴琴殷勤地非要让马文才吃，马文才翻了陈琴琴一眼，张开嘴巴就像老虎吞食一样快速吃了那块肉，然后，口是心非地说：“你真是个活宝……”陈琴琴也不理会马文才，又招呼大家说：“大家夹菜吃!”说着，就先给自己夹了一个青菜瓣放在了口里。

马文才是陈琴琴的对象，他在双山县财政局工作，陈琴琴来上学前是双山县团县委书记。那天，马文才正好在市上开会。开完会，他就顺便来看陈琴琴。

吃饭中途，陈琴琴不知是有意还是无意，她好像突然记起了什么，拍了一下脑门对白雪说："白雪！你看我这记性，忘了介绍了，这是我们班里帅哥！团支部书记周锁澜同学！其他张应文、陈建国、邓成功你都认识，就不用我来介绍了吧！"她这么一说，倒弄得我有些不自在。我赶快站起来对白雪说："你好！我是周锁澜！认识你很高兴！"白雪也站起来说："我叫白雪！"陈琴琴插话说："你俩赶快给我坐下！别搞得像真的一样。白雪是我高中的同学，她现在在双山县工行工作。我们都是乡党。"说着，陈琴琴端起酒杯站起来说："来，为我们大家能在鸡峰市团聚干一杯！"

大家一起站起来干完杯，陈琴琴又与马文才碰了一杯酒。他俩正在打情骂俏期间，我打了一个通关。当我与白雪干杯时，我才看清了她的长相：她身材高挑，皮肤白皙，扎一个马尾辫，有一米六八左右，瓜子脸，大眼睛，说话举止都是那样的得体……

我打完关，陈建国、邓成功、张应文和马文才又接着打关。等马文才打完关，我又接着与每个人喝了一杯酒。那天，我高兴，在喝酒期间，我也与白雪互留了通讯地址……

聚会结束，送走白雪，陈琴琴问我说："你觉得白雪咋样？"我说："我看可以！不知白雪是啥想法？"陈琴琴说："白雪啥想法？你不会直接问她……"

那年暑假，我约白雪在双山县又见了一面，那天是个礼拜天，她也休假。她家就住在新民路工商银行家属院，我站在她家门口等了她好长时间都不见她出来。我准备要离开的时候，却猛一抬头看见她在阳台上晾晒衣服，她也瞧见了我。我示意让她下来，她可能觉得与我八字还没有一撇呢，不想过早地让家人知道，就匆匆从家属楼跑下来说："你先在税务局南面宋家窑的马路上等我。一会儿，我就到！"

我感觉时间还早，就转悠着从凤凰路前往东关十字，再由东关十字去宋家窑路口。刚走到宋家窑的大路上，老远就看见白雪在宋家窑南边的马路上站着。她可能是瞧见我来了，原本两只手还插在卫衣口袋里，却急忙掏出来拢了拢自己的头发。我边走边瞧她，等我走到她跟前，我倒有些不好意思了，就抱歉地对白雪说："不好意思！我想你还得一会儿，没想到你比我先到了！"她微笑着说："我也刚来！"我说："那我们边走边聊？"她点点头……

自从那次见面后，我俩彼此感觉还挺谈得来的，就又见了几次面。那段时间我放暑假，有充足的时间与白雪在一块交流。

很快，暑假结束了，我该回学校了。我邀请白雪说："如果你有空，来我们学校玩！"她爽快地答应说："行！我一定来！"

九月的一个礼拜天早晨，我刚洗漱完毕，端着脸盆要回宿舍，猛然间，就看见白雪站在我们405宿舍的门口等我。因为是星期天，宿舍的其他弟兄们都已回家，我忙让白雪赶快进宿舍来。白雪进宿舍后问我："你们宿舍住几个人？"我边整理床铺边说："七个。"她又问我："这是你的脸盆？"我向门口床铺上瞟了一眼说："是的！"

她说："这荷花脸盆还挺好看的！"

我说："荷花出污泥而不染，当然好看了！"

她笑了笑说："你说话还挺幽默的……"

我整理完床铺，就约白雪一块去了骡马巷。

三十五

去骡马巷的路上，我与白雪闲聊。起先，我谈我上大学的一些所见所闻。后来，我俩的话题又转到了鲁迅的《狂人日记》。没想到白雪也喜欢文学，她不但对鲁迅的作品熟悉，还从鲁迅的作品谈到了莎士比亚、雪莱、托尔斯泰、雨果。后来，她说："雨果曾经说过：'谁虚度年华，青春就要褪色，生命就会抛弃他们。'这段话说得多富有哲理啊！"我说："雨果还说过：'别人放手，他仍然坚持；别人后退，他仍然向前冲；每次跌倒，立刻起来——这种人一定没有失败。'不过，我平时更喜欢普希金的《假如生活欺骗了你》。我觉得这首诗既有哲理，又能激励人。"说着，我就给白雪朗诵起了普希金的诗："假如生活欺骗了你，不要悲伤，不要心急，阴郁的日子需要镇静，相信吗？那愉快的日子即将来临，心永远憧憬未来，现在却常是阴沉，一切都是瞬间，一切都是过去，而那过去了的，就会变成亲切的怀恋。"她听完后突然问我说："你既然这么喜欢文学，为什么不从事这方面的工作呢？"我笑着说："我何尝不想呢！只是梦想往往与现实是有距离的，梦想有时候会随着环境与时间的变化而变化。就拿我来说吧！小时候，我就一直梦想着长大后能当一名作家，但后来因为家庭的具体情况，我就改变了梦想。那时候，我母亲有病，我父亲在鸡峰县工作，能多为家里挣到工分、分到粮食就成了我最大的梦想。上初中那会儿，我就利用寒暑假，或下午不上课的时间参加生产队的劳动。虽然我每天只能挣三分工，但我还是一直想多为家里添补一点工分。后来，国家恢复了高考，我又梦想着想考大学。只有有了知识，才有可能改变家庭的环境。我有了这种想法，却没告诉我母亲。一次，我从学校放学回家吃饭，我母亲正在厨房做饭，她边拉风箱边说：'锁澜！你过来，妈给你商量个事。'我就过去蹲在我母亲的身旁说：'啥事？妈！您说！'我母亲说：'咱对门你木匠爷给你在马家营说了个媳妇，让你礼拜天去遇个面，你毕了准备一下。'我一听要给我说媳妇就极不情愿地对我母亲说：'妈！我才多大就给我说媳妇？我不去！'我母亲很不理解地说：'我的锁澜儿呀！你都十五六岁的人了，该到占媳妇的时候了！你看看，咱们村像你一样大的娃哪个没占下媳妇？'我当时极不情愿，又无法说服我母亲，就一边给我母亲说话，一边拿起旁边放着的一个小锄头在厨房脚地下来回勾划。那天，无论我母亲怎么比方，我就是坚决不去遇面。后来，我竟然用小锄头把厨房脚地下勾出了一道深渠渠。我母亲见我实在不情愿去就只好给我木匠爷回话说：'我这儿子太执拗，八根缰绳都拉不回来，你给人家见话就说这门亲事就算了！'"

白雪听后"扑哧"笑出声来说："没想到你十几岁就有人给你说媳妇了！"我叹息道："唉！咱这是起了个大早，赶了个晚集么！这不！要不是遇见你，我可能这辈子都要打光棍了！"白雪不服气地说："去你的！胡说啥呢？"我说："我说的可都是真的……"不知不觉我俩已走到了骡马巷。

一到骡马巷，只见骡马巷人流如织，各种叫卖声夹杂着带有河南、四川、上海口音的普通话，与当地地地道道的"秦腔"交织在一起，渲染得骡马巷异常的热闹。我俩从北门南下，有一个长长的台阶。下了台阶是一条人头攒动的长街，两旁有开衣服店、理发铺、火锅店和摆各种小摊小铺的。

我给白雪说："骡马巷最有名的火锅店要数老钱家的火锅店了，这个店铺不管你啥时候去都是满满当当，一进店门，一大碗油泼辣子作料随便吃。那个辣哟！简直能把人吃醉。"我随口问白雪说："你以前来过这儿么？"白雪摇了摇头说："没有！"我说："那咱中午就吃老钱家的火锅咋样？"她说："行么！"我俩继续往前走，过了铁路涵洞，又下了一个台阶，前面有卖凉皮、饸饹、羊肉泡、葫芦头、豆花、醪糟、甑糕、藕粉、油糕和麻花等各种特色小吃的；也有我和白雪都叫不上名儿的小吃。白雪说："要么，咱们就吃凉皮吧？"

我说："行么！不过在骡马巷光凉皮就有面皮、米皮和粉皮。你究竟想吃哪一种？"白雪说："在咱们双山县经常吃蒸面皮、擀面皮和烙面皮，要么，咱们就吃米面皮吧？"我说："行么！那咱就吃米面皮！"我就带着白雪往前走，原本还想选择一家中意的卖热米皮的摊点，可还没走到跟前，有一家卖凉米皮的老板娘老远就已经看见我俩走过来，她热情地大声招呼让我俩赶快去她那里吃米面皮。白雪经不住诱惑，就径直去了这家摊点。我赶快跟随其后也去了这家摊点。我俩刚坐下，两碗正宗的麻酱米面皮已端了上来，我递给白雪一碗，我端了一碗。白雪无意间瞧见她身旁竟然也坐着一对恋人在吃米面皮。她捅了捅我，示意让我瞧。我往左边一瞧：那对恋人正狼吞虎咽开心地吃着米面皮……

吃过米面皮，我给白雪和我每人买了一个雪糕。她吃完雪糕后说："这雪糕确实好吃！"我听了后很高兴，就说："鸡峰市的雪糕比咱们双山县的冰棍肯定好吃么……"

时间如白驹过隙，很快，我与白雪相处已有近一年了。我的大学生活也快要结束了，大多数同学都忙着一边准备毕业论文，一边和要好的同学合影留念，在一块儿聚会。我还多了一份工作，就是抓紧时间筹备我与白雪的婚礼。

说来，我俩的婚礼也很简单，就是我带白雪一起去鸡峰商场买了两身衣服和零碎，就算打了杂货。

组合家具和双人床是我与白雪在蔡家塬昌盛木器加工厂订做的。那天，我与白雪一进昌盛木器加工厂，发现这家木器加工厂的老板竟然是我们村的我贤亮哥。我说："贤亮哥！你咋在这里？"他说："我咋就不能在这里？"

原来，我贤亮哥跟随村里其他打工的人在外面闯世界。起先，他在一家木器厂给人做木匠活。后来，他学了技术，有了一点积蓄就自已承包了这家木器加工厂。现在，昌盛木器加工厂已是蔡家塬地区最大的一家私人木器加工厂。

他问明了我和白雪的来意后就说："锁澜！你和弟妹的组合家具就包在哥身上！到时候你们只管来拉家具就是了。"我说："那我现在给你留些定钱吧？"他说："兄弟！这不就见外了吗？拉家具时再结账！"

我临近毕业的时候就与白雪举办了婚礼。我们的婚礼是在双山县招待所举行的，婚礼很简单。那天，我俩只邀约了双方最知己的亲朋好友参加了婚礼。那段时间，中央反对大操大办婚礼。我们一家人在商量我俩的婚事的时候，我父亲说："既然上级有规定那咱就按上级规定办！"

我父亲一锤定音，我和我母亲也不好说什么。那时候，我父亲还上着班，他本身就是一个原则性很强的人，特别是遇到自己家里的事情更是能简就简，不愿意给别人增添麻烦。还好，我母亲托人给我岳父家说了这事后，他们也能理解。

那天，我和白雪举行婚礼，一共就办了三桌酒席。邓成功知道后非要给我和白雪当司仪。我说："算了吧！人太少。就不麻烦你了。"他说："这不是麻烦不麻烦的事，人少也要举办婚礼呀！不然，怎么像结婚？"我觉得他说得有道理就同意他给我俩当司仪。幸好我们举行婚礼的时候旁边另外还有三桌人在招待所用餐。邓成功在婚礼上说痒痒话时，那三桌人跟着也笑得很开心，倒把我和白雪的婚礼衬托得热热闹闹……

直到今天白雪提起这事，还抱怨我们家太抠门。她说，他们家要来三桌人，我们家就是不同意。我调侃说："你没听说财东家都是细出来的吗？不抠门，哪有我们今天的幸福生活？"其实，我心里明白，那时候，每家每户都缺"嘎"么，根本拿不出钱来请客办婚礼么。

三十六

与白雪结完婚，我也很快从鸡峰大学毕业回到了绛纱社会福利院。那段时间，绛纱社会福利院正在筹划一期中层干部理论培训班。张朝辉主任通知我说，巨世林书记点名让我给这期中层干部理论培训班专题讲一下《马克思主义哲学》。我刚学习回来，讲哲学，对我来说是一件很容易的事。《马克思主义哲学》刚好是我在大学里的必修课，我书和学习笔记都还在呢。张朝辉主任一说，我就立马应承下这事。可应承下这事后，我又考虑到听课的全是院里的中层，并不适合采取像老师给学生授课的那种方法。后来，我就索性结合成年人的特点把以前的学习笔记又重新整理了一遍，专门为这次中层干部理论培训班撰写了讲课提纲。每次讲课，我尽量做到深入浅出，以实践与理论相结合，让大家听得明白，容易接受。特别在列举一些事例的时候，我尽量列举一些发生在身边的事例，来证明每个复杂的哲学概念。院里的领导和中层干部听了以后都反映不错。巨世林书记以前在鸡峰市党校进修过，听了我的讲课后说：“在党校，教授们讲哲学也不过如此。”我听了以后，有些不好意思。心想：我讲的本身就是根据教授给我们讲的来讲的么。当然，为了避免哲学课的枯燥乏味，我在讲课时也有意识地把一些难点和重点归纳成一个个幽默的小故事讲给大家听，逗得大伙捧腹大笑。笑声过后，每个人也自觉不自觉地记住了我讲的重点和难点……

那些天，我每天下午2:00都准时在院部二楼会议室给培训班的同事们讲《马克思主义哲学》课，我的课程一直持续了一个多月时间。培训一结束，福利院党委就任命我为鸡峰市绛纱鞋厂厂长。鸡峰市绛纱鞋厂与二所是一套人马、两块牌子。对内叫二所，对外则叫鸡峰市绛纱鞋厂。那天，巨世林书记找我谈话。他说：“经院党委考虑，决定让你去鞋厂担任这个厂长，你学的是企业管理，也是咱们院里的前任团委书记，组织想发挥一下你的才能。这次找你来想听一听你的意见。”对于我的工作安排我早有了心理准备，可我万万没想到院里让我直接去鞋厂当厂长。我迟疑了一下说：“巨书记！组织把这么重要的工作交给我，我怕担不起这个担子啊！如果还有比我更合适的人选，我愿意协助厂长工作，担任副厂长也行。”我当时说这话是有我的道理的。我那时刚满二十七岁，绛纱鞋厂连临时工加在一块有百数多号人，万一要把厂子办砸了，我咋对得起组织呢？

巨世林书记一听我这么说，就斩钉截铁地说：“一辈子不剃头是个连暮子！既然组织已经决定了让你干，我希望你就大胆地去干吧！党委相信你有这个能力，能挑起这副担子的。当然，你也不用担心。这次组织在研究调整鞋厂领导班子时也是经过了深思熟虑的。想将汪俊儒副科长从行政科调鞋厂担任党支部书记（汪俊儒在我上大学期间，已被提升为行政科副科长），刘伟国同志仍留任鞋厂作副厂长。原来的张作祯厂长和张余庆书记另有安排。希望你去后能发挥好他们的作用，把鞋厂的工作搞好。”

话已至此，我还有啥说的？我就痛快地答应巨世林书记去了鞋厂。

去鞋厂的那一年，正是鞋厂发展的鼎盛时期，鞋厂的机制布鞋远销西北五省区和南方的一些小城市和农村，特别是在兰州和西宁销量最大。为了扩大销售，增加花色品种，我主持召开了厂务会，分析研究了鞋厂今后的发展方向和目标任务。我说：“目前，从鞋厂的经营效益看还不错，但从全国形势来看，南方的机制布鞋已渗透到北方大部分城市和农村。尽管温州的布鞋在北方销售后出现了断底问题，从表面上看，一时半会儿还撼动不了我们现有的销售市场。但凭借着温州人的精明和勤奋，他们以后绝对会东山再起的。有朝一日，温州布鞋一定会重新占领北方市场。目前，再加上我们周边的几个制鞋厂也虎视眈眈地想蚕食我们的市场，如果我们不提前做好应对，到时候，我们将面临市场上最大的挑战和竞争……”

刘伟国副厂长接着我的话茬说：“我觉得从工艺流程和花色品种上看，我们的机制布鞋已经远远落后于长征鞋厂了。如果我们现在还吃老本，不创新，不改变，总有一天会被市场淘汰……”

汪俊儒书记补充说：“我来咱们鞋厂时间不长，正在熟悉工作。刚才听了周厂长和刘副厂长对咱们鞋厂发展前景的一些看法和想法，我觉得周厂长和刘副厂长说得都对，现在应该是咱们在工艺和花色品种上下功夫的时候了。我在这里表一个态，经营上，我不懂，但我给咱们做好后勤保障工作，一定做到将全厂员工的思想统一到生产经营上来……”

会后，我安排汪俊儒书记临时主持厂里的工作，我带上刘伟国副厂长，对南方市场进行了考察。刘伟国副厂长在厂里一直分管生产科和设计室的工作；我除了负责全面工作外，分管人事科和销售科的工作。我俩从徐州南下，对南京、镇江、扬州、苏州、上海、杭州市场进行了调研和考察。又折回扬州和苏州的几家制鞋厂和生产布料的厂家进行了现场观摩和调研。回厂后，我安排刘伟国副厂长组织设计室的马亚萍主任将我俩从南方带回来的样品和工艺流程资料进行了研究，拿出了一整套我们自己的制鞋工艺设计方案和样品。

同时，鞋厂还研发了旅游鞋新品种。我安排生产科改进工艺，实行生产计件制；供销科在全厂公开招聘销售员实行销售承包制，打破了铁饭碗；对后勤保障部门则压缩人员，精简机构，全面实行组阁制。这样一来，厂子一下子有了生机，生产和销售有了突破性的大发展。

三十七

我在绛纱鞋厂工作的第二年，我的女儿青青出生了。青青的出生，无疑给全家人带来了莫大的喜悦。虽然我母亲身体不好，但她照顾起青青来比我们年轻人精力还充沛。

在我母亲和白雪的照料下，青青很快过了周岁，小家伙长得越来越水灵可人。她那双黑宝石般明亮的眼睛，粉嘟嘟、肉乎乎的脸蛋，谁见了都喜欢。那时候，锁丽虽已经出嫁，但她隔三岔五一定要买一些好吃的小孩食品送给小侄女吃；锁娟在自来水公司上班，她一下班就将青青捧在胳膊上当宝贝玩。

我家居住在杏林家属院一个两居室的单元房里，整套家属房只有五十六平方米。我父母亲住主卧室，锁娟住次卧室。我与白雪结婚后一直居住在双山县改水办租来的一间单人宿舍里。那年冬天，天气特别冷，我回双山县休假，正赶上青青患重感冒发烧。吃过早饭，白雪去上班。我抱上青青去县医院看病。去时，我怕青青冷，就里三层外三层将她包裹严实才出门。

改水办在北大街，县医院在东大街，去县医院需要经过县城大十字再去东大街。起先，我抱着青青边走边逗着她玩，等我走到东大街的县剧院门口，突然，青青不言语了。我怎么叫她，她都不言语。我吓坏了，赶快抱着青青往县医院跑。

到了县医院后，我火急火燎地向儿科医生说明了情况。儿科医生让我把青青放在检查床上。他打开青青的风衣，再解开青青的棉袄扣子，带有责怪地说："孩子本身就发烧，怎么还能给孩子包裹得这么严实？"然后，他拿起听诊器听了听青青的胸脯，又量了量青青的体温。他说："没有大碍，停一会儿就好了。"约摸过了几分钟后，青青苏醒了……

这件事发生后，我忽然产生了一个想调动工作的想法。

有了这个想法，我就将这一想法告诉白雪。白雪说："你能调回来，我当然高兴么！咱妈身体本身不好，我工作又忙……"

与白雪商量后，更坚定了我想调动工作的决心。休完假，我回单位后就去找巨世林书记。可一见到巨世林书记后，我又张不开口了。总觉得是单位培养了我，我这样一走了之有点对不起组织和巨书记。后来，我就将这件事撂了下来。

大约过了两三个月，有一天，巨世林书记打电话找我。我就去了他办公室。刚一进他办公室，他就开门见山地说："找你来，想告诉你一个好消息。刚才，市局刘局长打电话给我说，想调你去鸡峰市民政局城福办工作。他在电话里说，最近，省厅安排各地市民政局要成立城市福利企业工作办公室，人事局也批了编制。局里初步考虑想让你去当这个城福办主任，不知道你是啥想法？"还没等我说话，他又说："虽然是平调，但也算进了鸡峰市，你可以考虑一下？"

我说："噢！是这样……"

我就利用巨世林书记给我谈这事的机会对他说："我很感激组织对我的信任，也感谢您一直以来对我的培养和关怀。自从有一次女儿得病后，就一直想找个机会给您谈谈我个人的一些想法，可每次一到您办公室，我话到口边又难以启齿，就一直没给您说这件事。今天，正好您找我谈调动的事，我就把我的真实想法给您交流一下……"

我就口袋倒核桃般一五一十将我的家庭情况和青青的事一股脑儿向巨世林书记做了汇报。最后，我说："如果我离开咱们鞋厂不会对工作有太大影响的话，我想调回双山县工作。您给刘局长回个话，这次就不要考虑我了。"巨世林书记见我这样诚恳地说，就说："从工作角度讲，你是咱们福利院的重点培养对象，你去鞋厂后，鞋厂的面貌也焕然一新，这是大家都有目共睹的。这次要不是市局硬要人，我还真舍不得让你走。不过，刚听了你的家庭实际情况后，我能理解，作为组织应该考虑你的实际困难……"

与巨世林书记谈话不久，正好鸡峰市组织部分配给市民政局去双山县安寨镇搞社教的三个名额。市民政局又给绛纱社会福利院分配了一个名额。经绛纱社会福利院党委研究，我就与市民政局的另外两名同志安浩平和陈欣业一起去了双山县安寨镇搞社教了。

三十八

去双山县安寨镇搞社教对我来说是一举两得的好事，既能离家近一点，又能增加我对农村工作的经验。一接到通知，我就立刻将工作交给了刘伟国副厂长。报到那天，我被分配到了明华村，安浩平和陈欣业被分配到了上明寺村和下明寺村。我从绛纱社会福利院出发，安浩平和陈欣业从鸡峰市出发。

一路上，送我的司机小王把双排座“130”车开得飞快。车子一直沿西（京）鸡（峰）南线飞驰着，两旁的白杨树一闪而过，我的心情急切而又兴奋。当车子拐向安（寨）明（华）公路时，驾驶室内顿时感到一阵凉爽。透过挡风玻璃，我看见路旁成片的稻田在阳光的照射下金灿灿黄生生，从清水河流淌过来的一渠清泉沿公路一旁一直流向远方，耳旁知了在白杨树上像发疯一样一齐唱着歌。远处，连绵不断的秦岭山脉雾腾腾绿茵茵，尽收眼底……

安寨的美景，使我心旷神怡。我心想：这哪里是去社教？这倒像是去一个风景名胜区去旅游……

在双山县安寨镇明华村搞社教，我住在任三才家。任三才是个木匠，为人厚道。听说他早年家境比较贫寒，父母双亡，十几岁初中还没毕业就辍学回家拜师学艺当木匠徒弟。后来，手艺学成，成家立业，娶妻生子，就在方圆村庄给人盖房打家具。时间一长，他也成了明华村一名名副其实的木匠把式。不过，虽然任三才成了木匠把式，但他日子还是过得比较恓惶。

八十年代初，农村兴万元户。双山县政府就在全县树立标杆，大力表彰各行各业的万元户。任三才看到别人家成了万元户，自己也心里痒痒，就与媳妇何桂花商量贷款买了个手扶拖拉机。从此，他撂下木匠活计不干了，开起了自家的手扶拖拉机在明华村石头河给周围工地拉石头挣钱。没想到几年光景下来，他鸟枪换炮，脱胎换骨，叫花子扔掉了打狗棍，穿上了枣红色毛衣和咖啡色西装，说话也底气十足，头仰得老高，鼻梁上还挂着一个茶色石头镜。乡亲们讨教他发家致富的门道，他眯着眼说：“致富没有诀窍，只能靠勤劳么！”

更让他内心高兴的是他还清了贷款，还积攒下了一厚沓人民币。当然，他的变化从他老婆和娃娃的穿着上就能看出端倪。

关中人富起来后首先想到的是盖房子、娶媳妇，任三才也不能脱俗。他有了钱后，心里热乎，就与媳妇何桂花商量着也想给自己家头门上盖一座二层楼。有了这个想法，他就着手建设自己家的二层楼。他先凭借着自己的木匠手艺，与媳妇何桂花拆掉了头门上的倒厦，再与何桂花清理了地基。等地基清理完毕后，他又请人开始盖二层楼房……

直到我这次搞社教住进任三才家，他家的二层楼房门窗还是个白茬子，房间也没粉刷，可无论怎么说，这已经是明华村响当当的富裕户了。

明华村党支部书记叫张勤劳，他个头不高，偏瘦，大约有三十七八岁的样子。以前，我并不认识他。可他那天从镇上得到我要住他们村搞社教的消息后，就早早地在任三才家给我寻下住处。

当我坐的“130”双排座三菱车一到镇上，我就看见张勤劳书记举了个牌子早早地在镇上等着我哩。一见面，寒暄一阵，我卸下行李，送走司机小王，就坐上张勤劳书记开来的手扶拖拉机“嘟嘟嘟”一直开往明华村。

去明华村的道路是一条宽阔的柏油马路，两边是清一色的白杨树。日头已经有些偏西，湛蓝的天空飘着白云，田地里的稻谷已由绿色变成橙黄色，乡间的空气格外清新。不知不觉，手扶拖拉机向右一拐，就钻进了郁郁葱葱被树木包裹的村庄里。

一进村子，手扶拖拉机继续向里开了一阵后猛然停在一户盖二层楼房的村民家门口。张勤劳书记对我说：“到了！这就是我三才哥家！您就住在这儿了！”他话还没说完，有一位中年妇女就急匆匆从屋里跑出来说：“你们来了？”张勤劳书记向我介绍说：“这是我桂花嫂子——何桂花。”还没等我与何桂花打招呼，张勤劳书记紧接着就问何桂花说：“桂花嫂子！我五哥呢？”何桂花说：“他在石头河拉石头去了！”张勤劳书记说：“那你赶快帮周领导拿行李。”我忙说：“我不是啥领导，可别胡叫，以后就叫我小周好了！”他笑着说：“你来我们村搞社教就是我们的领导！”

我还是坚持说：“张书记！我这次下来虽然也是带着任务来的，但我们之间不存在领导谁或不领导谁！”说话间，我们一起走进了任三才家……

从我内心讲，我很感谢张勤劳书记能把我安排在任三才家居住。这次接到来安寨镇明华村搞社教的通知后，汪俊儒书记曾经关心地给我讲了一个关于他们村当年住队干部的故事，我听了后着实吓了一跳。汪俊儒说，他的家乡在关中北塬上，二十世纪七十年代上级给他们队派来了一名住队干部，那时候，生产队大多数社员吃了上顿没下顿。队长就担心住队干部如果发现他们队社员家里有余粮会不发给返销粮，就故意将住队干部安排在条件相对比较差的社员家里吃派饭。住队干部也感觉到很奇怪，无论到谁家吃的都是苞谷糁加搅团。那位住队干部本身就有胃病，吃了两三个月粗粮后，胃病就犯得实在受不了了，就叫来队长说：

"老何，平时社员吃啥就给我吃啥吧！我知道全队的社员家庭都比较困难，该给的返销粮我一定向上级组织争取……"

听了汪俊儒书记的话后，我目瞪口呆，惊讶地问汪书记说："你说的这事可是真的？"汪俊儒书记一本正经地说："是真的么！我能骗你？"

这次虽然住村只有三个月时间，可我多少还是有些担心。先让白雪给我炕了一小袋棋豆，再去商场买了一双胶鞋，又准备了一大箱生活必需品，生怕去住村后不方便受了委屈，汪俊儒书记笑话我说："我就这么一说，你看你把家还要搬到农村去。"我笑着说："有备无患，不怕一万，就怕万一嘛！"这次张勤劳书记把我安排住在任三才家，我心里想：这张书记还行，没把我当外人。

我在任三才家居住的时候，任三才的媳妇何桂花养着七八只芦花鸡，一头半大的黑扩囊猪。他家在前院给芦花鸡盘了个窝，在后院给扩囊猪扎了个圈。每天清晨，天还不亮，我就听见任三才的媳妇何桂花"唰——唰——"的一扫帚接着一扫帚的扫院声。扫完院子，我又听见她在后院清脆地吆喝"哱——哱——哱——"的叫猪吃食声。等院子里完全没有了响动，我就知道任三才和他媳妇何桂花出去干活了。这时，我看看表，还不到7:30，再也不能入眠，就赶快起床开始洗漱。时间长了，我便摸了个规律，不用看表，只要任三才他媳妇何桂花清晨没有了响动，就是我起床的时间……

三十九

任三才和何桂花有一对儿女。女儿约十四五岁，名叫蓝溪，念初中；儿子只有九岁，名叫蓝珂，念小学。两个孩子出脱得落落大方，出出进进唤我叫叔叔。他家是个老院子，有七八分大，坐东向西，除头门上盖着二层楼房外，院子的北面坐北向南有三间偏厦，后老墙安了个后门。后门前茂盛地长着三棵梧桐树，有碗口那么粗，上厕所得去后门外。南边是另一户人家高高耸立的北厦后背。整个院子里打扫得干干净净。我被安排住在头门上二层楼房北边一楼一间单独门向南开的房间里，整个二层楼房就居住着我一个人。

任三才自从拆了头门上的倒厦、盖了二层楼房后，一家人就一直住在北边的偏厦房里，就连锅灶都安顿在偏厦的东边一间房间里。

那天清早，我去院子南面水龙头上接水准备刷牙，老远就听见张勤劳书记在门外火烧火燎地喊我："老周！老周……"

那年，我二十九岁，一住队，好像年龄增大了许多。村上的人都叫我"老周"。起先，由"小周"一下子变成了"老周"，我还有点不习惯。可慢慢地就习惯成了自然，谁叫我"老周"，我也不再说什么。

一听见张勤劳书记喊我，我忙放下洗刷用具，想出门看看。这时，张勤劳书记已大踏小步进了任三才的家，他一见我就说："赶紧！你娃她妈打电话让你给她回个电话，说有急事哩！"我忙让他屋里坐，他摆摆手说："不了，我还要去镇上办事呢！"话音未落，他就一溜烟走出了大门。

张勤劳书记走后，我并没有立刻去村委会给白雪回电话。因为，在农村如果错过吃饭的时间，要再想找饭吃可不是一件容易的事。我迟疑了片刻，还是径直去了村上给我安排的一户村民家吃早饭。这家主人是位大娘，姓祁，一进门，她客气地将我迎到上房屋里坐下，忙喊道："彩莲——彩莲——端饭！"

祁大娘话音刚落，很快一位粉嫩、白皙、穿着一件桃红方格上衣的年轻媳妇就从灶房用木油漆盘端来两个馒头、一碗稀饭和一碟鸡蛋炒洋芋丝。这位叫彩莲的年轻媳妇有二十多岁，胳膊上戴着两个护袖。她见我后有些害羞，放下饭菜，向我点了点头，就转身离开。从她的背影看，她走起路来轻盈利落，特别是后脑门上的一个马尾辫活像一个公绵羊尾巴，有规律地忽闪忽闪左右摇摆着。

吃饭间，我与祁大娘闲聊。祁大娘说，彩莲是她儿媳妇，正月的时候才结的婚，儿媳妇娘家也是本村的。祁大娘老伴过世得早，唯一的儿子柱子是她家的顶梁柱，一大早就去镇上工地干活了。当听到祁大娘说她儿媳妇娘家也是本村的时候，我心想：怎么安寨这么乱，同村的还能结婚？但我没有在祁大娘面前说什么。后来，我才知道，安寨镇比较特殊，这个地方位于秦岭北麓，素有双山县"小江南"的美誉，土地肥沃，物产丰富。双山县其他地方都产小麦，唯有这里能产水稻。在五六十年代以前，这里就吸引了来自全国三十四个省、市和地区的逃荒者迁徙定居在此，虽是同村却不同族。

吃过早饭，留下餐费，我匆匆赶往村委会给白雪回电话……

原来，中国银行要在双山县成立支行，正在县上招人，白雪在电话里说，这是我调动工作的一个好机会，让我明天一早就回县上参加面试。

当时，我对中国银行没有什么概念。印象中只知道中国人民银行的行徽是一个“人”字形状。因为白雪在中国工商银行工作，我又知道中国工商银行的行徽是一个艺术“工”字。那时候，白雪要去上班，就经常穿一件浅蓝色短袖行服，佩戴上他们工行的行徽，这让我很羡慕。于是，我对工行的行徽印象就比较深刻。后来，我有意无意也注意起各家银行的行徽来，中国农业银行的行徽是一个“麦穗”的样子，一看就知道是农行。倒是中国建设银行的行徽最难认，像一枚古钱币，却多出一点来，后来我猜测可能是建行的建字的第一个字母吧！那时候，县上没有中国银行，至于中国银行究竟具体办理什么业务，我倒一塌糊涂，一点也不晓得……

接听着白雪的电话，我忐忑不安。按理说，白雪在双山县工作，我在绛纱工作，能解决我与白雪两地分居的问题是件大好事，可我却是高兴不起来，电话那头白雪不住地“喂！喂！”问我，我这头却心里五味杂陈，复杂的心情难以言表。虽然平时嘴上吆喝着要调动，可突然真有这么一天要调动了，我却一下子割舍不下我工作的单位和朝夕相处的领导和同事们。

四十

深秋的明华村，细雨濛濛，下个不停。因水土不服，我开始闹肚子。整天肚子咕咕作响，胃胀得不想吃饭。每天去村民家吃派饭，我只能早晚喝一点稀饭，弄得主人家还以为我嫌弃她们做的饭菜不可口。尽管如此，我还是马不停蹄地与村干部一起谋划着修路的事。那时候，在农村流传着一句顺口溜：要致富，先修路。当时，明华村泥泞的道路最难走，也最难修。街道上，各家各户门前堆满了稻草、玉米秆、砖块和石块，有些村民甚至在门前路边搭建了简易厕所或柴房。村、组干部对占道的村民不敢管，也管不了。我是上级派下来的社教干部，初生牛犊不怕虎，整天吆喝着要求占道的村民腾道路两旁的地方。除了一家一户做工作外，我还利用开会的时间在村民大会上宣讲修路的好处，要求占道的村民能配合村组干部腾地方。在强大的政策宣导下，一些占道的村民不得不清理了街道上的障碍物。紧接着，我又趁热打铁召集明华村各组干部协商修路的事。大家统一意见后，在张勤劳书记的配合和支持下，我要求有手扶拖拉机的村民从石头河拉石头、拉沙子铺路。对没有手扶拖拉机的村民则要求每家每天出一个劳动力挖路基。一个月的时间过去了，从明华村通往西鸡南线的沙石路也修得差不多了。不料突然间，接到爱人白雪从双山县打来的电话，说中国银行鸡峰分行在双山县要成立支行，正在双山县招人，事情紧急，让我第二天就赶回双山县参加应聘。接完电话，我心乱如麻，那一晚上我都没睡着觉。天刚蒙蒙亮的时候，我一起床，脑瓜子就像炸了锅一样的疼，洗漱完毕，我还是想去碰碰运气，不为别的，就为爱人和家庭。毕竟我与白雪两地分居不是个长久的事情。况且，到现在白雪和青青还住在双山县改水办租来的房间里，作为一家之主，我多想为自己的家庭分担些什么。想到这里，我骑上自行车赶到安寨镇给这次我们社教工作队队长李治国请了个假，又回到明华村安排了我手头的工作，就匆匆赶往双山县……

到了双山县城后，我先去找李国华局长。那时，李国华局长是双山县税务局的局长。市中行已提前内定由他负责组建双山县支行。到他家后，他不在。我又去县工行找白雪。当时白雪已由新民路储蓄所调往工行大十字储蓄所工作。白雪给我说，李局长通知她，让我直接去县粮油议价公司招待所二楼216房间面试，安排我第一个面试。来时，因搭公共汽车浪费了些时间，紧赶慢赶已到了半中午了。一到216房间门口，我正要敲门，听见房间里似乎有人在说话，我忙将伸出的手又缩了回来，下到一楼大厅坐在沙发上想等一等再上去。我刚坐在沙发上，从招待所大门外走进来了一位打扮入时的女青年。她皮肤白皙透亮，翩若惊鸿，扎一个马尾辫，穿一身孔雀蓝连衣裙，左肩上挎着一个棕色小提包，款款上了二楼。

不一会儿，那位女青年又从二楼款款而下。我估摸着她可能也是应聘的，赶忙放下手中的报纸，又上了二楼敲门。应声进门，房间沙发上坐着一位五十岁左右的长者正在看电视。他穿一身灰色西服，上衣的扣子敞开着，能清楚看见里面穿着的白衬衫，白衬衫的折纹还清晰可见，更引起我注意的是他西服左上胸佩戴的那枚行徽，在电视灯光的映衬下一闪一闪特别耀眼。我赶忙自我介绍……

这位长者见我的第一句话就是很严肃地质问我说："通知你几点来？怎么才来？"我有点不好意思地解释说："都怪我！是我耽误了时间……"

他好像根本就没听见我的解释和道歉一样继续说："安排你第一个面试，你知道不？没有时间观念以后怎么在银行工作？"

我有些语塞，不知怎样回答他才好。

后来，我才知道问话的是鸡峰市中行工会汪俊杰主席。汪俊杰主席就这脾气，他对工作要求特别苛刻，新员工见了他还有几分害怕。可他心地善良，对人没有坏心眼。我进中行后，他对我帮助不少。当然，这是后话。

也许他看出了我的尴尬。接下来，他语气稍微缓和地说："坐下吧！今后还是要在这方面注意一下！"随后，我坐在了另一个沙发上，刚才略带紧张的情绪有所缓解。

我与汪俊杰主席的谈话是一问一答式进行的。他问我上学的经历、参加工作的经历，我都一一做了回答。最后，汪俊杰主席问我说："你为什么要选择来中行？"我直言不讳地说："为了解决两地分居。听说中行县支行成立后还要盖家属楼，我想改善一下我的家庭居住条件。"话一出口，我有些后悔。心想：我为什么非要把话说得这么直白？汪俊杰主席也许想问我进中行后的打算或决心什么的。我正为刚才的回答而懊悔，他"扑哧"一笑说："是这，看你这人还挺实诚的！是否调动，我们回去研究后再做决定，你就等通知吧！"说完，他让我留下联系方式……

四十一

调动的事说急速很急速。没等一个礼拜，我就接到白雪打来的电话，说李国华局长通知她，让我去县中医医院去体检。并让我负责组织招呼一下这次新招来的同志一块去体检。我在电话里问白雪："那让我怎么与他们联系？"白雪说："不用联系，李局长让你礼拜天早上8:00以前在县中医医院大门口等他们就行！"

我是前一天下午回双山县城休假的。第二天早上，天刚麻麻亮，我就早早地来到县中医医院大门口等候要体检的同志们。等每个人都到齐后，我才知道我们这支队伍一共有八个人，来自税务、城建、民政、财政、农行、工行等各个行业或单位。果不其然，我面试时见到的那位挎棕色皮包的女同志也在其中，她叫罗美娟，来自双山县财政局。她对我也有印象，一见面，我们彼此打了招呼。我就领着大家一块儿去县中医医院体检中心领表去体检。我们的体检是分头进行的。

每个人经过抽血、做心电图、透视、B超、测身高、验视力、量血压、称体重等复杂程序后，体检才算告一段落。就在体检临近结束的时候，李立新急乎乎跑来找我说："不知咋搞的，我的血压有点高！"我说："也许是你太紧张了，停一会儿你再测一下看情况怎样……"

隔了两天，体检结果刚出来，李国华局长就通知我赶快到县支行去报到。

这时，我不得不去找社教工作队李治国队长，把明华村社教的事交给其他同志。交完工作，我又回了一趟绛纱社会福利院找巨世林书记和院长办公室张朝辉主任谈了我调动的事。因为巨世林书记和张朝辉主任都掌握我的具体情况，他俩也就很痛快地同意了我调动的请求。办完调动手续，我又去行政科找郭爱玲交了我上大学时所报销的学费才离开了单位……

去双山县支行报到那天，我一去李国华局长家，李国华局长就给我安排了工作。那时，县支行没正式成立，每个人的调动手续都拿在自己的手里，我当时的身份只是一名先进行的筹备人员之一。

来到县支行后，我听说之前市中行已多次与双山县委、县政府沟通，从县级部门三个候选人当中最终确定李国华局长为双山县中行筹备小组负责人。这位我们未来的行长，他中等个儿，人长得精瘦而干练，戴一副近视眼镜，说话办事雷厉风行，有板有眼，年龄大约有五十多岁的样子，一看就是一位老练的领导。

自从李国华局长被市中行研究确定为县支行筹备领导小组负责人后，他就早早地从市行领回了十万元开办费，锁在自己家里的保险柜里等待招兵买马组建县支行。李国华局长第一个物色的得力干将是文坤乐。文坤乐大我九岁，在双山县房改办工作。以前，他当过双山县机械厂副厂长。因文坤乐调动手续还没办妥，李国华局长就安排文坤乐与他留守在县城办理县支行成立时的各种手续；安排我来蔡家塬办理租赁房屋及装修等事宜。

这次能把县支行选在蔡家塬这是李国华局长提前与市行有关领导沟通好的。只是县支行的行址选在蔡家塬什么位置，还需要县支行筹建领导小组自己来决定。那天，我、文坤乐与李国华局长一直在蔡家塬火车站街道上寻找合适的办公地方。最终，我们看上了双山县酒厂临街的三间门面房。时间紧迫，我们仨就连夜与酒厂谭志辉厂长洽谈租赁房屋的事。三间门面房的事好谈，当时酒厂正好对外出租临街门面房，没费多大周折一谈就妥。倒是李国华局长向谭志辉厂长提出要在酒厂三层楼二楼西边租赁四间办公和住宿的事费了周折。谭志辉厂长皱了皱眉头说："不好办呀！原因很简单，酒厂停产后，大部分职工都拿着宿舍门上的钥匙回了家。"李国华局长说："谭厂长！想办法往回要么！"

谭志辉厂长说："哪有这么容易，谁敢往回要？这些人回来要上班酒厂拿啥发工资？"

负责酒厂门面房租赁工作的老赵坐在沙发上说："就是么。你们不了解酒厂的实际情况！这事不好办！"

我在一旁插话说："要不，我跟你一块去做工作？"

李国华局长说："银行扎在酒厂，对你们是有好处的。说不定哪天酒厂会用得到银行的。你就再做一下职工的工作。要不，就让小周协助你们一块儿去做工作？"

谭志辉厂长听李国华局长这么一说，心想：是啊！说不定哪一天酒厂真的用上了县中行。想到这里，他对李国华局长说："那就让小周协助老赵一块做占着房间的职工的工作吧！什么结果我不敢保证！"

李国华局长一听谭志辉厂长答应了此事很高兴。第二天就将确定的县支行营业和办公地点向市行祁念才行长做了汇报。祁念才行长是一个急性子的人，当天就组织有关人员开会研究同意了双山县这个选址方案。

李国华局长回行后向我和文坤乐通报了此事，我们都很高兴。

这次双山县中行选定的行址，它的位置在蔡家塬火车站人民路由东往西去的火车站街道上。这里交通便利，店铺林立，人流量大，属于蔡家塬最繁华的地带。早年，酒厂并不在这里。这里只是酒厂在蔡家塬的一个转运站。真正的双山县酒厂原来在距离蔡家塬二十多公里的双山县凤山沟，当时县酒厂生产的"凤山牌"白酒畅销西北五省区，名扬西京广大农村地区。七十年代末八十年代初，县上为了扩大再生产，将酒厂由双山县凤山沟搬迁到蔡家塬火车站，在这里盖了三层高的办公楼，五个大酿酒车间。厂子当时也红火过一阵子，但好景不长。后来由于负债过多，加之白酒的销路出现萎缩，酒厂就开始走了下坡路，有了订单就生产，没有了订单就停产，断断续续，一直延续到了一九九二年。在中国银行双山县支行进驻酒厂的时候，酒厂已经完全停产了。因酒厂大多数工人都来自附近的农村，厂子一停产，绝大部分人就回了农村的家。户口在城镇的，要么去卖罐罐馍，要么去其他地方打工养家糊口去谋生。这期间，酒厂的领导也换了一茬又一茬。而且，一个领导又是一个想法。到了谭志辉厂长这一任上，他为了增收节资裁减了一部分职工，又想方设法在临街蔡家塬火车站主街道的人民路打掉围墙，盖起了一层砖混结构的八间门面房。临街门面房交工后，他将北边的酒厂大门改向南边占用了一间门面房，其余的七间门面房对外出租。这时候，正好双山县中行要在蔡家塬成立，筹备小组一眼就看准了酒厂西边的这三间门面房和东边的这三层办公楼。

市行之所以能很快研究同意县支行这个选址方案，这与双山县的地理位置有关。双山县是一个南北窄长的哑铃形地形，南接秦岭，北枕千山，中间为广阔平原。渭河、韦水穿境而过，有“两山夹一川，两水分三塬”的地理特征。虽然县委、县政府设在塬上的凤山镇，但经济重心却始终放在蔡家塬镇。蔡家塬虽说是一个镇，但三线建设时，部省属企业及计划经济时期的八大公司都在蔡家塬，更何况当时西京省又把蔡家塬批准为县级经济技术开发区。还有一个更重要的原因，那就是蔡家塬火车站客流量大，城镇商品粮户口将近八万人。当时，蔡家塬开发区管委会为了能尽快使蔡家塬城镇户口达到十万人，还一个劲地一个户口五千元往外卖农转非户口呢！那时候，市、县两级都吆喝着要撤县建立双山市，市址就选择在蔡家塬镇蔡孔路大十字。因此，李国华局长一给市行做汇报，市行很快就批准了这个选址方案。方案批准后，装修工作也就立马紧锣密鼓地进行了。

四十二

装修队是市行派下来的。李国华局长安排我驻扎在蔡家塬负责营业室的装修工作。实际上，我的主要职责就是监督装修质量或遇到实际装修过程中与图纸有出入时，与施工方洽谈变更工作量。另外，李国华局长还给我交代了一项最让我头疼的工作，那就是协调酒厂管基建的老赵，尽快督促腾出酒厂职工占用的二楼西边四间单身宿舍。这四间单身宿舍县支行将作为办公和员工住宿的用房，必须尽快腾出来。但自从酒厂停产后，厂子每况愈下，相当一部分职工的工资也拖欠了下来。这些职工眼看着从厂子拿工资无望，就把自己的宿舍门一锁回农村的老家了。这次听说银行要进驻，先不急着腾房子，看能否携带着进银行工作。要不，看厂子能不能先把拖欠他们的工资补齐。负责向外租赁房屋的老赵一做这些人的工作，一些人当着我和老赵的面就发怒了，还骂老赵说："再胡说，非打你狗日的不可！"气得老赵脸色乌青，回到谭志辉厂长办公室把一抓啦钥匙往谭厂长桌子上一撂，说："这活没法干了！谁爱干谁干去！"谭志辉厂长一看这架势，问我咋办呀，我说："这些人要进银行肯定不行，银行不是谁想进就能进的。况且，县支行也没有这个权力和编制啊！现实一点地说，只有厂子把房子租出去了，才有进账的钱。有了钱才有可能给大家补发工资。再说，我们两家已白纸黑字签了合同，我想：困难再大也得硬着头皮把房子腾出来呀！"谭志辉厂长一听我这么说，又对老赵说："老赵哎！我觉得小周说得有道理！"说着，他点了一支香烟抽上，又给老赵递了一支香烟说："还得耐心地继续做工作，我们总不能把碌碡拽到半山不管了！"缓和了一下，老赵还是把钥匙拿了回去。

虽然谭志辉厂长让老赵拿上了钥匙，但腾房子的事一时半会儿还是陷入了僵局。这下，我像热锅里的蚂蚁，既做谭厂长的工作，又做老赵的工作。李国华局长是个急性子，已提前定下了县支行试营业的时间。眼看着距离营业的时间不多了，白天，我四处打问，协助老赵做不腾房子职工的工作。晚上，我又找谭志辉厂长和老赵一块儿商量解决不腾房子职工的办法。

一天，我正在查验营业室装修工程，老赵拿着一串钥匙兴冲冲地来到县支行营业室找我。他一见我就高兴地说："小周啊！可费事了，才把事给你摆平了！"我一听腾房子的事有了眉目，赶快从口袋掏出一支香烟递给老赵，握着老赵的手激动地说："老赵！谢谢了！谢谢你了！你可帮了我大忙了！"当时，我高兴得不亚于咱们国家申奥成功时国人的心情。晚上，我腾出手后自己请客，叫上老赵在隔壁开业不久的兴旺餐馆点了个合盘，每人要了一碟鸡蛋炒面，算是我对老赵的感谢。

第二天，李国华局长从双山县来到蔡家塬检查工作，我向他汇报了腾房子的事。他一听非常高兴，立马让我找民工粉刷房子。李国华局长走后，我从酒厂老赵那里打听到蔡家塬镇上有粉刷工，就借了老赵的自行车，去镇上找粉刷工。

蔡家塬镇距离火车站有个两公里路程。蔡家塬镇子不大，一到镇上，没费多大工夫就看见一家门店的左侧挂着一块用白粉笔在一张废纸箱皮上写的"粉刷油漆"的牌子。这家门店的大门上挂着一个破烂不堪的旧门帘，挑开门帘进去，一间不大的房间里堆得七零八散无处下脚，在一个缝隙里坐着一男两女三个年轻人正在废涂料桶上铺了一张旧报纸在玩扑克牌。那男的脸上贴满了纸条，旁边的一个女的鼻梁下贴了两个宽纸条，活像一个八字胡须；另一个女的完全没贴纸条。两个女青年正前俯后仰哈哈大笑。我一进来，三个年轻人戛然而止不见了说笑。

我问："你们粉刷旧房子不？"那个没贴纸条的女青年说："多大面积？"我说："四个房子，还有一个楼道。"那女青年说："干！一个平方三元钱。"我说："便宜点行吗？"

"这是官价，不能便宜。"

"一个平方两元吧！行了，就跟我走！不行了，我另找人家！"

"两元不行，那就两元五角钱吧！"

"你们闲着也是闲着，拾一个总比丢一个强么。再说，二元五角钱多难听，就按两元吧！"

那女青年听我这么一说，勉强同意了我的意见。临走，我才发现大白粉、滚筒、涂料、各种油漆桶子堆满了一屋子……

下午，三个粉刷工准时来到酒厂。领头的就是与我谈价的那个女青年，她姓卢，圆脸，短发，有二十来岁。小卢一见我，就问我要废旧报纸。我从酒厂办公室要了一沓旧报纸给她，她拿到旧报纸后很专业地叠了一个纸高帽戴上，换上工作服就开始往墙壁上撩水。其余两个人也各自叠了一个纸高帽戴在头上，三个人各有分工地就开始工作了。一个在往墙壁上撩水；一个拿着铲子铲黑墙皮；一个在墙壁上刮新泥子。断断续续工作了几天，各种工序才算完全完成。交工的时候，原本又黑又脏的四间宿舍变得又白又亮。在他们进场的时候，我找了个木工将年久失修的门窗和打破的门窗玻璃也一一更换掉。脏旧的门窗经过油漆后焕然一新，洁白的房间一尘不染。房间的电灯泡我也换成了电棒灯。为了安全，我请示李国华局长后，在二楼楼梯口订做并安装了一个栅栏门。顿时，县支行办公及宿舍成了一个独立的空间。中国银行双山县支行与酒厂的宿舍楼成了两重天。来酒厂办事的人一看，感觉县支行的装修很上档次，也很安全。酒厂的老赵一见我就说："你们银行还是有钱，装修起房子来就是与别的单位不一样！"我虽然对老赵说："这哪里是装修？只是刷了刷涂料吗！"但我从内心还是感觉美滋滋的……

在营业室装修期间，先后有罗美娟、王曼丽、陈克琳、李凤岐、陈新宇、刘显文等几位同志陆续来到县支行报到，李国华局长都安排他们去市行营业部培训了。因为，新成立的县支行是一张白纸，我们都来自各行各业，对中行的业务还似懂非懂，县支行需要提前为开业做准备。因此，真正留在县支行搞筹建的就只有我、李国华局长和文坤乐，其他同志都去市行培训了。

四十三

县支行营业室的装修工作如火如荼地进行着。李国华局长和文坤乐依旧在县城办理县支行成立需要用的各种手续，他俩本身就在双山县城居住，没啥紧要的事时，一般不轻易来蔡家塬。我来蔡家塬留守后，就从酒厂借了一张床板，把从社教工作队带回来的铺盖卷派上了用场。当时，二楼新租的四间房间正在粉刷或油漆当中。每晚，我就像过冬的候鸟一样，轮换着将床板和铺盖卷从这个房间搬向另一个房间。

起步阶段，一切还不正常，县支行也没有安装电话，蔡家塬的一切事务，李国华局长都委托我全权负责。那天中午，一辆蓝色“蓝鸟”车停在了酒厂门口，从车上下来了三男一女四个人。其中，有一位长者年龄大约有五十多岁，他披着呢子大氅，另一位中年女士穿着一件白色拉毛上衣，两位中年男士则穿着一身藏蓝色西服走在两边。快到我跟前的时候，有一位中年男士对我说：“你是小周吗？”我说：“是的！您是……”那人说：“我们都是市行的。”他随后指了指身后披藏蓝色呢子大氅的长者说：“这是市行祁行长！”

我下意识“啊”了一声，注意看了一眼祁念才行长：他是一位高而白净的长者；见我在看他，他笑眯眯地说：“你是小周吗？”我说：“是的！祁行长！你们来啦！”祁念才行长要与我握手，我犹豫了片刻才伸出手来。当然，我不是怕见领导，而是因为刚搬过东西手也未洗，况且，我近一个多月来一直未回家换洗衣服，有点不好意思与祁念才行长握手。祁念才行长似乎看出了我的心思，他主动握着我的手说：“你辛苦了！”我连忙说：“不辛苦！李局长去县上办事了，您看需要叫他回来吗！”他说：“不了！我们来就是随便看看！”那位穿藏蓝色西服刚才叫我小周的中年男子继续向我介绍说：

“这是储蓄科庞科长！”

“这是会计出纳科吴副科长！”

我一一与他们握了握手。随后，吴副科长说：“这就是咱们市行人事科张炳谦科长！”我与张炳谦科长握了握手。心想：怪不得张炳谦科长直接喊我小周呢！原来，他是人事科长……

与张炳谦科长寒暄过后，我有些忐忑：李国华局长不在蔡家塬，我如何向市行祁念才行长一行汇报工作呢？去县上叫李局长或打电话显然已来不及了。

更让我顾虑的是来县支行之前就听说祁念才行长很有个性，是一个对部下要求比较苛刻的人，他只要涉及到工作上的事，绝容不得下属有半点马虎。市行的同志们看见他，就像老鼠见了猫，既敬重他，又害怕他。给我说这事的人还举了一个例子，他说：有一次，市行有个抽烟的中层干部要向祁念才行长汇报工作，刚进了行长办公室，祁念才行长见他还抽着烟就毫不客气地说：“请出去灭掉烟头后再进来说工作！”那人吓得赶快退出了祁念才行长的办公室，扔掉烟头后才不好意思地敲门再进了祁行长的办公室。从此，再也没有人敢抽着烟进祁念才行长的办公室了。我正思量着该给祁念才行长怎样汇报装修的工作，祁念才行长却和颜悦色地边看边说：“这才几天，装修进度还挺快的嘛！”

祁念才行长对装修工作的肯定，使我紧张的情绪稍微有所缓解。随后，我大胆地向祁念才行长一行人介绍了营业室装修的过程和装修当中存在的问题。并带祁念才行长一行人查看了营业室柜台的装修及靠营业柜台后面新扎出来的金库及守库室。最后，我领祁念才行长一行从守库室后门直接上酒厂宿舍楼二楼看了看县支行新租的四间办公及住宿的房间油漆和粉刷。祁念才行长看后很满意，他笑着对周围的人说：“简单明了，还有咱们中行的风格，我看行，你们看呢？”张科长、庞科长、吴副科长都笑着点点头。他回过头对我说：“小周呀！回头和老李商量一下，一楼营业室楼顶上的门楣标识要做得大一些，要能反映出咱们中国银行的气势来。”我回答说：“行徽和中国银行四个大字都是铜质的，每个字大约有一米五，字体是按郭沫若先生的字体订做的。我们已安排装修队去鸡峰市订做了。”祁念才行长听后满意地说：“那就好！一米五就可以了！”

不知不觉，已到中午吃饭时间。我请祁念才行长一行人去蔡家塬最好的蓝海宾馆吃饭，祁念才行长摆摆手说：“就在隔壁的兴旺餐馆吃扯面吧！扯面就大蒜我看嫽着哩！”他说这话时看了看其他三位科长。三位科长也点点头表示同意。看来祁念才行长对蔡家塬火车站的情况还是比较了解的。我没敢再说什么，只有服从地跟着祁念才行长一行去隔壁兴旺餐馆吃扯面……

四十四

祁念才行长走后的第二天，李国华局长从双山县来到蔡家塬，我向李国华局长汇报了祁念才行长一行人来行检查工作的情况。李国华局长听后，有些忐忑地责备我说："你这个老实疙瘩！咋敢给祁行长一行人吃扯面呢？"事后，我也觉得此事我处理得似乎有些不妥。过了不久，李国华局长去市行办事，顺便给祁念才行长补白了此事，祁念才行长却说："你们双山县支行的筹建工作进展快，工作细。我表扬还来不及呢，为什么要批评？"同时，他还对李国华局长说："当时，我们去时小周在，这小伙我看不错，人挺机灵的，工作也细心。"李国华局长听后很受鼓舞。回行后，他将此事告诉了我，并在后来的一次员工大会上还表扬了我，弄得我很不好意思。

那段日子，一切工作都在按计划紧张地进行着。派往市行学习业务的同志还没回来，距离试营业的时间已不多了。这天晚上，时间已过了十二点。我在二楼一间房间里正给粉刷房间的零工结工钱。突然，汽车喇叭在楼下马路旁按个不停，喇叭声特别刺耳。我从二楼南边的窗户往下看，文坤乐正站在"130"车旁向我招手。我忙下了二楼，问文坤乐咋才回来呢，文坤乐突然从眼眶里喷出了泪水。他哽咽地对我说："把人整惨了！货车不能进市区，多半车凭证我背了一下午！"当时，我第一感觉是男儿有泪不轻弹，文坤乐可能是受了委屈了。

我与文坤乐认识后，对文坤乐很尊敬。他是一个比较要强的人，多年在企业工作养成了他坚忍不拔的性格。在日常工作中，再困难的事情只要经他的手就能千方百计得到解决。文坤乐平时穿衣服也很讲究，不管啥时候看见他，他衣服都穿得棱棱是棱棱，角角是角角。这次他能流下眼泪可见真的是受了委屈了……

原来，一大早，文坤乐从县人行办完事，李国华局长就安排他去市行往回拉凭证。他就在县城雇了一辆"130"货车，司机师傅是本地人，对鸡峰市内的路径不是很熟悉。文坤乐也是第一次去市中行，对市行的具体位置更不熟悉。开车的师傅开着车在市区周围转圈圈，一找两找耽误了大半天时间。后来，他们打问到市中行的具体位置后却是单行道，禁止货车通行。任凭司机怎么绕也绕不到市中行。后来，他俩只好把车停在了经开路下面的滨渭路西侧。文坤乐下车后，让司机在车上看车，他就去市中行一捆一捆从金山西路往滨渭路西侧搬凭证，多半车凭证，他搬了一下午，天已大黑，凭证还没搬完。文坤乐平时是个轻汉人，他没有吃过那么大的力。等搬完凭证后，他又饥又渴就与司机师傅在路边找了一家小饭馆，一人吃了一碗扯面就往回赶。到了蔡家塬后，已是夜深人静了。

其实，只要去过鸡峰市的人都知道，鸡峰市的街道还是比较正规的，要找方位并不难找。这个城市原本主要商业街只有一条金山路，在蜿蜒几十公里的黄土台塬西部的下面。往北走，就直接上了塬；往南走，是一大片渭河滩。因为滩地闲置着，早年一些勤快的市民就在河滩地开垦种菜或庄稼。听上了年纪的人讲，鸡峰市主要是在一九三七年陇海铁路鸡峰至西京段通了火车后，才有了大的发展。后来，随着人口的逐步增加，又修通了鸡峰至西京、鸡峰至巴蜀、鸡峰至凉山的公路，使鸡峰成为抗日战争的交通枢纽和战略后方，东南沿海的工厂和河南的难民也沿陇海铁路西迁至鸡峰市，逐步在金山路以南渭河滩地形成了新街区经开路。新中国成立后，随着市政步伐的加快，也就有了鸡凉路、经发路、巴蜀路、国庆路、红星路、滨渭路等街道。现在，渭河南边也有了两条主干道生态路和科技路。随着车辆的增加，市区一些主要街道还设定了单行道。市中行在金山西路132号。因为金山路禁止货车通行，小车只能向东开，不能向西开，所以去市中行拉货，货车必须绕开经山路、经开路才能开到市中行。双山县在鸡峰市的东边，距离鸡峰市有个九十多公里路程。因市区主要街道限制货车通行，为了将货车开到市中行，文坤乐和司机确实是费了事了。

我一边听文坤乐的诉说，一边与文坤乐卸凭证。我俩一直将凭证卸到了凌晨两点多钟才卸完。

四十五

距离县支行试营业的时间越来越近了，营业室的装修也有了眉目了。自从九月中旬我来到蔡家塬负责装修工作后，已一个多月没有回家了。这天，李国华局长、文坤乐和一个我并不认识的黑大个年轻人坐着一辆黑色上海牌轿车从双山县来到蔡家塬。黑色轿车是临时借用的县中医医院的。经文坤乐介绍，我认识了这个黑大个的年轻人。他叫李西润，是县支行新招来的司机。李西润年龄与我相仿。这家伙看上去虎背熊腰，身体非常结实。听说他以前在双山县凯帝羊毛衫厂开车。我俩一见面谝了几句很能聊得来。后来，我与他还住在了一个宿舍。

李国华局长、文坤乐和李西润来了之后，我陪他们一起查看了营业部的装修、金库修建、二楼四个房间粉刷及油漆情况。查看完毕，我以为李国华局长看后一定非常满意。但他却指着一个并不起眼的角落说："粉刷还不够细致，像这些地方咋没有粉刷到呢?"我赶忙问李国华局长说："那您看是否还需要找零工修补一下?"他说："不了！来不及了!"

我原本想等李国华局长查看完装修工程后，向李国华局长请半天假回双山县换洗一下衣服，刮刮胡子、理理发。另外，因为其他来双山县支行的同志们都由李国华局长派去市行学习业务了，我想趁这个空当请爱人白雪给工商银行蔡家塬储蓄所李阿姨说一下，抽空去工商银行蔡家塬储蓄所学一下银行的业务知识。可当李国华局长对粉刷工作表现出了不满意的时候，我话到嘴边又不好开口了。

这时，李国华局长又转过身对我和文坤乐说："鉴于装修和粉刷工作已告一段落，距离市行给咱们初步确定的开业时间也仅仅剩下三个礼拜了。派去市行培训的几个同志也快回来了。现在，你们俩得赶快抓紧时间给咱们订做床板和床头，不然恐怕来不及了。再一个，金库也粉刷好了，赶快去向阳机械厂订做金库门和金库所用的保险柜。我听西虢县支行周行长说，西虢县有一家门市部的办公桌椅不错，你们考察一下，咱们也买现成的，时间要抓紧，尽量往前赶!"

我和文坤乐都知道，李国华局长所说的周行长名叫周浩海，他是中行西虢县支行筹建领导小组的负责人。周浩海局长原是县工业局的局长，与李国华局长一样都是从各自县上的行政部门选拔来任所在县支行未来的一把手的。他俩以前认识，平时联系比较紧密，关系也不错，经常在一起探讨筹建县支行遇到的问题。

李国华局长安排完工作把目光投向我说："马上要开业了，没个车不行，市行给咱们行和西虢县支行分别购买了一辆向阳车，今天我让坤乐和西润去市行劳动服务公司接车，你先给咱去生产资料公司考察一下办公柜，回来后咱们根据情况再定。"安排完工作，我一听开业的时间已确定，心更焦急了。我急切地等待着李国华局长能最后安排我和文坤乐学习业务的事，可到终了，李国华局长一字未提我俩培训的事。最后，他对我和文坤乐说："你们各自忙各自的事情去吧!

我县上还有事要去办，得赶快回县上。”说完就坐上中医医院的黑色上海牌轿车由中医医院的司机小赵开着回县上了……

文坤乐和司机李西润是当天下午把车接回来的。轿车是一辆红色“向阳”车，很像切诺基。

李西润把车开回来后，在酒厂院子有意转了一大圈。然后，才把车稳稳地停在酒厂院子最中央。一停稳，我赶快走向“向阳”车跟李西润和文坤乐打招呼。说话间，我已拉开后车门坐上了车，在后座上，我夸张地弹了三下，对文坤乐和李西润说：“嫽得很么！”文坤乐说：“看把你美得像陈奂生进了城一样！”我说：“咋不高兴！这是咱们县支行自己的车么！”他很认同地说：“不过，你看啊！这车虽不是切诺基，但跑在路上真可以以假乱真呢！”我说：“我也觉得像切诺基……”

过了几天，文坤乐正式从县上搬了下来居住。他就住在县支行租赁的酒厂二楼南边第一个房间里。他住下来后，我俩共同完成了李国华局长给我们安排的各项工作。

县支行员工所用的床板和床头是从县木材公司加工厂订做拉回来的；金库门和保险柜是根据李国华局长的安排从双山县向阳机械厂订制的；办公桌椅是看了西虢县支行购置的家具后，感觉不错，给李国华局长汇报后，从西虢县家具门市部购买的。唯有办公柜考察了几个地方，感觉都不是很如意，暂时未购买。

一切都安排停当后，我鼓起勇气向李国华局长提出要去工行学一下业务，李国华局长很爽快地答应了我的请求。那天下午，我回了一趟双山县，因为白雪家以前和李阿姨家住在同一个家属院，现在李阿姨是工行蔡家塬储蓄所所长，白雪一向李阿姨说明情况，李阿姨就痛快地答应了让我去他们储蓄所学习的事。我打算去工行蔡家塬储蓄所学习两个礼拜时间。因为，我没有更多的时间用来学习银行业务知识了，马上双山县支行就要开业了。

在工行蔡家塬储蓄所学习期间，我不但白天在所里上班，晚上还去李阿姨家补习银行业务知识。

从我内心讲，这次调双山县中行工作，我最担心的就是怕拿不起这份工作。虽然我以前在绛纱社会福利院当过出纳，但毕竟银行的业务还是与绛纱社会福利院的业务不一样。

经过在工行蔡家塬储蓄所的现场办理业务和李阿姨的单独辅导，我已对存取款、计息器的使用、总分账记载、日报表、月报表、办理挂失、开销户登记等业务有了一定的掌握。

四十六

在工行蔡家塬储蓄所学习的时候，我的工作最忙碌。为了能多学一些业务知识，前台和后台属于我能承担的工作，我都抢先予以承担。工作中看到一些规章制度，我觉得对以后县支行工作有借鉴意义的，我就赶快拿笔记本抄录了下来。初次接触银行业务，从内心讲，感觉啥都新鲜，啥都有必要学习。所里马俊、刘燕妮、赵东旭不管谁只要有空，我就凑过去请教他们业务上的新问题，好在他们个个都不吝啬，只要我向他们请教，他们都能耐心解答。而且，还将引申到的其他问题给我讲得清清楚楚。为了与他们搞好关系，我每天都早早地提前来工行蔡家塬储蓄所门口等他们来开门上班。当所里大门一开，我就抢先拿笤帚打扫所内外环境卫生。不到几天，我就与他们交成要好的朋友，他们也主动愿意给我辅导储蓄这方面的知识。

一天下午下班后，我心里过意不去，就主动邀请马俊、刘燕妮、赵东旭他们去菜市场小摊点吃烤肉。起先，他们仨还不愿意跟我去。在我的再三邀请下，他们才勉强答应与我一块儿去吃烤肉。可吃完烤肉后，我要掏钱，赵东旭却早早地结了账，这倒弄得我有些不好意思。到后来的一周时间，我和大伙儿的关系处得就更融洽了。马俊还特意给我把他办理储蓄业务时的重点和难点问题抄在一个小笔记本上送给我，让我闲暇时再看看。

在工行蔡家塬储蓄所学习的时间就快到了，临分别的时候，在马俊的提议下，我与所里的全体同志在蔡家塬照相馆一起合了个影。照完相，我心里过意不去，就硬拉着大家一起在西大门每人吃了一碗烙面皮。那时，烙面皮刚在蔡家塬兴起，大多数人都没有吃过烙面皮。蔡家塬卖烙面皮的也就只有西大门这一家。吃完烙面皮，马俊抢着要付钱，我赶忙阻拦说："再不能让你破费了，大家只管往饱里吃！一切由我来负责……"

在工行蔡家塬储蓄所的学习结束后，我按时回到了县支行。这时，参加市中行培训的几位同事也都陆续回到了县支行；从农行调来的李立新、王启明也到了岗。那时，我们绝大多数人家都住在双山县城。李国华局长每天早上和下午下班后都安排我们坐从市行接回来的“向阳”车上下班。红色“向阳”车在双山至蔡家塬的公路上来回穿梭着，我们的心情自豪而奔放。当时，县支行因为人民币经营许可证还没有办下来，李国华局长就与县人行沟通，能不能让县中行可以先试营业。县人行研究后同意县中行可以先进行试营业，大家又紧张地投入到了试营业的准备工作当中。一切工作准备完毕后，试营业那天，正式开业文件还没有批下来，县支行也就没有邀请其他人员，更没有举行什么仪式。照李国华局长的安排，县支行只在门口放了一挂鞭炮，就算正式对外试营业了。县支行下面的科室也无法成立。李国华局长就让我们来得早的一些同志一人负责一摊工作。文坤乐负责办公室一摊工作，办公室就他和司机李西润两个人。文坤乐的住宿、办公都在二楼南边的第一个房间里；李西润、我、李立新和陈新宇及王启明都住在二楼北边的第二个房间。因为受居住条件和人员的限制，陈新宇和王启明白天要上班，晚上还必须轮换着有一个人去金库守库。他俩谁不守库时谁就与司机李西润住在一张大床上，守库的那一个人则住在金库值班室。一同进县支行的女同志，家住在蔡家塬的陈克琳、罗美娟就住在自己的家里；家不在蔡家塬的王曼丽、耿秋霞就住在建行蔡家塬车站办事处的二楼一间房间里，以前，县建行也设在蔡家塬火车站人民路。后来，双山县在蔡家塬成立经济开发区，县建行就搬迁到了蔡家塬经济开发区，原址留给了县建行蔡家塬车站办事处使用。因为县建行蔡家塬车站办事处人少，有多余的房间，李国华局长就与县建行赵永祥行长协商，先让县中行的女同志暂时住在县建行车站办事处一段时间。

李立新是从县农行调来的。他个子不高，整天乐呵呵的，走路时像一阵风似的。他没架子，人勤快。李国华局长就安排他负责计划信贷这方面的工作，也让他兼任县支行的打字员。李立新二话没说就应承下这事。李凤岐、陈新宇、刘显文几个年轻人小李立新几岁，有什么问题了，就直接叫李立新道：“立新！立新！这事咋办呀？”李立新也不生气，笑呵呵地说：“你说咋办呀？你连这都不知道？”然后，就耐心地向来人解答问题……

为了担当起打字员的工作，李立新每天晚上都趴在被窝里背五笔字形表。有几次晚上我劝李立新说：“夜深了，别背了，明天再背吧！”他笑呵呵地说：“不行呀！我背不下怕李局长骂我……”

罗美娟，就是我在县粮油议价公司招待所参加面试时见到的那位穿孔雀蓝连衣裙的美女，在县中医医院体检时我们也见过面。当我与她在一起工作后，才知道她已是三岁小妮妮的妈妈了。营业室就我和罗美娟年龄最大，李国华局长就安排我负责储蓄这方面的工作；安排罗美娟负责对公方面的工作。我俩平时的工作交集比较多。她个子高，圆脸，经常把头发盘在脑后，穿衣服也很讲究。一同进行的王曼丽、陈克琳经常喊她叫“宋大姐”。仔细一看，罗美娟还真有几分像宋庆龄。不过，她们叫她“宋大姐”，可能是她老公姓宋的缘故吧！根据李国华局长的安排，罗美娟领着王启明和陈新宇搞对公业务。因为她是个女同志，晚上守库的事就经常落在了王启明和陈新宇两个年轻人的身上。

根据李国华局长的安排，我则领着王曼丽、陈克琳、耿秋霞、李凤岐、刘显文搞储蓄这一块的工作。因为，县支行租赁营业用房时，酒厂只剩下两间门面房，没办法，李国华局长就将酒厂的一间大门走道也租了下来。西边两间门面房做对公专柜；东边酒厂的大门走道从酒厂的宿舍楼偏门旁扎了一道柜台，安装了防弹玻璃就做了储蓄专柜。那时候，县支行机关二楼的地方也不宽裕，总共只有四间房，支行办公室占了一间；男员工宿舍占了一间；南边第二间又做了计信科办公室，李国华局长则在北边第一个房间摆了一张桌子，支了一张床，既当办公室又做宿舍。这样一套运作机制一建立，我们就热热闹闹地试营业了。

试营业那天，市行派来了会计出纳科吴晓越副科长和储蓄科事后监督倪鲜萍指导建账工作。吴副科长负责辅导对公业务的建账工作，一见面，我就认出了他，在县支行营业室还在装修的时候，他曾随市行祁念才行长一同来县支行检查过工作，这次见面，我们就算是老熟人了。他中等身材，上嘴唇有一颗不人的痦子，说起话来像打机关枪。吴晓越到底是市行会计出纳科副科长，他不费吹灰之力，用了不到半个上午时间就领着罗美娟、王启明和陈新宇建好了各种会计账簿。下午的时候，他已无事可干了，就等着县支行的对公人员熟悉各种业务。第二天一早吴晓越副科长就返回了市行。倪鲜萍是个女同志，瘦高个儿，大眼睛，穿一件粉红色大衣，留着一头乌黑的长发。她把长发用皮筋扎在脑后，看起来朝气蓬勃，青春精神。以前我并不认识倪鲜萍，接触以后，感觉她这人心细，热心，做事有板有眼。那时候，她刚结婚，为了辅导县支行的储蓄建账工作，她放弃了婚假，从鸡峰市专程来双山县住在滨河宾馆手把手教王曼丽、李凤岐和刘显文他们建账办理业务。等县支行的同志们都能单独办理储蓄业务后，她才返回了市行。临别时，她把自己的一本《中国银行储蓄业务操作流程》留给了我。我心里过意不去，就给她买了一个蓝色笔记本，算是对她的感谢。她却自己掏钱给我的女儿青青买了一个小棉袄……

起步阶段一切都很艰难。因为，县支行刚成立，人员少，一个萝卜一个坑。我除了负责储蓄专柜工作外，李国华局长还安排我兼做储蓄事后监督和负责营业室的安全工作。那时候，正逢中国银行成立八十周年。白天，我们各自做各自的工作，晚上，李国华局长就让我组织大家观看中国银行成立八十周年专题宣传片。看完宣传片，我们又开始组织员工正反面练习翻打五本练功凭条。有时候，我还特意安排王曼丽组织储蓄专柜的人员练一练点钞券。

四十七

在中国民族金融史，特别是中国银行的历史上，还有一位响当当的人物必须提及，他就是中国银行的前辈贝祖诒。贝祖诒，号淞荪，生于一八九二年，苏州人。一九一一年考入唐山交通大学，曾供职于盛宣怀创办的汉冶萍煤铁公司统计部。一九一四年贝祖诒进入中国银行北京总行，先后担任广州、香港、上海分行经理及总行副总经理。一九四六年三月任中央银行总裁。贝祖诒在总裁位置上致力于外汇管理，被视为最有才干的财务官员。为了对付通货膨胀，他主张开放外汇，抛售黄金。因外汇枯竭引起黄金风潮，再加上国民党内部的派系斗争，于一九四七年被迫离职。一九七三年在任香港上海商业银行董事一职十一年后退休，寓居纽约。一九八二年十二月二十七日在纽约去世，终年九十岁。贝祖诒是一位传奇人物，他一生虽曾身居要职，但公正廉洁，在他负责的银行中不用亲戚。众多兄弟、子侄从事金融工作，但没有一个人是在贝祖诒的银行工作。

一九二四年，贝祖诒在中国银行工作期间，因“经营有方，扩充国外汇兑增利不浅”，受到中国银行总管理处的表彰，并“从优加薪”。曾任中国银行总裁多年的张嘉璈对他尤为欣赏。他对贝祖诒曾有这样的评价：“贝为中国银行家，亦为国外汇兑与国际金融专家。一生为中国银行及国家财政金融服务达三十五年，而以在中国银行时间最久，计三十三年。中国银行国外汇兑业务之创办与中国银行改组为国际汇兑银行后，其地位之确立与业务之扩展，贝氏贡献甚大。中国币制于一九三五年改为法币及抗战期间法币之维持一切措施，贝氏参与协助，尤著功勋。”这是张嘉璈对贝祖诒为中国民族金融业所作贡献最中肯的评价。贝祖诒还有一项为所有中国人感到自豪的事，那就是建造了上海中银大厦。

中国银行上海分行从一九一二年开业起就一直在上海汉口路五十号大清银行旧址办公营业，而外商银行云集在外滩。第一次世界大战结束后，中国银行向中国政府购进接收的外滩德国总会会址，计六十三万银元，经过局部整修，于一九二三年二月从汉口路迁入该处办公营业，门牌号为黄浦滩仁记路二十二号。从此，中国银行在外滩占有了一席之地。一九二八年中国银行总管理处由北京迁往上海，也在该处办公。仁记路这幢楼房占地不多，因业务发展，已很难容纳，且该楼本来就不适用于银行办公和营业，加之年久失修，已过安全期限，亟须翻修。故中国银行总管理处于一九三〇年又在仁记路和圆明园路购买地皮，并从一九三〇年起，由上海分行在每年盈余项下提取五十万元作为建造上海中银大厦的基金。到一九三四年四月，中国银行董事会研究决定在此地建筑一栋十八层大厦，以供中国银行总管理处与上海分行办公与营业所用，预算基建费共计六百万元。

促使中国银行领导人决定在外滩租界内建造大厦的主要原因，据张嘉璈在自述中说：“中国银行饱经风浪，未见动摇，内部组织既已革新，银行实力足与驻在上海的欧美银行相抗衡，必须有一新式建筑，方足象征中国银行之近代化，表示基础巩固，信孚中外。”

一九三四年九月总管理处专门成立了上海中国银行大厦管理处理事会，负责大厦的建造工作。这一艰巨的任务就落在了时任中国银行总管理处国外部经理兼上海分行经理贝祖诒的身上。贝祖诒勇挑重担，排除万难，精心组织。上海中银大厦的图样由上海知名建筑公司巴马旦拿及中国银行总管理处建筑课长陆谦受共同拟定，因邻居英商沙逊大厦是外滩第一高楼，不愿中银大厦的高度超过它，多次阻挠，图样几经更易，最后决定建造十五层，屋顶至底层共计高二百二十七英尺，大门高二十五英尺，占地面积五万五千平方英尺。大厦的方案确定后，一九三五年，贝祖诒开始组织拆除旧楼。上海中国银行大厦基建工程由华商陶桂记营造，双方经协商以工期为十八个月、造价为一百八十一万三千元中标承包。一九三六年十月十日中国银行董事长宋子文主持了大厦的奠基典礼，一九三七年大厦结构工程大致完工。大楼前面高塔中的二、三、四层是中国银行董事长和总经理办公室；底层营业大厅两边是黑色大理石柜台，柜台呈“中”字形，象征中国银行。柜台里面竖着八根粗大的大理石柱子，柱子顶端雕饰“八仙过海”。大厅中间是顾客办事休息的场所，宽敞和谐。大厅东西两端上面是两幅巨大的油画，画着孔子和孙中山等伟人像和渔樵耕读，配以花格子门和宫灯。整个大厅典雅古朴，衬托出东方的文明色彩。穿过大厅是小营业厅。大小营业厅的下面是底层和保管库，库房面积有五百多平方米，设有大小保管箱一千〇八十四只，保管箱和库门都是用不锈钢铸成，圆形库门重十吨，厚八十公分，防火、防水、防盗，警报设备齐全，是当时远东第一，直到新中国成立时，上海也只有这一座精密、完整的库房。正当工程即将完成之时，抗日战争爆发了，扫尾工程被迫搁下。一九四一年上海中银大厦成为了汪伪政府储备银行的营业场所；抗日战争胜利后又归中央银行使用；几经交涉，直到一九四六年元旦，中国银行才迁入新址办公，离当时建造上海中银大厦时已过了近十年。

在上海租界里，在众多高层楼房中，由中国银行自己出资、中国工人建造的上海中国银行大厦在外滩屹立起来，改变了“洋人世界”的局面。就在大厦即将竣工之时，隔壁沙逊银行又来威胁，中国银行的大楼高度不得超过沙逊大厦。贝祖诒经过多方协商无果，悲愤之余，急中生智，在大厦的顶部竖起两面小红旗，这样上海中国银行大厦整体高度就超过了沙逊大厦……

弱国无外交，人穷被人欺。新中国成立后，中国银行获得了新生，成为了一家名副其实的国家外汇外贸专业银行。虽然中国银行不再行使中央银行职能，但在党中央和国务院的领导下，对外的一切业务均由中国银行承办，中国银行在国外代表国家行使职能，下属机构遍布世界各地，各项业务得到蓬勃发展。一九五五年，郭沫若为中国银行题写了行名。至今，世界各地中国银行都统一采用郭沫若的字体作为中国银行的门楣标识……

《中行职工》出刊后，毛泽东主席专门为《中行职工》报题写了刊名。说起毛主席给《中行职工》报题刊名的事，还有一段趣谈呢。当年，毛岸英的夫人刘思齐的母亲张文秋在中国银行人事教育部门工作，她家住在北京大栅栏李铁拐斜街的中国银行宿舍。刘思齐那时有二十岁左右，还在学校读书，每周末都会坐人力车或三轮车往返于妈妈家和主席在中南海的家。有一天，刘思齐的妈妈告诉她说，中国银行有一份报纸想请主席题刊名，让她试试看，让主席给题个刊名。她回去跟主席讲了，主席答应得很痛快。她再次回家时，主席将写好的两幅字交给她，让她和妈妈去选。现在，中国银行《中行职工》报使用的题刊就是其中的一幅。

毛主席家里前后一共为中国革命牺牲了六位亲人，其中毛主席的弟弟毛泽民是最有理财意识的，是不可多得的经济金融人才。这位红色共和国“大管家”是中华苏维埃政府首任国家银行行长，他们之间的兄弟之爱超出一般手足之情，升华为一种革命者才有的大爱……

那段时间，按照李国华局长的安排，我们不但每天晚上要学习行史，还要组织储蓄专柜的同志们学习业务知识，我们一直坚持学习了三个月。现在回想起来，新单位，新人员，年轻的心在一块碰撞。我们既有激情，又不甘落后。市行工会每季度都要来县支行对三十五岁以下的员工进行业务技能测试，好几年，双山县支行业务测试率都是市辖第一名。

四十八

一九九二年十一月六日是中国银行双山县支行正式开业的一天。这天的开业仪式既隆重又俭朴。一早，李国华局长就做了安排，不，现在我们应该叫他李行长了，因为就在县支行正式开业的前一天，市行已经下发了李国华行长的任命通知，任命他为中国银行双山县支行的行长。李国华行长安排我负责组织大家布置会场。我叫上李凤岐、刘显文、陈新宇、王启明在营业部的门前空地上铺上红地毯，安装好话筒，又站在马路边端详了一下主席台位置，感觉主席台位置两旁没有个遮掩，就叫来陈新宇和王启明将摆放在储蓄专柜门口的两块宣传牌抬过来支在主席台位置的两边。这下，主席台有了主席台的样子。

然后，我叫李凤岐和刘显文挂上横幅。横幅是办公室文坤乐请他的好友蔡家塬粮站的站长、书法家葛耀明写的；两旁的宣传牌是县支行试营业时，我班门弄斧制作的业务宣传牌；音响、话筒和红地毯都是借酒厂工会的。一切工作就绪后，陈新宇两手一背，嘴对着话筒学着领导的样子说：“喂！喂！喂——大家好！”声音传到了马路上，引起过往群众驻足观看。我忙对陈新宇说：“话筒有声音就行了，别再干喊了。”陈新宇脸唰地一红，有些不好意思地离开了话筒。接着，我又重新调试了一下功放机，放上《万马奔腾庆丰收》的音乐。顿时，县支行门前有了喜庆的气氛。负责接待的是罗美娟、陈克琳、耿秋霞，她们个个打扮得花枝招展跑前跑后迎客人；李凤岐、刘显文、陈新宇、王启明几个男士都穿着西服，打着领带，个个精神抖擞，面带喜色。

前来参加庆典的特邀嘉宾陆续到齐后，上午十时，中国银行双山县支行开业典礼正式开始。李国华行长主持了开业典礼，市中行、县政府和县人行的领导分别讲了话……

这次中国银行双山县支行开业典礼举办得非常成功。在这之前，市行祁念才行长为便于参加双山和西虢两个县支行的开业典礼，特别安排双山县支行十一月六日开业，西虢县支行十一月七日开业。就在双山县支行开业的当天，李国华行长安排文坤乐去西北机器厂工会邀请摄像人员来县支行对开业典礼和县支行经营的人民币、外币业务进行了现场录像。西北机器厂三个录像的同志很尽心，忙前忙后中午也没休息，一直录到了下午四点多钟才算结束。开业后，经县酒厂工会的三个同志精心制作，县支行的开业宣传片就开始在成立不久的县电视台播放。李国华行长给县广播电视局赵局长打招呼说，因县支行刚开业，经费紧张，让他将宣传片在县电视台播放一个礼拜就可以了。可过了一个多月，文坤乐从县上休假回蔡家塬，告诉李国华行长说，县电视台还继续在播放着县支行开业时的宣传片。这下可把李国华行长紧张坏了。第二天，他赶忙叫上我一同与他去县广播电视局找赵局长。一见面，李国华行长就说："赵局长，不敢再播了，县支行刚成立经费紧张，不敢再踏扎钱了。"赵局长边给我俩倒茶边不紧不慢地说："谁让你们踏扎钱了？说好让你们只付一个礼拜的费用，剩下的就权当中行给我们电视台搞宣传。"李国华行长一听这话，一拳头砸在赵局长的肩上笑骂道："你这个老狐狸！咋不早说呢？"然后，心满意足地对我说："走！锁澜！咱们回蔡家塬！"

赵局长忙阻拦说："咋说走就走？不喝茶啦？"李国华行长说："不打扰了！我行里还有事哩！"

在回蔡家塬的路上，"向阳"车在公路上飞驰着。我坐在后排；李西润开着车；李国华行长坐在副驾驶的位置上，他一句话都没说，一直在闭目养神……

赵局长也能算账，在中国银行双山县支行开业的时候，县电视台才成立不久，人员少，节目也少，正希望谁家录下节目在县电视台播放呢！正好县中行开业录下了宣传片，况且，宣传片质量还不错。因此，县电视台一播就播了三个月。

一次，我回家休假，碰见我的老同学刘永岗，一见面，他说："从电视上看到你们中行还经营外币呢，美元和英镑咋兑换呢?"我说："人民币兑换外币需要外管局的批件，不能随便换，你要用美元、英镑、日元、法郎和港币等货币兑换人民币，随便兑!"他一听，羡慕得直点头……

四十九

蔡家塬的冬天无比寒冷，大雪节气一过天气就特别寒冷。因为储蓄专柜在酒厂大门走道后半段营业，凛冽的西北风从窗户袭来，使人脸上刺骨地疼。虽然县支行也给储蓄专柜配备了蜂窝煤炉子来取暖，但为了防止煤气中毒，每天我们都得打开后窗来通风。那天，刘显文、陈克琳、李凤岐、王曼丽个个脸冻得像个红苹果似的，清早一上班，陈克琳刚录完西京省二台 8:30 播出的外汇牌价；一位中年妇女来行办理业务，刘显文就从狭窄的座位上站起来接柜。他平时戴一副近视眼镜，穿一身藏蓝色西服，因人壮实高大袖子明显短了一截。刘显文接过客户的存单，又坐下来专心致志地给客户办理业务；王曼丽在另一个窗口下登记分户账，她时不时还拨打几下算盘加一些数字；陈克琳在后台李凤岐的对面戴一顶黑色小圆帽进行账务复核。她本身皮肤白，在同等条件下脸冻得比谁都红；李凤岐年龄最小，工作踏实，每天都默默无闻地坐在陈克琳的对面当出纳。当陈克琳从李凤岐手里接过给客户所付的人民币经她复点要递给刘显文时，她突然就像发现了新大陆，惊奇地对刘显文说："显文啊！你看你的鼻涕吊了二尺长!"刘显文接过钱，清点完毕后，若有所思地登记完账簿，站起来给客户付了款目送客户走后，才用他的大眼睛翻了一眼陈克琳，声音拉得怪长，说："你呀——"话音未落，他才意识到自己确实有鼻涕，赶忙擦掉鼻涕继续办他的业务了……

大约过了一个多月，凭证和传票慢慢地多了起来。在一个礼拜天的时候，李国华行长安排我与李立新去武功县后稷镇钣金厂买办公柜，不知李国华行长从哪里打听到后稷镇钣金厂卖办公柜。一大早，我就与李立新一起按李国华行长说的地方，从蔡家塬坐火车去了后稷镇。到了后稷镇，我们很快就找到了钣金厂。钣金厂在后稷镇老街道的西头，厂子不大，是个私人企业。我和李立新与张厂长谈妥办公柜的价钱及运费后，已到中午吃饭时分，张厂长客气地掏出一沓十元钱说："厂里没灶，这点小意思，你们拿去吃个饭吧！"李立新接过钱背过张厂长问我咋办呀，我说："咱们出差有差费，这钱咱们就缴公吧！"回行后，李立新就将这八十元钱缴到了行里。无意中的一件小事，李国华行长却在支行员工大会上把我俩表扬了好几次。每次，李国华行长一表扬我们，倒弄得我俩怪不好意思的。

开业的紧张、忙碌、兴奋和喜悦还没有散尽，很快一九九二年的决算日就到了。市行提前两天安排储蓄科任毅副科长、会计出纳科吴晓越副科长来县支行指导决算工作。吴晓越副科长与我早已熟悉，他老家就在双山县小营乡，自从我来到县中行，我俩已见过两次面了。特别是县支行试营业那次，他来蔡家塬帮助营业部建立对公账簿，那两把刷子我至今记忆犹新。

任毅副科长是第一次来县支行的，他戴一副度数挺高的眼镜，穿一件藏蓝色半截呢子大衣，皮鞋擦得锃亮，普通话说得标准又可亲。一见面，李国华行长就领着任毅、吴晓越两位副科长去他的办公室。他们经过储蓄专柜时，我从玻璃隔段里与两位副科长打了招呼。

吴晓越和任毅两位副科长是十二月二十九日下午来到县支行的。下午，我们一下班，他俩就安排县支行做决算。考虑到县支行刚成立，市行决定提前两天让双山和西虢两个县支行先搞决算，主要为防止两个县支行报表上出啥问题影响市行整个汇总报表。

那天，自从市行两个部门的领导一到县支行，我们就开始做决算的准备工作了。按照任副科长的安排，我安排陈克琳和王曼丽先开始分档逐户核打十档卡片账，核对开销户登记簿，核打总账、分户账，上划报单、轧账做日结单、做日报表、做月报表……

决算工作从下午下班开始一直忙碌到深夜。这期间，李国华行长派文坤乐买来了香蕉、芦柑和火腿肠；罗美娟从家里拿来了咖啡。虽然我们每个人都有些紧张，但决算的气氛异常融洽。夜深了，各种上划的报单已全部上划完毕，外汇买卖的总账和分户账也轧平了。李国华行长和文坤乐从左边的二楼楼道，领着市行两个部门的领导下来要去蓝凤宾馆休息了。

蓝凤宾馆是西京省九棉厂的一个招待所，二十世纪八十年代，九棉厂与日本联合建一分厂时，为了让日本专家吃住方便，就在北厂区新建了一个招待所，宾馆的名字就叫蓝凤宾馆。后来，日本专家建完九棉厂一分厂回国后，九棉厂就把这个宾馆对外开放了。

蓝凤宾馆距离县支行大约有两公里路程，在县支行的西边，中间有一条铁路直通九棉厂，自从一分厂建成后，这条铁路专线就已不怎么使用了。偶尔厂子拉货物火车才开进厂区。

因为我是第一次搞决算心里没底。不光我心里没底，我们大家都显得有些手忙脚乱。晚上11:00了，决算工作仍在紧张地进行着。突然，谁在“哐哐哐”敲储蓄专柜隔段玻璃，我抬头一看，文坤乐在慌里慌张地向我招手。按文坤乐的习惯，他平时不是这个样子的，他是一个斯文人。我纳闷地忙去隔壁对公专柜开门走出了门外……

一见面，我问文坤乐说：“啥事？”文坤乐还没说话眼泪就在眼眶里打转转。停了片刻，他说：“车出事了！”我吃惊地问他说：“你说什么？”他才断断续续地说出了“向阳”车出事的经过。

原来，文坤乐和李国华行长送两位副科长坐“向阳”车去蓝凤宾馆休息后，在回来的路上，正好有一列火车从九棉厂西门开出，黑灯瞎火，火车撞上了“向阳”车。情急之中，司机李西润顺手从副驾驶位置一把搂住李行长的脖子，赶忙开门把李行长从主驾位置拉了出来。事发突然，李西润也没有顾上喊文坤乐，坐在后排的文坤乐忽然意识到情况不妙，一把拉开左侧门跳了出来。瞬间，“向阳”车被火车撞得粉身碎骨……

这惊心动魄的一幕文坤乐是含着泪给我讲述的。这也是我与文坤乐共事以来他第二次流下了泪水。

听了文坤乐的叙述，我忙问文坤乐说：“李行长现在在哪儿？”文坤乐说：“我们刚回来，李行长在他的办公室。他叫你赶快上去呢！”我一听李国华行长叫我去他的办公室，就急忙上了二楼李国华行长的办公室。

到了李国华行长的办公室，李国华行长的办公室灯未开，但门敞开着。仔细看，李国华行长正呆呆地坐在沙发上发愣。他看见我后就说：“车出事了，你赶快叫上李立新晚上保护现场……”

我没多说，赶快去计划信贷科叫李立新。去计划信贷科后，李立新正趴在办公桌上做报表。我说明情况后，他二话没说，放下手头的工作就跟我下了楼。

那天晚上，我与李立新在事故现场保护现场。我们在“向阳”车的残骸旁冻了一晚上，直到天明的时候，我俩才在附近找了一些柴火点着烤了烤手。

经历了这件事后，李国华行长一遇到紧急情况手就发抖，听力也不如从前了，更严重的是他的体质也开始变差了。那一年一冬天他感冒就没消停过。一感冒就打抗生素药物。结果抗生素药物打得多了，他的听力也开始下降了。就为这，他老婆，我烈鲜姨还给他做了一件带红里子的外套让他穿在身上保暖呢。

事情往往就是这样，瞎事有时候也会变成好事。李国华行长正为“向阳”车的事犯愁。他思前想后，第二天就硬着头皮赶快去市行向祁念才行长汇报情况。祁念才行长得知情况后，并没有批评他，而是让办公室赶快召集行务会研究解决双山县支行车辆的问题。最后，市行研究同意在双山县保险公司补偿款还没有得到落实的情况下，先让双山县支行自己购买一辆新车应急，并提出新买的车辆档次稍微再高一点，要能体现出县支行的档次来。

当李国华行长得知这一消息后，非常高兴，回行后，就立即召开县支行行务会研究购买新车的事。最终，会议达成一致意见，通过双山县奥秦商贸有限责任公司购买一辆桑塔纳车。奥秦商贸有限责任公司是一家三资企业，红色桑塔纳车购买回来后，还挂上了一个黑色车牌照西 C00003。当时，在县上桑塔纳车是个缺物，只有县委和县政府才有。那时候，县委和县政府各部门都一律是北京吉普。因此，县支行的西 C00003 桑塔纳车就显得特别耀眼，跑在大街上显得威风凛凛。有时候，我们坐上西 C00003 桑塔纳车营销客户也觉得扬眉吐气。一些县上机关部门的领导和干部看见了县中行的西 C00003 桑塔纳车也羡慕有加。

也许是心理作用吧，自从有了西 C00003 桑塔纳车后，我感觉县中行在县上的地位也提高了许多。

当然，遗憾的是原来开“向阳”车的司机李西润，因发生了撞车事故，自己主动辞职离开了县支行。

就在李西润辞职后，县支行又来了一位杨姓司机。他年龄大约有二十六七岁，皮肤黝黑，中等个子，偏瘦，头发梳得光溜溜的能滑倒蚂蚁。小杨专门开西 C00003 桑塔纳车。听说他来县支行时已经结婚有了一个一岁多的小男孩，不知道底细的人看他的长相，绝对看不出他已经结婚有了小孩了。一天，我与李凤岐一块上班。我问李凤岐说：“新来的司机叫啥名字？”李凤岐说：“他叫杨武成！以前在县化工厂工作，你不知道？”我说：“我不知道！”

我留神观察了一下杨武成。他平时说话不多，办事却很干练，开车时穿一件白色衬衫，将衬衫束在腰间皮带里，再穿一件藏蓝色马甲，有一种许文强的风度。

杨武成开的是小车，出车的时间并不多。大多数的时候，他是跟随李国华行长一起出行，没事的时候，便到县支行办公室帮助打字员白彩芳干一些复印方面的杂活儿。打字员白彩芳是个待业青年，在县支行干临时工，她工作认真细心，整天乐呵呵的，见谁都叫师傅。只要行里的员工有事，需要她帮忙，她都无怨无悔，随叫随到，这一点还受到李国华行长的表扬。

自从杨武成来到县支行开小车以后，他不出车时也没有别的地方可去，就经常到县支行办公室帮助白彩芳做一些零碎活儿。比如：白彩芳油印文件时，他就帮助白彩芳揭揭纸张，装订一下文件。白彩芳打字时，他就帮助白彩芳校对一下材料。总之，杨武成也是一个乐于帮助别人的人。有闲暇时杨武成还故意挑逗白彩芳玩。他对白彩芳说："完了！完了！我肚子疼，不能帮你揭纸张了。"白彩芳知道他是假装的，就故意不搭理他。他就痛苦地圪蹴在地上抱着肚子不停地喊叫："哎哟，我肚子疼！我肚子咋这么疼……"白彩芳一看这回可能是真的，就赶忙停下手头的活儿，去给杨武成倒了一杯开水递给他说："要紧不要紧？需不需要去医院？"他接过茶杯后却心满意足地说："你给我一倒水，我立马肚子就舒服多了！"白彩芳一听上了当，握起拳头就在杨武成腰间打了一拳。杨武成撵着假装要还击，白彩芳已跑出办公室。他就老远在她后背上空打了一拳，本来没打上，白彩芳却哭爹喊娘地叫……

五十

春节过后，大地上有了春的气息。万木吐绿，春意盎然。县支行的年轻人也尽情地释放出心中春的浪漫。"王曼丽谈恋爱了，听说对象是税务局的。小伙子长得一表人才，戴个眼镜文绉绉的，你知道吗？"

还没等我回答，李凤岐又说："李立新来县支行之前已找了个女朋友在西京开关厂上班，最近，正张罗着要在老家办喜事呢！"李凤岐不停地向我絮叨，说这话时，他脸上洋溢着羡慕与兴奋。我听了后问他："这都是真的吗？"李凤岐说："真的！我能骗你？"在得到肯定的回答后，我很高兴。我为县支行的年轻人能很快找到爱的归宿而感到高兴。因为是上班时间，我没再说什么。

男大当婚，女大当嫁。年轻人到了谈婚论嫁的年龄，自然要有人介绍对象，或自己谈对象。王曼丽是经朋友介绍认识对象的，小伙子人不错，戴个眼镜，瘦高个，有一米七八左右，我好像在哪里见过他。有一次，他还委托永红机械厂的会计赵蕊在我跟前打听过王曼丽呢！我对赵蕊说："小王好着呢！是正式工，人长得也不赖，在我们储蓄专柜还是业务骨干呢！"赵蕊一听，高兴地说："那就好！我给男方回个话。"但我不知道，他俩已很快发展成恋人关系了。李凤岐这么一说，我才恍然大悟。

其实，县支行岂止是王曼丽呢！我心想：李凤岐可能还不知道，陈克琳也谈恋爱了，对象就是西京开关厂的一名财务人员。陈克琳进了县支行后，通过在县支行对公专柜上班认识了魏户贵。小魏浓眉大眼，胖墩墩的身材，留一个小平头，说话办事很利索，经常来县支行营业部对公专柜缴款或办理业务。一来二往，他俩彼此就有了了解，便谈起了恋爱……

有句古语说：有了梧桐树，就不怕引不来金凤凰。正如李凤岐所说的，李立新的婚礼是在老家办的，婚礼办得俭朴而又热闹。当天，我是随李国华行长一起坐车去参加李立新的婚礼的。李立新的老家距离蔡家塬不远，就在蔡家塬去双山县中间公路的边上，车一开进李立新老家的村子，老远就看见一户大红铁门的门口簇拥着一群人，门两旁还贴着醒目的红对联。下车一看，上联写着：庭前奏笛迎宾客，下联写着：户外吹笙引凤凰，横联写着：同喜同乐。大门的门柱上各贴着两个大红喜字，李立新家在东边街道上搭着彩条布宴棚。宴棚周围人头攒动，闹闹嚷嚷。有说笑的；有吆喝着干活的；有前去礼桌上上礼的；还有络绎不绝去宴棚坐席的。没等我们走近大门，李立新的父亲就客气地迎了上来。李立新的父亲我以前认识，他来过县支行，李叔叔勤劳俭朴，很会持家。他有一对儿女，李立新为大，李立丽为小，在蔡家塬纸厂上班。农村包产到户初期，李立新的父亲就在村上经营着一台电磨子供李立新和他妹妹李立丽上学，一直到兄妹俩都参加工作了他还经营着电磨子。后来，李立新的父亲还在家里盖了二层小楼。这次一见面，李立新的父亲亲切地掏出一盒金丝猴香烟向我们散。他说："你们都来啦？到屋里坐！"虽然他话不多，但问候中无时无刻不透露着关中农民的好客、热情和朴实。

李国华行长说："县支行人少，一部分人要上班，能来的全都来啦！"李立新的父亲说："来了就好！娃的事让你们费心了。"

说话间，我们随着李立新的父亲走进李立新的家。一到院子，从东边厨房忙活活走出一位眉开眼笑的中年妇女，一边撩起围裙擦手一边说："来啦！快进屋里坐，屋里乱哄哄的，也没个下脚的地方！"李立新的父亲介绍说："这是我屋里人！"随后，李立新的父母把我们带去他们的房间，让我们上炕先歇着。李凤岐按我事先安排的，去门外的礼桌上上礼。初来李立新家，一切都感觉很新鲜。我在李立新父亲房间里坐了一会儿，就去了房间外边，站在院子里往北望：李立新家的二层小楼盖在北边，楼房挺阔气的。外立面全部用白长条瓷砖砌着，墙面好像冲洗过一样干净。整个二层楼的门窗全部用油漆漆成翠绿色，亮得能照娃娃。东边盖着两间厨房，厨房的外面支着两口黑老锅，捞面的、浇汤的、端饭的，场面一片热闹。

李立新的新房就在楼房的一楼靠南边的房间里，新房门两边也贴着对联，上联写着：海枯石烂同心结，下联写着：地大天高比翼飞，横联写着：互敬互爱。走进新房，房间里有一张大床，床上摆放着两床厚腾腾的大红织锦缎被子，圆鼓叮当的长枕头上骑着两个小男孩正欢实地玩耍。两个小男孩见来了人也不理睬。床的顶部吊着拉花，床头的上方挂着李立新和新娘的半身放大结婚照，大床的对面放着大立柜，靠窗户的地方摆放着梳妆台，家具上都贴着油光纸剪成的大红喜字……

我正在欣赏着李立新的新房，李凤岐在外头喊我："周师！周师！屋外头主事的叫坐席哩！"我赶快走出李立新的新房，与李凤岐一同走出了院子，来到宴棚里。李国华行长他们早已坐在宴棚里东边的一张桌子上。我赶忙坐在李国华行长的右下方，李凤岐坐在我的下方。席桌上摆放着合盘、油炸花生米、瘦肉拌猪杂和一瓶打开的西凤酒。立席的是一位年轻人，大约有二十多岁，他利索地从上到下、从右到左给每个人摆好筷了，盅上酒，招呼着大家说："各位！时间到了，请喝酒！快动筷子！"我们刚端起酒杯要碰杯，煎、稀、旺，薄、筋、光，酸、辣、香，只吃面、不喝汤的臊子面就端上了席桌……

五十一

按双山县当地的风俗，婚宴一般是吃两顿饭的。早晨吃臊子面，中午吃炒菜。当然，这已是改革开放以后的事了。六七十年代，双山县农村普遍都比较穷，遇见有人家里办红白喜事，也是吃两顿饭，可家境贫寒的人家，早晨吃青菜豆腐汤泡馍，中午吃辣子面；家境稍微好一点的家庭，早晨吃臊子面，中午吃十碗饭。所谓十碗饭，就是方盘四角摆放有四碗苫着红烧肉片的熬萝卜块。这四碗苫肉熬萝卜块是这个席桌上的硬菜，也是主菜，客人用小圆馍先加上上面的红烧肉片用口一咬，香甜松软，入口即化，肥而不腻，往心里香；另外，方盘里还摆放着油炸豆腐粉丝汤、凉拌豆芽粉条、大肉丸子鸡丝木耳汤之类的汤饭，一共加起来有十碗，即叫十碗饭。

现在，农村情况好了，各家办红白喜事，早晨不但吃臊子面，还有六个下酒的凉菜。中午饭就更丰盛了。鸡、鸭、鱼、虾、带把肘子全上齐。不过，双山县人还是喜欢吃臊子面。坐席吃婚宴全凭早晨的一顿臊子面垫底，中午吃菜只是象征性地吃一点。

我是本地人，吃臊子面是我的最爱。刚参加工作那会儿，如果一段时间不吃臊子面，我就念想着臊子面。一念想起臊子面，我就与同在一起的同事一起谝说臊子面。遇到与当地人一块谝说臊子面还能找到共同语言。可遇到与外地人一起谝说臊子面情况就大不一样了。往往是我谝说得津津有味，别人却不屑一顾，还说：“你们双山的涎水面有啥好吃的呢?”我说：“那你确实还是没有品出我们双山臊子面的味道来！你没有听专家们吃了双山县臊子面后说啥哩：‘提在手里像条线，下在锅里莲花转；捞在碗里盘成旋，吃在嘴里嚼不断。’”同事一听不再言语了。现在，回想起来那时的执着，还真有点可笑。其实，中国这么大，十里不同风，百里不同俗，各有各的口味，这并不奇怪……

李凤岐见我发愣，戳了戳我的胳膊，说：“周师！周师快吃面!”我这才回过神来，吃了六碗臊子面还不过瘾，却听见外面先是汽车的鸣笛声，紧接着就是噼里啪啦的鞭炮声……

李立新把新娘子接回来了，李国华行长和文坤乐因县支行有事，与李立新打了个招呼，就先回县支行了。我与李凤岐、罗美娟在村子里转了转，我们就来到李立新婚礼的现场看热闹。在农村参加婚礼，最有意思的就是新郎和新娘拜天地。拜天地有拜天地歌，也叫结婚仪式歌，从古到今在关中地区广为流传，这是一种说唱表演形式。在不同时代有不同的内容加入。谁家要举办婚礼，有专门的歌手以拜天地歌主持婚礼。李立新的婚礼是由一位留着偏分头、穿一身紫红色西服的中年男子主持。只见他手拿话筒拉着像秦腔、但不是秦腔的腔调喋喋不休地一会儿说一会儿唱地念叨着：

“各位来宾、各位朋友、各位大爷、大婶、大姨、大姑、大叔、大妈，大家好！今天是一对新人结婚的大喜日子，让我们以热烈的、清脆的、豪迈的掌声欢迎一对新人闪亮登场。”随着司仪四八频道的转换和掌声的响起，李立新和新娘在伴郎和伴娘的引领下，步入彩条布搭建的宴席棚里……

李立新和新娘毛凤琴在宴棚的主席台刚站稳，司仪又说：“东风吹，杨柳飘。新娘长得就像春天里的花骨朵，瓜子脸、柳叶眉、丹凤眼、蒜骨朵鼻子、樱桃嘴。大伙儿瞧，小伙子瞅，不像倪萍，就像杨钰莹。”接下来，又编造伴娘：“伴娘来了一对子，不知哪个是她姐她妹子？人群里站着腰细的，主席台前立着顶翠的……”后又编造新郎：“个子端的，眉毛汪的，眼睛大的，额茬高的，人看起来聪明的，西装革履的，人家是中国银行的，一瞅就知道是个当干部的……”

李立新不好意思地忙摆手说：“不是！不是！”司仪看都不看李立新又说：“不是当干部的，那就是给领导提公文包的？怎么看、怎么瞅都像是个吃公家粮的！”又是一片欢笑声……

李立新的婚礼在司仪的操控下跌宕起伏，掌声和欢笑声一阵高过一阵。期间，一对新人经历了夫妻对拜、新郎和新娘同吃一个苹果、互换礼物、双方来宾讲话、新娘改口叫爹妈等等。

婚礼一直进行到中午13:00开饭，李立新的婚宴与大多数农家娶亲的喜宴一样，以喝酒吃菜为主，八个凉菜、八个热菜。其中，席桌上少不了鸡、鱼、虾、带把肘子等硬菜。主食以小圆馍为主。最后，每个桌上还端上来一盆枸杞醪糟鸡蛋汤。

参加完李立新的婚礼，已过了下午2:00，我和李凤岐、罗美娟匆匆搭公共汽车赶回了县支行……

五十二

一九九三年上半年，正是金融机构由专业银行向商业银行转型的关键时刻，市场竞争异常激烈。一开春，西京省分行就在全辖开展了“储蓄有奖旅游活动”。

这期间，市行特别发行了五百和一千元定额大面额存单，利率为百分之十一点三四。接到市分行通知，我向李国华行长汇报情况后，安排王曼丽去市行领取大面额存单和宣传资料。存单和宣传资料领回来后，我们在营业部门口搭建了一个彩条布凉棚，在凉棚里抬来两张桌子，摆放上宣传资料。陈克琳普通话讲得好，我就让她用每天收录外汇牌价的录音机录了一盘储蓄有奖旅游宣传磁带。每天一上班，除留足柜台营业人员，其他人员全部去大门口凉棚宣传业务。录音机里反复播放着：选择中国银行，实现心中理想。存款有奖，中奖可去东南亚旅游，可坐飞机，可看人妖表演……虽然，录音机里是这么宣传的，可我们谁也没去过东南亚，谁也不知道什么是人妖表演。那时候，李凤岐给我讲了一个郭县长去泰国的冷笑话。他说："一次，郭县长去泰国出差，回来时与人妖照了一张相，郭县长爱人看见照片后就与郭县长吵了一架。郭县长见他爱人确实生气了，就赶快给他爱人解释说：'你不要想当然就与我吵架。其实，我身边的这个不是女的，是男的。'爱人一听更生气了，说：'你哄鬼去！我眼睛没瞎，哪有男的长着两个大奶子？哪有男的这么细皮嫩肉还穿得这么花里胡哨留长发？'任凭郭县长怎么解释，他老婆就是不相信。没办法，郭县长只好找同去的人作证，就这样他爱人也不相信……"我听了李凤岐的冷笑话后说："这是真的？"他说："就是真的……"

这次，我们的宣传内容是根据省、市行制作的宣传单内容进行宣传的。路过的群众一听录音机里的宣传，再一看我们发在手里的宣传单，纷纷前来营业部办理大面额存款。但群众还是对中国银行不甚了解，经常把中国银行误认为中国人民银行。一次，有位姓周的大叔拿着一沓人民币来县支行存钱，他对我说："我在大街上转悠，看见你们中国人民银行搞宣传，心想：把钱存在你们这里比较放心，我就不知不觉过来了。"我忙搀扶着大叔说："大叔！我们欢迎您把钱存在我们银行。不过，我们不是中国人民银行，而是中国银行……"话还未说完，大叔却倔倔地对我说："你们不是中国人民银行，还是外国银行？"我只好耐心地反复用刚进行时学过的行史知识给大叔解释。当明白了中国人民银行是中央银行、不直接面对客户办理业务，而中国银行是一个诞生于一九一二年、有着悠久历史、机构遍布全球多个国家和地区的国际化大银行时，大叔放心地说："看来，我老汉没有看错你们行！"

那时，大面额存款利率高、期限长，能吸引群众，也拉动了其他业务的发展。到年底，县支行储蓄存款出奇的好。春节过后，李国华行长在省行参加行长工作会议，还从省行领回了一面储蓄存款先进单位的大锦旗。当然，这是后话了。

在“储蓄有奖旅游活动”开展得如火如荼时，一天，李国华行长因第二天一早要去县人行开会就提前回双山县城了。凌晨1:00左右，守库的王启明慌慌张张跑到二楼我们的宿舍向我汇报说：“周师！周师！从半夜开始，我听见谁好像拿着铁锤在砸金库的墙!”事发突然，情况紧急，我赶快召集同宿舍的男士们全部起床。每个人拿起门背后的防卫棒火速赶往营业部。当时，我们没有狼牙棒，防卫棒是用镢把粗的杂木棍锯的。我带头跑到楼下，在营业部四周巡视了一遍，没有发现异常情况。然后，回到守库室，按王启明指的方向又仔细听了听。

原来是一道从守库室经过的自来水管里的气体时不时地“咚咚”作响。我向其他同事摆了摆手说：“误会！误会了！大家回去休息吧!”我又对王启明说：“小王！把心操上！守库时要机灵点，有什么情况及时通气!”王启明点点头，可他还是纳闷地站在守库室门口一动也不动，似乎在思考他刚才听到的声音和现在的声音是否是同一种声音。陈新宇却给王启明撂下一句有分量的话。他说：“小王！以后守库时把耳朵放亮些，听清楚了再叫人，省得深更半夜吵醒我们!”王启明听后，不好意思地回到守库室继续守他的库。

五十三

第二天早上一上班，一场意外发生了。罗美娟拧好金库大门密码，陈新宇插上副钥匙，王启明拿主钥匙死活打不开金库门，金库门失灵了。8：30要对外开业，可急坏了罗美娟。

罗美娟心急火燎地跑来问我说：“你看这事咋办呀?”我说：“金库又没有备用门，还能咋办？只有砸金库的墙进去开门提库箱了!”

罗美娟听后，也同意我的意见。当时，正好没有顾客来办理业务。我让陈新宇赶快将打开的营业部门又重新关上，拉上玻璃门帘子。同时，又安排李凤岐去酒厂修缮队借了一个八磅锤。陈新宇力气大，他拿起八磅锤三下五除二就将金库墙砸了个洞，刚好能钻进去一个人。王启明个子小，人长得瘦。我让王启明脱掉外套，钻进去看情况。一会儿，王启明从金库里面把门打开了。库箱提出后，我们很快恢复了对外营业。可王启明为了打开金库门，右手却被金库门上的旋转弹簧锁夹了一个大口子。他出来时伤口还往外流血。我让李凤岐赶快领王启明去蔡家塬街道门诊所包扎伤口。

下午，李国华行长从县人行开会回来，刚进院子，王启明就像一个犯了错误的孩子一样沮丧地对李国华行长说：“李行长！我把麻达弄下了！”李行长说：“你把啥麻达弄下了？”王启明说：“我把金库墙砸了一个洞……”

李国华行长先是一惊，后又听了缘由，说：“洞补上了就好！你赶快去上你的班去！”王启明这才释然地回到营业部来上班。

这年春夏之交时，县支行又增添了新鲜血液。田光明、丁旺旭、耿文科分别从县人行、县人事局和县农行调入县支行。

田光明我认识，他大约有四十出头，调来之前与我岳父都在县人行工作。我岳父以前是县人行的行长，他是县人行纪检组长。田光明为人耿直，写得一手漂亮的钢笔字。来中国银行双山县支行之前，他从县人行被抽调鸡峰市人行编写《鸡峰市金融志》。这次，李国华行长调他来，是知道他在写作方面有特长，准备让他当县支行的副行长。

丁旺旭不到三十岁，年龄基本与我相仿，他有一个三岁的儿子叫浩浩，媳妇陈丽芳在蔡家塬火车站小学当老师。我们第一次见面是我去县人事局办理耿秋霞的调动手续。他留一个偏分头，头发梳得光溜溜的。那时，时兴在头发上打摩丝，一看就知道他也在头发上打了摩丝。我进人事局办公室后，他就坐在靠门口的一张办公桌旁。我见他后说：“你好！请问老丁在吗？”我来人事局时，李国华行长交代我，让我去人事局办公室直接找丁旺旭提耿秋霞的档案就行。那人说：“我就是！你是？”我说：“我是中行的！李国华行长让我来找你……”

他说：“行！你等一下，我这就给你拿。”

很快，他给我拿来耿秋霞的档案。临走，他一直把我送到了人事局办公室楼道。

耿文科来县支行以前我并不认识他，听李立新说，他与他以前都在双山县安寨镇农行干过。初次见面，他看上去身材魁梧，留一个大背头，脸上的圈脸胡刮得青光光的。耿文科善于与人打交道，见谁都能嘘寒问暖。偶尔，他还利用班后邀几个朋友喝个小酒什么的。

这期间，县支行已在蔡丈路十字征下了八亩地，正筹备先集资盖家属楼。因缺人手，李国华行长又从县五金公司调来了徐生贵管基建。徐生贵原来是县五金公司的副经理。他的爱人和白雪都在县工行工作，我们以前都认识。

田光明到行不久，市行就任命他为双山县支行副行长。田光明副行长一上任，县支行的组织架构也就健全了。市行正式在县支行成立了党组。县委正式给县支行成立了生活支部。县支行也通过报批，在双山县成立了凤山办事处。文坤乐被任命为凤山办事处主任。王启明和李凤岐随文坤乐调往凤山办事处工作。县支行又给凤山办事处新招来了武亚琴、冯小坤、黄树宽、卢少波几位新员工。丁旺旭被任命为县支行办公室主任；耿文科被任命为计划信贷科科长；李立新自从白彩芳来县支行工作后也不再兼任打字员了，一心一意跟着耿文科一起搞信贷工作；罗美娟被任命为储蓄科科长，她主要负责储蓄专柜的工作；我被任命为会计出纳科科长兼营业部主任。因人手少，李国华行长还安排我负责行里的安全保卫工作。我除了一些行政管理工作以外，主要还负责营业部的对公人民币和外币总账以及各种报表的报送工作。营业部就我、陈克琳、陈新宇三个人搞对公业务。这样的组织架构持续了一段时间。有一天，王润发从西京省财校毕业分配到县支行营业部。李国华行长决定让我把综合会计的工作交给王润发。那时，按照县支行的规定，新分配来的大、中专学生，来行后，必须先在金库守库一年。因此，王润发白天在营业部上班，晚上在守库室守库。如果王润发要休假，再由陈新宇做顶替。

五十四

入伏后，气温越来越高，县气象台预报，受高压脊前偏北气流影响，双山地区一段时间天气将以多云到晴为主，日最高气温将在40°C，空气湿度会上升到百分之五十三以上。蔡家塬在塬下，三伏天的湿热天气特征特别明显。一到晚上，天气闷热难耐。那天晚上，我热得实在睡不下觉，就去洗手间打了一盆凉水，来宿舍洗头抹脊背。一会儿，李国华行长突然来到我们的房间里叫我与他一起去守库室查岗，我忙穿上汗衫随李国华行长下了楼。我俩从二楼下楼来到酒厂的院子里，就径直走到守库室的北窗户跟前，我看见王润发一个人躺在床上，一边看《中国银行培训教材》，一边喝啤酒，时不时还将身旁一袋炒豌豆用手一个、一个撂到半空，再用嘴巴接住。看到这情形，我顿时有些紧张，我以为李国华行长要发火严厉批评王润发，可李国华行长小声说：“你瞧，王润发一个人守库还怪美的，我们就不要打扰他了！”随后，我随李国华行长各自回了自己的房间……

王润发在县支行守库室守了一年库。因守库室潮湿，他患上了腿疼的病。后来，他费了好大工夫，才通过一个民间偏方治好了自己的腿疼病。那一年，县支行营业部和二楼男员工的宿舍也都做了调整。储蓄专柜开业时占用的酒厂走道的一间房间因酒厂要求要腾出来做酒厂进出的大门，县支行储蓄专柜就在对公专柜的西边另开辟了一间地方对外营业。建行初期住在建行蔡家塬火车站办事处的女员工那会儿也搬了回来，就住在了我们以前的宿舍里；我们则搬到了酒厂院子最南边酿酒车间隔成的一间平房里。因丁旺旭爱人陈丽芳在蔡家塬车站小学当老师，李国华行长就给丁旺旭单独在南一排西边安排了一间房间；我、耿文科、李立新和新来的司机雒小军挨着丁旺旭家住另一间房间。耿文科是个独活虫，住了几天感觉不方便，加之他还打呼噜，就自己在外面租了一间房间居住了；北一排住着酒厂职工袁让让一家人。酒厂酿酒车间是人字梁大房，芦席顶棚全通着，每天晚上谁家有个风吹草动，我们都能听得见。一天晚上，天气燥热，我无法入睡。正好，雒小军叫我与李立新一起玩扑克牌，我们仨就一起玩起了拐三。刚过24：00，我就听见袁让让进屋和他老婆杜乖香吵架。袁让让骂了杜乖香两句，李立新和雒小军就忍不住笑出了声，我忙说：“不要出声，小心人家听见！”他俩这才住了声……

其实，我对袁让让的熟悉程度要比自己行的员工还熟悉，袁让让是酒厂的门卫。他为人和蔼，说话虽然有点结巴，但不管县支行的小车什么时候回行，他都要披着他那件破旧的黄军大衣走出传达室及时给我们开门。而且，每次都很有礼貌地给我们车上的人打招呼。

袁让让有一儿一女两个娃，两个孩子都长得乖巧懂事，大女儿小花上小学四年级，小儿子小强上小学一年级。他媳妇杜乖香是居民，人虽然长得黑了点，但她确实是个能豆豆，每天天不亮，就能看见她推一个小推车去农贸市场卖罐罐馍，家里的开销全由她一个人打理。一次，杜乖香在营业部存钱时对我说，她卖罐罐馍积攒下的钱给她家买了一台24英寸的大彩电。她说这话时很自豪，也很有成就感。我说：“天酬人勤，我们应该向你学习。”她说：“向我学啥呀！我也是被逼无奈没办法才去卖罐罐馍的！”我说：“正因为你是靠双手勤劳致富，我们才应该向你学习呀!"

说真的，我还真佩服袁让让的媳妇杜乖香，她文化程度不高，也没有正式工作。加之袁让让前几年也下了岗。从旁人眼里，她家的日子也不可能好到哪里去。可她就是在这样一种家庭环境下撑起了这个家。而且，还把这个恓惶的家经营得有模有样，这不得不让人对她刮目相看。

再说酒厂门卫袁让让，酒厂停产后，他一度时间完全下岗了，厂里为了照顾他家的生活，把北门改到南门后就安排他在南门看大门。他虽然身体单薄，有时候甚至穿衣服也不着调，但人诚实，负责任。有几次，我就看见他像交通警察一样打着手势指挥着进出院子的车辆。自从我认识袁让让后，感觉他是个细详人，也疼爱孩子。每次，酒厂职工灶吃臊子面，他总要把他碗里的臊子肉夹给小强吃。别人开玩笑说："让让！你咋不吃肉呢?"他说："我见不得肉么!"其实，谁都知道他是想省下给孩子小强吃。

当然，袁让让也有他的不足，他在酒厂工作期间，养下了爱喝酒的瞎毛病。虽然酒厂停产了，但他坚持每天喝二三两烧酒的旧毛病一直没改。如果不喝，他就犯酒瘾；如果喝酒了，他就打骂老婆杜乖香和小花与小强。早年，酒厂还正常生产的时候，他喝刚酿成的烧酒。这些年，酒厂不生产了，他就从酒厂经销部买散酒喝。就为这，杜乖香三天两头与他吵架，一吵架，他就一月半载别想沾媳妇的边。

袁让让家同我们都住在一栋人字梁大房里，他家住北一排第二个房间；县支行的男员工和丁旺旭家住南一排的第一个和第二个房间。芦苇席顶棚不隔音，每天深夜就听见袁让让都要从门房溜回自己的家。这时，就听见他媳妇杜乖香骂道："滚！一边去!"接下来，袁让让就像被激怒了的雄狮怒吼道："啊、啊你个卖×的！不理我，你到、到外边寻男人了!"惹得雒小军和李立新憋不住就笑出了声。袁让让听见有人笑他，还怕吵醒小花和小强，就灰溜溜地把门一甩，走出了家门，回到自己的传达室了……

五十五

第二天一早，李国华行长安排田光明副行长带我、丁旺旭和耿文科坐保险公司新赔偿的“向阳”车去蔡丈路与西鸡中线交汇处县支行新购买的地方确定家属楼的放线事宜。“向阳”车在酒厂前院停放着，我们一上车，车就发动了。袁让让一听见有车要出去就立刻打开酒厂的大门，像个交通警察似的端端正正站在门口等我们车出门。当“向阳”车经过袁让让身旁的时候，司机雒小军摇开车窗玻璃笑嘻嘻地说：“老袁啊！得是昨天晚上没干好事?”袁让让也不生气，乐呵呵地说：“贼、贼驴的婆娘……”还没有等袁让让把话说完，我们的车子已开出了酒厂……

“向阳”车一开到工地，李国华行长和双山县建筑公司的刘经理、温会计一行已从县城坐车赶到工地开始比画放线的事了。李国华行长一见我们来到工地，便招手让我们往南边走，与他们会合。田光明副行长在往南边走的途中问我：“新址怎么才这么大?”我说：“原本征了八亩多地，因为在蔡丈路与西鸡中线交叉口的十字，蔡丈路拓宽占去两亩多地，西鸡中线拓宽又占去两亩多地。现在就只剩下这么大了。”说话间，我们已走到了李国华行长他们跟前……

经过丈量面积，大家你一言，我一语，最终达成一致意见，李国华行长一锤定音说：“那就在后面东西方向留三米宽的走道，靠边线盖一栋四个单元六层高的家属楼。为了解决资金问题，西边的两个单元楼盖好后对外出售。这两个单元，楼口向南开。里面住的人将来走南边这三米宽的通道就行；东边的两个单元，楼口向北开，这两个单元楼，由咱们行内的员工集资，将来全部分给县支行的集资员工。北边呢，我考虑东西转角挨着两条边线留足盖办公楼的地方，等上面批下专项资金了咱们再盖办公楼。不论现在的家属楼，还是将来要盖的办公楼就都由市行房地产开发公司负责承建，我们也省事。大家有什么意见吗?”李国华行长有意看了看大家。大家说：“没意见!”李国华行长就接着说：“如果大家没意见，那就这么决定了……”

县支行盖家属楼的方案确定下来后，家属楼基建也就立马开始动工了。徐生贵具体负责县支行的家属楼基建工作。等基础垫上来后，县支行还从县工程质量监督公司聘请了一名技术监督员协助徐生贵搞监理。

就在业务和基建工作有条不紊地进行着的时候，县支行却发生了一件意想不到的怪事。司机杨武成和打字员白彩芳私奔了。当陈新宇得知此消息后，他感到非常惊讶，早上一上班他就凑到我跟前问我：“杨师傅和小白怎么就私奔了呢?会不会被人绑架了?”我说：“你没听李行长昨晚在员工大会上说，天要下雨，娘要嫁人，我们有什么办法？这事肯定不是绑架。”陈新宇一听我这么说不再言语，去上他的班了。

其实，陈新宇哪里知道，杨武成和白彩芳的事发生后，李国华行长在前一天的支部生活会上就对这件事的原委进行了通报，还狠狠地批评了办公室丁旺旭。徐生贵是个直筒子的人，一听李国华行长批评丁旺旭，便开始做起批评与自我批评来。他说：“成绩不说跑不了，缺点不说不得了。我觉得这件事既然发生了，我们就应该汲取教训，深刻反思，查找自身存在的问题和不足，的确，我们在管理上还存在许多漏洞和问题……”

徐生贵的发言勾起了李国华行长对办公室的再一次批评。最后，李国华行长责成办公室马上与杨武成和白彩芳的家人联系，无论如何先让两人回行再说。李国华行长说这话时既严肃又认真，他的脸一直阴沉着。

五十六

第二天晚上，李国华行长召开全行员工大会，在会上通报了杨武成和白彩芳违纪的事。最后李国华行长遗憾地说：“既然这件事已经发生了，我们就要想办法进行补救，完善我们的制度，绝不能因为发生了这件事而影响我们的正常工作和员工士气。更不能——也不允许再在上班时间议论这件事！”因此，陈新宇在上班时间询问我，我就重复了李国华行长在员工大会上的讲话。

事情往往就是这样，好事不出门，坏事传天下。尽管李国华行长在员工大会上再三强调让大家不要再议论此事，可杨武成和白彩芳的事一时间还是成了县支行员工茶余饭后议论的焦点。后来，此事还传到了市行的员工当中。一次，我在市行办事，常录林神秘兮兮地问我：“听说你们行出了个杨乃武和小白菜，这是咋回事？”我笑着说：“既然你知道了，还要问我？”常录林接着说：“小杨这个货竟敢将一个黄花大闺女给拐跑了！”

我没再接常录林的话茬，开玩笑地对常录林说：“老常！你是小杨的师傅，不要也跟着小杨学坏了！”常录林笑着说：“你胡说啥呢！这哪儿与哪儿？”我说：“我与你开玩笑呢！”说着便走出了他的办公室……

其实，这件事对旁人来说，一直是个谜。可对当事人来说，一旦两人坠入爱河，就好像喝了亚当和夏娃的迷魂汤。鞋合适不合适只有自己知道。听说杨武成和白彩芳出去后，在外边逛荡了一段时间，带的钱花光了，也觉得没啥意思了，两人就自己回来了。

他俩回来后，结果不言自明，双双被县支行除名了。杨武成还算是个硬汉子，他回来后，再也没有来县支行，就连剩余的工资和当时盖家属楼预交的集资款也由别人代为领取。白彩芳年轻，回来后哭哭啼啼要上班，任凭她找谁最终李国华行长也没有让她来上班。

后来，我听说杨武成走了弯路后，他的媳妇凤莹莹没有抛弃他，而是死心塌地地一直陪他度过这人生最难熬的时光。更让人敬佩的是，凤莹莹辞掉了西棉厂的工作，专门与他一起开饭馆做生意。

一九九三年是县支行业务大扩张的一年，县支行相继在蔡家塬成立了药材公司联办所，在双山县成立了水泵厂联办所。除了从市行分来一些大中专学生外，县支行还从社会上招来了一批代办员。县支行的网点一下子由两个增加到四个，员工也翻了一倍。最多时县支行的员工达到了五十六名。

李国华行长审时度势，第二年一开春，在他的运作下，经有关部门批准，药材公司联办所升格为人民路中段储蓄所；水泵厂联办所升格为东大街储蓄所。

这期间，市行和西虢县、揽凤县支行也抓住机遇升格了不少网点。网点一多，管理就得跟上，市行就在三个县支行分别设立了一名兼职稽核员，我被任命为中国银行双山县支行的兼职稽核员。

这一天，市行办公室史竟舟主任带队来县支行检查工作，李国华行长安排我陪同史竟舟主任一行去人民路中段储蓄所检查工作。那时，高彩霞在人民路中段储蓄所当所长。无意间，史竟舟主任发现，人民路中段储蓄所只有八平方米，四名员工在上班，储蓄存款增幅却在市辖网点遥遥领先，就让县支行组织一个材料，他要向市行领导汇报在全辖召开现场经验交流会。李国华行长听后很高兴，就赶快安排丁旺旭组织有关人员连夜准备材料。

材料报上去后，没过几天，市行就在双山县支行组织了一次现场经验交流会。市行所辖各机构负责人都参加了这次现场交流会。会上，高彩霞专门做了经验介绍，市行工会办刘淑文主任主持了会议。这一年，高彩霞被中国金融工会西京省工作委员会评为金融系统“八·五”巾帼立功竞赛标兵、西京省“四讲一服务”先进个人和鸡峰市新长征突击手。一时间，高彩霞成为了西京省中行系统的一面旗帜。高彩霞是县支行自己培养起来的土生土长的典型。因为双山县支行有了高彩霞，李国华行长和县支行的全体员工都感到非常自豪。

就在县支行各项业务工作都发展得顺风顺水的时候，县支行又发生了一件怪事。雒小军开的西 C00003 桑塔纳车被人抢劫了。雒小军刚接替杨武成开上桑塔纳车不久，他也不知道是咋回事，慌乱中就报了警。结果，派出所的同志一来却劈头盖脸训斥了雒小军一顿。一个大个儿警察严肃地说：“你们的车明明不是抢劫，你怎么敢让派出所出警?”他们的判断是依据雒小军手里拿的一张车辆暂扣通知书下的结论。

那天，田光明副行长要去县化肥厂办事，正好桑塔纳车在院子，丁旺旭就派雒小军开着桑塔纳车送田光明副行长去县化肥厂。桑塔纳车一开到县化肥厂门口停下，田光明副行长就下车去办事了。突然从旁边来了三个大汉要检查雒小军的证件。雒小军还没有反应过来，那三个大汉就将雒小军拽了下来，开上车一溜烟跑了。整个过程只持续了不到一分钟。雒小军见车被人抢走了，本能地就向前撵去抓车门把手。这时坐在后排的一位瘦高个儿把车窗玻璃摇了下来，用一只手把雒小军推开，从后窗里扔出一张纸片来，等雒小军反应过来，车已开出老远……

他赶快跑去找了个电话亭就拨打了 110，可当派出所的人一来，却训斥了雒小军一顿，他顿时委屈得流下了眼泪。

原来，从车上扔下来的是一张车辆暂扣通知单，车是被西京唐城区法院扣下的。田光明副行长办完事，得知这一情况后，赶快给李国华行长打电话汇报情况。李国华行长一听非常生气，说：“怎么搞的，还能让人家把车开走！你赶快带丁旺旭和徐生贵立刻去西京要车，无论如何也要把车开回来。”田光明副行长自知车是自己带出去被人开走的，也没多说什么，就带上丁旺旭和徐生贵一同去了西京省唐城区法院。

可他们到唐城区法院后，车并不在法院院子里，法院早已将车转移到其他地方。经与法院同志的几天交涉，总算弄明白了事情的缘由。

原来，桑塔纳车是以双山县奥秦商贸有限公司名义购买的。桑塔纳车挂的车牌也在这家公司名下。这家公司经营上出了问题，在外欠了货款，被欠款的另一家公司将奥秦商贸有限公司告上了法院，法院这才将县中行的车扣走了。事情的来龙去脉很简单，可要追回桑塔纳车就不那么容易了。好在行里派去的三位同志还算得力，好说歹说总算在奥秦商贸有限公司的配合下把车要回来了。

桑塔纳车开回的当天，李国华行长就指派丁旺旭和雒小军去鸡峰市车管所更换了车牌。新更换的桑塔纳车牌号码为西 C03706，这个车牌一直使用到了县支行桑塔纳车报废。

五十七

经过县支行起步阶段的扩张和快速发展，县支行的业务量也如雨后春笋般节节攀升。业务量的增大带来了县支行员工的劳动强度进一步加大。那时，县支行办理业务全部都是手工操作。客户来行办理现金业务需要记账、复核和出纳三个人经手。特别是办理对公业务还必须将客户细分为国营、集体、私营企业三个类别来记账，每天营业终了，记账员必须用算盘敲出每个动户的积数和余额。结账时，又必须按企业的性质、损益类科目借贷相加合计才能进行轧账。每逢月底、结息日和决算日，加班加点等数据和做报表是家常便饭。尽管如此，但县支行没有一个人叫苦叫累有怨言。

那一年，决算日的晚上，鹅毛大雪下个不停。纷纷扬扬的雪花从白天一直下到了晚上。我看见酒厂袁让让刚把大门前的积雪扫过不久，雪花又积到了三四寸厚。

县支行会计出纳科的全体员工经过紧张的加班，凌晨三点的时候，总算把各种决算报表做完了。我、陈克琳和王润发分头将主表及各种附表交叉着互相核对无误后，李国华行长安排徐生贵开着县支行刚接回来的重庆长安车送我和陈克琳去市行送报表。

徐生贵是个急性子的人，听说要让他开车送我俩去市行送报表，他就早早地将新购的重庆长安车开到酒厂的大门口等我俩。我和陈克琳一上车，他就急急火火把车开出了酒厂。

重庆长安车一开出酒厂跑在街道上，我就感觉两个后轮在扭屁股。徐生贵对我说：“不行！地上结了冰，车子根本无法开！”我说：“慢慢开吧！市行还等着我们送报表呢！”

徐生贵不再言语，就一直开着重庆长安车出了街道开往西鸡中线。借着前车灯光，我看见挡风玻璃前就好像扬麦糠一样飘着雪花，路面与两旁的麦田几乎全部被大雪覆盖，根本看不清哪里是路，哪里是麦田。当重庆长安车像蜗牛一样开到平阳桥时，我隐约感觉前面好像来了一辆车。徐生贵几乎与我同时发现。他情急之中，轻点了一下刹车，重庆长安车 180°大转弯向后开了去。这突如其来的变故，惊得我出了一身冷汗。徐生贵也像吓傻了一样，一句话没说，继续开着车往前走。过了好大一阵子，徐生贵才把车慢慢地停在路旁对我说："周科长！你也看到了，雪太大，路也滑，我看今晚无法去市行了！"

我仍坚决地说："困难再大我们也得去市行呀！不然影响了市辖报表汇总可就惹下大麻烦了！"

陈克琳也知道报表是不能耽搁的，就顺着我的话茬说："就是！周科长说得对！影响了全辖报表汇总可不得了！"徐生贵一听我俩态度这样坚决，只好硬着头皮又把车头掉过来慢慢地驶向鸡峰市……

一到市行，天已麻麻亮。可值得我与陈克琳高兴的是双山县支行不但没有影响全辖的报表汇总，而且还是第一个到市行的。

市行会计出纳科何丽副科长见到我们后高兴地说："你们辛苦了！看把小陈冻的！"说着就顺手从放在桌上的塑料袋里抓出两个芦柑来，一个递给陈克琳，一个递给我。我接过芦柑后说："谢谢！我们没耽搁市行汇总报表吧？"何丽副科长笑着说："咋能呢！你看谁当双山县支行的会计科长？再看看会计科长的手下是谁……"

我高兴地对何丽副科长说："没有耽误就好！"又对陈克琳说："快把报表交给何科长……"

后来，王惠芹科长告诉我，双山县支行不但没有影响全辖报表汇总，还是第一个送到的。我顺便跟着王惠芹科长去她办公室谈双山县支行的费用问题。一会儿，账务检查员赵玲玲来请示工作，顺手给我茶杯里添了些茶水让我先暖暖手，她就与王惠芹科长说事。何丽副科长又来到王惠芹科长办公室将一份损益表交给赵玲玲让其核对，赵玲玲接过报表，她俩就一块离开了王惠芹科长办公室……

等市行将各种决算报表核对无误后，天已大亮。经过何丽副科长和账务检查员赵玲玲等人的核对，双山县支行报来的所有报表正确无误。双山县支行报表报送获得了市行会计决算报送报表第一名。这是双山县支行年终决算报表报送第三次取得了市行第一名。

第二天正是元旦，天气已放晴。我们在回蔡家塬的路上，我坐在副驾驶的位置，陈克琳坐在后排。徐生贵开着车通过反光镜瞟了一眼陈克琳说：“小陈！我和周科长脸本身黑，也显不出个啥，你看你眼圈黑得像个大熊猫！”我转过身看了看陈克琳，她确实两个眼窝乌青。我对陈克琳说：“你辛苦了！”陈克琳不好意思地说：“辛苦啥？大家都一样……”后来，陈克琳再说什么我已不知道，因为我已进入梦乡了。重庆长安车到蔡家塬菜市场的时候，车颠簸了两下，我才睁开了双眼，从车窗玻璃看到路面的积雪在融化，泥水四溅。我摇下车窗玻璃，一股清新的空气袭来，我的心情好极了。

过了元旦，又一个难题摆在了县支行李国华行长面前。县支行发展到一定程度后，行址设在蔡家塬，确实给工作带来好多不便。因县人行、县委、县政府及各部门都在双山县城。每天，县支行票据交换和开会都要往双山县城跑。加之全国各地大建开发区的热度一过，双山县撤县在蔡家塬设市的事儿也遥遥无期了。李国华行长就寻思着将县支行由蔡家塬搬迁到县城的事。有一天，李国华行长召集县支行中层开会，正式研究县支行搬迁的事，他将县支行讨论的意见向市行祁念才行长一汇报；市行再向省行一汇报。省行和市行都同意了将双山县支行由蔡家塬搬迁到双山县。

恰巧那一年县总工会买下县百货大楼后，全额付不了资金正寻求合作伙伴，李国华行长就与县总工会协商共同买下了县百货大楼。

县百货大楼共三层，建筑面积有三千多平方米，院子有四亩六分大。西边有一个南北走向的两层仓库，东边是一个人字梁砖混结构的仓库和职工宿舍。县支行出资了六十二万元，购买下了西边一半的百货大楼及院子。东边的一半百货楼及院子留给了县总工会。

五十八

自从县支行购买下西边一半的百货大楼，装修工作就有序进行了。装修队是市行劳动服务公司派下来的。李国华行长聘请了县财政局退休干部傅有群负责装修工作。傅有群是个精瘦的老叟，个子不高，年龄有六十多岁，整天乐呵呵地跑前跑后协调装修的事。

装修队一进场，傅有群先按李行长的要求，让装修队将一楼的七间原百货大楼营业大厅从中间扎了一间出来做出进院子的走道，再安了两扇深灰色大铁门。其中，在一扇大门上又安了一个能进出人的小门。大门的两侧则各是三间营业室。西边做营业部的对公专柜，东边做营业部的储蓄专柜。因为县百货大楼是二十世纪七十年代县上盖的唯一一座三层大楼，受当时的条件限制，一楼承重墙的圈梁不是全部用混凝土浇筑。经县建筑公司勘察，最终设计，只能做成现在的这个样子。主楼的二楼将走道设计在南边。这样一来，除二楼每间房间能宽敞一些，更重要的是二楼的走道与原百货大楼西边的仓库楼连为了一体。从一楼外楼梯上来，可直接进二楼仓库，也可到主楼的二楼。二楼的西边是多功能厅兼会议室，东边依次为县支行办公室、行长室、副行长室、打字室和卫生间。主楼的三楼走道设计在中间，南排除隔出两间房做会客室和客房外，其余几间均做成了档案室。北排除东边隔出一间做信贷科资料库房外，东边三间是计信科办公室，西边三间是储蓄科办公室。西边原百货公司留下来的南北走向的两层仓库楼二楼改造成了单身宿舍，一楼直接隔成四间从院子进出的大房子。另外，在院子的东边新盖了四间平房。一间做灶房，一间做饭厅，另两间做车库。

装修改造工程断断续续干了一冬天，虽然工程量不大，但麻烦事不少。光与县总工会为划地界的问题就耗费了好多精力。在划地界期间，李国华行长、田光明副行长、丁旺旭和傅有群与县总工会协商了好几次。可到真正与县总工会扎隔墙时，两家还是为了地界的事发生了矛盾。还好，经过李行长与县总工会的领导再次协商最终还是达成了一致意见，这才扎了隔墙。

在县支行新办公楼装修改造还没有眉目的时候，李行长就开始着手召集有关人员研究筹划在新址院子南边盖一栋一个单元的六层家属楼的事。资金仍旧采取让职工集资的方式，已经在蔡家塬集过资的员工，将原集资楼房退掉，将资金用做此次建房，没缴的这次缴齐。

在这之前，李行长已安排丁旺旭将蔡家塬蔡丈路上的两个单元家属楼及一半的土地卖给了县工商局蔡家塬分局了。剩下的地方和家属楼将作为以后新成立的蔡家塬分理处及供在蔡家塬上班的员工使用。这样一来，拖欠的双山县建筑公司的工程款也就结清了。

临近春节的一个礼拜天，我在县城休假。早晨还是寒气逼人，中午太阳一晒，立马有了几分暖意。吃过中午饭，我就带着青青去看县政府对面的县支行新址。青青问我：“爸爸！我们是去哪儿呀？”我说：“去爸爸的单位!”青青说：“爸爸的单位不是在蔡家塬吗？”我说：“爸爸不久就要搬到县上上班了！这样，爸爸就可以与青青整天在一块了。”

青青已经四岁了，自从她上了城关幼儿园，说话总像个大人似的。在去县支行新址的路上，她又问我：“爸爸！那你在新址上班后，我们还住改水办吗？”我说：“可能我们暂时还得住改水办。”她说：“那什么时候我们才不住改水办呢？”我说：“等爸爸的单位分了房，我们就住爸爸单位的新居了……”说话间，我和青青已走到了县政府对面的县支行新址。

到了县支行新址，县支行的大门紧闭着，我敲了敲门，一个二十多岁的年轻人开了大门。我作了自我介绍。他一听是自己人，便带我和青青进了大门……

原来开门的是刘学谦，他刚从县科委调来，一报到正好新装修的县支行已装修完毕，李国华行长就安排他和另一个从县保险公司调来的年轻人一起在新址照看地方。此时正是吃饭的时间，那位从保险公司调来的年轻人正轮换着回家去吃中午饭了。刘学谦就领着我跟青青一块儿绕过院里的一堆沙子，在办公楼和单身宿舍楼转了一圈。我看了后很兴奋，对刘学谦说：“新办公楼比蔡家塬的老地方宽敞多了，也很气派。”刘学谦说：“我刚来，还没去过蔡家塬老地方呢!”我说：“有机会我带你去蔡家塬看看……”

五十九

这年腊月二十三是关中地区传统的“小年”，双山县的大街小巷到处弥漫着烙灶干粮的爨味儿。按老辈人说：这天，灶王爷要带上灶干粮上天言好事。从这天起，外出的游子要回家，在家的人们要扫舍置办年货准备过大年。那天，我正在休假，吃过早饭，白雪去上班，我就带上青青从改水办去杏林家属院母亲的家。一进门，我父亲不在家；我母亲正忙着摝面，准备晚上烙灶干粮。

中午，一家人热热闹闹吃了一顿我母亲做的臊子面。锁丽、锁娟和两个妹夫就各自去他们的单位上班了。半后晌，等一盆面发旺，我就看见我母亲在案板上揉面，使面粉，在擀好的灶干粮上撒芝麻。青青在一旁问我母亲说：“婆！婆！为啥要烙灶干粮?”我母亲说：“因为腊月二十三灶君老爷要上天庭，向玉皇大帝报告人间一年来的好事哩，路上得带干粮吃。”青青似懂非懂的，又问：“那咱们能不能一块儿吃灶干粮呢?”我母亲说：“现在不能吃！等十二个灶干粮全部烙齐了献了灶君老爷后，咱们才能吃。”我看见青青没完没了地对她奶奶打破砂锅问到底，就说：“青青！去一边玩吧！不要影响你婆烙灶干粮。”青青这才去了客厅独自玩耍了。

多半下午母亲一直在忙乎。只见她一会儿揉面，一会儿擀灶干粮；一会儿又将擀好的灶干粮放在蜂窝煤炉子上的平底锅里烙。等她将十二个灶干粮完全烙好后，天已快黑。献完灶干粮，白雪、锁丽、锁娟和两个妹夫都下班回到了家，正赶上吃晚饭……

祭灶过后，很快春节就到了。春节期间，按县支行安排，营业部不放假，早上9:00上班，下午4:00下班，对公人员一律轮流在储蓄专柜上班。

七天长假结束后，所有人都上了班。按照李国华行长的安排，县支行营业部和机关科室全部都由蔡家塬火车站搬迁到双山县城新址办公。当时，营业部说是搬迁，其实，就我与王润发两个人前往新址办公，原县支行营业部则更名为蔡家塬分理处。徐生贵被任命为蔡家塬分理处主任，罗美娟被任命为副主任。陈克琳、陈新宇和新分来的大学生梨占生、赵静一都留在了蔡家塬分理处。

县支行营业部搬迁到县城上班后，我与王润发从零开始，抓紧建账搭底子。很快，刘学谦、王启明从县支行凤山办事处调营业部工作；市行又新分来了大学生闫怀斌；新招来了李春妮、高军林、文丹青。

那段时间，根据上级行要求，凤山办事处更名为凤山分理处。刘学谦调凤山分理处任储蓄专柜负责人；王润发调蔡家塬分理处任副主任；罗美娟由蔡家塬分理处调县支行会计出纳科任副科长，与我成了搭档。

罗美娟调营业部后，我与罗美娟商量，我们就在营业部开展了“百店千摊”营销开户活动。所谓“百店千摊”营销活动，就是要求营业部的每个人到年底动员一百个门店来开户，走访一千个摊点来存款。活动开展了近一年，取得了意想不到的效果。年底，营业部超额完成了县支行下达的各项存款任务，县支行还特别给营业部奖励了一千元的奖金。我和罗美娟一商量，我们就利用假日，特意组织营业部的员工和家属去了一趟麦积山，参观了麦积山石窟。

麦积山石窟在甘肃省天水市，与敦煌莫高窟、龙门石窟、云冈石窟被称为中国佛教四大石窟。我和爱人白雪结婚时，我们去过洛阳龙门石窟。从洛阳回来后，我就一直想着有机会要去一趟麦积山石窟看一看，可苦于没有时间就一直未成行。这次趁着营业部的全体人员都没有去过麦积山石窟，正好我们一块儿去领略一下麦积山石窟的风采。那天，我们从下午 5:00 就开始张罗去蔡家塬火车站坐火车，一直到晚上 23:00 才坐上去天水的火车。到天水时，已是凌晨 4:00 了。尽管从天水市区去麦积山石窟的第一趟班车最早是 7:00 才发车，但我们还是兴奋地在天水火车站足足等了三个多小时。

那次去麦积山，我带着青青。罗美娟带着她的妹妹、女儿和侄女。闫怀斌带着对象崔英。王启明带着对象魏丽。高军林、李春妮、文丹青都是单身，一路上就抢着为大家拎行李。

还没到麦积山时，大家老远就从车窗玻璃看见前面悬崖上凌空搭建的崖梯，如几条巨龙在山崖盘旋。

一到景区，车刚停稳，门一打开，高军林就第一个冲出车门去买票……

进入景区，抬头望去，麦积山石窟让人生畏。高军林胆子大，在攀崖梯时一直冲在最前面；我和青青、李春妮、文丹青、罗美娟一家人紧随其后。

闫怀斌走到半道笑眯眯地对我说："周科长！咋办呀？崔英吓得半死，不敢再上了。"我说："你们自己掌握，实在上不去了，就在这里休息。等我们下来时，咱们再汇合……"闫怀斌说："那我就与崔英在这里等你们……"

可不大一会儿，我们还没登上崖顶，闫怀斌与崔英又赶上了队伍。我问闫怀斌说："怎么你们又上来了？"闫怀斌说："机会难得！我们咬了咬牙就上来了……"

崖梯虽然惊险，可越往上攀，上面的石窟塑像就越精美。我一边扶着青青登崖梯，一边听讲解员小赵讲解："麦积山石窟，建于后秦，兴于北魏明元帝和太武帝时期，至唐代时，这里的石窟已具规模。可惜，在唐开元二十二年发生了大地震，麦积山中部崖体大面积坍塌，山体被分成了东西两崖。东崖的石窟中，人们发现一尊大佛的面部内嵌了一个北宋定窑的碗，上面写着工匠的名字，这位工匠虽然没有知名度，但他却是这尊大佛的创造者。"

我说："看来能工巧匠都是出自于民间。"讲解员小赵说："您说得对！大师在民间，一点也没错!”

返回的时候，我看见一处石窟上有一块匾，上面写着“是无等等”，我问讲解员小赵是什么意思。她说：“这四个字由《般若波罗密多心经》中的‘是无等等咒’演化而来，意思是对也好，错也好，得到也好，失去也好，都不过如此。”我说：“这恐怕也是信徒与工匠，在此前塑像受损之后，还能不停地维护和再建的心理依托吧!”小赵说：“是啊！它更重要的是向我们传达了一种平和的为人之道。不论朝代更迭，请佛和敬佛的初心都不会改变，就像你们老远从鸡峰市赶来瞻仰石窟一样……”

六十

国庆节刚过，市行通知让双山县支行确定一名电脑专干在市行集中培训。这次培训是为了给县支行营业部上电脑。李国华行长征求我的意见。他说：“东关储蓄所张建业以前在双山县中学当过英语老师，你觉得他咋样?”

我说：“懂英语并不代表懂电脑。张建业英语水平确实不错，工作也很认真，但他来县支行以后，一直在储蓄岗位上工作。相比，我觉得闫怀斌可能更合适一些。他是省财经学院的大学生，来行后在营业部储蓄和对公岗位都干过，也对储蓄和对公业务比较熟悉，导数据什么的可能会好一些!”李国华李行长听后，思考了片刻说：“那就叫闫怀斌去培训吧!”

后来，闫怀斌参加了市行电脑知识专题培训班。果不其然，他回行后不负众望，在市行电脑科李军伟、李斌卫和张一等同志的协助下，加班加点给县支行营业部率先安装了电脑。

以前县支行营业部办理业务都是手工操作，突然要给县支行营业部安装电脑实行电算化，这对县支行营业部的每个人来说都是一件新鲜事。那段时间，营业部的所有员工就像打仗一样忙碌。白天要照常营业，晚上还要加班加点输数据。每次营业终了往机子里输数据就得忙到凌晨三四点。第二天，每个人还要照常上班。这样的工作节奏一直延续了一个多月才算把手工账数据全部输入到了电脑里。一天早晨，我来得早，打扫营业部的卫生，在闫怀斌坐的桌子夹缝里掏出了一大堆烟屁股，心想：这家伙晚上加班上电脑全凭烟来熏……

电脑正式运行后，经过半年的手工和机子并用，营业部正式实现了电算化。由柜员录入，出纳再进行复核，大大减轻了员工的劳动强度与差错率。信息科技化的引入，更加提高了县支行的竞争力……

那天早晨，我正在忙着办理业务。突然，就听见谁喊我的名字："锁澜！锁澜……"我抬头一看，是周村我山才爷在柜台外喊我。我忙打开隔断门出去迎接。在营业厅疏导客户的罗美娟见是我的熟人，赶忙放下手头的事给我山才爷倒了一杯茶水放在茶几上，她让我山才爷先坐在沙发上等一等我。

我一出来，我山才爷就拿出一封信给我看。在我看信的时候，他就问我："马庄村王有才你认识吗？"我说："您说的就是马庄村的那个名气挺大的火补匠？"他说："就是他！那天，他拿着一封信在咱们村里打听人，我碰见了，他向我打听。我回忆了一下，很可能是你祖爷爷那一辈的人，你祖爷爷叫周树勋，这人叫周树侃。这不！我就把信要下给你带来了，上面有电话，你再核实一下情况吧！"我说："谢谢！山才爷！您先坐下喝点茶，我看一下信里说些什么。"

原来，马庄村火补匠王有才改革开放后一直在甘肃静城一带给人火补轮胎，时间一长结识了一个叫周载群的人。周载群在静城市城市信用社当主任，就委托王有才给他寻人。他也是为了了却他爷和他祖爷爷的一个心愿。如今，他爷年事已高，他爸又有病，就想在他爷有生之年实现这个心愿，也好让他爷了却他祖爷爷的心愿。

信里说，当年他祖爷爷周树侃去世的时候，给他爷口述了家乡的地址，希望有朝一日能回家乡看看，拜拜祖。他爷又将此事托付给他爸，由于几代人都不识字，都是口口相传，始终没打听出个结果来。一次，周载群与王有才闲聊，王有才说，他们村就挨着周村，不过不是他说的州村。周载群让王有才回家乡后一定要给他打听一下，是不是他祖爷爷说的就是这个周村。这才出现了我山才爷来县城找我的那一幕……

送走了我山才爷，我赶快回杏林家属院跟我父母亲说这情况。结果我父亲找家谱查了查，我祖爷爷辈还真有个弟弟叫周树勋。

听我父亲说，当年，我爷曾经给他也讲过，他爷当年也有个弟弟，年馑的时候，外出逃荒就没了音信……

既然亲人有了下落，我就通过信上留下的电话联系到了周载群。我在电话里说：“您好！我是周村的周锁澜！我不知道该怎么称呼您？”他在电话里客气地说：“我的好友王有才已经给我说明了情况，能找到你们，我很高兴。我也不知道你把我的祖爷爷周树勋应该叫啥。”我说：“我们翻了翻家谱，应该叫祖爷爷！”他说：“那我们就是同一辈的人了。我是五〇年出生的，不知你大还是我大？”我说：“肯定是您大了，我应该把您叫哥呢！”

尽管他已不是家乡口音了，但我与他在电话里交谈得分外亲切……

第二年四月，春暖花开的时候，静城市的我载群哥带着那边的大伯、二伯、三伯从甘肃来到周村，他们来时给周村门子里的长辈都带了礼物。又去了周村祠堂拜了祖。晚上，几个大伯执意要在祠堂门前放一场电影。那几天，我请了几天假，专程陪同远方的亲人们在家乡转了转……

六十一

一九九七年的春天是我与丁旺旭特别高兴的日子。我俩终于分到了属于我们自己的家属楼。他分到了顶层，我分到了底层。一个顶天，一个立地。我俩在钥匙还没有拿到手的时候就已早早地从西京托人买回了“福乐”牌床垫。从蔡家塬买下了“阿里斯顿”电冰箱。那时，我俩都没有住过家属楼，都想倾尽全力把新分的家属楼布置得温馨一些。一次，丁旺旭砸我洋炮说：“为了跟上你买电冰箱，我仅存的两千多元钱花得一分都不剩了。”他说这话时，表面上有点心疼钱，内心却充满了兴奋和满足。我说：“我们来中行就是想拥有一套自己的家属楼，盼星星，盼月亮，总算分到了属于我们自己的家属楼，咱得对得起新分的家属楼吧！”他一听我这么说，不再言语，心里美滋滋地去看他新分的家属楼了。

刚拿到新分的家属楼房门钥匙后，李国华行长、文坤乐和耿文科还在大兴土木地对新分的家属楼房间进行深加工装修，我、丁旺旭和田光明副行长就已迫不及待地找车从鸡峰市买了家具搬进了新分的家属楼。

自从县支行从蔡家塬火车站搬到双山县城后，因为县支行有了自己的办公楼和单身宿舍楼，李国华行长就给我、丁旺旭和田光明副行长每人在单身宿舍楼安排了一间房间。我也很快将家从县改水办搬进了县支行西边的小二层楼一楼第三个房间居住。不久，田光明副行长和丁旺旭也将家搬进了我的两隔壁。我们三家在单身宿舍楼一楼住了有一年多时间，都想尽早享受一下县支行自己的家属楼，体会一下作为中行人住家属楼的滋味。

一天，丁旺旭找我说，他认识一个电信局的人，那人说，如果咱们要安装电话可以给咱们优惠电话初装费。我说："优惠多少钱？"他说："别人都是一千五百元，给咱们一千二百元！"我说："装！自从行里给咱们配备了汉显传呼机后，我正发愁没电话打呢！"丁旺旭忧愁地说："那你有钱吗？"我说："没钱咱们可以先借呀！"后来，我和丁旺旭都在新家属楼安装了住宅电话。

搬家那天，我母亲早早地烙了一个锅盔用红布包了起来；提了一串干辣椒；拿了一块红被面，与我父亲一起从杏林家属院来到我新分的家属楼。他们一到后，就把锅盔放在灶台上；干辣椒挂在客厅的窗子上；红被面绑在了大门上。我买了一串鞭炮，通知了锁丽和锁娟及两个妹夫、两个外甥涛涛和萌萌一起参加。白雪邀请了我的岳父、岳母及她的哥哥、姐姐、嫂子和姐夫。我对我母亲说："家里人多，咱今天就去外边吃饭吧！"我母亲却说："搬家要起灶搭火，我就给咱做臊子面吧！既红火又能吃饱，还能暖暖新房。"

原本打算在外边吃饭，我和白雪在新家也没有准备什么。我母亲这么一说，我赶快去门外放了一串鞭炮，就去大十字凤山市场买了六个凉菜，割了五斤肉。回来后，我边给我母亲搭下手，边看我母亲做臊子面。我母亲做臊子面很拿手。她让我父亲将买回来的大肉洗干净，切成一厘米大小的肉片。我要切肉，我母亲说："就让你爸切吧！你的刀工还欠火候。"我自知刀工不行，就没再言语。以前白雪让我切肉燣臊子时，我尝试着怎么切都切不成我母亲和父亲切的那种见方的小肉片。白雪笑话我刀工不如她。我说："就这我也是费了九牛二虎之力，你看我额头上都有了汗了……"因此，这次我母亲这么一说，我也不再强求。

切燣臊子的肉片确实是一门技术活，不是说谁想切就能切好。切肉时肉片要薄，大小要均匀，肥瘦要分开切分开放，不经过几年的历练确实是无法做到的。

等我父亲把肉片切好后，我母亲就把切好的大油放入锅中化开，再倒入菜油。等菜油和大油混合加热冒青烟后，她从锅里把油全部舀入洋瓷碗中，又将切好的肥肉倒入锅中，等锅内的肥肉肉皮微微泛出青色，她又将瘦肉连同切肉时剔下的骨头一起倒入锅中，放小火苗，继续用文火炖煮，烧到二十多分钟后，她又将洋瓷碗中的熟油倒入肉锅里，再放上盐、生姜片、大蒜、辣角和调料后继续用文火炖煮。

等燶到肉块快熟的时候，我母亲又将瓶子里的醋往锅中倒了一些，再放上辣子面，又用文火烧了两三分钟后，就用勺子将臊子舀到陶瓷钵钵里，将臊子里的骨头捞出放在案上的洋瓷碗里。没等我母亲发话，青青、涛涛和萌萌都凑了上来将臊子骨头一抢而光。我吆喝着要制止，我母亲看了一眼一群猴儿似的馋猫笑眯眯地对我说："不要说了，骨头就是让乖孙儿们啃的！"我一听我母亲这样说，不再言语。

燶好臊子后，我母亲问我："面在哪里？"我说："刚买的，在阳台上！我去舀！"我母亲说："还是我去舀吧！你不知道舀多少量。"我母亲去阳台上舀好面，加了水后，先拌后搓，搓成索条，再揉成面团，等面团揉搓到软硬适度、劲道光滑后，就开始擀面。我母亲擀的面又圆又薄，切的面条宽细匀称。面条切好后，她又忙着准备臊子面的底菜。因为是初夏，她切了刀豆、香菜、豆腐。泡了木耳、黄花菜。没有红萝卜菜，她就特意拿了一个红色大辣子切成丁。漂菜则将韭菜切成小片，鸡蛋摊成鸡蛋饼。准备好底菜和漂菜，我母亲又往锅里倒了一些油，文火烧熟，再放入生姜末，加了三小勺盐、半铁勺醋熬了片刻，就提起热水壶倒了不满一锅开水，烧沸后，放入臊子肉和底菜，再烧，等锅里汤煎，另一个锅里水沸后，她就在汤锅里放入木耳、黄花菜、鸡蛋饼、漂菜，最后放入臊子和底菜，在另一只锅里开始下面条。臊子面汤是一次做成的，红油浮面，味正汤酸，底菜漂菜，一沉一浮，交相辉映，酸辣适度，色佳味美。我吃我母亲做的臊子面，常感到耳、鼻、口、眼都能得到满足。家人和亲戚们在我们的新家属楼里一起吃臊子面，我和白雪甭提有多高兴了……

六十二

刚搬到县支行新家属楼，我心里高兴，礼拜天的时候，我就叫上我父母亲、白雪、锁丽和锁娟，领上青青一起去东湖逛了逛。东湖距离我们家不算太远，大约有一个小时的车程，可我一直没去过。

听我父亲讲，他年轻的时候就在揽凤师范学校上学。天不下雨时就经常在东湖边老柳树下早读。现在我父亲老了，我也想让他重游故地念想一下他学生时代的美好时光。

一大早，我们一家人就去双山县长途汽车站搭班车去东湖。车一开动，青青就依偎在我的怀抱里问我："爸爸，揽凤有三宝，你说都是啥三宝?"我说："不是三宝，是三绝!"她问我说："那是哪三绝?"

我说："揽凤酒、东湖柳、姑娘手。"她说："这是啥意思?"我说："揽凤产酒，揽凤酒是咱们中国的三大名酒之一，它由于口感醇正，回味无穷，在咱们北方就相当于茅台酒一样出名；姑娘手则是说揽凤的姑娘个个心灵手巧，经过这一双巧手做出的手工艺品很有名气，像农民伯伯夏天戴的草帽就是揽凤姑娘们用巧手编织的；而东湖柳则说的是长在东湖边上的柳树。一会儿，咱们到了东湖你就能看到……"

为了让青青对东湖柳加深印象，我对青青说："青青！爸爸考考你！你说这个季节啥地方的柳树最漂亮?"青青摇摇头说："你说呢?"我说："东湖的柳树最漂亮。"青青说："为什么?"我回答说："因为东湖的柳树是大文豪苏东坡去那儿做官时开掘东湖亲手栽种的。苏东坡还引来凤凰泉水蓄水成湖，并在东湖种莲修桥筑亭，使东湖成了一处与杭州西湖相媲美的风景名胜区。所以，东湖柳最漂亮。"青青听后高兴地说："爸爸！那一会儿在东湖柳树前你给我照个相行吧?"我说："行么……"

不大工夫，班车就到了揽凤县东关。车刚停稳，我们就看见不远处东湖风景区的大门，青青一下车就拉着我的手迫不及待地想要进大门，我说："别急！爸爸先给咱们买门票……"

买好门票，进了大门。东湖真是名不虚传。湖内有很多古老沧桑的柳树，散落在河堤两岸。这季节东湖早已沉浸在一片浓浓的绿意之中，在桃花和玉兰花等不知名的花儿的映衬下，无比迷人。我们沿着湖边青石板铺成的大道行走，两旁的柳树清浅而绿荫。柳枝如梦、如云、如烟，飘飘荡荡。花儿有红、有黄、有紫，花枝招展。此情此景，我猛然感到有一种说不出的惬意。

走到一个叫"饮凤池"的地方，有一块牌子上写道："相传在周文王元年的时候，有凤凰飞鸣于东湖这地方，下饮泉水，此处被称为'饮凤池'。"清代毕沅游过此地后曾赋诗曰："十围老柳千寻柏，拔地参天七百秋。敢问坡仙仙去后，几人曾向此中游?"

谁能想到，诗后二百多年后，我们全家人也能在“此中游”，并且还能看见诗中的“十围老柳”依然生机盎然，真是不可思议……

从西岸绕到东岸，青青发现有一棵古柳树长得奇葩，有杨柳的枝叶，却像松柏的躯干，她拉着爷爷的手说：“爷爷！爷爷！快来看，这是啥树呀？长得这么奇怪!”我父亲乐呵呵地说：“这是左公柳么！当年爷爷就坐在这棵柳树下背过课文呢!”爷孙俩交谈间，我与白雪一起看“左公柳”下方的注解：“清光绪年间左宗棠西御沙俄远征凯旋，途经东湖手植杨柳数株，以应新栽杨柳三千里之句，唯此株尚存焉。”白雪说：“你看这棵柳树果然浑身筋节突起，铁骨雄健，桀骜不驯，还真有点像左宗棠的性格。”我说：“确实是这样！那我们就在这里合个影吧?”她说：“行么!”我忙招呼我父母亲、锁丽、锁娟和青青过来合影。

合完影，往前走，老远就看见湖中心有一座小亭。等我们走到跟前一看，小亭名曰“宛在”，是苏东坡所创建。《诗经》里曾说：“所谓伊人，在水一方；溯回从之，道阻且长；溯游从之，宛在水中央。”

苏东坡可能也是取此意。可是，当时我并不知道苏东坡心中的所思之人会是何人，后来，我偶然读到了《江城子》词：“十年生死两茫茫，不思量，自难忘。千里孤坟，无处话凄凉。纵使相逢应不识，尘满面，鬓如霜。夜来幽梦忽还乡，小轩窗，正梳妆。相顾无言，惟有泪千行。料得年年肠断处，明月夜，短松冈……”我忽然明白了苏东坡为什么要给东湖的小亭取名“宛在”，《江城子》这首词是苏东坡四十岁那年写的。那年，正好距其妻子去世十周年。

东湖的最北边有一座苏文公祠，祠中有苏东坡的梅兰竹菊的石刻真迹，两廊壁画生动描绘了苏东坡在这儿任签书判官时的政绩。因我们全家人来时苏文公祠正在修缮，只能粗略地看看。后来，我们就去了“望苏亭”。

“望苏亭”是当地人民为怀念苏东坡而修建的。登上“望苏亭”，东湖赫然开朗，全景尽收眼帘。

其实，东湖并不大，分内湖和外湖，内湖风景秀丽；外湖湖水已近干涸。不知不觉我们已在东湖游玩了两个时辰了，该搭车回家了，青青还拉着我的手对东湖恋恋不舍……

六十三

刚分了家属楼那几个月，县支行家属楼门前的鞭炮声就没消停过，隔几天就听见有同事热热闹闹地搬家。没搬家的同事就三三两两领着外面的朋友或亲戚来看自己新分的家属楼。

李国华行长、文坤乐和耿文科在原单位以前都分有家属楼，这次分到新家属楼以后，他们三家都没有急着搬家，都是先拆掉行里统一装修的简易博古架，自己叫来木工重新做了心仪的博古架。文坤乐除了重新做博古架，还叫木工用水曲柳板把自己三个卧室里的暖气片全部包了起来。罗美娟、李立新、刘学谦、黄树宽、闫怀斌、王启明、耿秋霞和武亚琴在我、田光明副行长和丁旺旭我们三家搬进新家属楼不久也陆续搬了家。

这年冬天的一个晚上，县支行召开员工大会，李国华行长正在讲话，忽然就昏倒在会场。一时间，会场出现了慌乱。因为会议还没有进行完，田光明副行长就让我和丁旺旭搀扶着他去他办公室休息……

后来，经医生诊断，李行长得了眩晕症。这种病医生建议他不能太劳累，也不能太受刺激。下半年，随着李国华行长的年龄到期，他就办理了退休手续。

李国华行长一退休，县支行的工作就由田光明副行长主持。

田光明副行长刚主持工作不久，有一天晚上十一点多钟，我已休息了。突然，田光明副行长给我打电话让我去他办公室一趟。我赶快穿好衣服去了他的办公室。到了他的办公室后，他正神情凝重地坐在沙发上思考问题。我就坐在他旁边的沙发上。这时，丁旺旭也来到了他的办公室。丁旺旭刚坐下，田光明副行长就说："刚才，凤山分理处耿文科给我反映了一个情况，说他们今天上午在东关储蓄所查库时发现李小波挪用了一名客户的资金。这件事，我觉得比较严重，我们有必要开个会商量一下……"

就在李国华行长还没退休之前，文坤乐已与耿文科进行了轮岗。现在，耿文科已是凤山分理处主任了。因为当时我和丁旺旭都是支委，田光明副行长是支部副书记主持工作，所以他叫我和丁旺旭来就等于我们在一起开了一个支委会。

最后，田光明副行长对我和丁旺旭说：“看来我们的意见基本一致：首先，从明天起就暂停李小波东关储蓄所所长职务。因为东关储蓄所隶属凤山分理处管辖，就让耿文科协助李小波一起先尽快追回客户资金；再一个，明天一早，由周锁澜同志带队尽快查清东关储蓄所所有账目，看是否还存在其他问题。”他说这一点的时候，有意把目光投向我。我点了点头。他继续说：“等事情搞清楚后，我专程去市行一趟，向市行领导再做汇报。你们俩还有什么不同意见吗?”我和丁旺旭都摇了摇头，分别说：“没有!”

第二天，县支行的库车还没有把库存箱送到东关储蓄所的时候，我就带领王曼丽早早地等候在东关储蓄所门口了……

经过在东关储蓄所盘库，核打账目，核对报单，查看传票，事情最终与凤山分理处耿文科主任汇报的情况一样。李小波确实私自将一客户的资金挪用给另一位客户了，存折底卡上是分三次支取的，一共支了十二万元。

这是自县支行成立以来发生的最严重的一件大事。尽管第二天在凤山分理处耿文科的努力下，县支行很快追回了李小波挪用的全部资金，田光明副行长也及时给市行做了汇报，但最终市行还是开除了李小波的公职，县法院也追究了李小波的刑事责任。

李小波事件处理完毕后，田光明副行长在一次防案工作会上对李小波案进行了反思。他说：“此次案件的出现，起码暴露出我们县支行在内控管理方面还存在以下问题：首先反映出我们有些部门和有些网点，有章不循、违章操作，重要业务环节管理严重缺失。这也是这次案件发生的直接和主要原因；其次，内控制度不完善，制度上还存在漏洞；再次，事后监督不力，业务检查不全面，整改落实不到位，最终导致此次案件的发生……”

从那件事发生后，双山县支行就更加重视内控防案工作。县支行把内控防案工作纳入了议事日程，田光明副行长逢会必讲内控防案工作。

一年后，田光明副行长被市行任命为中国银行双山县支行行长。市行在全辖公开竞聘了双山县支行副行长。我通过考试、演讲、民主测评、组织考察，被市行党委任命为双山县支行副行长。

那一年，正是各家银行的转型期，总行对全国一些低产低效网点和上不了亿元的县支行进行了撤并。我所在的双山县支行各项存款加起来不超过七八千万元。形势紧迫，时不我待，我们除了去市行和省行汇报县支行存在的必要性和远景外，在行内动员全体员工拧成一股劲，拼死拼活存款也要超亿元。在员工中开展了“谁动了我的奶酪?”“狼来了，我们应该怎么办?”的大讨论；田光明行长提出了“一年任务半年完，剩下半年搞翻番”的奋斗目标。他向市行立下军令状，保证年底存款超亿元。回行后，他又召开支委会对县支行领导分工进行了重新调整。他负责全盘工作，分管办公室；包抓营业部、凤山分理处的工作。我分管业务部，包抓蔡家塬分理处的工作。我们的大部分精力都用在了跑业务上。对网点和部门也是周周有任务，月月有讲评，季季有安排。

这一年，正逢国家开始实行大小礼拜休假制，简言之就是一个礼拜休一天，下一个礼拜休两天，循环往复。双山县支行由于目标任务重，时间紧，田光明行长就要求全行员工一周暂时休一天假。

功夫不负有心人，在全行员工的共同努力下，年底双山县支行的各项工作有了突飞猛进的发展。县支行因超额完成目标任务被市行评为先进集体，被省行评为优秀党支部。第二年春季，为了让员工舒缓一下压力，放松放松心情，县支行决定利用礼拜天的时间组织所有员工及家属，分两批去一趟法门寺与太白山。

六十四

法门寺素有“东方佛都”之美誉，它的位置在距离双山县东北三十一公里的地方，距今已有一千七百多年的历史了。在关中地区，法门寺称得上是塔庙始祖。它因有佛指舍利而置塔，因塔而建寺。

其实，很早以前，法门寺不叫法门寺，而叫阿育王寺。释迦牟尼佛灭度后，遗体火化结成舍利。公元前三世纪，阿育王统一印度后，为弘扬佛法，将佛的舍利分成八万四千份，分别送往世界各国建塔供奉。其中中国有十九处。法门寺为第五处。唐代二百多年间，先后有高宗、武后、中宗、肃宗、德宗、宪宗、懿宗和僖宗八位皇帝六迎两送供养佛指舍利。

一九八一年八月二十四日，我当时还在绛纱社会福利院工作，法门寺塔半边倒塌。那年秋天，我、武志学、张文蔚和张星魁开车去南阳给单位购买苹果经过法门寺时，老远就看见半边塌掉的法门寺塔。当时，我并没太注意。后来，时间大约过了六七年。一天，我与绛纱社会福利院办公室张宗强副主任去法门镇佛塔村为一名“文革”期间被单位开除的员工搞外调，经过法门寺的时候，就看见当地有好多人在清理残塔。我问张宗强副主任说：“这个时间拆除残塔，是不是要重新修法门寺了?”他说：“也许为了安全考虑吧！半边塔立在那多危险……”

从法门寺外调回来不久，有一天，我突然从报纸上看到一九八七年四月初八佛诞日，工作人员在清理法门寺塔基时意外发现了佛指舍利和二千四百九十九件大唐国宝重器。我看到后感到非常震惊，就将这一消息告诉了张宗强副主任。一时间，这一消息传遍了绛纱社会福利院的角角落落，也成了大家茶余饭后议论的焦点，有人说法门寺发现的宝贝能抵三个香港。

从那时起，我就开始关注法门寺的建设情况。当法门寺宝塔和珍宝阁修建好后，我与汪俊儒和武志学，第一时间就搭车去了法门寺参观了地宫和珍宝阁。

这次行里组织见学活动，田光明行长一再强调所有员工能带家属的尽量带上家属，中行的发展离不开所有家属的支持。那天，白雪上班，我母亲信佛，我就带上我母亲、父亲和青青一同去法门寺参观。进了法门寺，我一眼就看见法门寺在新建的回廊里举办图片展。我就叫上我父亲径直去寺院的回廊里看图片展览。我母亲见我和我父亲要看图片展览，就带着青青去了大雄宝殿。图片展上有一张照片引起了我的注意。注解说：一九八七年农历四月初八，在重修法门寺时，法门寺地宫因发现释迦牟尼真身舍利及上千件唐代宫廷供奉的珍宝而震惊全国、轰动世界。法门寺地宫的发现被誉为“世界第九大奇迹”，出土的珍宝和佛指舍利受到世界亿万佛教信仰者及旅游探秘者的朝拜。这一重大发现，朱庆澜将军功不可没。

朱庆澜将军当年身为华北慈善联合会主任委员，在法门寺赈灾时，发现法门寺塔破败不堪，就想尽办法，多方筹资重新修建法门寺塔。在清理塔基时，部下向他报告法门寺地宫有宝贝。他从天花板缝隙窥见宝贝众多。随后，就叮嘱部下说：“目前正值困难当头，宝物万不能取，我们是为修塔，而不是为盗宝。”命令部下立即封闭地宫。这才使今天我们能看到举世瞩目、震惊海内外的法门寺地宫珍宝及释迦牟尼真身舍利重显人间。看到这里，我对我父亲说：“原来朱庆澜将军不但创建了绛纱社会福利院，还保护了法门寺地宫。”我父亲说：“这样的大慈善家应该好好宣扬一下，让前来参观的人都知道!”

我和我父亲看完回廊里的图片，在法门寺寺院转了一圈，我母亲和青青还没出寺院。

我叫上我父亲一块又去广场南边看了看宋巧巧当年告状的跪石。石头不大，在广场的东南角，到现在石头上还留有两个浅浅的跪印。我父亲说：“这是当年的遗存?”我笑了笑，没再言语……

等我母亲和青青拜完佛与我和我父亲汇合后，我对母亲说：“妈！你和青青也去看看宋巧巧告状的跪石吧！我们刚看过!”我母亲问我：“在哪呢?”我指着东南方向的一块不起眼的小石头说：“就在那……”

我母亲和青青看完跪石，我们又一起随车去了太白山……

太白山是秦岭山脉的主峰，海拔有三千七百六十七米。登太白山从北坡和南坡两面都能攀登。这次，我们的大巴车是走北线经首善县大营镇老鹰嘴直上的。南线有两条路可登，一条是从刺柏县出发到厚畛子直上；另一条是从刺柏县到厚畛子经过都督门、太白庙上山。因为这次我们的行程安排是先去的法门寺后去太白山，因此，大巴车只能选择走北线。

一路上，大巴车先从扶爱县开到绛纱镇，又从绛纱镇直奔汤浴。车子七拐八拐，沿途一直没停就开到了太白山半山腰索道下的停车场。下车后，因为有员工家属参加，加之索道票太贵，行里就让一同来的员工及家属自由活动。其他员工及家属陆续都买了索道票上了山。我要为我父母亲和青青购买索道票，我母亲说：“索道这么高，我和你爸就不坐了。你和青青买个票上去吧!”我父亲一听我母亲这么说，也不坐了。其实，我心里清楚，我父母亲还是怕花钱给我增添负担。那时候，我刚贷款买了中行集资建的家属楼时间不长。

我父母亲不坐索道，我和青青也就没有买票坐索道。我让我父母亲和青青站在半山腰一块写有太白山字样的石头旁照了一张相。等其他员工及家属从索道下来后，我已冻得不停地打喷嚏。我很能理解我父母亲……

六十五

星期一，天上飘着雨星，大街上已显得湿漉漉的。我与文坤乐和李立新从水泵厂催收贷款回来的路上，心跳得厉害。我让文坤乐和李立新先回县支行，我就顺道去了杏林家属院我父母亲的家。

水泵厂距离杏林家属院并不远，就隔着一条马路。一进屋，就看见我母亲神情紧张、战战兢兢一人在家里翻箱倒柜寻找东西。她一会儿往手帕里包她的金戒指，一会儿又寻找存单。当时，我父亲外出不在家。我就问我母亲："妈！您包这些东西干啥呀？"我母亲一句话也没说。我又问："究竟出了什么事？"我母亲这才说："你别问了！我用这些东西是为你消灾的！人家神医不让我给任何人说，不然就不灵验了。"我说："我好好的，消什么灾？"我母亲这才说出了事情的缘由。

原来，早上她和我父亲吃过早饭，我父亲退休没事就去给亲戚帮忙看工地，我母亲则上街去买菜。当她走到东关十字路口，突然，有一个操外地口音偏瘦的中年妇女走到她跟前问她说："老姨，你们这里有个神医你知道在哪里住吗？"我母亲一向是个热心肠的人，突然有一个外地人问路，她怎么能不回答呢？她停下脚步努力地回忆着，可她怎么回忆也想不起县城有个啥神医，以前，她倒听说过西虢县有个神医，看病很灵，但她没去过。双山县有神医的事她还真不知道。她正准备回答这位外地问路的人，忽然，迎面又来了一个偏胖的中年妇女，这个偏胖的中年妇女听见她俩在说话，就主动搭讪说："我知道神医的住址，神医就住在县公安局家属院二单元五楼东户。这位神医非常厉害，可以消病除灾，我就是慕名而来找神医消灾的。"我母亲一听有人知道神医的下落，她就准备去买菜了。那个偏胖的中年妇女却对我母亲说："神医消灾有个条件，只看单数，不看双数。"她给我母亲说："现在我俩去找神医，神医肯定不给我们看病。"接着，她问我母亲："能不能帮个忙凑个单数呢？"我母亲想，既然有人相求，她也没有什么要紧的事，就二话没说跟着那一胖一瘦两个中年妇女向县公安局家属院走去。

在路上，偏瘦的中年妇女问我母亲："您家有几口人？"我母亲爽快地回答说："五口！"那人接着说："老姨好福气呀！一看您就是有福之人。老叔做什么工作？"我母亲说："老头子已退休，最近一直在外面给亲戚帮忙看工地呢。"偏胖的中年妇女插话问："老姨的儿女都在做啥工作？"我母亲说："儿子在中国银行上班；碎女子在县上新华书店上班；大女儿在供销社上班！"我母亲边走边与这两个中年妇女拉家常。我母亲老了，腿脚也没有以前灵便了，走起路来也慢了下来。两个中年妇女出于感激，对我母亲百般照顾。偏瘦的中年妇女在右边搀扶着我母亲一只胳膊叹了口气说："老姨呀！我这次来是为了我丈夫，他得了癌症，求神医消灾的。”偏胖的中年妇女在左边搀扶着我母亲另一只胳膊也哀叹地说：“唉！我是为了我儿子来的。我儿子得了心脏病，我是为儿子消灾的。”我母亲听了两个中年妇女的絮叨，心想：“这两个人咋这么难大呢……”

就在她们边走边拉家常的时候，偏瘦的中年妇女手机响了，她掏出手机在电话里用外地口音哇哩哇啦说了些什么，我母亲一句话也没听懂，她也不想听人家打电话。偏胖的中年妇女一路上一直体贴地搀扶着我母亲，与我母亲拉家常。

很快，她们就走到了县公安局家属院门口，她们正准备进去的时候，迎面来了一个年轻女子，偏胖的中年妇女高兴地说：“那就是神医的孙女！”她们一起迎了上去。偏胖的中年妇女向神医的孙女说：“可碰见你了！我们正要找你。”她接着问那年轻女子说：“神医在家吗？”那女子说：“我爷爷不在家！他去外地给人看病了。”年轻女子说完就要往大门外走，偏瘦的中年妇女急忙对偏胖的中年妇女说：“我家离这里远，麻烦你能不能说一下，让神医的孙女给我看看病？我来一趟不容易。”还没等那偏胖的中年妇女说话，神医的孙女迟疑了片刻说：“我现在也能给人消灾去祸，只是没我爷爷的法力大。”她望了望我母亲说：“这位老奶奶从面相上看很有福气！”她用手指掐算了一阵后继续说：“你有一个儿子两个女儿，你儿子在中国银行工作，很有出息。”她问我母亲是不是这样。我母亲说：“对着呢！”她继续说：“你今天算是来对了，你儿子三天之内必有血光之灾，你得赶快想办法破解！”我母亲一听一下子蒙了，心想：“我儿子好好的，有什么血光之灾？”

人一天有三昏九迷二十四个不亮清。她又一想，神医的孙女掐算得怎么这么准呢？还知道我有三个孩子。更知道我儿子在中国银行工作。我母亲就急切地问：“可有消灾的办法呢？”神医的孙女神秘地说：“破解此灾只有一种办法，要用家里的金器、现金等贵重物品做一场法事才能消灾。法事做完后，你自己的东西还是自己的。神主要想看一看你是否心诚。”我母亲救儿心切却犯难地说：“我本是个普通家庭，钱倒有些，可家里没有什么金器呀！”那女子说：“你戴的金耳环、金戒指都算数，心诚则灵。不过，你拿这些金器和现金的时候不能给家人说，包括你孩子他爸、儿子、女儿和任何人。否则，就前功尽弃，不灵验了！”我母亲听了以后，心慌慌得更厉害了，就小跑着回了家……

就在这时候，我正好回了家。我问我母亲：“她让你把这些东西送到哪？”

我母亲说：“送到东关十字，她说她在那里等我呢！”我说：“妈！这是骗子！

您怎么能相信她们呢?”我母亲说:“那人家怎么能掐算出咱们家的具体情况呢?还知道你在中国银行工作!”我说:“这是因为在去的路上这一胖一瘦两个中年妇女在与你拉家常时,已趁你不注意,套出了咱们家的一些情况,并通过电话传递给了那个年轻女子!”

人在事中迷,经我这么一分讲,我母亲才恍然大悟。她说:“这伙人还真是个瞎瞎子!”我说:“走!咱俩一块去东关十字看看,一切就都明白了!”

等我和我母亲去了东关十字后,我俩在东关十字转悠了一大圈也没找到那伙人……

后来,我从报纸上看到一诈骗团伙被鸡峰市公安机关抓获的消息。这一诈骗团伙的诈骗手段与我母亲讲的一模一样,三名犯罪嫌疑人专门针对中老年人作案行骗。报纸上登载的是一名陈姓的女士受骗的经过。陈女士是一位农民,骗子先给了陈女士三十元的好处费,陈女士就与那两个一胖一瘦的陌生中年妇女随神医的孙女到了一户人家的家里。神医的孙女便给其中的那位偏瘦的中年妇女消灾去祸。神医的孙女掐算了一阵后,便将这位偏瘦的中年妇女家里的事说得一清二楚。陈女士看到神医的孙女算得这么准,也动了心。加之一旁一胖一瘦两个中年妇女的怂恿,陈女士就让神医的孙女掐算了她家的运势。不掐算不要紧,这一掐算可把陈女士吓了个半死。神医的孙女说,陈女士的儿子三天之内必有血光之灾。这可把陈女士吓坏了,就立刻向神医的孙女讨教化解的方法。神医的孙女说,要用家里的金银器和现金等贵重物品做一场法事才能消灾。陈女士立刻回家取了放在家里的一枚金戒指、一条白色珍珠项链,并到银行取了三万一千一百元现金,返回神医的孙女处。神医的孙女接过陈女士所带来的物品及现金后,利用一块红布将其包住,并让陈女士背过身,向前走三步,不准回头。作法时,陈女士听见神医的孙女嘴中念念有词,可陈女士是本地人听不懂外地人的口音。作完法事,神医的孙女将现金、戒指和项链包在红布里,并告诉陈女士立刻回家,途中不能回头。遇见熟人打招呼,不能搭话。包裹财物的红布等三日后才能打开,方可消除陈女士儿子的灾祸。为了她儿子平安无事,陈女士谨记神医孙女的叮嘱,回家路上不但没有回头,遇见熟人一句话也没敢说。三日后,陈女士打开包裹着她家全部贵重财物的红布,里面的现金变成了冥币,戒指和项链都是假的。陈女士挖天挖地一下子就瘫倒在地。好在时间不长鸡峰市公安局就破了此案。

我把报纸带回杏林家属院给我母亲念,我母亲听后说:“好人有好报,佛教人向善，这伙瞎瞎子是在造孽，罪有应得……”

六十六

首季开门红一过，县支行根据年初与各部门及机构签订的目标责任书，对一季度完成好目标任务的部门及机构员工利用“五一”国际劳动节休假时间组织外出见学。见学活动分两批进行。第一批由办公室丁旺旭带队去洛阳观看牡丹花卉；第二批由我带队去峨眉山进行观光。因为县支行规模不大，员工总共只有五十来个人，支委会研究允许有条件的员工可以自费带家属一同参加。我与白雪结婚的时候去过洛阳，就选择了去峨眉山。

峨眉山是普贤菩萨的道场，也有世界上最大的十方普贤金佛——金顶金佛。金顶又叫“光明之顶”或“幸福之顶”。在众多佛家有缘人的心目中，峨眉山是吉祥的福地。

下午支委会刚研究完见学的事，我晚上就回家动员我父母亲和白雪，让他们一同带上青青参加。我母亲听后很高兴，她还叫上锁丽和妹夫。我们一大家子人就都参加了这次行里组织的见学活动。因为是“五一”长假，外出的人太多，我们在蔡家塬火车站根本无法买到火车票。文坤乐找了个车站的熟人让我们一行三十多个人都挤上了火车。上车后，每个人分别补了个硬座票。可车厢里到处拥挤得水泄不通，连个下脚的地方都没有。我们不得不分散开，挤到别的车厢寻找坐的地方。

火车行进途中，我看到母亲和耿秋霞她妈实在是坚持不住了，就去找列车长说明情况。列车长是个好心人，他看见两位老人的身体状况后，就分别给我母亲和耿秋霞她妈补了一张卧铺票，让两位老人各铺了一张报纸在列车的最后一节车厢躺下休息。后来，文坤乐和妻子、闫怀斌和崔英、王启明和魏丽、武亚琴等其他员工及家属也实在站不住了，就找到列车长每人补了二十元钱，在餐厅找了个座位坐下……

这次见学活动非常辛苦，可这是县支行自成立以来第一次远途组织见学活动，所有人都很开心。一到清音阁，大家就被这里的山光水色所吸引。漫山遍野到处是绽放的花朵，耳边能听到潺潺的清泉流淌声。我赶快登上前面的亭台，一手搭在石碑上，翘望远方，刚下过雨的山峦雾气腾腾，景色如画，美如仙境……

从清音阁经过一线天，再来到生态猴区。这里是猴子们的天堂，到处都能看到猴子的打闹嬉戏。猛不防一只顽猴不知从哪里跃入我的肩上，一把抢走了我手里提的香蕉，吓得青青“哇”地大叫一声，向我扑来，惊得我打了一个趔趄……

从生态猴区到万年寺是一段漫长的盘山小路，我看见我母亲体力不支，就叫了一个滑竿，让我母亲坐上滑竿。我母亲一坐上滑竿，两个年轻精瘦的挑夫就抬着我母亲向前跑去。我、父亲、白雪、锁丽、大妹夫和青青在后面撵了一阵，根本撵不上。就只好让我母亲先走，到了目的地后再会合。后来，耿秋霞也给她妈雇了一个滑竿，两个挑夫小跑着超过了我们……

我母亲从峨眉山回来后，腿疼了几天，可她高兴得几天都合不拢嘴，逢人便说去峨眉山万年寺拜佛的事。她把在峨眉山拜佛时的照片夹在相框里我外婆的遗像两侧，无事的时候就自觉不自觉地盯着看……

二〇〇〇年国庆节的前一天晚上，市行工会在怡和酒店会议厅举办“迎国庆文艺汇演”。当天晚上，安排我们双山县支行第一个上场表演节目。

这次我们双山县支行是有备而来的，大家心中都憋着一股劲，一定要在这次汇演中展现出双山县支行员工的精神风貌，要勇夺第一名。为了筹备这次汇演，双山县支行全体员工已利用晚上业余时间将两首歌曲排练了半个月。来时，我们雇了一辆大轿子车，带着乐队，请了双山县剧团张凯歌团长做指挥，全行五十四名员工全都打了彩妆，穿着白衬衫，打着红色领带登台表演。在表演之前，我与丁旺旭先提前来市行看了一下场地。还与市行工会办公室赵主任和刘丽洁协调了表演节目时演员站的支架等问题，希望市行能协助给我们解决。赵主任一口答应了我们的请求。那天晚上，我安排丁旺旭全权负责舞台的布置和演员的上场和退场路线。这次大合唱，我和田光明行长都参与了表演。我们表演的第一个节目是大合唱《走进新时代》，领唱的是陈克琳，她年轻，嗓子好，一开腔：“总想对你表白，我的心情是多么豪迈，总想对你倾诉，我对生活是多么热爱。勤劳勇敢的中国人，意气风发走进新时代……”台下爆发出雷鸣般的掌声。震天地大合唱：“啊！我们意气风发走进那新时代。我们唱着东方红，当家作主站起来，我们讲着春天的故事，改革开放富起来；继往开来的领路人，带领我们走进那新时代，高举旗帜开创未来……”台下又是一片雷鸣般的掌声。

在表演最后一首《歌唱祖国》的时候，我们每个人都把藏在身后的小红旗突然拿了出来，跟着节奏，摇着五星红旗唱道："五星红旗迎风飘扬，胜利歌声多么响亮，歌唱我们亲爱的祖国，从今走向繁荣富强……"周大伟当过兵，他站在最后一排最中间的位置边唱边双手左右摇摆着一面特大号的五星红旗，那阵势渲染了整个舞台。节目一表演完，我作为兼职县支行工会主席被市行分管信贷工作的王向前副行长邀请坐在他身旁。当揽凤县支行的歌伴舞《我们走在大路上》出现在舞台上时，王向前副行长却喃喃地说："多好的同志啊……"说话间，他流下了眼泪。我顺手在茶几上抽了一张纸巾递给了王向前副行长。当时，我对王向前副行长异样的举动有些不解，心想：王副行长怎么了？

当天晚上的节目一直表演到晚上10:00，最终经过评委们的评判，双山县支行表演的大合唱《走进新时代》获得演唱类节目第一名。

六十七

国庆长假还没过完，市行就安排我去大连参加总行在大连培训中心举办的科级支行行长培训班。总行从一九九六年就开始对县支行正副行长分批在全国各地培训中心陆续进行培训。按照总行下发的培训通知，中国银行计划利用五年时间要对全国中行系统各县级支行正副行长全部轮训一遍。我参加的这期培训班是最后一期。在我之前李国华和田光明行长已分别去秦皇岛和株洲参加了培训。他俩那时参加培训的时间每期都是三个月，可执行了两年时间后，也许是基层行反映实际困难，也许是总行也感觉三个月培训时间过长，对基层行工作多少有些影响，就在以后培训的时候，每期改为四十天了。

报到那天，我从花名册上看到这期培训班西京省还有秦王县支行的孙辉副行长。可一上课，我旁边的座位是空的，孙辉副行长没来。我一打听才知道，孙辉副行长因行里有事不能参加这期培训了，他请了假。结果这期培训西京省分行就来了我一个人参加。座位是培训中心按照各省自治区报来的名单提前安排好的。很自然，我与孙辉副行长就被安排在了一起。因为孙辉副行长没来，我就一直一个人坐在第二组第三排贴着我的名字的座位上。我右边的这个位置就这么一直空闲着。每次，授课老师讲完一门课就要组织考试。因讲台上没放座椅，平时讲课老师都是站着讲的，遇到考试，监考老师就在教室里转几圈后直接坐在我旁边的空位置上。每次，监考老师一坐在我的旁边，我就心里不自在，自然也不敢查看有关资料，更不敢与别的学员相互交流，只能老老实实地答题。还好，每次考试我都能马马虎虎过关。四十天的学习，我没有一门功课不及格，这也算是给行里交了一份合格的答卷吧！

就在我在大连学习的时候，一天晚上，田光明行长给我打电话，他在电话里说："你在大连学习，可能还不知道吧，揽凤县支行被撤掉了。"我惊讶地问："你说什么？我没听清楚？"他说："咱们行的闫怀斌等几个人已抽调市行，协助处理揽凤县支行撤销后的遗留工作……"

得知揽凤县支行被撤销的消息后，我很惊讶，一时难以接受。好端端一个县支行怎么说撤销就给撤销了呢？尽管我与田光明行长早就知道省行可能要在年内撤销一些低产低效的县支行，为了能保住双山县支行不被撤销，我们与全行员工一道也为之努力过，但揽凤县支行被撤销，我心里还是不是滋味……

鸡峰市所辖的三个县支行中，揽凤县支行的院子最大，办公楼和家属楼也盖得最漂亮，怎么能把揽凤县支行说撤就给撤销了呢？我想起了那天在迎国庆联欢晚会上的一幕：当揽凤县支行表演的歌伴舞节目《我们走在大路上》一出场，王向前副行长就情不自禁地潸然泪下。我忽然明白了那天晚上王向前副行长可能早已知道了要撤销揽凤县支行的消息，只是他碍于组织原则不便说罢了。唉！天有不测风云，人有旦夕祸福；我真为揽凤县支行的领导和同事们捏着一把汗。

接完田光明行长的电话，我的心情好久都不能平静。我马上给揽凤县支行的刘洪科副行长打电话。刘洪科副行长接到我的电话后很意外，他在电话里说："感谢你能在这个时候给我打电话。"我说："事情既然木已成舟，你得打起精神，面对现实。目前市行对你们行员工是怎么安排的？"他说："年龄偏大的几个市行给了一定的生活补助，让他们自谋职业；绝大部分的员工都安置在县农村信用联社；我、姚占岐行长和刘淑婉，我们三个人目前暂时负责处理遗留账务。至于怎么安排，我们也不知道。"我接着在电话里说："不要心急，相信市行会考虑你们的！眼下，你们只有把手头的工作先做好！"他在电话那头说："但愿吧！现在只有这样了。"我最后说："希望你注意身体，多保重……"

四十天的学习很快结束了，回到双山县支行后我才知道，这次撤并县支行是全国性的。我很庆幸我所在的县支行保留了下来，但我为撤销了的揽凤县支行而惋惜，更为从我们行调到周城县支行的王冬芳担心。王冬芳是个大学生，我在营业部工作期间，她就在营业部储蓄专柜工作。她性格内向，人有些腼腆，但工作很认真。她结婚后，因爱人在周城县工作就调回了周城县中行了。那天，我听说周城县支行也撤销了，就与王润发、武亚琴和王曼丽去周城县看望了王冬芳。当时，她在家带孩子，虽然看起来情绪有些低落，说话间，时不时带有一些无助，但她对生活却充满了信心。她说等孩子大一点她还想找一份工作，她不可能一辈子就呆在家里吃闲饭吧！我们要回双山县的时候，她非要让我们带些周城县的锅盔回去。我说："双山县的锅盔虽没有周城县的锅盔厚实，但味道差不多！"她笑了，没再说什么。

回到双山县支行时天色已晚，我洗漱后，再也没有兴趣看书或看电视了，一头栽倒在床上就睡起觉来。白雪问我哪里不舒服，我说："没事！"可我翻来覆去却又不能入眠。那一夜，我失眠了。

漫漫长夜，我脑海里闪现着不同的画面：揽凤县支行的办公大楼；姚占岐行长、刘洪科副行长和刘淑婉科长；装修一新的揽凤县新家属楼；周城县支行的办公大楼；王冬芳凝重的神情；我认识与不认识的同事。我也思考着我比较关心和担心的一个问题：现在，双山县支行的存款虽已上了一亿元的大关，但以后呢？上级的标准如果再提高一些，县支行又该怎么办？我们不说自己上有老下有小，就说县支行五十多号人何去何从都成了大问题。从以往的经验来看，在大的政策面前，局部利益只能服从整体利益。

前一天，我见到了双山县建行的陈立恒行长。陈立恒行长过去当过县建行的会计科长，我当时是县中行的会计科长，我们经常在县人行开会，相互都比较熟悉。后来，他当了县建行的副行长，再后来又当了行长。我们的关系始终保持着。他从蔡家塬来县人行开会，有空也爱来我办公室坐一坐。他对我说，他们县建行也在这次撤并之列，市建行已经给他谈了话，让他负责县建行的撤并和善后工作，等善后工作完成后调他和班子成员去市建行工作。他已明确向市建行的领导表态，他不去市建行了，他要与员工共存亡。市建行给员工怎么处理，就给他怎么处理，他没意见。接着，他又说："咱们都是从基层一步一步干上来的，我想凭自己的能力到社会上找一口饭来吃！"也许他说得有道理，但我们能不能换个角度来思考，通过自己的努力，不让上级行撤掉我们呢？路还得我们自己走，工作还得我们自己干。我的眼前又浮现出周城县的王冬芳和她与我们分别时说的那些话，以及姚占岐行长、刘洪科副行长和刘淑婉科长见我时的神情……

天快明的时候，我有点困倦，但我还是像以往一样打起精神爬起来吃过早饭就去办公室上班。

一到办公室，田光明行长也来上班，我就去他办公室把昨晚的一些不成熟的想法向田光明行长做了交流。田光明行长听了后很高兴地说："你的想法正好与我的想法不谋而合，我正要找你谈这事呢!"当时，我们就叫来丁旺旭在他办公室开了一个碰头会，研究了双山县支行如何大力发展各项业务的竞赛方案。晚上，县支行召开了全行员工大会。田光明行长做动员讲话，我宣读《关于在双山县支行开展增先创优劳动竞赛活动方案》。同时，我们在会上还安排了业务部和蔡家塬分理处进行了表态发言。从那次动员会后，大家的思想更加统一，信心更加饱满，目标更加明确。各部门、各机构迅速逐级分解任务，强化措施，细化考核。通过一人在中行、全家来帮忙，在全行轰轰烈烈地开展了一场大规模的增先创优劳动竞赛活动。

六十八

二〇〇一年，西京省分行出台了一项内退政策，年满五十岁、工龄满三十年，如果本人自愿写出申请就可以提前办理内退手续。鸡峰分行和双山县支行原原本本执行了省行这一内退政策。田光明行长、文坤乐、徐生贵和耿文科四位同志根据这一政策规定自愿写出了申请，经市行研究同意后就办理了内退手续。他们四个人一内退，市行就给双山县支行派来了刘立峰行长。我与刘立峰行长比较熟悉。以前，他在中国银行西虢县支行当过会计科长。后来，我们同期都被市行提拔成了县支行副行长。只不过他当时在西虢县支行当副行长，我在双山县支行当副行长。

刘立峰行长年长我四岁，我私下叫他老兄。他为人厚道，工作上也有点子。我们的合作是友好而愉快的。在我协助刘立峰行长工作那段时间，双山县支行的业务经过全行员工的努力，连年超额完成市行下达的各项目标任务。我们的工作多次受到市行党委和崔建国行长的表扬。那时候，不管是田光明当行长，还是后来的刘立峰当行长，我们都一直坚守着县支行传承下来的两个不成文的规矩。那就是每年春节放假之前，县支行都要安排职工灶的陈开源师傅提前准备几个凉菜，在大年三十晚上由行领导与守库值班的同志们一起过三十。陈开源师傅家在农村，他也是县支行唯一的一位炊事员。每年春节他都要提前半天回家。回家前，他总要按行里的要求做几个凉菜，备在后案上用笼布罩着。大年三十的晚上，带班的行领导就去灶房把做好的凉菜端出来放到值班室内的桌子上，与守库值班的同志一起过三十。刘立峰行长离家远。平时，他不大回家。每年春节，好不容易放长假，我就劝他提前一天回西虢县的老家过年。他临走时总要叮咛我代表他，大年三十晚上与守库值班的同志一起过三十；县支行还有一个不成文的规矩就是每年十一月六日，在双山县支行的建行日，不论哪一届班子都要利用晚上的时间举办建行纪念日庆祝活动。那时，我们都有一个共同的愿望，总想以这种形式来凝聚人心，激励全行员工为中行的事业发奋工作。

刘立峰行长在双山县支行工作了三年，我们举办了三年建行纪念日庆祝活动。

后来，他调市行监察室工作，我当了县支行的行长。市行又派来了张开发副行长，任命了蔡家塬分理处主任刘学谦任县支行行长助理。

那一年，正是中国银行股改上市的关键一年。压在我们肩上的担子有三项：一是要保质保量完成上级行下达的各项目标任务；二是要加快处置闲置资产和不良贷款；三是要撤并低产低效网点和精简代办员。我们的工作任务重，头绪多，压力大。每天晚上，从县支行领导到所有员工加班加点熬夜是家常便饭。在股改的冲刺阶段，最让我们头疼的是蔡家塬蔡丈路十字县支行原来盖的家属楼和院子的处置问题。按照上级行的要求，中国银行整体上市前各分支机构必须将所有闲置资产处置完毕。时间紧，难度大。市行崔建国行长和主管财务的武曙光副行长要求双山县支行每天都要向市行汇报处置闲置资产进展情况。一时间，处置蔡家塬闲置资产成了县支行刻不容缓的重要任务。

那天晚上，时间已经过了十一点多钟。我、刘学谦、王润发和武亚琴，我们四个人还在与刘智怀交涉腾地方的事。我看夜已很深了再谈也谈不出个啥眉目，就对刘智怀说：“要不，今晚我们就谈到这里吧！刘总！你回去再考虑考虑，明天我们继续接着谈。”

与刘智怀谈判结束后，我们就从蔡家塬分理处坐车回到双山县。一回家，我感到全身疲惫，骨头像散了架似的，就去卫生间冲澡。刚冲完澡，走出卫生间，白雪就对我说：“刚才，不知是谁打的电话，铃声响了好几遍，你赶快看看吧!”我一边用干毛巾擦头发一边拿起手机看。不看不知道，一看吓了我一跳。我本能地对白雪说：“不好！是我们市行崔行长打来的电话，有六个未接。”白雪见我立刻紧张起来，就在一旁故意开玩笑说：“你瞧瞧！你们领导一个电话，就把底下的毛毛兵吓成了这样……”

我说：“不要胡说！平时，我们崔行长很少给我打电话，这次打电话一定有急事。”我赶快给崔建国行长回了电话。白雪一听我说可能有急事便不再言语。电话那头“嘟——嘟——”响了一会，崔建国行长接上电话后操着陕北口音说：“周行长！我打电话是想确认一下蔡家塬家属楼的处置方案。根据你们报来的方案，想分开处置。家属楼与简易门面房能分得开吗？如果分开后家属楼里面的人怎么出进？”我说：“能分得开！当时，在盖四个单元家属楼的时候，县支行就在南边留了三米多宽的走道，原本打算将挨路边的两个单元楼卖掉，让外面的人走南边，所以绝对能分得开。”崔建国行长一听我这么说，在电话里说：“噢！是这样，我知道了!”就挂断了电话。

第二天，我去市行计划财务部办事。一见到魏紫旭主任，他就对我说：“周行长，你太厉害了吧！竟敢不接崔行长的电话！当时，我们正在参加行务会，研究你们双山县支行家属楼的处置方案。”

我知道魏紫旭主任告诉我的是实情。因为，昨晚我已给崔建国行长回了电话，就故意开玩笑地说：“世上的人儿有千千万，咱就属于那个不长眼又不会来事的那一个么!”魏紫旭主任拍了拍我的肩膀笑着说：“我的周行长啊！你把人能愁死……”

其实，蔡家塬家属楼处置的老大难问题由来已久。不光是县支行的领导头疼，市行领导也头疼。自从县支行由蔡家塬酒厂迁往双山县城后，起先在蔡家塬蔡丈路十字盖的四个单元家属楼，除最东边的两个单元家属楼连同院子卖给了双山县工商管理局蔡家塬分局外，剩下的一个单元十二户的楼房有六户分给了在蔡家塬上班的正式员工，另一个单元十二户楼房及院子八间简易门面房就租给了个体户刘智怀。刘智怀与县支行签订了十年租赁合同，又在院子里盖了一个三层半的楼房。因蔡家塬经济开发区一组高压线从楼房的顶部通过，再往高里盖也无法盖了。三层半楼房盖起来后，他就把新盖的三层半楼房装修成桑拿房及舞厅对外营业。桑拿房和舞厅开业不久，在蔡家塬蔡丈路十字家属楼居住的员工就有了意见。他们向县支行反映："桑拿房及舞厅的小姐整天把脸画得五马六怪，在院子出出进进影响我们子女的成长。"上几任行长一直想着手解决此事，但因合同未到期，加之刘智怀盖了三层半楼房，又给县支行领导放话说，如果要提前收回房屋就得给他个人赔偿违约金。因此，这件事就这么一直搁置了。就在我接手刘立峰行长的工作后，恰逢中行股改要整体上市，必须要限期处置完闲置资产。市行崔建国行长和武曙光副行长整天给我打电话督催处置进度。那时，张开发副行长又借调省行工作，刘学谦行长助理还兼任蔡家塬分理处主任。当时，赵宏岐是蔡家塬分理处副主任，王润发是县支行办公室主任，武亚琴是营业部主任。根据县支行的实际情况，我召集行务会议讨论蔡家塬家属楼处置的问题。在会上，我们成立了蔡家塬家属楼处置领导小组。我指定刘学谦为组长，王润发、武亚琴和赵宏岐为成员，负责与刘智怀谈判。刘智怀是个聪明人，他人不糊涂，每次谈判他也不胡说，只提一个条件，就是将他盖的三层半楼房连同装修一共花费的七十四万六千五百〇八元以及家属楼一个单元十二户的装修及电器和家具花费四十八万四千元，共计一百二十二万四千五百〇八元给他，他二话不说就腾房子。每次谈到这里，他还从口袋里掏出一沓发票让谈判小组的同志看。

我和刘学谦、王润发、武亚琴、赵宏岐与刘智怀谈了好几次都没谈拢。通过法律途径解决吧！找律师协商，律师说，按合同约定的条款和年限，这个官司不赔钱恐怕楼房和地方很难收回来。

那天，我有事，就委托刘学谦去市行向崔建国行长汇报情况。刘学谦汇报完情况，回行后对我说："我去时崔行长可能有急事要外出，他态度坚决地对我只讲了两句话。他说：'情况我都清楚。回去给你们周行长说，一、困难再大，股改上市前必须将闲置资产处置掉。二、不行了就将李国华行长叫回来一起协助收回！'"我听了，觉得我们的事情还需要我们自己来处理，就对刘学谦说："叫李国华行长回来你觉得可能吗？你回蔡家塬后继续组织谈判领导小组与刘智怀谈。需要我出面时我随时赶到……"

六十九

一天，我正在与王润发研究工作。刘学谦突然敲门进了我的办公室。他脸色难看地说：“我刚才与刘智怀为谈收回地方的事吵了一架。”王润发见刘学谦找我有事就说：“周行长！那你与刘行助先谈事！我一会儿再来汇报工作？”我说：“行吧！一会儿我找你！”王润发就给刘学谦倒了一杯茶水，走出了我的办公室。我示意刘学谦先坐在沙发上慢慢说。他喝了一口茶水后说：“刘智怀现在提出如果咱们行非要处置资产就将家属楼和院子前面的八间简易门面房连同土地都处理给他，但前提条件是他得用中行家属楼和前面的简易门面房作抵押，让咱们行给他贷一些款。”我听后斩钉截铁地说：“那怎么行呢？这不等于用咱们的馍馍给他咬马吗？就算咱们给他把款贷了，万一贷款收不回来，转一圈家属楼和简易门面房不还是咱们行的吗？不行！这叫啥处置？”我有些激动，也很坚决。刘学谦停顿了片刻说：“我也觉得刘智怀的要求实现不了，咱们也办不到。为这事我们还吵了起来……”

其实，就在刘学谦向我汇报这件事之前，刘智怀向我在电话里也提出了这个条件，我没有同意。话不投机，刘智怀就给我摔了电话。这时，王润发进了我办公室，一会儿刘学谦也来我办公室汇报这事。我就将我的看法与刘学谦做了交流。

就在县支行与刘智怀谈判陷入僵局的时候，蔡家塬蔡丈路丨字家属楼居住的六户员工又来县支行向我反映情况，说蔡家塬家属楼院子里刘智怀开的桑拿房和舞厅整天有小姐在上班，穿得露胳膊露腿的，他们怕影响他们子女的成长。

将心比，都一理。员工反映的问题并不过分，也合情理，我怎么能不管呢？我就安慰大家说：“你们反映的情况我都记下了，我会向市行反映你们的问题的，县支行也会尽最大努力解决这问题。希望你们先回去安心工作，等待消息……”

就在这期间，市行武曙光副行长给我打电话询问蔡家塬家属楼处置进展情况。我将同志们反映的情况在电话里向武副行长做了汇报，希望市行能给县支行蔡家塬家属楼居住的员工解决一些实际问题。武曙光副行长在电话里问我：“现在蔡家塬家属楼居住着几户员工？”我说：“目前，在蔡家塬家属楼居住的有徐生贵、高彩霞、陈克琳、黎占生、张明强、刘彩凤六户员工。当时，这些人都是自己交钱，行里按集资建房分的家属楼。后来，县支行搬迁到县城后，在蔡家塬居住的一大部分员工陆续都搬到了县城中行家属院居住。目前，剩下的这六户员工居住在蔡家塬家属楼，一没暖气，二没天然气，条件也比较艰苦。现在市行正好要求我们要处置闲置资产，能不能给这六户员工补助一些钱，让他们搬出来另寻地方居住？这样，既可改善这些员工的居住条件，蔡家塬家属楼又好处置一些。”武曙光副行长在电话里说：“行！我知道你们反映的问题了，我先向崔行长汇报一下再答复你们。”

没过两天，武曙光副行长给我来电话说，他向崔建国行长做了汇报。你们处置家属楼的方案，崔行长很支持。市行已开会研究同意蔡家塬蔡丈路十字家属楼居住的六户员工可以交回房子。这些同志可按照其他无房户员工同等对待，市行将给予一定的经济补偿。我得到这一消息后，就将这一消息告诉刘学谦，让他给蔡家塬蔡丈路十字家属楼居住的员工开一个会，将这个消息告诉大家，再征询一下大家的意见。刘学谦征询完大家的意见后，给我打电话反馈情况说：“大家都比较满意，愿意交回房子，并感谢组织对他们的关怀。”我听了后很高兴，在电话里说：“你给咱们的员工说一下，也感谢大家对行里工作的支持和理解！”

蔡家塬分理处六户员工的实际问题得到解决后，我立刻组织召开县支行行务会议，再次研究讨论蔡家塬闲置资产的处置问题。大家你一言，我一语，最终都同意将蔡家塬蔡丈路十字家属楼两个单元楼及院子和八间简易门面房分两块进行招拍挂处置。我去市行分别向主管双山县支行的陈保亮副行长和主管财务的武曙光副行长做了汇报。他们都一致同意县支行最新提出的处置蔡丈路家属楼方案。汇报完工作，我没有从市行直接回双山县支行，而是绕道去了蔡家塬分理处。到了蔡家塬分理处，我与刘学谦、王润发和武亚琴会合，一起与刘智怀再次谈腾地方的事。谈到夜深，还是没有进展。我们只好一起坐车返回了双山县支行。恰巧这天晚上市行也在召开行务会，研究双山县支行新报来的处置蔡家塬家属楼闲置资产方案。中途，参加会议人员担心蔡家塬家属楼不能与院子盖的八间简易门面房分割。崔行长就顺手给我拨了电话，想询问一下我实际情况，结果我洗澡，未及时接上电话。这不，我去市行后魏紫旭主任一见我，便给我开玩笑……

过了几天，武曙光副行长在电话里通知我说：“市行研究同意你们报来的最新处置方案。下一步，你们就按这个方案实施吧！”刘学谦和我都与刘智怀谈僵了。我们给刘智怀打电话，他也不接。蔡家塬分理处赵宏岐副主任不知从哪里打听到刘智怀的消息，说刘智怀的老婆在双山县医院住院，很可能这几天他在医院照顾他老婆。当刘学谦来县支行告诉我这一消息后，我说："走！你叫一下王润发，我们一块去县医院。"我们仨从凤山西路走到凤山东路县医院门口，我让王润发买了一束鲜花和一些水果。

王润发提着水果，刘学谦捧着鲜花，我们就到了县医院。从住院部护士那里打听到刘智怀老婆住在内科203病房。一进病房，刘智怀果然在照管老婆。他老婆躺在中间一个病床上挂吊针；他坐在左边的高方凳上给老婆盖被子；有一个女青年给刘智怀他老婆喂药。刘智怀一见我们来病房看他老婆，忙说："哎呀！咋敢烦劳你们来看我老婆，快坐！快坐！"他对那个女青年说："妞妞！快！快给你叔们倒水！"那个女青年拿起床头柜上的纸杯，要给我们倒水。我说："不用了！我们刚才喝过。"刘学谦和王润发也说："不用了！"刘智怀一看我们执意不让倒水，就取出一瓣香蕉每人摘了个香蕉让我们吃。我接过香蕉，见刘智怀这么热情，就未提处置房屋的事，只问了问他老婆的病情，与刘智怀寒暄了一阵后，又来到刘智怀老婆床前坐下，安慰刘智怀老婆说："老嫂子，好一点了吧？"刘智怀老婆弱弱地说："好多了，看把你们麻烦的，还来医院看我。"我说："你安心养病，你看刘总和姑娘对你多体贴，都围着你转。"刘智怀他老婆笑了笑说："她爸和女儿都有事，我很想快出院呢！"我说："不用着急，把病看实在了再出院不迟……"

与刘智怀老婆交谈完毕，我回过头又与刘智怀闲聊了几句，便告辞，与刘学谦和王润发一起走出病房。我不让刘智怀送我们，他却一直把我们送到县医院大门口。

过了几天，刘学谦给刘智怀谈了行里这次蔡家塬家属楼处置方案。刘智怀考虑了一下，找到行里，给刘学谦表示他愿意作为一个普通竞拍者参与通过县土地局的公开招拍挂竞标。至此，这场纷纷扰扰打了几年肚皮官司的蔡家塬家属楼处置问题画上了句号。

二○○四年七月十四日，从北京传来消息，中国银行在与国际和国内同业的激烈竞争中，凭借着雄厚的实力和优良的服务，一举成为北京奥运会唯一银行合作伙伴。参加北京奥运会服务，这不但能给中国银行带来国际汇兑和存款业务，还能提高中国银行国内国际形象。我得到这一消息后，感到非常自豪。从此，县支行也把中国银行成为北京奥运会合作伙伴作为业务宣传的金字招牌。

紧接着，国务院批准，八月二十六日，中国银行股份有限公司正式挂牌成立了。县支行的员工得到这一消息后都欢欣鼓舞。大家终于盼到了这股改的一天。为了这一天，县支行的所有员工不知奋斗了多少个日日夜夜！所有员工都热泪盈眶，激动不已。是啊！我们终于通过自己的努力保住了县支行；我们终于盼到了股改的这一天。

十一月六日，是中国银行股份有限公司双山县支行建行十二周年。这天晚上，大家齐聚在县支行二楼多功能厅。二楼多功能厅装扮得特别靓丽，观众座无虚席，全行所有员工及家属也都前来参加联欢晚会了。我作为县支行的负责人祝了词，我说：今天，我们在这里欢聚一堂，隆重庆祝中国银行股份有限公司双山县支行成立十二周年，此时此刻，我的心情和大家一样，无比激动，无比自豪。说到这里，我有些哽咽，眼泪夺眶而出，十二年的酸甜苦辣一时不能言表。台下响起了长时间的掌声。

我控制了一下情绪，打断大家的掌声继续说：首先，我代表县支行党支部向辛勤工作的全行员工及全力支持我们工作的全体员工家属表示最崇高的敬意和感谢……

七十

这次联欢晚会是县支行自建行以来最成功的晚会之一。在这次行庆晚会上，所有员工和家属的掌声都特别的响亮和热烈。蔡家塬分理处、凤山分理处、营业部、业务部和办公室的演出人员都打了彩妆，借了演出服装，一些家属也加入到了演出队伍。联欢晚会以《团结就是力量》和《中行之歌》拉开帷幕。歌声在扩音器的放大下显得特别响亮而有力。每个参加演出的人员仿佛都像打了强心针。第一个节目一亮相，雷鸣般的掌声就响彻整个多功能厅。《团结就是力量》和《中行之歌》表达了全行员工对中国银行的深情祝福，唤起了在场的每个员工对过去岁月的追忆和对中国银行未来的憧憬。

紧接着，凤山分理处表演的群口相声《创业难》，道出了县支行创建初期的艰辛，把晚会推向高潮。晚会在蔡家塬分理处表演的舞蹈《欢乐中行》中结束。为了办好这次行庆晚会，刘学谦行助早早地安排张红燕从舞蹈学校借来演出服装，发挥小张学过舞蹈的特长，安排她来领舞。小张不负众望，她的舞姿优美，服装艳丽。节目一亮相，就赢得了一片掌声。《欢乐中行》编排独具匠心，寓意深刻，让人们不由得对中国银行的未来产生了无限遐想。

就在这次县支行行庆日到来之前，一天上午，我去市行办事，顺便向崔建国行长汇报了双山县支行准备举办这次建行十二周年联欢晚会的事。崔建国行长听后很高兴，他当面对我说："你们行今年的业绩发展不错，利用这个机会凝聚一下人心，让员工放松放松，我看这种形式非常好。到时候如果我有空，我一定去给你们加油鼓劲。"崔建国行长的这番话让我倍受鼓舞。这使我更加重视这次行庆晚会的举办了。

行庆日那天，省行突然通知崔建国行长要去省行开会，他打电话特意安排市行人力资源部主任马根旺、监察室主任刘立峰代表市行前来县支行表示祝贺。

那天晚上，我们还特意邀请了双山县医保中心的陈珂主任及医保中心的全体同志与我们一起参加了联欢晚会。双山县医保中心是我们的优质客户之一。那还是刘立峰行长在双山县支行当行长的时候，他得到消息，县上要成立医保中心，正寻找办公地方，刘立峰行长就带上我与他一起去县人事局找姚局长营销，县医保中心隶属县人事局管理。经双方协商，由县支行提供院内一楼四间单身宿舍暂时作为县医保中心办公地址。县医保中心就将所有的结算账户全部开在县中行。

县支行之所以能给县医保中心提供办公场所，是因为自从我、田光明行长、丁旺旭和耿秋霞，我们四家搬往县支行新盖的家属楼居住后，县支行院子小二层一层单身宿舍四间房屋就一直空闲着。正好县医保中心要成立没有地方，就先让县医保中心暂时搬过来办公。这样既解决了他们的办公问题，又能给县支行带来可观的存款业务。刘立峰行长向市行崔建国行长一汇报，崔建国行长就同意了县支行的这个营销方案。回行后，县中行很快与县医保中心达成合作协议，在县支行小二层楼一层腾出四间房子来让其办公。从此，县医保中心就成了县支行的优质客户。

自从县医保中心搬到县支行院子办公以来，双方关系一直处得都非常融洽。县医保中心也信守承诺，把所有的结算账户全部转入了县中行。因此，这次县支行举办建行十二周年联欢晚会，我特意邀请了县医保中心的陈珂主任和医保中心的所有同志们一起联欢。在联欢晚会还没有开始前，坐在我左侧的陈珂主任与我闲聊。我说："今年八月二十六日中国银行已成功股改，正式挂牌成立了中国银行股份有限公司。"他听到这一消息后显得非常高兴。他说："这样说，你们今年可是喜事连连啊！一是中国银行股改成功；二是今年的行庆日也是你们中国银行股份有限公司双山县支行改名后的第一个行庆日。向你们表示祝贺！"接着，他与我握了握手，我说："谢谢！也为我们两家的友好合作而祝贺！"陈主任说："同贺！同贺！"后来，联欢晚会开始了。在晚会的间隙，陈主任不时地对中行排练的节目大加赞赏。我也附和着谈一下对节目的看法。坐在我右侧的刘立峰主任和马根旺主任也时不时与我们交谈一下对节目的看法……

晚会结束后，我送走宾客回到家里，洗漱完毕，不知是高兴还是熬过了夜，我一直不能入眠。大约到后半夜，我做了一个梦，梦见我去了一个我从未去过的地方表演节目。我既当主持，又自己演唱，舞台上我唱得是那样的深情和投入：

"面对每一天初升的朝阳，我们鼓荡起心中的希望，面对祖国赋予的重托，我们放飞了心中共同的理想。啊！中国银行，BANK OF CHINA，您的每一位员工都用辛勤，祝福您繁荣兴旺。啊！中国银行，BANK OF CHINA，您的每一份成就，都铸就共和国的灿烂辉煌。无论身处世界何方，中国银行给我力量，不论处在什么岗位，银行 BANK 的荣誉至高无上。啊！中国银行，BANK OF CHINA，您融汇八方资源，为祖国插上翅膀。啊！中国银行，BANKOFCHINA，您架通五洲桥梁，为世界和平发展谱写华章……"

我很奇怪，我本不擅长唱歌，可在梦里，我唱得那么优美而动听，歌曲没有伴奏，我却演唱得很抒情和专注。动情处，我流下了眼泪。

第二天早上醒来后，我很纳闷。我枕边真的流下了一块泪痕。这一年，双山县支行各项业务考核在市辖名列第一。双山县支行被鸡峰市分行和西京省分行分别评为年度先进集体；被西京省分行党委授予先进基层党组织；被双山县委和县政府授予社会治安综合治理标兵单位和目标责任制考核优秀单位。这些成绩的取得，离不开双山县支行全体员工的共同努力。我很感激上级行对双山县支行的信任和关心；也感谢班子成员和全行员工对我工作的支持和鼓励。成绩属于过去，属于全体员工，明天等待我们的将是新的挑战……

七十一

二〇〇五年是中国银行迈向市场化改革的重要一年。这一年一开年，市行崔建国行长就被省行调西京省正阳门支行当行长。省行就安排郑卫国副行长接替崔建国行长主持鸡峰分行的工作。郑卫国副行长以前在中国银行鸡峰市经济开发区支行当过行长，二〇〇一年被省行提拔交流到中国银行秦都分行当副行长。两年后，二〇〇三年调回中国银行鸡峰分行当副行长。

崔建国行长调走的那天，我正好去市行要向崔建国行长汇报工作。刚一踏进崔建国行长的办公室，就看见他正坐在办公桌前沉思。冥冥之中，我感觉崔建国行长与平时不大一样。如果遇平时，我来他办公室，他首先要用浓重的陕北普通话对我说："周行长！啥事？坐下说吧！喝水不？"这次，他显得有些焦躁不安，只说了一声："你来了！找我有啥事？"我说："也没有什么太要紧的事！"他就接着继续翻阅他的文件。但他打开文件夹又合上，拿起电话欲打又没打。我一看这情景，就想给崔建国行长打声招呼告退。就在这当儿，他却用手势指示我先坐下。片刻，他才说："刚才接到省行人力资源部打来的电话，调我到正阳门支行工作了。"我顺口说："这是好事啊！您正好能回到西京了！"

他说："听到这消息后，我心里乱糟糟的。虽然平时也想调回西京工作，但真的要调走了，却不是滋味。"

我说："这是自然的，毕竟在鸡峰分行工作了四五年了，人非草木，谁能没有感情呢？但无论怎么说，调回西京这是好事啊！我向您表示祝贺！"

崔建国行长说："这有啥祝贺的呢？也没提职，属于平职调动！"他突然又问我说："喔！你来有啥事？"

本来，我来找崔建国行长是想汇报请求市行能帮助县支行解决一下费用的问题，一听崔建国行长说要调走了，我就说："也没有什么大事，我来市行办事，就想过来看看您这儿有没有安排我们要做的事情。"崔建国行长说："我这儿没有啥事！你们只管把业务做好就行了！"与崔建国行长寒暄了一阵，我就匆匆回到了县支行。

那次见面，是崔建国行长在鸡峰分行工作期间，我与他最后一次见面。在省行正式宣布鸡峰分行班子变动的那天，市行没有通知县支行参加，我也没能与崔建国行长做最后道别。等再一次见到崔建国行长时，已是我在省行参加第四届一次职代会，崔建国行长也参加了会议。我见到老领导后感到特别亲切……

从省行开职代会回来，正是年初县支行最忙的时刻，一天下午，市行人力资源部马根旺主任通知我，让我尽快来市行对双山县支行的员工进行定岗定员认定。因为市行发通知说当天晚上市行要召开全辖中层干部大会。下午，我就提前来到市行人力资源部与马根旺主任商讨双山县支行的定岗定员工作。按照省行给双山县支行新核的编制，市行要求县支行要进一步压缩人员，必须将多余的代办员予以辞退。我对马根旺主任说："县支行已经做了最大努力，裁减了八名代办员，要再裁减恐怕难度太大。"说着，我向马根旺主任一个网点、一个部门地压指头算起了人员。马根旺主任红着脖子也跟我一个网点、一个部门地核对编制。这一算账，他觉得我说的有道理，就说："是这，一会儿行里还要开中层干部大会，至于编制的事，咱们以后再谈。"

从马根旺主任办公室出来，我一看表，时间不早了，就直接去了办公楼三楼会议室参加会议。一进三楼会议室，里面已坐满了参会人员。我找到自己的桌牌，就坐下等候开会。

晚上7:00大会正式开始，会议由郑卫东副行长主持。使我没有想到的是，会议一开始，郑卫东副行长就宣布了省行批复的市行机构改革方案。当我听到我被调到市行党务工作部任主任的时候，我吃了一惊。我万万没想到我能调市行党务工作部工作；我更没想到此次机构改革力度如此之大。市行机关由原来的十三个部门一下子撤并成了七个部门。人力资源部、监察室、国际结算部、保全部、工会办公室、保卫部等部门都在这次撤并之列。新的机构改革方案市行机关只设了行长办公室、党务工作部、计划财务部、风险保全部、公司业务部、个人金融部、营业部七个部门。我真真切切地听到我被聘任为党务工作部主任；原行长办公室副主任赵洪川被聘任为党务工作部副主任；原办公室主任朱青芳被聘任为双山县支行行长。我怕我耳朵听岔，我忙问旁边坐着的赵洪川是否如此，赵洪川副主任轻轻地向我点点头。得到确认后，我仍然不能相信我的耳朵，就一直在心里嘀咕：这怎么可能呢？我从来没有向组织提出过我要来市行工作的诉求啊！至于以后郑卫国副行长在念些什么，我已完全没心思听了……

当时，我脑海里突然闪现出从绛纱社会福利院调回中行双山县支行的情景：绛纱社会福利院专门派了一辆面包车送我回来。车到双山县后，我卸下行李。临别时，汪俊儒书记对我说："周厂长！你终于可以一家人团聚了……"我对汪俊儒书记说："回来时没见上巨世林书记，你回去见了巨书记就说我感谢组织和他对我的关心和理解……"

那时，我就打算在中行双山县支行工作一辈子，从没想哪一天还要离开双山县支行去别的地方工作。如今，阴差阳错地我又要到鸡峰市中行工作了。我长长地吁了一口气，心想：要不要给组织谈一谈我的想法？但我心里也清楚，这次人员调动是连环套地变动，只要有一个人出现状况，这次改革方案执行将整个受阻。罢了！还是服从组织分配吧！想到这里，郑卫东副行长已将人事聘任名单宣读完毕了……

第二天，马根旺去行长办公室接替了朱青芳的工作；朱青芳在市行陈永富副行长的带领下，来双山县支行接替了我的工作。陈副行长在双山县支行中层干部会上将市行党委的决定宣读完毕后，他就急匆匆回了市行。我给朱青芳行长移交完工作，就准备第二天一早去市行报到，朱青芳行长非要挽留我在双山县多停留几天。他要我与他一起拜访一下双山县境内的大客户。我请示了郑卫东副行长以后，就留在双山县支行与朱青芳行长一起拜访了双山县境内的大客户。拜访完大客户后，我赶快来市行党务工作部报到。

一到党务工作部，赵洪川副主任就告诉我：党务工作部是一个由监察室、工会办等部门合并成立的新部门。原人力资源部组织管理这一块工作这次也划归到了党务工作部；原行长办公室的党员教育培训工作，这次也从行长办公室划归到了党务工作部。工会办的刘丽洁、行长办公室的罗美娟随自己分管的工作也调党务工作部工作。党务工作部编制总共四个人，我、赵洪川、刘丽洁和罗美娟。

新部门，新人员，一切从零开始。就在我还没来党务工作部报到之前，赵副主任已将我的办公桌椅和电脑等用具安排得妥妥当当。当天，我俩在一起研究工作，我对赵洪川副主任说："党务工作部是分行党委的喉舌，职工的娘家，咱们这个部门如何开展工作，更好地做好上情下达，下情上传？我想有必要办一个电子刊物，作为党务工作部的宣传阵地。这样，我们的工作也就有了抓手和方向，你觉得如何？"赵洪川副主任说："我也正考虑这个问题。那你说给咱们这个刊物起一个怎样的名字合适？"我想了想说："那就叫《党务园地》吧！我觉得这个名字更能贴合我们的工作。”我进一步解释道：“其一，我们的部门叫党务工作部，《党务园地》大家一看就是我们部门所办刊物，这也与我们部门的职能职责紧密联系；其二，党务工作部本身就是党委的喉舌，员工的娘家，如果能叫《党务园地》，我觉得更能正确地传导党委的思路，也能反映员工的心声。你觉得呢?”赵洪川副主任听了后，很赞同我的观点。他说：“那就叫《党务园地》吧!”

就在我与赵洪川副主任达成一致意见后，我立刻分别向纪委李淑娟书记和郑卫东副行长做了汇报。两位领导听了后，很赞成我们的想法。很快，第一期《党务园地》在赵洪川副主任的精心设计下出刊了。我们的工作就利用这个平台，从无到有、从易到难地逐步向前推进了。

七十二

就在我、赵洪川、刘丽洁和罗美娟四个人马不停蹄、忙前忙后地搜罗散落在行长办公室、人力资源部、监察室和工会办公室等部门现已划归党务工作部的历史资料时，省行党务工作部召开了全辖第一次党务工作会议。那天，我因行里有其他安排，就派赵洪川副主任参加了这次会议。赵洪川副主任参加完省行党务工作会议回来后对我说：“省行对这次党务工作会议很重视，主管党务工作部的省行领导赵立恒副行长也到会讲了话。史竟舟部长对今年全辖党务工作进行了安排和部署。会议结束后，史部长见咱们九个地市分行的党务工作部负责人都到齐了，就在中午吃饭的时候，从自己家里拿来两瓶西凤酒，硬劝大家喝了几杯酒，到现在，我胃还难受着呢!”说话间，他揉了揉肚子，表现出很痛苦的样子。我见他脸色苍白，就说：“如果你感觉胃还不舒服，就回家休息休息吧!”赵洪川副主任说：“不了！我能坚持!”说着，他把一沓会议材料递给我。我接过会议材料说：“那行！你多喝些开水！如果还不行，就回家休息一下!”

拿到赵洪川副主任递给我的会议材料，我就利用上午空闲的时间认真看了一遍。重点处，我在自己的笔记本上做了记录。下午一上班，我就把赵洪川副主任叫来，与他一起商量了鸡峰分行如何贯彻落实省行这次会议精神。我对赵洪川副主任说：“我考虑了一下，咱们给郑行长和李书记汇报会议精神之前，先拿出一个我们行贯彻落实省行党务工作会议精神的初步方案，这样可能会好点，你说呢?”赵洪川副主任说：“行么！那你说咱们该怎样拿方案?”我说：“根据省行会议精神，从这个月起，我们每月都以活动的形式把省行的精神贯穿在里面。而且，每项活动都要有负责人、责任人和要完成工作的时限……”

我将我的想法与赵洪川副主任做了沟通后，最后说：“你再考虑一下，结合我的想法再做一下完善，把我们俩讨论的方案整理出来。”

第二天，赵副主任一早就将初步整理出的落实方案列表放在我的案头。我审定无误后，我俩就将这个方案拿去向郑卫东副行长和纪委李淑娟书记做了汇报。两位领导听了省行党务工作会议精神，再看了看我们拿出的方案，郑卫东副行长说：“我看行！等党委会审定了，你们就可以按这个方案实施了。”

后来，党委会研究了这个方案，我们就按照这个方案各负其责，逐项按时间进度落实了这个方案。在执行过程中，有时候遇到省行和市行临时安排的其他工作与此方案时间有冲突时，我们就先完成省行和市行安排的紧急工作，随后，再执行原来制订的方案。这样一来，虽然我们的工作干起来特别忙碌，但党务工作部的工作却样样都有条不紊，忙而不乱。而且，有很多活动还得到了省行的表扬。

一次，郑卫东副行长与李淑娟书记在他办公室研究工作。我敲门进去向郑卫东副行长请示工作。郑卫东副行长一见我后，半开玩笑地对李淑娟书记说：“强将手下无弱兵，你分管的党务工作几次受到了省行的表扬，说明你领导确实有方啊!”李淑娟书记以前在巴蜀分行当过人力资源部主任，她一向说话和蔼可亲。听见这话，就笑盈盈地对郑卫东副行长说：“啥呀?郑行长！我们可都是在市行党委的领导下工作的。如果说党务部干出点成绩，也都是党委领导有方啊!”郑卫东副行长笑着把话锋一转说：“不过，说真的，我感觉自从周主任调到党务工作部以来，党务工作部的工作还是起色比较大!”李淑娟书记说：“人家周主任在双山县工作期间也不赖呀!”

两位领导对我的赞赏，倒弄得我怪不好意思的。我忙说：“两位领导过奖了，如果我们党务工作部真的做了一点成绩的话，那都是市行党委领导和支持得好。不过，我们党务工作部的赵洪川副主任确实是一把好手，他点子多人也实在。”郑卫东副行长说：“赵洪川都给你们出了哪些点子?”我如数家珍地详细向两位领导介绍了赵洪川的情况……

没想到，过了一段时间，行长办公室主任马根旺被省行选拔去秦都市北四县扶贫。赵洪川副主任经市行党委研究调行长办公室任副主任主持工作了。营业部的刘洪科副主任调党务工作部接替赵洪川副主任的工作。刘洪科副主任自二〇〇〇年揽凤县支行撤销后，就调市行工作，他先后在市行工会、房开路支行、开发区支行等部门和机构任职。二〇〇五年机构改革，他调市行营业部任副主任。这次刘洪科副主任调党务工作部与我成为搭档，我很高兴。

刘洪科副主任在党务工作部工作期间，我俩的合作是紧密和友好的。我负责全盘工作，分管工会和监察工作；刘洪科副主任分管内控和党务工作；刘丽洁具体负责工会工作；罗美娟具体负责党务工作。后来，郑卫东副行长从营业部将王靓调到党务工作部具体负责内控工作。这样一来，党务工作部的工作也就转入了正轨。

就在党务工作部成立不久，郑卫东副行长还给党务工作部增加了另一项重要的工作，那就是将全行的内控再监督工作纳入党务工作部管理。他要求党务工作部必须将此项工作抓好，抓出成效。按照行党委的要求，我们就赶快参照股份制银行的做法制订了《中国银行鸡峰分行规章制度再监督管理办法》。郑卫东副行长之所以要将这一工作纳入党务工作部管理，那是因为自从鸡峰分行稽核部合并到秦都稽核中心后，市行本部的日常内控检查监督工作就有所松懈。加之，那时候全国金融系统又发生了几起大案要案。特别是“高山案”轰动了全国，在金融系统造成了比较严重的负面影响，引起了总、省行领导对内控工作的重视。郑卫东副行长一上任，就安排党务工作部必须强化内控再监督工作。并且，要把内控再监督工作列入党务工作部的重中之重来抓。他亲自督办，经常过问。这样一来，党务工作部的压力和责任就更大，任务就更艰巨了。一次，郑卫东副行长把我叫到他办公室，交给我一家股份制银行制订的员工违章违规处罚标准，让我参考一下，制订出《鸡峰分行规章制度再监督办法》。我回到办公室叫来刘洪科副主任和王靓，与他俩一起研究了《鸡峰分行规章制度再监督办法》和《员工违章违规行为处罚标准》。起先，我们制订的第一稿《员工违章违规行为处罚标准》只有八十二条。后来，根据大家在日常检查中发现的问题，对《员工违章违规行为处罚标准》增加到一百六十八条。经过一段时间的实践和执行后，又将《员工违章违规行为处罚标准》所涉及问题分别设定了高风险、中风险和低风险三个类别，再根据三个类别的问题逐一设定了扣分标准；并在再监督管理办法中规定了员工扣分全年累计超过五十分，就必须下岗接受再培训的内容。这项规定就类似交管部门对司机驾照的管理一样，扣满十二分必须进行脱产培训，重新考试才能上岗。同时，我们又对表现好的部门和员工也根据激励标准给予了相应的加分奖励。奖励分值将作为年终评先、提职和晋级等方面的依据之一。当时，郑卫国副行长还要求党务工作部在日常检查中，如果发现新的没有列入《员工违章违规行为处罚标准》的问题，要定期归拢研究，增添补充到《员工违章违规行为处罚标准》之中。

《员工违章违规行为处罚标准》执行了半年多时间后，我们在日常检查中也确实发现很多新的带有风险性的操作问题需要整理添加到《员工违章违规行为处罚标准》里。一天下午下班前，我叫来王靓，让她晚上加班整理修订出鸡峰分行新的《再监督管理办法》和《员工违章违规行为处罚标准》。

我给王靓安排完工作后，又担心她时间不够，怕她完不成任务，随后，我又叫来刘洪科副主任叮咛他要加强和王靓的沟通与指导。最后，我说："有什么问题及时向我通气，咱们一块研究解决。"

可让我没有想到的是王靓第二天一早就将修订后的新的《鸡峰分行规章制度再监督办法》与《员工违章违规行为处罚标准》准时放在了我的案头。她见我后笑盈盈地说："周主任！《再监督管理办法》和新修订的《员工违章违规行为处罚标准》我都整理好了，您看行不行？"我见她眼睛肿肿的，就对她说："辛苦了！得是你昨晚熬了一个通宵？"王靓还是微笑着说："没有啥！您看能不能过关？"我大概扫视了一遍《再监督管理办法》和《处罚标准》后说："不错！你先把这个办法和标准放在我这里，我再仔细看看！"

当我逐条逐句看完《再监督办法》和《处罚标准》后，我感觉王靓整理得确实不错，她的确是下了一番功夫了。从此，我对王靓的工作能力和人品也刮目相看了。

后来，在郑卫东副行长的主持下，《鸡峰分行规章制度再监督办法》和《员工违章违规行为处罚标准》经过行长办公会研究讨论很快通过了。从此，鸡峰分行严格执行了这个办法和标准。后来，我们把这个办法和标准还印成了小册子，发给每个员工，做到人手一册。那年年底，省行赵立恒副行长来鸡峰分行检查工作时看到我们印制的《内控合规制度汇编》，他大加赞赏，对鸡峰分行抓内控工作的做法给予了充分肯定。不久，省行法律合规部黎鸣总经理打电话向我要去了鸡峰分行的这个办法和标准的电子版，说法律合规部要整理一下在全辖推广。

由于新的《再监督管理办法》和《处罚标准》对员工违章违规扣分和罚款的力度加大了，一时间，行内一些中层管理者和员工还适应不了新规定，就对党务工作部也产生了一些误解，在月度考核中，就有意无意给党务工作部把考核分打低一些。郑卫东副行长看在眼里，装在心里。一次，他在行长办公会上说："为便于再监督，今后党务工作部每月的考核不再由机关部室和机构打分了，就由行领导根据党务工作部的实际工作表现直接考核！"

这一决定既是压力，也是动力。我们愿意做第一个吃螃蟹的人。

七十三

那次机构改革，与我一起从双山县支行调往市行的还有双山县支行行长助理刘学谦。刘学谦被市行聘任为宝塔分理处副主任。我俩来市行后被安排住在办公大楼三楼南一排最东边的一间房间里。这间房间不大，有十二平方米左右，里面摆放着两张单人席梦思床和一台电视机。

我与刘学谦还没有住在这间房间的时候，市行办公大楼三楼只住着陈之豪和武曙光两位副行长。他俩都是从省行交流下来的干部。我俩一来，恰好又给三楼带来了几分生机。有时候晚上，我们四个人闲着没事，陈之豪副行长就叫上武曙光副行长、我和刘学谦一起在他宿舍里打扑克牌。每次，陈之豪副行长只要打赢了武曙光副行长，他总显得得意扬扬。他一定要在第一时间站起来监督武曙光副行长兑现起初定下来的钻桌子的规矩。每到这个时候，武曙光副行长就显得一脸的无奈。武曙光副行长再无奈，陈之豪副行长还是要停下手中的牌，不依不饶地逼着他兑现承诺后才能重新开始打下一轮的牌。有时候，倘若是陈之豪副行长自己打输了牌，他倒很自觉，不用别人监督，就钻起了桌子。大多数的时候，吃过晚饭，我、武曙光副行长和刘学谦都去河堤公园散步。渭河河堤公园距离市行办公大楼不远，隔着园林路与中环路，一过这两条马路就是渭河河堤公园。夏天，在渭河河堤公园散步，微风习习，非常凉爽。走在林荫小道上，一天的疲惫顿时就烟消云散。

陈之豪副行长一般不参加我们仨的散步，他有他的爱好，他经常选择去宝塔厂游泳池游泳。偶尔，我们仨从河堤公园散步归来，也能遇到他刚游完泳、头发湿漉漉的、穿一件白底蓝横条大T恤和一条摸膝灰底红竖条大裤衩、脚蹬一双人字拖鞋扑哧扑哧向我们走来。我老远看见他，就喊他说：“陈行长！陈行长！您怎么才来呀？”他用鼻音很重的普通话说：“你们先回去吧！我想在这里透透气再回去！”武曙光副行长操着一口渭北普通话说：“陈行长！要不咱们再活动一下？”武曙光副行长的意思我们都明白，他是说需不需要打牌呢，他老惦记着报一箭之仇。每次陈之豪副行长都笑着摆摆手说：“不啦！我们得保持胜利果实。周主任你说呢？”我打哈哈地说：“那是自然的！”可陈之豪副行长散步回来，又吆喝着叫我、武曙光副行长和刘学谦去他房间挖坑……

那段时间，无论是吃过中午饭还是晚饭，我和刘学谦还有一项更重要的工作要去做。那就是利用下班空闲时间去鸡峰市各大楼盘看房子。我俩都想趁早有个自己的家。刘学谦问我：“你买下房后，咋打算？”我说：“我先将我父母亲接来，再把青青和丽丽转到鸡峰市来上学。”我问刘学谦说：“你呢？”他说：“我原本想自己暂时居住，如果你把老人和孩子接来，那我就将文文也转来，把我父母也接来让他们照看文文……”

那一年，根据上级安排，市行要在全辖开展保持共产党员先进性教育活动。为了有效开展这项活动，郑卫东副行长从行长办公室将秦大佑调党务工作部工作。他在党委扩大会上宣布成立了鸡峰分行保持共产党员先进性教育活动领导小组办公室。领导小组办公室就设在我们党务工作部。他任领导小组组长，纪委李淑娟书记任副组长，我兼任领导小组办公室主任。前期，开展活动需用的各种材料就落在了我与刘洪科副主任的身上。当时，我和刘洪科副主任都还不会打字。李淑娟书记就给我俩每人买了一个手写《汉字王》。结果，实际操作起来并不方便。无奈，我俩只好琢磨着开始自己学习在电脑上打字。起初，我只能用一个食指鸡啄食。后来熟能生巧，慢慢地也能在电脑上敲打各种材料了。那段时间，也许是打字太多，或许是我们不得法，刘洪科副主任为了在电脑上学习打字，两只袖肘都磨出了窟窿。他觉得不好看就又找了两块酱色斜纹布让裁缝在袖肘上各缝了一个对称的补丁。有一天，李淑娟书记要去省行参加全省文明优质服务经验交流会。中午临下班的时候，她突然给我打电话说，她下午要去省行开会，让党务工作部赶快把鸡峰分行文明优质服务经验交流材料准备好。那天，我正好感冒，不住地流鼻涕。接完电话，我赶快给刘洪科副主任说：“李书记下午要去省行开会，材料要得急，我给你说，你给咱在电脑上打，不然，我怕时间来不及。”本来他已关掉了电脑准备去职工食堂吃午饭，一听事情紧急，二话没说就重新打开电脑。

我站在他身后，用纸巾捂着鼻子给他说，他在电脑上一字一句地敲字。当材料敲到多一半的时候，我突然看见他两个袖肘上补了补丁，就开玩笑地说：“刘主任！你别说，你袖肘上缝的两块酱色补丁还挺时髦的！当下就流行这个！”刘副主任一听，停下打字，取出一支香烟点着，吸了一口香烟，吐出一个圆圈笑着说：“周主任！你别再糟蹋我了，你说我不补又有啥办法呢？只有这么一套行服，总不能两个袖肘烂着穿么！”他忽然好像发现了新大陆一样又笑话我说：“周主任！你再别猪黑笑话老鸹黑了。你瞧你两个袖肘……”我看了看自己的两个袖肘，啥时候也磨出了小洞。

我赶快对刘洪科副主任说：“好了！再别胡谝了！你赶快打字吧！要不时间来不及了！”我接着继续给他口述，他又认真地一个字一个字地敲起来。这时候，李淑娟书记突然来到我们办公室。她一来后，听见我俩一个说、一个敲，就开玩笑地说：“没想到你们哥俩还配合得挺默契的。还没吃饭吧？要不，吃了饭再继续打吧？”我说：“快了！等材料打完后我们再吃！”她看了看表说：“时间来得及，下午，我走晚一些就是了。”我说：“剩下不多了！我们再坚持一会！”她说：“那也行！”说着就从自己提着的口袋里掏出两小桶茶叶说：“这是我从巴蜀家乡带回来的今年的新茶，你俩尝尝吧！”我俩接过茶叶，感激地说：“谢谢李书记！还没忘了我们……”

李淑娟书记就是这么一个人，只要你付出了，她都能看见，也能记在心间，总有一天她会用她的方式对你的工作给予肯定。

李淑娟书记走后，刘洪科副主任打完材料，我又重新校对了一遍，感觉材料没有什么问题后才交给了李淑娟书记。

第二天，李淑娟书记从省行开会回来，也同时带回了省行同意鸡峰分行开展保持共产党员先进性教育活动的批复。

我拿到批复后很高兴。这说明鸡峰分行保持共产党员先进性教育活动的一切准备工作得到了省行的认可，准备工作符合省行的要求和规定。李淑娟书记给郑卫东副行长汇报后，郑卫东副行长也挺高兴的，就立马安排李淑娟书记让党务工作部发通知，第二天晚上召开鸡峰分行保持共产党员先进性教育活动启动大会。那天晚上，办公楼三楼会议室灯火通明，主席台上布置得庄严隆重，红色背景墙的正前方用隶书白色字体书写着“鸡峰分行开展保持共产党员先进性教育活动启动大会”字样。郑卫东副行长坐在主席台的最中间，纪委李淑娟书记坐在郑卫东副行长的左边，我坐在郑卫东副行长的右边。全行一百二十六名共产党员身着行服佩戴党徽，整齐划一地参加了这次保持共产党员先进性教育活动启动大会。在会议还没开始之前，秦大佑、罗美娟和刘丽洁负责会议签到。我和刘洪科副主任招呼参会人员按位次就座。晚上 7:00 整，李淑娟副组长宣布会议开始！当天晚上，她打着一条崭新的白底红条纹丝巾，她说：“请大家肃静！现在开会！中国银行鸡峰分行保持共产党员先进性教育活动启动大会现在开始！第一项，请全体起立，奏国歌。”台上台下哗啦一下子所有人员都一齐站立起来，物业公司冯德才开始放国歌……

奏完国歌，李淑娟副组长接着说：“请坐下！下面进行第二项，由我来宣读省行对我行开展保持共产党员先进性教育活动方案的批复……”

宣读完批复，她说：“第三项，由分行党委副书记、副行长、保持共产党员先进性教育活动领导小组组长郑卫东同志做动员讲话。大家欢迎！”掌声过后，郑卫东副行长站起来先给大家鞠了一个躬，然后，就做起了动员报告……

当天，郑卫东副行长打着一条蓝底白条纹领带、穿一身藏蓝色行服，声音洪亮地从开展这次保持共产党员先进性教育活动的目的和意义，到要达到的效果和收获进行了全面阐述。最后，他又从六个方面对这次保持共产党员先进性教育活动提出了明确要求。一个多小时的动员讲话，他一口水都没喝。

大会最后一项由我宣读《鸡峰分行开展保持共产党员先进性教育活动方案》……

按照省行批复，这次保持共产党员先进性教育活动从七月十五日开始到八月三十一日为第一阶段。第一阶段要求要学习规定篇目、做好笔记、撰写好学习心得。我们党务工作部的所有同事一点也不敢马虎，生怕哪个环节出现了问题，影响了活动的开展。

还好，由于鸡峰分行开展保持共产党员先进性教育活动第一阶段工作扎实，转段申请一报到省行，省行就立马同意鸡峰分行按期转段。

七十四

就在鸡峰分行拿到保持共产党员先进性教育活动第二阶段转段批复的当天晚上，按照郑卫东副行长的安排，鸡峰分行又在三楼会议室召开了保持共产党员先进性教育活动第二阶段转段动员大会。会议依旧由李淑娟副组长主持。全体党员起立，奏国歌，宣读转段批复；接下来，由郑卫东组长做转段动员讲话。他首先以“切实增强责任感，勇于承担工作责任心”为主题给全体党员上了一堂生动的党课。他说：“……我们每一位党员领导干部，不论做什么工作，不论在哪个岗位工作，都要有责任心，都要站在为中行事业切实负责的高度，识大体、顾大局，求真务实，尽心尽责，扎实工作……”

上完党课，紧接着，郑卫东组长又对切实做好保持共产党员先进性教育活动第二阶段的工作提出要求。他说：“……要做好第二阶段的工作必须把握好五个方面的原则：一、要紧密结合党员的思想实际和第二阶段的工作要求，深入扎实开展学习教育活动；二、要抓住第二阶段的关键环节，发现问题，查找问题；三、要利用批评与自我批评的锐利武器，不怕揭短，勇于揭短，找准问题；四、要把第二阶段查找出的问题落实到行动上，做到边议边改。这一阶段，议是前提，改是目的，我们一定要按照这一阶段的程序开展工作；五、要发挥党员领导干部的表率作用。只有这样，保持共产党员先进性教育活动才不会流于形式、走了过场。希望大家要高标准、严要求，确保第二阶段工作取得实效。要通过分析评议切实给我行各项业务的发展带来收获。”

他之所以要这么讲，还是想通过第二阶段的活动的开展再促进一下全行的各项业务工作。因为，前期在开展保持共产党员先进性教育活动第一阶段工作中，鸡峰分行的员工精神面貌已经发生了根本性的变化。加之，他又是一个业务型的干部，因此，他很想通过这次活动使鸡峰分行的各项业务发展能再上一个新台阶。

根据会议安排，最后，我又宣读了第二阶段七个规定环节的日程安排。在宣讲前，我看了看表，会议已经进行了两个多小时了，就简要地说：“受鸡峰分行保持共产党员先进性教育活动领导小组委托，我就保持共产党员先进性教育活动转入第二阶段必须抓好的七个环节的工作做如下安排：一要广泛征求意见；二要开展谈心活动；三要撰写党性分析材料；四要开好专题组织生活会与民主生活会；五要提出每个党员的评议意见；六要向每个党员逐个反馈评议意见；七要通报评议结果。具体地讲……”

七十五

鸡峰分行的党委民主生活会是与后期的保持共产党员先进性教育活动一同进行的。经过前期的准备，鸡峰分行准时在办公楼二楼小会议室召开了党委专题民主生活会。省行第三督导组组长韦明洲和省行党务工作部刘云飞参加了会议。

二楼小会议室是崔建国行长还在鸡峰分行当行长期间改造的。那时，施工队在二楼西边用钢化玻璃隔成了一个四十多平方米的空间。再在里面购置了桌椅，就自然形成了一个小型会议室。

我来党务工作部工作后，每次在二楼小会议室开会，就看见会议桌上一直摆放着两盆塑料丁香花。围着会议桌一转圈摆放着十四把黑色软靠背椅。东西两侧各摆放着一排黑色折叠椅。小会议室的东边，全部是机关各部门办公的场所。市行各位领导都在四楼办公。每次要开会，领导们就得从四楼下到二楼开会。因为党委民主生活会由党务工作部承办，我就早早地将桌牌和会议材料给各位领导一一摆放好。不一会儿，郑卫国副行长和其他领导就陪同省行韦明洲组长及刘云飞一起来到小会议室。韦明洲组长和刘云飞我早就认识。韦明洲组长是省行监察部副总经理；刘云飞则是省行党务工作部的组织干事。鸡峰分行的党务和监察工作都归口党务工作部管理。因此，我们平时彼此业务联系就多了一点。我一见韦明洲组长和刘云飞来到了会议室，就起身向他俩打招呼，他俩也微笑着向我打了招呼。

他俩一坐下，郑卫国副行长就向韦明洲组长和刘云飞介绍了参会人员。紧接着，他就宣布鸡峰分行党委专题民主生活会开始。他说：“第一项，由党务工作部主任周锁澜同志介绍鸡峰分行党委专题民主生活会筹备情况和所提意见以及建议意见整改情况。”我说：“各位领导、各位同事上午好！受行党委委托，我将鸡峰分行专题民主生活会前期筹备情况和上一年度党委专题民主生活会所提意见和建议落实整改情况以及今年党委专题民主生活会的意见和建议征集情况向各位领导及各位同志做一汇报……”

我汇报完后，郑卫国副行长围绕会议主题，代表行党委做了剖析发言，其他班子成员结合自身分管工作和各方面征集的意见和建议，从思想、工作、作风和廉政建设等方面以共产党员的政治勇气和坦荡胸怀，对自己进行了深入、细致、客观和公正的剖析。查找和揭摆了自身存在的问题和不足，分析了产生问题的根源，提出了今后的整改措施和努力方向。班子成员之间又以忠诚的态度、良好的动机，推心置腹地进行了面对面的思想沟通和交流，善意地指出了各自存在的不足，虚心听取了意见，开展了批评与自我批评，增进了相互之间的了解和团结。郑卫国副行长在重点剖析自己工作中的不足的同时，还对班子成员的工作进行了一一点评，分析了鸡峰分行在当前业务发展中存在的共性问题，并就如何进一步增强工作责任心，提高执行力，大力拓展中间业务，转变经营理念，提高经营效益，加强与员工沟通和交流，提高领导艺术进行了认真分析和总结，提出了切实可行的改进措施。

最后，韦明洲组长代表省行讲了话。他说：“刚才听了鸡峰分行民主生活会，总体感觉开得不错。体现有四个方面的特点：一是准备充分，会议规范。从前期的准备，到这次会议如期召开，都可以看出这一点。二是主题突出，效果明显。主题之所以突出，就是抓住了需要解决问题的主要核心，提出了有效地解决问题的方法；效果之所以明显，就是自开展保持共产党员先进性教育活动以来各项业务得到了大力发展。从材料中的各种数字来看……”他停顿了一下，翻了翻材料，接着说：“……一看就一目了然。三是党性分析深刻，对照标准高。从每个班子成员的发言看，查找问题比较细，联系实际比较紧，原因分析比较透。每个班子成员都敢于亮丑，敢于暴露问题，剖析中不回避矛盾。四是批评与自我批评开展得好，党内民主气氛浓烈。这说明鸡峰分行领导班子认识是统一的；对工作、对事业是负责的；班子是团结的、有战斗力的。”最后，他又对鸡峰分行今后的工作提出了希望和要求……

韦明洲组长的讲话很有水平。他自始至终讲话条理清楚，滴水不漏，方方面面该点评的，他全部都点评到位。

这次保持共产党员先进性教育活动从七月十五日开始到十一月二十一日结束，活动经历了三个阶段。

因为鸡峰分行准备充分，工作开展有序，活动得到了省行党务工作部的书面表扬。

七十六

那一年，还有一件值得鸡峰分行领导和全行员工骄傲的事。那就是中国银行股份有限公司与西岭工贸集团股份有限公司短期融资券承销协议签字仪式在西京省鸡峰市国贸大厦举行。那天一早，我就看见公司金融部主任吕江海和蔡德奇穿戴一新，一会儿在公司金融部办公室忙活，一会儿又风风火火去了国贸大厦。

中国银行总行全球金融市场部吴昊总监、中共鸡峰市委吴昌盛书记、鸡峰市人民政府乔为民市长、中国银行西京省分行宋西年副行长、鸡峰市人民银行侯德安行长、鸡峰市银监分局马泽华局长、鸡峰市高新技术开发区兰梅主任和西岭集团的领导以及鸡峰分行中层以上管理人员都兴高采烈地出席了当天的签字仪式。签字仪式由鸡峰分行郑卫东副行长主持。那天，他穿一身藏蓝色西服，打一个枣红色领带，他一上台就宣布说："中国银行股份有限公司与西京省西岭工贸集团股份有限公司短期融资券承销协议签字仪式现在开始……"

我和鸡峰分行的同事坐在台下感到非常自豪和骄傲。签字仪式大约进行了一个多小时。

西岭工贸集团股份有限公司是一家以有色金属和钢铁物流为经营对象的民营企业，在西京省享有很高的声誉。自一九八八年成立以后，经过十七年的发展，集团总资产已经达到四十多亿元，净资产达到十亿元。那一年，该公司还被中国企业联合会和中国企业家协会共同评选为"中国企业五百强"中的第二百九十八位，成为西京省唯一入选的一家民营企业，并在全省进入全国五百强企业中排名靠前。更重要的是该公司是中国银行股份有限公司省行级重点优质客户之一，企业一起步就与中国银行鸡峰分行打交道，它的发展壮大离不开中国银行的鼎力支持。从一九九八年与中国银行鸡峰分行建立合作关系以来，该集团及其下属公司就一直与中国银行鸡峰分行保持着密切的结算往来。中国银行鸡峰分行也持续不断地向该企业提供着银行承兑汇票、票据贴现和人民币贷款等授信服务。

这次由中国银行承销本次短期融资券四亿五千万元在西北五省尚属首例。这也开辟了鸡峰市企业融资方式由间接融资向直接融资转变的先河，更极大地提升了中国银行鸡峰分行与西京省西岭工贸集团股份有限公司合作的深度和广度，对中国银行鸡峰分行的中间业务、对公存款和结算等业务绝对能起到拉动作用。

因此，中国银行总行、省行和市行对这次短期融资券四亿五千万元承销协议签字仪式也特别重视。郑卫东副行长还暗暗地在内心算了一笔账。西岭工贸集团股份有限公司将募集到的资金投入到即将投产见效的十万吨/年铅锌 ISP 冶炼项目与七十万吨焦炭项目的流动资金周转上，将为企业节省融资成本超过八百八十万元，直接为中国银行创收四百多万元，更不用说这还能为鸡峰分行产生大量的低成本公司存款和派生结算业务收入。想到这里，郑卫东副行长按了按鼻梁上的眼镜，心里乐滋滋的。当然，参会的鸡峰分行的中层以上管理者心里也都乐开了花。

那天，西岭工贸集团股份有限公司的董事长安守业穿一身灰色西服，打一个红色领带。他人长得白净，此时更显得精神抖擞精气神足。他致完答谢词后，与各位来宾握手、打招呼，一切都显得那样谦虚、平易近人。此时，谁能想到，他就是把一个村办十几个人的铁皮手工作坊，打造成了今天响当当的“中国企业五百强”集团公司。

很早以前，我与安守业董事长接触过几次，感觉他这个人不但能创业，还很有亲和力。开起玩笑来，还挺幽默有趣的，到现在还一点没变，保持着他的本色。一次，我因业务上的事与他闲聊。他说：“第一次与公司一位同事去北京出差，因为要与人家谈业务，我们就找了一个高级宾馆住下。那时，谁还住过那么高级的宾馆，娘娘！房间一开，地上铺的是红地毯，窗子上挂着高档灰色冰花折纹窗帘。晚上睡觉，我那位同事怎么拉窗帘也拉不动，就使劲一拽，没想到就把那窗帘给撕了一条口子，吓得那位同事一夜都没睡着觉。现在回想起来，当时真是个土老帽，没见过世面么。原来人家窗帘是电动的……”

七十七

“五一”节过后，天气渐渐热了起来，不知不觉已到了春夏之交的季节。这天是个礼拜六，按照郑卫国副行长的安排，我和刘洪科副主任组织了第一批中层以上管理者去西京秦岭拓展训练基地开展拓展训练。那时，拓展训练才起步，大家还不甚了解，我们都是第一次参加。在这之前，听郑卫国副行长说，他参加过西京省分行组织的拓展训练，感觉很实用，效果也不错。他回来后就安排我们党务工作部也要在鸡峰分行中级以上管理者当中开展一次拓展训练。

任务交到我们手里后，我就与刘洪科副主任一起去西京省秦岭拓展训练基地进行实地考察。西京省秦岭拓展训练基地在去秦岭主峰的半道上。

我俩坐行里安排的别克车一出大门就沿着姜炎公路一直向南开去。车子进山后拐过一个岔路口再向东开了大约一个半小时就到达了目的地。西京省秦岭拓展训练基地建在一个大山沟里。这里四面环山，山清水秀，莺飞草长，到处都能看到叫不上名字的五颜六色的小花。在这里，训练器材、营房、餐厅和会议厅一应俱全。我与刘洪科副主任找到负责人。他姓万，说话间，他给我俩每人递了一张名片。名片上印着万向阳总经理。万总很健谈，人也豪爽，我们一谈就谈妥了价钱，也初步确定下训练时间。

回行后，我与刘洪科副主任一起向李淑娟书记做了汇报，她听后感觉我俩该考虑的都考虑到了，就带我俩一起去给郑卫东副行长做汇报。郑卫东副行长一听我们的汇报后，二话没说当场就定下了此事。临走，他还叮咛说："事不宜迟，抓紧安排……"

第二天是礼拜六，我们就按照郑卫东副行长的要求实施了这次拓展训练。

这次中层以上管理者拓展训练一共用了两天时间，从礼拜六早上8:00开始，到礼拜天下午6:00结束。吃、住和训练都在营地。所有训练人员一律不准带手机，也不允许请假。

当第一批三十八名中级管理者按照拓展训练基地引导员的要求全部穿上迷彩服、排成四列队形站在训练大厅时，一个头戴迷彩帽、身穿迷彩服、腰扎棕皮带、脚蹬黑皮靴、戴一副黑色墨镜的中年男子已站在我们面前。他手拿对讲机，声音嘶哑地说："我叫李振武！你们这两天的拓展训练就由我来负责。大家可以叫我李教官！也可以直呼我名字李振武或老李！但我要强调的是，既然这次拓展训练由我来负责，那每个人就都必须遵守拓展纪律，听我指挥。我可不管你在单位担任什么职务，还是没有担任职务，在这里大家只是学员，大家都一律平等，谁也不允许搞特殊。好了！我的话讲完了。现在，我们开始整理队形。"他扫视了大家一眼，接着喊道："立正、向左看齐、稍息!"

接着，他又说："现在，我们把队形分成两列。一、二排为一列。三、四排为一列。然后，第一列为一个队，第二列为一个队。两队各选出队长来，再给你们所在的队起一个响亮的名字，画上你们队的队旗！就算完成了第一步。大家听明白了没有?"大家齐声说："听明白了!"他又随意地给两个队一队发了一面蓝色三角旗、另一队发了一面红色三角旗，说："这是强化训练，动作要快，看哪一队完成得质量既好又快，现在就开始!"

李教官本身个子高，身体又健硕，说起话来嗓门还大。他就像指挥官给士兵下达命令一样，每一句话都讲得铿锵有力，使人听了后不敢有丝毫怠慢。我站在第四排，自然分到第二队。

在选队长的环节，李教官说："队长随意选，从现在开始，我们都是平等的学员，任何人都可以被选为队长!"我原本想选李淑娟书记当我们队的队长，听李教官这么一说，就顺口说："我选刘立峰吧!"刘立峰是大槐树分理处主任。大家也跟着一齐说："同意刘立峰!"刘立峰也不推辞，他勇敢地扛起了我们队的队旗。北边一队推选冯明琦当队长，冯明琦是经三路分理处主任。我们这边不知谁听到北边队的队名叫"虎队"，赵兴旺就提议说："那我们就叫狼队吧!"我在一旁说："从名字上一听狼就拼不过虎。我们不如把队名起得斯文一点，最近，正好电视上播放电视连续剧《亮剑》，就叫'亮剑队'吧！一剑在手，还怕老虎?"大家一听这个名字响亮，就都齐声喊道："亮剑队！加油!"北边另一队的人一听我们队叫"亮剑队"，就赶快改了队名，叫了"雄鹰队"。

按照李教官的要求，两队起好队名后，各队就用最快的速度制作了各自的队旗。亮剑队由我在队旗上画了一把剑，又在剑锋上画了一条缠绕的蛇。我想表达的意思就是要斩掉毒蛇猛兽。雄鹰队在他们的队旗上画了一只展翅飞翔的雄鹰，又在鹰嘴里画了一只小虫。他们的意思就是蔑视我们队是雕虫小技。没想到两队此时已较上了劲。没过几分钟两队的队旗就在各自队友们的协助下完成了。紧接着，在李教官的带领下，亮剑队和雄鹰队的队长就打着各自的队旗，带着自己的队伍浩浩荡荡走向了营地。

亮剑队打的是红旗；雄鹰队打的是蓝旗。在行进的路上，亮剑队和雄鹰队就像两只好斗的雄狮，谁也不甘示弱。刘立峰，不，他现在已是亮剑队的队长了。我们的刘立峰队长挥舞着红旗向雄鹰队喊道："雄鹰队！你们敢出来遛一遛唱一支歌吗?”雄鹰队的队长冯明琦挥舞着蓝旗喊道:“是好汉还是狗熊,咱们在训练场上见!”紧接着雄鹰队不知谁喊了一句:“雄鹰队!必胜!雄鹰队!加油!”雄鹰队的队员们也跟着喊道:“雄鹰队!必胜!雄鹰队!加油!”刘立峰队长一看雄鹰队较上了劲,就对我们说:“咱们大家一齐唱支歌吧!”我给大家起个头:“雄赳赳,气昂昂,跨过鸭绿江!唱!”大家一齐跟着唱道:“雄赳赳,气昂昂,跨过鸭绿江……”雄鹰队一看亮剑队唱起了歌,冯明琦就要求他们队的队员一齐唱道:“大刀向鬼子们的头上砍去……”

没进入训练场,两个队已火药味十足,谁也不甘示弱谁……

七十八

开营仪式通过分队、选队长、起队名、画队徽、喊口号,大家已经不像以前那样拘谨和放不下架子了,两队的凝聚力已经开始形成。李教官将大家带到了第一个要训练的项目跟前,他简单地讲解了这个项目的游戏规则、目标和完成时限,然后宣布说:“请各队迅速分组后就可以开始实施了!”

看到这个称之为“天梯”的庞然大物,不光是我,大家都被怔住了,谁也不知道如何能攀爬上这个庞然大物。

“天梯”由五根约三十公分粗的圆木组成。一根与一根之间的上下距离由一米二逐渐扩大到一米八。每根圆木用钢丝绳连接在半空中,人一旦爬上去后,圆木就会不停地晃动。李教官指着这个“天梯”说:“要完成这个项目,要求每个队的队长必须将自己的队员强弱搭配两人分成一组进行攀爬。需要注意的是每队所有队员不能有一个掉队。否则,这个项目不得分。完成这个项目,除地面上需要安排六名队员拉保险绳做保护外,两名攀爬队员只能靠智慧、力量、信任和配合来完成这个项目。除此之外,不允许有任何辅助工具,大家听明白了吗?”大家都齐声说:“听明白了!”

赵琳和安丽娜虽然也跟着大家一齐喊着:“听明白了!”可她俩望着这个陌生的庞然大物还是不住地问李教官说:“上不去咋办呢?不攀爬行不行?”李教官斩钉截铁地说:“我刚才讲过,每个人都必须攀上去!留一个人该队都是零分!”

李教官转过身又对冯明琦和刘立峰两位队长说："行了！听明白了现在你们两队就可以开始分组攀爬了！先从亮剑队开始……"

亮剑队第一个挑战的是吴海涛和赵琳，他俩肩负着探路和积累经验的使命，队友不停地喊着："加油！加油……"

吴海涛和赵琳攀上第一根圆木后，地面上，队友们的加油声开始一浪高过一浪。紧接着，吴海涛和赵琳用尽浑身解数，气喘吁吁、汗流浃背地向第二根圆木攀爬……

等他俩攀爬到第四根圆木后，已有些体力不支，先是吴海涛在上面想尽各种办法继续攀爬，赵琳在下面用双臂托举吴海涛的两只脚。攀爬失败后，又见赵琳在上面攀爬，吴海涛在下面用双手使劲托举赵琳的两只脚，这种场面实在让人动容……

"成功了！成功了！"下面有人高喊着。紧接着，全场响起一片掌声……

这次攀爬"天梯"项目，我与宝塔分理处的主任张雨涵分在一组。张雨涵是个瘦高个，我又非常结实，我俩是第二个攀爬的。我先在前面带着张雨涵攀爬，张雨涵则在后面抓着我的保险绳跟着我攀爬，前两节还算顺利，可攀爬到第三节时，我已用尽了全部力气，全身湿透，尝试了各种方法也无法让张雨涵攀爬到第三节圆柱上来。我又从第三节圆柱上爬下来，在第二节圆柱上休息了一下，又将张雨涵推上了第三节圆柱。等要攀爬到最后一节圆柱时，任凭我用多大力气都无法攀爬到最高点。我尝试着先将张雨涵推举到最高一层圆柱，想让她在上面拉我一把，可她力气实在太小，根本无法将我拽上去。我又不得不尝试其他方法……

后来，我站在第三根圆木上，缓了缓气，观察了一下，发现从旁边的缆绳上可以攀上去，就一鼓作气从缆绳上攀了上去。加之张雨涵在上面助了我一臂之力。我俩终于攀到了第四根圆木上。顿时，地面上的队友们响起了一片掌声……

因为有地面上六位身强力壮的队友们拉着保险绳做保护，我在攀爬过程中尽管有些虚脱，腿脚发软，浑身湿透，但我还是咬着牙坚持到了成功。张雨涵也一样，尽管她要继续从正面拽我已不可能了，可她丝毫没有放弃要把我拽上去的勇气和信念。如果我俩当时有一个人放弃了，那就绝对完不成这个攀爬任务。

那天，马根旺和安丽娜是第三组攀爬"天梯"的。因马根旺攀爬天梯时用力过猛，从天梯上下来后，他全身湿透，脸色苍白，在一块石板上躺了好一阵才缓过劲来……

还好，尽管亮剑队在攀爬“天梯”项目中，受到了各种考验和磨难，但经过所有队员的共同努力，每组队员终于全都顺利登上了制高点。这个项目亮剑队和雄鹰队打了一个平手，各得了九十八分。

我们亮剑队怀着第一个项目胜利的喜悦，又来到了第二个“跨越断桥”项目跟前，望着这个八米高、只能站立一个人的高台，我犯起了嘀咕：能跨越过去吗？

第一个吃螃蟹的人是真英雄，安丽娜第一个被队友们送上了八米的高台。她爬上高台后，还是克服不了自己的恐惧心理，站在高台上不敢向前迈进了。我望着安丽娜站在高台上进退两难的处境，心想：如果我上去能跨越过去吗？我暗暗地给自己打气。看到安丽娜在李教官的心理疏导及大家的鼓励下，最终跨越了断桥，取得了胜利，我从内心替她高兴。

其实，人的恐惧心理往往是可以通过勇气和信心战胜和克服的。当我站上八米高的站台俯视地面上的队友们时，我也有些紧张和恐惧。我听到李教官在下面喊道：“勇敢点，不要怕，一直往前走，你一定能跨越过去的！”开弓没有回头箭，既然上来了，我就得跨越过去。我暗暗地给自己打气，小心翼翼地向前迈进。好不容易走到了断桥口，差一步就要跨越了。可我还是有些莫名地胆怯。地面上又是一片鼓励声。我深深地吸了一口气，向前跨越了一大步，我终于成功了。队友们的掌声和鼓励声让我又一次战胜了自己。

接下来被送上高台的是纪委李淑娟书记，因为有前面几名队员跨越断桥成功的经验，她一鼓作气也成功地跨过了断桥。我们又开始为李淑娟书记鼓掌。

后来，亮剑队和雄鹰队越战越勇，凤玉莹勇敢地被队友送上高台。第一次她跨越失败，从空中掉了下来。但她毫不气馁地又第二次被队友们送上高台，成功地跨越了断桥……

“跨越断桥”项目，要求地面上的六名队员用安全绳将队友送向八米高的高台进行跨越，当雄鹰队将刘洪科副主任送向高台做完跨越动作、几个队员将刘洪科副主任往下放的时候，却将他吊在了半空开起了玩笑，其中冉再道说：“刘主任，你说你以后还扣我们的分不？”刘洪科副主任这时气得在半空喊道：“快放我下来，小心我一会儿报复你们！”李大伟一听哈哈大笑地说：“刘主任！你有本事你自己下来。”我在一旁见此状赶快制止说：“快把刘主任放下来！这样的玩笑你们也敢开？”这时，雄鹰队的几个队员才把刘洪科副主任放了下来。虽然这是在开玩笑，但从这件事的另一个侧面来看，我们党务工作部的扣分罚款确实刺痛了一些人。不然，就不会开把人吊在半空这样的玩笑了。

七十九

第一天的拓展训练在紧张、心跳、刺激和喜悦中结束了。李振武教官与大家一起分享了当天拓展训练中的酸甜苦辣。

第二天一起床，我胳膊和腿有些僵硬，全身酸疼，肚子也特别的饿。吃早饭的时候，我看见其他队员与我一样都饭量大增，一盘馒头刚端上桌就一抢而空。饭桌上的凉菜和热菜也早早地一扫而光，所有人都生怕吃不饱饭没力气完成下面的拓展项目。

吃过早饭，李教官就喊叫着让大家列队去拓展训练场。我拖着沉重的双腿，与大家一起列队来到“空中接力”的训练场。这个训练项目是团队与个人的合作项目。在经历了昨天几个对垒训练项目后，大家已对“空中接力”这个项目不那么恐惧了。我仰望“空中接力”的踏板，它酷似索桥，这个项目要求每一位队员都要逐个爬上一个八米多高的平台。然后，由地面上的六名队员不住地调整变换手中的保险绳，协助上面的队员平衡调整每块小木板，实现“空中接力”。它的难度就是每块不规则的小木板都分别用两根钢丝绳吊在八米高的空中。而且，每块小木板间隔有半米多长。人站在上面要取得小木板的平衡只有靠下面拉保险绳的六名队友来控制。

刘立峰和冯明琦为了确保自己的队友都能万无一失地通过“空中接力”，就各自在自己的队友中挑选了六名掌握平衡能力较强的队员控制保险绳。因为有下面六位拉保险绳的队员掌握平衡，上面接力的队员就都能顺利通过这个项目，因此，亮剑队和雄鹰队全部完成了这个项目，还比规定的时间提前了将近二十分钟。

“空中接力”项目的顺利完成，使亮剑队和雄鹰队的队员们都感到了团队的重要。也使大家明白了一个道理，那就是无论做什么事，没有合作与配合是做不好也做不成的。

在这次拓展训练中，亮剑队也经历了两次失败。在完成“穿越封锁线”和“大海求生”这两个项目时就出现了重大失误。但坏事也会变成好事。这两个项目的训练，使大家明白：如果团队不成功，就没有个人的成功；只有决策正确了，才有可能完成既定的目标。也警示我们：在确定目标的时候，一定要考虑人力资源现状，要让每一个人都能各尽所能发挥其特长。当然，更重要的是要做到统一指挥，巧干加实干，不能盲干和蛮干，否则，就将会功亏一篑，全军覆没。

最后训练的两个项目是“信任背摔”和“绝壁求生”。

信任背摔训练的是队员的信任和责任。信任同伴是自己的坚强后盾，在自己困难的时候，一定能给自己有力的支持。完成这个项目也让我感受到了团队的力量。只要每个人都能用负责任的态度去做事，团队就一定能够获得成功。特别是在同伴抛出自己的那一瞬间，我想得最多的就是不能被摔伤；抛人队员在放开手的那一瞬间，想的最多的也是千万不能让自己的队友被摔伤；担当地面保护任务的队员尽管胳膊被砸得生疼，但他们的想法也是无论如何不能松开手；这可能就是信任与责任吧！

绝壁求生也叫“毕业墙”。这个项目是亮剑队和雄鹰队一起完成的。完成这个项目可谓惊心动魄。这个项目也是体验和感悟团队合作的一个项目。一个人的力量绝对不能完成，但每个人的力量加起来就能完成。这就是 1+1>2 的团队力量。亮剑队和雄鹰队完成这个项目时，只见马根旺和吕江海骑在“毕业墙”上，一人拽着魏紫旭的一只胳膊往上拉，下面吴海涛和安丽娜一人抱着魏紫旭的一条大腿跟着往上带，这种场面着实让人感动……

两天的拓展训练结束了，在拉着窗帘的拓展训练室的闭营仪式上，李教官给每人发了一支点亮的小蜡烛。顿时，拓展训练室的全部灯光熄灭，只有蜡烛的亮光。李教官说：“请人家闭上自己的眼睛，双手将蜡烛捧在胸前，在这个无声的世界里，默默地用你的血肉之躯为企业架起一座通往彼岸的桥梁。在心中默默地祈祷：感谢父母、感谢老师、感谢曾经帮助过你的人，感谢你的同事、感谢你的领导、感谢单位给你一个就业的机会来回馈社会，感谢生命中给予你成长和帮助的每一个人。从而改善了你在单位冷漠的人际关系，让单位这个大家庭充满了爱……”

随着李教官暗示性的讲话，从空中传来周华健、黄耀明、李宗盛的歌曲——

在我心中曾经有一个梦/要用歌声让你忘了所有的痛/灿烂星空谁是真的英雄/平凡的人们给我最多感动/再没有恨也没有痛/但愿人间处处都有爱的影踪/用我们的歌换你真心笑容/祝福你的人生从此与众不同/把握生命里的每一分钟/全力

以赴我们心中的梦/不经历风雨怎么见彩虹/没有人能随随便便成功/把握生命里每一次感动/和心爱的朋友热情相拥/让真心的话和开心的泪/在你我的心里流动……

起初，《真心英雄》是广播里唱。后来，大家一起跟着唱。唱着唱着我不由自主地流下了眼泪。那天，我们所有人都流下了眼泪……

自从那次拓展训练结束后，在行里领导与领导、领导与下属、同事与同事之间多了几分包容、友爱和关心。《鸡峰分行规章制度再监督办法》和《员工违章违规行为处罚标准》经过一段时间的实施后，也得到了全行员工的认可。从此，鸡峰分行业务差错率大大减少，再也没有发生过重大案件和重大差错事故。

二〇〇六年六月一日和七月五日，中国银行股份有限公司先后在香港联交所和上海证券交易所挂牌上市。当从电视新闻上看到中国银行董事长在联交所和交易所鸣锣的那一幕，我特别激动，也特别感慨。自从二〇〇三年中国银行被国务院确定为国有独资商业银行股份制改造试点银行后，中国银行全行上下按照国务院的统一部署，统一思想，调整思路，团结拼搏，围绕“资本充足、内控严密、运营安全、服务和效益良好、建设具有国际竞争力的现代股份制商业银行”的目标，一直在前进。我们的努力没有白费，我们终于等到了股改的这一天。

八十

入伏以后，气温越来越高，鸡峰市区最高气温达到了36°C。那天，鸡峰监狱教学楼的多媒体教室里井然有序，座无虚席。中国银行鸡峰分行六十多名中级以上管理者、党员和员工代表身着行服，在这里聆听了鸡峰监狱服刑人员的现身说法……

这次警示教育是我们党务工作部全年工作计划中的一项内容。

在这之前，我与刘洪科副主任提前与鸡峰监狱教育科的张重唤科长进行了对接。在张重唤科长的精心安排下，那天，我们在鸡峰监狱管教干警刘丽丽的带领下，列队参观了鸡峰监狱服刑人员的食堂、劳动改造场所和生活场所，听取了管教干部对服刑人员接受教育情况的介绍。接着，由张重唤科长带领大家去了鸡峰监狱多媒体教室参加了警示教育大会。

鸡峰监狱多媒体教室有八十多平方米，大概能坐七八十人的样子，我一进去就看见主席台正前方屏幕上打着“中国银行鸡峰分行警示教育大会”的字样，这是我们提前就安排好的。当天的警示教育大会由张重唤科长主持。他一上台先简要介绍了监狱的基本情况，然后接着说：“下面，由我监服刑人员王明堂发言！”

王明堂就应声上了台，他穿一身灰色带白条的监狱服，脸色灰白，剃着光头，个子不高，大概有一米七左右吧！他先恭恭敬敬地向大家鞠了一个90°的躬，再向张重唤科长鞠了一个90°的躬，然后，走向发言席目光呆滞地对着话筒说：“我叫王明堂，现年四十岁，捕前系双水化工集团公司财务处长，二〇〇〇年因挪用公款被依法判处有期徒刑十六年，同年六月来到鸡峰监狱服刑改造……

“……翻开我们服刑人员的过去，都有着一章不堪回首的一页，每当思索的触角碰及到那一章、那一页的时候，我们的手都会颤抖，心都会作痛。我们既不能用虔诚的悔意将它抹去，更不能用悔恨的泪水将它洗掉。我们的罪过只有也只能用青春、用自由去偿还。这是为什么呢？这是因为我们有罪于社会、有罪于人民、有罪于我们的每一位亲人……”

他在剖析自己的犯罪经过时说：“首先，剖析自己的人生悲剧，我犯罪的因素固然很多，但最重要的一点是忽视了世界观的改造。我在激烈的经济浪潮中，没有能够经受住金钱的诱惑。在经济往来中不讲原则，丧失立场，最终落得个身败名裂的下场。

“其次，法律意识淡漠。作为当今现代化企业领导阶层中的一员，我本应该认真学习和掌握国家的法律法规和方针政策，用法律法规来要求自己，约束自我。但我却忽视了其重要性，致使日常生活中屡屡发生违纪违法事例，以至于发展到办事不计后果、违反原则、兄弟义气至上的地步，最终走上一条不归之路。

“再次，丧失和淡化了一个领导干部的责任。人活着，就应该常思自己之过，常思自己之责，承担起家庭社会的责任和义务，否则就会被社会淘汰。闪烁霓虹灯带来的繁华我们可以欣赏，也有责任去装点和粉饰。但我们更应该看清繁华之下的阴霾，以积极的态度奔向光明的前途。

“世界总是很公平的。相思情、离别恨、妻离子散这些由我们自己导演的一幕幕人生悲剧，只有通过面对现实、加速改造才能改变。作为有罪于国家和人民的囚子，只有不断加强世界观的改造，牢固树立正确的人生观和价值观，用法律法规和道德规范约束自己的言行举止，才能洗刷污垢，重塑未来，再铸人生的辉煌……”

王明堂是一个高智商的中年人，他的发言条理性很强，也富有感染力。可惜，他没有把他一身的本事用在正道上。由于他的一时糊涂，毁了自己，也毁了家庭。

第二个上场发言的服刑人员叫李旺来，因贷款诈骗罪被西京市中级人民法院判处无期徒刑。他一上台就说：

“……一味投机取巧、贪图走捷径的人即使有了一时显赫的地位，也经不起时间和现实生活的考验。真正长久的幸福是靠真才实学以及辛勤的汗水和真诚的生活态度去收获的。

“过莫大于纵己之欲。在拜金主义和享乐主义的影响哄抬下，我向往那纸醉金迷的生活，一步步滑向犯罪的泥沼。站在那庄严的法庭上，看到年迈苍老的父母，听到他们悲天恸地的哭声，我悔恨失望。

“带着悔恨和沉沦的心，我被送到了鸡峰监狱服刑。干部一句句发自肺腑的中肯之言，叩开了我的心扉，解开了我思绪的结，使我沉沦的心再次跳动起来。噩梦未醒，噩耗又至。第一次接见时，哥哥告知我在看守所时父亲已去世的消息，我痛苦地抱着头，感觉到血液在膨胀，内心有无以言状的刺痛和愧疚。作为人子，我不能奉养老人；作为人夫，我不能给爱人幸福美满的家。我恨，我咬牙切齿地恨着卑劣的自己……”

讲到这里，他已泣不成声……

顿时，台下鸦雀无声。也许这些服刑人员都是一些高学历和高智商的人吧！他们的语言表达能力和语言组织能力都无懈可击。加之，每个人的发言都能从灵魂深处忏悔和剖析自己的罪责。我听了后，深受教育，也感触良多。

第三个上场的服刑人员叫刘忠，三十二岁，捕前系某武警部队指导员，上尉军衔。因走私、运输和贩卖毒品罪被北州铁路中级法院判处无期徒刑，现在鸡峰监狱服刑。他瘦高个，皮肤灰白。发言时低着头，正好嘴对着话筒。他一字一句的普通话说得很地道。他说：

“……人生的道路是漫长的，但关键处只有几步，而我这关键的一步却踏错了。为此，我付出了惨重的代价。我接受党的教育多年，作为一名武装警察，曾在缉毒战线上同违法犯罪行为作过坚决的斗争，维护过法律的尊严。我本应该自觉遵纪守法，在自己的岗位上尽职尽责地工作。而自己却受拜金主义和享乐主义的影响，羡慕高消费的生活，盲目攀比，使自己虚荣心不断膨胀，人生观发生扭曲，最终走向了党和人民的反面，跌进了犯罪的深渊。现在，我失去了自由，断送了青春、前途和幸福，毁了自己的家庭，也害了亲人，使自己原本辉煌的人生变得暗淡无光，面对现实，我只有无穷的悔恨……”

刘忠原本是武警部队的一名指导员，也是祖国边防线上的一名缉毒队员，他本应该为国家效力，缉拿罪犯，而现在他却成了一名罪犯，这对他来说确实是一个讽刺……

按照事先我们与张重唤科长的约定，最后一个发言的服刑人员是杜山。可杜山当天对张重唤科长一再说，他确实无颜面对中国银行鸡峰分行的员工，他曾是中行鸡峰分行的子弟。他从小是在鸡峰分行长大的。他让张重唤科长另外安排一位服刑人员代替他念一下自己写的稿子，张重唤科长就答应了他的请求，所以杜山的发言稿是由另一位服刑人员代念的。

杜山，二十六岁，捕前系中行西京市唐城路支行的代办员。二〇〇四年七月二十一日因贪污公款一百二十万元被西京市中级人民法院判处无期徒刑，同年八月二十日被送入鸡峰监狱服刑改造。他说：

“……回首昨天，我由于错误的选择，从而走上了一条充满罪恶的道路，葬送了自己，也连累了亲人，更给国家带来了损失。但亲人没有放弃我。父母与姐姐第一次探望我时，流着泪告诉我，由于我的事情，勤勤恳恳的父亲在单位和邻居中抬不起头，哥哥也因我影响了职务的提升。亲人更多的是叮咛：在狱中要照顾好自己，认真改造。望着两鬓斑白的双亲，那一刻，我心如刀绞，悔恨的泪水在我脸上流淌着……

“我想对大家说，如果我犯罪的事实对大家有所警示，那就是：权力无论大小，职位无论高低，只能用来为人民谋利益，切不可用来为自己谋私利，更不可违法乱纪。否则，权力和职位只会葬送自己的前程，毁灭自己的人生。这是一个服刑人员发自内心深处的忏悔……”

杜山从小在鸡峰市长大，我们对他都很熟悉。听了他的忏悔后，我对他很惋惜，他害苦了他的家人，也害了自己……

四名服刑人员用他们沉重的代价和血的教训剖析了自己走错人生轨迹的犯罪过程。一桩桩、一件件活生生的反面事例，感人至深、催人泪下。他们逐一发言完毕，张重唤科长邀请中国银行鸡峰分行纪委书记李淑娟讲话。李淑娟书记一上台就说："……其实，剖析这些服刑人员的犯罪过程，暴露出的问题与教训极其发人深思。首先是拜金主义和享乐主义思想严重。人生观和价值观扭曲，私欲膨胀，腐化堕落是诱发犯罪的道德风险；其次是执行制度不严格，监督检查不到位，许多方面存在'死角'，为犯罪分子提供了可乘之机；三是内部管理薄弱，防范意识不强，违规操作，有章不循，是诱发各类案件的重要因素……"

她要求大家要以这次警示教育为契机，引以为戒，吸取教训，树立正确的人生观和价值观，廉洁自律，拒腐防变，为中行事业的健康发展做出贡献。

八十一

不知不觉我在鸡峰市已工作了近两年。这期间，我看好了国道巷菊花园一个已建成的楼盘；刘学谦则选择了开达路一个已建成的楼盘。那时候，商品房在三四线城市销售还不是很利索，购买商品房可以讨价还价，也可以办理按揭贷款。购下心仪的楼盘，我东拼西凑，经过简单装修就从市行办公楼三楼搬了家。不久，刘学谦也搬了家。

暑假的时候，我把青青和丽丽转到了鸡峰市来上学，也把我父母亲从双山县接到鸡峰市来照顾青青和丽丽。一年后，白雪也从工行双山县支行调到了鸡峰市工行工作。这一下完全解决了我的后顾之忧，每天，我有使不完的力气，那时候，我几乎每天都在加班，我们党务工作部所搞的活动就没断过。九月的一天，行长办公室刘春芳给我们党务工作部送来一份文件。我打开一看是省行《关于举办西京省分行第十二届业务技能比赛的通知》，阅办单上有郑卫东副行长和纪委李淑娟书记的批示。郑卫东副行长在文件上批示说："请李书记安排好此项工作，早做准备，争取赛出好成绩！"李淑娟书记在郑卫东副行长的批示下方批示说："请党务工作部务必认真抓好此项工作，一定要赛出好成绩，展示出鸡峰分行大行老行的雄风！"我打开一看内容，通知说："为全面提升一线员工业务技能水平，营造全行练技能、提素质、当能手的工作氛围，以优质、高效、准确、快捷的服务促进业务健康发展，省行决定举办西京省分行第十二届业务技能比赛……”

这次业务技能比赛团体赛要求各行选派三名参赛选手。比赛内容为柜台对私业务、柜台对公业务、国内业务、国际业务、微机计算器、微机传票录入、微机中文录入、微机英文录入、手工单指点钞（扎把）、手工多指点钞（扎把）等十个项目。个人单项成绩直接由团体单项成绩产生。

因为这是我来党务工作部之后第二次参加省行业务技能比赛，相对来说已经有了经验，我就叫来刘丽洁商量。刘丽洁一直搞工会工作，她对参加省行技能比赛也很有经验。我就与她商量这件事，她没有直接回答我却问我说：“那你说咋办呢？”我就给她说了我的想法……

她听了后痛快地说：“行！就按你说的办！”我就让刘丽洁先在全辖确定出八名优秀选手，再把大家组织起来利用班余时间集中进行训练。

这件事安排完毕后，我就开始忙其他事了。过了一个礼拜，刘丽洁来我办公室说：“周主任！上一礼拜测试集训队员，她们的成绩还是不稳定，你看咋办呀？”我说：“别着急！你先坐下说具体一点，到底是哪儿出了问题？”她说：“看她们平时训练，大家成绩都还可以，可一正式测试分数立马就下来了。”我说：“这说到底还是队员们的心理素质过不了关。下一步咱们一定要加强选手们这方面的训练。我看从明天晚上起，除了正常训练外，我把李书记和郑行长也邀请过来监考，专门训练队员们的心理素质，你看可以不？”刘丽洁听了后高兴地说：“这个办法好！那你明天就把李书记和郑行长都邀请过来。”我说：“行！我把刘主任也叫上！”

第二天晚上，我邀请了郑卫东副行长、纪委李淑娟书记，也叫上刘洪科副主任一起来到后二楼视频教室进行了监考……

起先，郑副行长、李书记一监考，选手们就紧张，比赛成绩也时好时坏。过了一段时间，不论是郑卫东副行长，还是纪委李淑娟书记监考，大家的比赛成绩都一样的好。这使我一块悬着的心终于放了下来。

很快，半个月集训时间过去了，队员们要准备参加省行正式比赛了。我与纪委李淑娟书记商量，在八名选手里又根据平时训练的成绩挑选了三名心理素质相对比较稳定的选手参加了省行的比赛。

这次省行技能比赛的团体名次是按照参赛人员和参赛项目赋分相加，由高到低取前六名。获奖集体分别颁发证书、奖杯与奖金。单项名次则按照参赛项目成绩，以等级、得分、用时、赋分排序，由高到低取前六名选手颁发证书与奖金。

比赛那天，我一进八楼大厅老远就看见省行工会辛宗祥文优专干戴着工作人员标识牌与其他参赛队员一样穿着整齐的行服、精神抖擞地在西南角吹口哨。他是当兵出身，瘦瘦的身材，个子不高，讲一口地道的四川话，整理起队伍有模有样。他略带四川口音地喊道："立正——向左看齐——向前看——稍息!"

等参赛选手站好队形后，他又郑重其事地拿着参赛须知向参赛选手宣布说："一、参赛选手必须严格服从指挥、准时到场。二、非工作人员和非本场比赛选手不得进入比赛场地。三、参赛场内不得大声喧哗。四、禁止安装使用其他中文输入法，否则取消参赛队员资格……"

辛宗祥文优专干宣布完参赛纪律后，又喊着铿锵有力的口令，与参赛队员一起迈着矫健的步伐说："向左转！齐步走！一、一二一……"将第一场全辖各单位参赛选手带入了比赛教室……

八十二

在省行举行的全省第十二届业务技能比赛中，鸡峰分行又一次获得了团体总分第一名的好成绩。鸡峰分行不但团体拿到了第一名，参赛选手王超群、白文丽还分别获得了个人全能第一和第二名的好成绩。这是继我来党务工作部以后鸡峰分行集体项目第二次蝉联冠军。

奖杯和证书拿回鸡峰分行后，在家的郑卫东副行长和几位班子成员都无比高兴。郑卫东副行长当即安排行长办公室做了一条祝贺的横幅挂在了后二楼的阳台上，横幅内容大致是这样写的："热烈祝贺鸡峰分行蝉联省行第十二届业务技能比赛团体冠军"。郑卫东副行长还对获奖选手王超群、白文丽和李春妮分别给予了奖励。他给李淑娟书记安排说："让队员们回来后先不要急着上班，稍微放松放松，就让党务工作部带大家去外面见识见识，放松一下心情，然后再上班。"

一时间，大家见了王超群、白文丽和李春妮就像见到了英雄人物一样，都特别羡慕。

荣誉带来的光环是耀眼的，而夺得和保持这个荣誉却是艰辛和不容易的。那天，当中国银行西京省分行二十七个单位、七十七名顶尖选手云集在西京省分行八楼会议室时，不难想象这是何等的对决。从早上8:30西京省分行第十二届业务技能比赛第一场开始，场外的同事、领队和领导比场内的选手还紧张。没进场的选手也是焦急难安，心情难以平静。谁不想让自己的选手有出色的表现？时间就这么一秒一秒地过去了，大约二十多分钟后，第一场比赛结束了。鸡峰分行参加第一场比赛的选手李春妮以十七分三十五秒的时间获得了一级手，屏幕上显示一百分。也许第一场比赛大家都比较紧张，有好多选手打错了题或盘错了库，得了零分。尽管鸡峰分行选手李春妮不是第一场的前几名，但作为一个三岁孩子的妈妈，第一次参加省行这样的大赛，这位来自双山县支行的选手能取得这样的成绩已属不易了。可想而知，这背后，她付出了多少心血和汗水……

第二场比赛的时间是当天上午10:00。随着省行工会辛宗祥文优专干的口令："立正——向左转——齐步走……"又一场比赛开赛了。

进场时各单位领队不住地叮嘱自己的选手要稳住，要冷静，不要心急。我也向鸡峰分行第二场比赛的选手白文丽打了一个手势。意思是说：不要着急，大家相信你是最棒的！因为我站的地方距离比赛整队的地方还有一段距离，看她的口型，似乎是在说："放心吧！领导！"我又给了她一个"OK"的手势。她站在第一排第二个位置，正与其他选手一起列队进入赛场。这位来自西虢县支行的选手毕竟去年参加过省行第十一届业务技能比赛，也是第十一届业务技能比赛的个人冠军。她果然不负众望，在第二场比赛中以十三分五十三秒的成绩获得了个人一级手，得分一百分。这个成绩也是第二场比赛的第一名。人们开始关注鸡峰分行的这位选手了。有人问我："这个白文丽是不是去年的技能比赛冠军，听说她已有了小孩？"

当提问得到肯定回答后，这些兄弟行的领导和同事们向鸡峰分行的选手竖起了大拇指……

第三场比赛是这次业务技能比赛最激烈、最紧张的一场，鸡峰分行最后一个出场的是来自城际支行的选手王超群，她太想参加这次业务比赛了。因为，她为了参加这次比赛，已经准备了好长时间；就是因为这次比赛和全国自学考试时间相冲突，她放弃了准备已久的全国自学人本统一考试……

我看见她进场时脸色有些发白，拿点钞盒的手还轻微抖动了一下。我就叫她的名字，她转过身来。我向她打了一个手势，意思是说：要镇静！不要慌！她微微向我点了点头。她的眼神告诉我，她不会让大家失望的！

果不其然，这个去年省行第十一届业务技能比赛个人第六名的选手在这场比赛中以十三分四十四秒的成绩获得了第一名，得分一百分。这也是这三场比赛中用时最少的唯一一位选手，她比白文丽的成绩仅仅只提前了九秒钟，她胜利了！她获得了本届个人全能第一名的好成绩。这也为鸡峰分行取得这届团体冠军起到了决定性的作用。

其实，谁取得冠军并不重要，重要的是通过每次的巅峰对决，的确能使中国银行西京省分行全辖业务技能水平和文明优质服务水平更上一个台阶，这才是对决的真正意义！

两连冠来之不易，我作为党务工作部的主任，也无比高兴。那年，我被省行党委评为年度优秀党务工作者。郑卫东副行长为了嘉奖我，让我随纪委李淑娟书记一起与省行工会的同志们去了一趟南海省中行，考察观摩了中国银行南海省分行建设“职工之家”的情况。

那年，中国银行南海省分行已是总行级模范“职工之家”。我们去时，不论是硬件设施，还是软件设施都很到位。特别是他们的行史室和荣誉室使我很受启发。

一走进中国银行南海省分行行史室，一幅巨大的老照片就映入眼帘，这是南海省分行的领导和员工们的一张合影老照片。陪同我们参观的南海省分行工会黎主席指着其中的一位年轻人说：“这就是当年的我！”我惊讶地说：“根本看不出来！谁能想到，一个风华正茂的年轻人经过岁月的洗礼竟然一下子变成了一个两鬓白发的老人！”他笑着说：“这就是行史室的作用，它能真实地记录历史。”我仔细端详着这幅黑白老照片：这张老照片的背景是南海省刚建行初期的办公楼，现在看起来显得有些简陋和土气，但照片里的所有人都笑得很灿烂。

在黎主席的引领下，我们一行人在偌大的一个行史室跟随他的讲解全部参观了一遍。

南海省分行的行史室与荣誉室建在一块，整个行史室和荣誉室全部展示的是南海省分行各个历史时期和历史节点所获得的奖杯、奖牌、证书及历史资料和图片。从图片、资料、奖杯、奖牌以及获奖证书能清晰地看出南海省分行由弱到强的发展历程。最让我印象深刻的是一进门摆放着的一个中国女排队员们使用过的排球，上面有女排获得世界杯后队员们的集体签名。这让人很羡慕，也让南海省分行的同事们感到非常自豪……

那天晚上，我们吃过晚饭闲着无事就一起从居住的宾馆去南海省黄金海岸沙滩吃烧烤，几杯白酒下肚，张虎平带着几分醉意举着一杯白酒对我说："周主任！我们在工会和党务口工作，虽然工资低了点，但组织对我们不薄，我们也值了！"我也带着几分醉意和他边碰杯边说："就是！也值了！"夜已很深了，我的脸火辣辣的烫，海风打在身上有几分凉意，我真的感觉我醉了……

回到鸡峰分行，李淑娟书记与我将去南海中行的情况向郑卫东副行长做了汇报，郑卫东副行长就安排党务工作部开始着手建立鸡峰分行的"职工之家"和行史室。刘丽洁是鸡峰分行建行初期的老员工，她一直干工会工作，积攒的鸡峰分行的老照片也比较多。行史室这一块工作我没有费多少工夫就把老照片收集齐全了。再经过分类整理，注上注解，写上开篇语和结束语，很快鸡峰分行的行史室就建成了。至于荣誉室，鸡峰分行也是与行史室建在一块的。开始筹划时，我参照南海中行的布局整体对荣誉室进行了统一规划，再由星光广告公司进行设计和制作。最终，鸡峰分行将行史室和荣誉室放在了后二楼三间展示厅；将乒乓球室建在了后二楼西边三间房间里；在后二楼楼顶搭建了一个更大的员工健身活动中心，购置了组合健身器、跑步机、摇摆机和乒乓球案子；在科技路中行家属院开辟了篮球场和羽毛球场。就这样，一个完整的中国银行鸡峰分行"职工之家"就大功告成了。

值得我高兴的是在当年省行工会组织人员来行验收后，鸡峰分行职工之家被省行评为"模范职工之家"。

八十三

二〇〇七年元旦一过，第一天一来行里上班，按照惯例，机关所有人员都自觉地先去分行办公大楼二楼大厅集体做了广播体操。做完广播体操，我回到党务工作部办公室开始签到。从时间概念上，我还没有转过弯来，签到时一不小心就把年份写成了二〇〇六年。还好，我立即反应了过来，很快就做了纠正。按照以往的经验，元旦一收假，行里一定要召开收心会。说是收心会，其实就是召集各部室“一把手”汇报和安排新一年的工作。

签完到，我一边打扫卫生，一边叫来刘洪科副主任商量二〇〇七年的工作打算。我怕郑卫东副行长要召开收心会。

自从二〇〇四年市行从红星路一百三十二号搬迁到科技路一号新办公大楼办公后，机关各部门员工就都集中在新办公大楼二楼开放式柜台办公。各部门正副主任则在北边玻璃隔成的办公室办公，每个部门的办公室大约有十二平方米。党务工作部的办公室就在东边第二个办公室办公，紧挨着东边就是计划财务部的办公室，西边是营业部营销团队办公室。这天早上，我正在与刘洪科副主任一起研究工作，突然，行长办公室马根旺主任急匆匆在玻璃隔断门外喊我。我说：“马主任！有啥事？”他说：“郑行长让你去他办公室开会。现在就去！”话一说完，他又去隔壁计划财务部叫魏紫旭了。

我一直想着是开收心会，心想：幸好我刚才与刘洪科副主任商量了今年的工作计划，但我有些纳闷，开收心会一般都是在二楼西边的小会议室开，今天怎么又改在郑副行长办公室召开了呢？虽然这么想着，我还是带上笔记本上了四楼。

一到郑副行长办公室，公司金融部吕江海、营业部李谷香已坐在郑卫东副行长办公室东边的沙发上，我和魏紫旭一到，郑卫东副行长就说：“早上把大家叫来，主要是想安排一下轮岗的事，下面请行长办公室马主任宣布一下具体工作安排！”

随后，马根旺主任就打开手中的文件夹念了起来：“根据工作需要，经市行党委研究决定：公司金融部主任吕江海去营业部代职主任工作；营业部主任李谷香去公司金融部代职主任工作；党务工作部主任周锁澜去计划财务部代职主任工作；计划财务部主任魏紫旭去党务工作部代职主任工作。”念完通知后，马根旺主任又给每人发了一张代职通知书，要求大家会后就去交接工作。

事情来得有点突然，我丝毫没有思想准备，事先也根本不知道消息。我回党务工作部办公室后，就对刘洪科副主任说明了情况。刘洪科副主任一听，埋怨我说：“你总能装得住，明明要调走，还若无其事地与我一起坐下来研究工作。”我说：“我也是刚得到消息……”

当天上午，按行里的要求，我就给魏紫旭主任交接了工作。魏紫旭主任也仓促地准备了一下，就给我交接了工作。从内心来讲，对于计划财务部的工作，我并不陌生，当年在县支行工作期间，我就干的财务工作。但话又说回来了，在一个新的岗位工作，我多少还是有些担心，毕竟撂了那么多年了。况且，县支行的财务工作和市行的财务工作还是有区别的。好在当时有计划财务部副主任李国庆的支持，我多少还是有些安慰的。李国庆副主任人细心，条理性很强。我到任后，他已把财政部、总、省行这几年的财务管理制度、各种规定，包括总、省行会计科目归属等文件都分类装订，整整齐齐摞在计划财务部档案柜里。这让我从内心多了几分踏实，也省了许多力气。通过几天的熟悉财务制度，我已在很短的时间内进入了角色。财务工作虽然呆板和繁琐，但我在计划财务部工作期间却能如鱼得水，既感到充实，又有使不完的力气。

就在我在计划财务部代职期间，鸡峰分行领导班子发生了变化。郑卫东副行长调省行工作。陈治国行长从铜城分行调鸡峰分行当了行长。不久，武曙光副行长调渭北分行当副行长；陈之豪副行长调往省行财富中心当主任。

陈治国来鸡峰分行当行长前大家都比较熟悉，因他曾在鸡峰分行当过副行长。这次，他来鸡峰分行工作，正赶上中国银行系统内开展内控三道防线建设，根据总、省行改革方案，地市分行要单独设立监察内控保卫部。那年，“五一”节一过，我就被调到新成立的监察内控保卫部当了主任。到任之前，陈治国行长把我叫到他办公室征询我的意见。他说：“今天叫你来，我想告诉你，我来鸡峰分行后特别关注和看重两件事：一是鸡峰分行的业务发展；二是案件防控工作。根据省行安排，咱们市行要成立监察内控保卫部，这是个新部门，责任重大。组织上再三考虑决定让你来做这个部门的主任。当然，也是基于这几方面考虑的：一是你有基层工作经验，曾在县支行做过行长；二是你也在机关几个部门工作过，大家都觉得你工作不错，相信你去这个部门也一定能把工作做好。因此，把你叫来，想听听你的意见。”陈治国行长初来乍到，他这样中肯地征求我的意见，我还能说啥呢？我很痛快地说：“我没有意见，一切服从组织安排……”

八十四

陈治国行长征询我的意见，我怎么能不晓得他的用意呢？

那次，陈行长与我谈了一个多小时的话。他从鸡峰分行的业务发展现状到今后的发展思路，从员工的日常管理到各部门的考核办法，方方面面都与我做了交流。我很能理解陈治国行长的用意。他一心想带领大家干出一番事业，并很想通过业务发展来提升员工的薪酬待遇，还想要确保全行不发生安全方面的事故，有一个适合发展业务的良好环境。同时，我也感受到了一定的压力。

陈行长与我谈完话，我是第一个来监察内控保卫部工作的。随后，郭玉庭副主任来到了监察内控保卫部。我与郭副主任的办公室就设在办公大楼二楼党务工作部西隔壁原营业部营销团队的办公室。为了给新成立的监察内控保卫部腾出地方，根据行长办公室的安排，营业部营销团队搬到了办公大楼一楼办公了。

郭玉庭原是行长办公室副主任，在行长办公室的时候就分管保卫工作。这次业务整合行里将行长办公室保卫这一块职能划归了监察内控保卫部。因此，郭玉庭来监察内控保卫部时就带着这一块的工作来的。他来监察内控保卫部后，仍旧分管保卫这一块的工作。何秀芳是从党务工作部调来的。何秀芳是王靓从党务工作部调往西京农科城支行工作后，接替王靓工作在党务工作部负责再监督这一块工作的。这次监察和内控工作也由党务工作部划归了监察内控保卫部，因此，何秀芳来后就做内控这方面的工作。我负责全盘及监察和内控工作。我们三个人就开始组建了新的监察内控保卫部。当时，陈治国行长安排两个行级领导分管监察内控保卫部的工作。李淑娟纪委书记分管监察及保卫工作；何丽副行长分管内控工作。何丽副行长最先在计划财务部当过主任，后被提拔去秦都稽核中心当主任，干了一段时间后，又调回鸡峰分行当副行长，分管计划财务部和监察内控保卫部的内控工作。那段时间，正赶上全国银行系统连续发生大案要案，中国银行也不例外。随着全国形势的进一步严峻，总行要求各级组织必须加强内控防案工作。鸡峰分行更加重视起内控防案工作，陈治国行长又陆续给监察内控保卫部调来高霞、姚瑞丽、梁勇和刘亚娟。何秀芳在监察内控保卫部工作了一段时间后，因身体原因调往计划财务部工作。后来，计划财务部更名为财管与运营部。

高霞、姚瑞丽、梁勇和刘亚娟来监察内控保卫部后，主要负责内控这一方面的工作。一年后，刘亚娟因工作出色被提拔去了城东支行当业务经理，宋超由财管与运营部调监察内控保卫部接替刘亚娟的工作。他专门负责反洗钱工作。那段时间，监察内控保卫部的全体人员白天下网点检查工作，晚上加班加点制订和完善各种规章制度。这期间，鸡峰分行下发了《员工八小时以外监督管理办法》《内控管理考核办法》《业务操作严重违规问题处理办法》和《安全保卫考核管理办法》等制度。在纪委李淑娟书记和何丽副行长的领导下，监察内控保卫部对员工八小时以外的监督、内控管理、高风险业务和安全保卫等方面的工作进行了明确要求和规范。同时，按照内控防案工作的新要求，分类对全行员工岗位职责进行了重新修订和梳理。新修订的岗位职责涵盖了鸡峰分行业务发展、内控管理、风险防范和理财服务等多个方面，并增加了许多新产品的业务流程。

就在监察内控保卫部把内控防案工作搞得有声有色的时候，这年国庆节，鸡峰分行研究决定由何丽副行长带队利用两天休息时间组织全行部分表现优秀的中级管理人员去红色教育基地——重庆白公馆和渣滓洞开展爱国主义教育活动，我也参加了那次红色教育活动。

也许是从小就伴随着《红岩》小说和电影《烈火中永生》长大吧，以前，我虽然没去过重庆，但对白公馆、渣滓洞和江竹筠、陈然和“小萝卜头”等烈士的英雄事迹并不陌生。而且，烈士们的事迹从小就让我敬仰，我也一直有一个心愿，想有朝一日去白公馆和渣滓洞看一看。正好，这次能现场目睹一下“老虎凳”“刑讯洞”和“地牢”的残酷，瞻仰一下烈士们的事迹，也算是实现了我的一个心愿。

去重庆的火车走走停停，头天下午5:20坐的火车，第二天上午11:00才到了重庆。因为与行里的同事们一起出行，在火车上大家并不寂寞。

火车一到重庆，我已按捺不住激动的心情，与其他同事一起直奔白公馆和渣滓洞……

从重庆参观回来后，我写了一篇《中国魂》发表在中国银行网站上，它是我当时心声和感情的表露……

二〇〇七年，监察内控保卫部被市行评为内控防案工作先进集体，我被市行评为内控防案工作先进个人；这是组织对我们部门工作的肯定，也是对监察内控保卫部全体员工的嘉奖。

八十五

二〇〇八年五月四日，海南省三亚市碧空万里，阳光明媚。新落成的凤凰岛到处洋溢着热烈而欢快的气氛。上午九时三十分，北京二〇〇八年奥运会圣火国内传递第一站的火炬接力仪式就在凤凰岛举行。中国银行的行长作为海南省圣火传递的第二位火炬手，从奥运冠军第一棒火炬手杨扬手里点燃火炬成功跑完了一百米的接力。那天晚上，我在《新闻联播》中看到这一幕后激动得赶快叫在厨房做饭的妻子白雪出来看新闻。等白雪和青青、丽丽她们从灶房出来后，《新闻联播》已播成了其他新闻。白雪一边用围裙擦手，一边疑惑地问我说："看啥呢？看把你火急火燎的！"我说："你们来晚了，刚才《新闻联播》里播放的是我们中国银行的行长传递火炬的画面！"白雪半开玩笑地说："你们的行长是高个子还是低个子？是胖子还是瘦子？看把你惊奇的！"我说："是高个子么！身材魁梧，不胖也不瘦，穿一身运动装，挺精神的！"

白雪说："我就不信你见过你们总行的行长。"我说："这不，刚从电视上看到的么！"丽丽对她妈说："你瞧，我爸一提起他们的行长高兴成啥样子了！"我说："难道你们不高兴？"

青青一边拉着她妈的手回灶房，一边笑着说："当然高兴么！谁叫我爸在中国银行工作呢……"

其实，自从中国银行成为北京奥运会唯一银行合作伙伴后，为了做好这次奥运火炬传递工作，总行从二〇〇七年就在全行开展了"点燃梦想，传承卓越——中国银行奥运火炬手选拔"活动。鸡峰分行营业部大堂经理邱文颖凭借着自己出色的表现被总行选拔为北京二〇〇八年奥运会圣火传递火炬手。她代表西京省分行参加了在江苏省南京市的奥运火炬传递，这令鸡峰分行的领导和全行员工感到无比的光荣和自豪。

二〇〇四年七月十四日，当中国银行在与国际同业和国内同业的激烈竞争中，凭借着自己雄厚的实力和优良的服务，一举成为北京奥运会唯一银行合作伙伴后，总行就在全行开始投入大量的人力和物力来兑现对北京奥运会的承诺。在全行员工中开展了以奥运为主题的服务培训和技能测试。通过举办"奥运服务月"和"奥运双语演讲比赛"等活动，对十万名一线员工进行了全方位培训。根据这一要求，鸡峰分行还在全行开展了"争做服务明星，为奥运添光彩"和"平安鸡峰"等竞赛活动，要求全行员工要以"规范、高效、文明、优质、快捷"的服务回报社会，回报客户，不断提升自身对外服务形象，提升同业竞争实力，争创业务发展一流业绩。通过奥运主题服务培训和技能测试以及安全教育，使全行员工的安全意识、精神面貌和业务技能都有了明显的提高。

那一年，总行文明优质服务及安全工作督导组和省行保卫部来鸡峰分行检查工作，对市行营业部和红星路支行等网点的外部环境、工作区、客户区、人员素质、大堂经理、客户满意度、差异化服务、理财中心和安全保卫等方面的工作进行了检查。检查组高凡昌总经理对鸡峰分行党委高度重视文明优质服务和安全保卫工作所取得的成绩给予了充分肯定。当年，鸡峰分行被总行评为“安全保卫工作优胜单位”。

八十六

前一天，陈治国行长带领机关计划财务部、公司金融部、个人金融部、党务工作部和监察内控保卫部的主任去渭北市参观学习中国银行渭北分行“职工之家”建家工作。早上一上班，我们几个部门主任就在一起碰头交流了渭北分行的建家经验。快到中午的时候，省行保卫部高文举片区检查员打电话说，他要来鸡峰分行进行季度例行安全检查，火车马上就要到鸡峰市了。我赶快让郭玉庭副主任去国贸大厦给高文举片区检查员预订房间。高文举片区检查员有四十多岁，高个子，当过兵，从部队转业回地方工作后先在西京城区一个支行办公室工作，后又调到省行保卫部一直做片区检查员。他主要负责鸡峰、巴蜀、康安等分行的安全检查工作。每季度，他都要轮流来这三个地市分行所辖网点进行例行安全检查。

郭玉庭副主任从国贸大厦登记完房间回来后，高文举片区检查员已到监察内控保卫部办公室。这时，省行法律合规部王超副总经理因办其他事也来到行里。寒暄一阵，我们很快下楼去职工食堂吃午饭。

用餐过后，我就与监察内控保卫部的几位同事一块送省行王超副总经理和高文举片区检查员去国贸大厦休息。王超副总经理因有其他事情，住在国贸大厦东楼五楼。我们一块先安排完王超副总经理休息，又陪同高文举片区检查员一起上了主楼十二楼。一进房间，姚瑞丽忙着烧水；郭玉庭副主任在壁挂电视机下面的长条桌拿一次性纸杯。突然，姚瑞丽在卫生间喊道：“你们听！好像谁用电钻在钻墙哩?”我也听到了“轰隆隆”的声音。高文举片区检查员说：“不好了！可能是地震！”此时，我已感觉到脚底下站不稳了。我们所有人几乎是同一时间感觉到地震了。大家开始往外跑。因为有高文举片区检查员，我有意放慢了脚步让高文举片区检查员与姚瑞丽、高霞她们先跑，我与郭玉庭殿后。就在我们往楼下跑的当儿，楼梯间已有白灰碎片从楼顶落下，整个大楼开始“啪啪”作响。我先是感觉头重脚轻好像是上下在颠簸，后又觉得脚跟站不稳好像左右在摇晃。就在我们跑到七八层的时候，楼梯间已到处弥漫着灰尘。“砰砰”的爆裂声也开始大了起来，不时还有玻璃碎片从身边落下。我赶快双手抱头，猫着腰大声喊：“慢一点，不要慌！注意保护头部！”尽管我在喊让大家保护头部，但前面的人似乎都没有听见，只管往下跑……

我们跑到楼下院子时，国贸大厦整个院子已乱成一片，不住有车辆开出院子，所有人都一片茫然和惊恐。不知谁说了一声这里不安全，大家又一窝蜂往外跑……

就在我们往大门外跑的时候，我发现住在东楼五楼的王超副总经理没有与我们在一起，我赶快拿起手机给王超副总经理打电话，电话没有信号。我又给市行值班室打电话，也无信号。我对高文举片区检查员说：“坏了！信号中断了！”我不甘心，又给白雪发了一个短信说：“你安全吗？”发出后，信息显示未发出。我才相信我们与外界完全失去了联系……

事后得知，二〇〇八年五月十二日十四时二十八分，四川省汶川县发生了八级地震，强震波及到鸡峰市，造成全市通讯中断，大面积停水停电，多处民房、厂房围墙倒塌，鸡峰市属于西京省受灾比较严重的地区之一。全市因地震导致三十一人死亡，二百七十七人受伤，一百多万人受灾，房屋倒塌四万多间。因地震造成鸡成铁路中断，嘉陵江因塌方形成了堰塞湖。

如此强烈的地震我还是第一次经历。虽说小的时候也经历过唐山大地震，但毕竟唐山距离鸡峰比较遥远，当时地震也发生在晚间，等地震过去了，第二天，我母亲才把我、锁丽和锁娟叫到外面躲地震。因此，我对那次地震感受不是很深。可这次就不一样了，大白天，在无任何征兆、毫无防备的情况下就发生了地震，而且，这次地震还如此之强烈。

我与郭玉庭副主任、省行保卫部高文举片区检查员往行里赶时，老远就看见常征纪委书记神情凝重地站在大门口。我们一回来，他说：“你们没事吧？”我说：“没事！行里情况怎么样？”他说：“现在还不掌握具体情况，我已安排库车提前去网点接库了！正好，你们回来了，那我们就一起商量一下下一步的工作……”

常征纪委书记是年初根据省行决定从延河分行调回鸡峰分行接替李淑娟纪委书记工作的；李淑娟纪委书记则根据省行决定调回巴蜀分行担任纪委书记。那天，恰巧陈治国行长和风险管理部丁旺旭主任去华清区参加省行二〇〇八年风险工作会议。

根据常征纪委书记的安排，我赶快组织有关人员对全辖各机构和人员情况进行排查。从初步排查结果看，鸡峰分行除了有个别网点出现不同程度的损坏外，无人员伤亡。

我赶快与省行保卫部片区检查员高文举一起去市行办公大楼一楼值班室给省行总值班室打电话……

八十七

我和高文举片区检查员想在第一时间给省行总值班室打电话通报鸡峰分行的情况，可省行的电话一直处于中断状态。高文举心急如焚地一直在值班室来回踱步。我在电话机旁停一会儿就给省行拨打一次电话。时间一分一分地过去了，可电话还是一直拨不通……

大约过了二十多分钟，我终于打通了省行总值班室的电话。我拿起电话就说：“喂！省行总值班室吗？我是鸡峰分行周锁澜！鸡峰市发生了强烈地震！我想跟省行做一汇报！”电话那头说：“喂！我是省行总值班室，请讲清楚是什么情况。”我急急火火向省行报告了鸡峰市发生地震的情况，并汇报了鸡峰分行的情况。过了一会儿，电话铃声响了，我接过电话说：“喂！您好！我是鸡峰分行值班室。请讲！”电话那头说：“我是省行总值班室！刚才，省行领导开了一个碰头会，做出三条指示，请你务必转告你们行领导：一、立刻将有危险的员工疏散到安全地带，要确保员工生命财产安全；二、尽快与辖属各机构联系，核实受灾情况；三、及时向省行报告你们分行受灾情况，并做好警戒工作。”电话是省行值班室打来的。我接完电话，因陈治国行长不在行里，我赶快向市行纪委书记常征做了汇报。常征纪委书记听了省行领导的指示后，很快启动了应急预案，分别派了三路人马奔赴各机构核查情况。

这期间，我给省行法律合规部王超副总经理打电话询问他的情况，他在电话里说：“我正要给你打电话，电话一直中断，我有急事已回西京分行了，一切平安，请不要为我操心，你们赶快忙你们的事吧！”

过了一会儿，白雪从单位打来电话询问丽丽的情况，我说：“我在单位有事，没有去学校接孩子，相信老师会负责孩子安全的。”那边，白雪说：“那你给青青打电话了吗？”我说：“青青住校，她会自己照顾好自己的。”白雪挂断了电话。时间大约过了半个多小时，鸡峰分行辖属西虢区支行第一个打来电话报告，西虢区发生了强烈地震。西虢区支行办公楼和家属楼裂缝比较严重，楼内明显变形，大楼岌岌可危。西虢区支行就是原来的西虢县支行。后来，西虢县撤县设区后，县支行也随之更名为西虢区支行。

我在电话里询问说：“能否再具体说明一下情况？”电话那边说：“西虢区支行办公楼共八层，三千七百八十平方米，大楼墙体裂缝，墙面脱落，楼内受损非常严重。员工住宅楼共两个单元一共六层，总面积约二千六百四十平方米，也出现了墙体裂缝，墙面脱落受损，楼内有住户二十四户。目前，员工和家属共七十多人居住成了问题。”我说：“这些情况我都记下了，你们赶快组织人员将员工和家属全部转移到安全地带，我尽快给行领导汇报情况，你们等待我的通知。”

不久，三路排查人员也先后回行报告了各自去辖属网点和办公大楼及家属楼排查的情况。郭玉庭副主任报告说：“市行办公大楼墙体明显出现裂缝，办公大楼总共十六层，总面积一万四千四百四十八点八七平方米，多层墙体不同程度有裂缝，较大的裂缝有三处，大楼电梯也不同程度有所损坏。市区家属楼有二十三户住户房屋墙壁出现了裂缝，已无法居住。”梁勇报告说：“市区八个网点不同程度分别出现墙体裂缝；一个网点停电；三友路分理处和陈宝园分理处暂时不能正常对外营业。”姚占岐报告说：“西虢区支行办公大楼和职工住宅楼如同西虢区支行报告的一样，墙体裂缝较大，墙面瓷砖严重脱落，楼内已出现严重变形；双山县支行办公楼轻微有些受损，但不影响正常办公……”

我将各路人员汇报的情况汇总后报告给纪委书记常征。同时，又第二次通过电话向省行总值班室报告了鸡峰分行受灾的具体情况和启动应急预案情况。

八十八

市行陈治国行长在华清区开会，得知鸡峰分行地震受灾情况后，他匆匆提前从华清区赶回了鸡峰分行。陈治国行长一回行就带领我、常征纪委书记、姚占岐和刘立峰一起去西虢区支行查看灾情，慰问受灾员工及家属。姚占岐是行长办公室副主任；刘立峰是党务工作部主任。当我们一行赶到西虢区支行后天已黑了下来，西虢区支行李伟军行长正组织人员转移营业部所有器具。我们赶到后，一起参与了西虢区支行营业部办公器具转移工作。这一次地震使西虢区支行办公大楼墙体裂缝、变形。该大楼一楼的营业部已无法再正常使用。为保证第二天能正常对外营业，西虢区支行营业部的营业器具必须当天晚上转移到安全地带。就在我们紧急转移营业器具的中途，又发生了一次强烈余震，但我们的搬运工作没有停止……

刚转移完营业器具，西京省分行纪委书记高治远、保卫部总经理张群和总务部副总经理令再守等领导一行也连夜赶到了西虢区支行。

高治远纪委书记一行一到就立即询问鸡峰分行受灾情况。陈治国行长简单做了汇报后，高治远纪委书记对陈治国行长说：“那我们一起去看看西虢区支行的具体情况?”陈治国行长说：“行!”他转过身又对西虢区支行李伟军行长说：“李行长！那咱先看 看西虢区支行的办公大楼吧!”李伟军行长点了点头就去前面带路了。高治远纪委书记、陈治国行长一行在前面。我、常征纪委书记、姚占岐和刘立峰紧随其后。高治远纪委书记一行先从一楼一直查看到八楼，再从八楼返回到一楼。查看完西虢区支行办公楼受损情况后，又去西虢区支行家属楼查看家属楼受损情况，并慰问了部分员工和家属。慰问和查看完西虢区支行灾情后，大家又随高治远书记一行坐车前往鸡峰分行。来到鸡峰分行，在陈行长的带领下，高治远纪委书记一行又查看了市行办公大楼受损情况，慰问了在行里的部分员工。等查看完市行办公大楼灾情后，已是第二天凌晨一点多钟了。那天，可能是我心情紧张吧，我没吃晚饭也不觉得饿。紧接着，陈行长让我和郭玉庭副主任一起参加了省、市行领导在鸡峰分行四楼小会议室召开的抗震救灾座谈会。会议结束时已是凌晨三点多钟了，省行高治远纪委书记一行返回西京后，陈行长又组织我们召开了鸡峰分行党委扩大会议。会上，陈行长表情严肃地说：“这次突如其来的汶川地震，波及到鸡峰，情况比较严重。咱们行必须立即成立抗震救灾应急反应处置领导小组，组长就由我来担任，常征书记、何丽副行长、吕江海副行长担任副组长，机关各部室主任担任成员，领导小组办公室就设在监察内控保卫部，周锁澜同志兼任领导小组办公室主任……”

市行党委扩大会议结束后，已是凌晨四点多钟了。我与郭玉庭副主任回到监察内控保卫部后，我俩一起细化了抗震救灾应急预案，安排了救灾急需购买的应急物资、食品和非常时期领导、员工二十四小时带班、值班工作……

八十九

五月十三日一大早，经过一晚上的努力，当我准时把制订好的《鸡峰分行办公楼抗震救灾预案》《鸡峰分行营业网点抗震救灾预案》《鸡峰分行家属楼抗震救灾预案》《鸡峰分行老弱病残及离退休干部救助预案》《鸡峰分行抗震救灾急需购买应急物资和食品清单》及《鸡峰分行抗震救灾期间领导和中级管理人员二十四小时带班及值班表》等材料交给陈治国行长时，看得出，陈治国行长对我们的工作是满意的。他对我说：“你们辛苦了，抽空休息一下吧！一会儿我们开会研究！”我说：“没关系！非常时期大家都一样！”可我心里清楚，为了这些材料，我与郭玉庭副主任一夜都没有合眼，我们必须赶在第二天上班开会前把这些材料都准备齐。

第二天上午，行里召开第二次抗震救灾应急反应处置领导小组会议，我把准备好的材料提交到会上进行研究，这些材料全部研究通过后，陈治国行长让我给省行写一个鸡峰分行的全面情况汇报，当我写好汇报后，已是中午 12:30 了，陈行长和省行保卫部高文举片区检查员已去后二楼的职工食堂吃饭了。我将鸡峰分行汇报材料拿去让陈行长和片区检查员高文举看，他俩看后，均对我写的报告表示赞同，让我赶快通过邮件发送给省行保卫部。

下午，行长办公室姚占岐副主任根据第二次抗震救灾应急反应处置领导小组研究过的《鸡峰分行抗震救灾急需购买物资和食品清单》购买了第一批抗震救灾物资和食品，我们一起将这些物资和食品准时发放到全辖各网点及机关各部室每个员工手里。高文举片区检查员看到这一幕后对陈治国行长说：“这几天你们确实辛苦了，我回省行后，一定如实向省行领导反映你们临危不乱、有序抗震救灾的情况。”陈行长笑了笑说：“你也辛苦了！谢谢你对鸡峰分行工作的指导和支持……”

五月十四日一大早，我带着郭玉庭副主任，一起对全辖各网点灾后营业及员工思想动态进行了一次摸底了解。我们先去了红旗路支行。一进红旗路支行就看见大堂经理李月娥和保安员正在有序疏导客户，从宝塔支行调红旗路支行不久的张雨涵行长正给理财经理陈东晓安排工作。大厅内秩序井然，客户在每个营业窗口都自觉排队办理业务，员工与往常一样招呼着客户。我高兴地对张雨涵行长说：“看来地震并没有影响我们的工作。”张雨涵行长自豪地说：“不但地震后是这样，在地震发生的时候，我们的柜员也临危不乱，袁素丽第一个想到的是把零钞放到库箱锁好，然后才在一个角落里躲地震，你和郭主任可以看一下我们的监控录像。”我说：“行啊！我们一起看看……”

当我们来到监控室打开那天的监控录像将一号窗口监控录像调到十四时二十八分时，看到一位客户正要将一沓人民币交给袁素丽，突然整个大厅剧烈摇晃，这位客户惊慌失措拿起钱就往外跑。柜员袁素丽似乎也有些紧张，但她把配钞盒里的零钞迅速放入库箱。然后，把柜面上的印章和名章也收起来放入库箱。锁好库箱，她把库箱提到柜面下的角落里，自己也钻进角落蹲下躲地震。我看到这一幕后感动地说：“一位普通员工，在人难来临之时，首先想到的是把库箱锁好，放到安全地带，自己才蹲下躲地震，这种精神值得所有鸡峰中行人学习。这样吧！张行长！你们尽快写一个稿子，我们回去给行领导建议一下，在全行好好把袁素丽宣传一下……”

我和郭玉庭副主任从红旗路支行走出后，又乘车逐个去了市区其他十八个网点。让我们没有想到的是其他十八个网点和红旗路支行一样都秩序井然。而且，员工思想情绪稳定。特别是三友路分理处和陈宝园分理处都能克服重重困难，已全部恢复了正常营业。回行后，我将这一情况汇报给陈治国行长，陈行长听后也感到很欣慰，他说：“没想到我们的员工如此敬业……”

下午，根据省行安排，市行党委组织机关各部室及全辖二十一个机构的员工为四川省汶川灾区捐款，全辖三百零二名员工参与，共为汶川灾区捐款六万二千一百元。我捐了一千元，钱不算多，但表达了我对灾区人民的一点心意。

五月十五日，天快黑的时候，省行又一批救灾物资送到了鸡峰分行。我又随省、市行领导赶往西虢区支行将省行及市行送来的救灾物资和食品发放到西虢区支行的每一位员工手中。至此，鸡峰分行的每一位员工都得到了省行送来的帐篷、手电筒、方便面、矿泉水、火腿肠、榨菜等救灾物资和食品。

送走省行领导及有关部门领导后，已是晚上23:30了，我虽然有点累，但因为对这几天的亲身经历很有感触，我想把我见到的这些情况都写出来。回到监察内控保卫部，我打开电脑，在饮水机上接了一杯开水放在办公桌上就坐下来敲起了键盘。我要让各级组织和全行员工都知道上级行对鸡峰分行的关心和支持，也想把这次抗震救灾中鸡峰分行的领导和员工的表现报道出去。材料整理出来后不知不觉已是凌晨5:00左右了。

五月十六日，总行网站原原本本将我写的《鸡峰分行抗震救灾所见所闻》全文刊发。省行《宣传动态》也很快转载了鸡峰分行抗震救灾专题报道。

九十

五月十七日，天气突变，乌云压顶。我正要去陈治国行长办公室汇报工作，刚走出监察内控保卫部，就碰见了陈行长来二楼。他一见我就说："我正好要找你，刚才，气象台预报今晚有大到暴雨，你现在叫上党务工作部刘立峰和行长办公室姚占岐，让他们叫上物业公司的工人，我们一同去协助西虢区支行为员工及家属搭建一下帐篷。让大家快一点，尽可能在大雨来临之前将帐篷搭建好。"

紧急情况，我赶快通知刘立峰主任和姚占岐副主任，并让姚占岐副主任通知物业公司冯德才经理带上工人及木板、钢管、帐篷及工具立即赶赴西虢区支行搭建抗震用帐篷。

因为人多，我们赶到西虢区支行后，很快就在西虢区人民广场一片空地上搭建起了一座长约三十米、宽约五米的大帐篷。又在帐篷里支了床板，放置了饮水机、消防器、矿泉水、方便面等。过了一会儿，省行唐世才行长、高治远纪委书记一行冷不丁来到西虢区支行看望大家。

原来，当天傍晚，大雨将至，省行领导也放心不下鸡峰分行西虢区支行的那些受灾员工及家属，就来查看他们的居住情况。当省行领导走进帐篷，看见搭建好的帐篷里既有食品和饮水机、又有消毒器械和消防器材等必备用品、员工和家属全部都入住到帐篷后，唐世才行长一行感到非常欣慰。他对鸡峰分行陈治国行长说："你们的工作很细致，这我就放心了！我们的各级领导干部就应该始终把员工装在心里，绝不能让员工既流血又流泪。"陈行长说："感谢省行领导对鸡峰分行及西虢区支行员工的关心和照顾。我们一定把上级组织的关怀和温暖带给每一位员工。"

就在省行领导一行刚离开西虢区支行不久，凌晨一点多钟鸡峰地区又发生了一次余震。此时，西虢区支行的受灾员工和家属一个个正在帐篷里放心地休息……

五月十八日，为了表达全国各族人民对四川汶川大地震遇难同胞的深切哀悼，国务院发布公告，决定五月十九日至二十一日为全国哀悼日。在此期间，全国和各驻外机构下半旗志哀，停止公共娱乐活动，外交部和我国驻外使领馆设立吊唁簿。从五月十九日十四时二十八分起，全国人民默哀三分钟，所有汽车、火车、舰船鸣笛，防空警报鸣响。紧接着，北京奥组委也做出决定，为表达对在地震中遇难同胞的深切哀悼，五月十九日至二十一日，奥运圣火在内地的传递活动暂停。

这是中华人民共和国成立以来，第一次就大规模自然灾害举行的全国性哀悼活动，也是第一次从制度上为自然灾害死难的普通百姓下半旗志哀。接到通知，按照陈治国行长的要求，我和郭玉庭副主任立即起草通知，安排鸡峰分行的悼念活动……

那天晚上，我的手机上又发来西京省地震局应急办的短信消息："我省可能会有较强震感，请各地做好预防。"我正在吃晚饭，赶快放下碗筷，拿上外衣开门准备往行里走。白雪边吃饭边说："你又要把我们娘儿俩扔下？"我说："抗震救灾是我们部门负责的事，我不能不去！"说着，我走出门外准备扣门，无意间看见丽丽眼眶里似乎含着泪水。我对白雪说："吃过晚饭赶快带上丽丽在街上躲一躲！我晚上可能回不来！"随后把门带上，我再没有听见白雪言语……

来到行里后，刘增武正在值夜班。我说："今晚情况比较特殊，为了安全，你不要在值班室值班了，搬到押钞车上我俩一起值夜班吧！"刘增武听了后感动地说："谢谢周主任！想不到你能在明知有地震的情况下还来与我一起值夜班！"我说："不用谢！这都是我应该做的。"他没有再言语就跟我一起上了车……

九十一

正当人们还在为地震中遇难的同胞深切悲痛的时候，五月十九日晚7:00，我无意中打开电视机，想看看《新闻联播》。突然，中央一频道荧幕下方打出字幕："据西京省地震局通知：今晚到明天鸡峰、巴蜀有较强地震，请加强防范。"我立刻关掉电视，赶快去行里。一到市行，陈治国行长正得到此消息。他安排我通知所有行领导和各部门主任马上在四楼会议室召开应急领导小组会议。会上，陈治国行长安排了五月十九日至二十日鸡峰分行抗震救灾工作及人员疏散方案。会议结束后，我分头通知辖属各机构负责人立即通知本机构员工和家属当晚必须撤离到帐篷居住。我家住在高层，丽丽打电话说我家楼上物业已将电梯停用，她睡在屋里害怕。我赶忙打电话让白雪从单位回家，先带孩子下楼躲一躲。白雪很理解我，在电话那头说："你忙你的，我安排完单位的工作就回去！"

我将行里的工作安排完毕，回家想看看白雪是否回家，刚走到中行鸡峰分行大楼的西侧，一眼就看见白雪带着丽丽拿着帐篷站在马路对面向我这边张望。白雪和丽丽看见我后，丽丽大声喊道："爸爸！爸爸！我们在这里！"我也看见了她们娘儿俩。我急忙跑过马路，接过妻子手里的帐篷，把丽丽揽在怀里说："不要怕！有我在！我现在就给你们娘儿俩搭帐篷。"

我们一起走到科技路广场，在科技路广场选了一个空旷的地方，搭好帐篷，安顿下她们母女俩，我就匆匆又回行里。这一夜，我与当日值班的张军伟一起在市行押钞车上守候了一夜……

就在我们紧锣密鼓地防震抗灾的时候，我从报纸上看到这次四川汶川地震，截止五月十八日已造成三万二千四百七十六人死亡，二十二万〇一百〇九人受伤。其中：汶川县八个镇被夷为平地，县城的房屋倒塌三分之一，其余的房屋严重受损。该县因地震死亡三百三十七人，受伤三千余人。绵竹市九百人死亡，四千五百人被掩埋，三千五百人受伤。汉旺小学两个偏楼完全垮塌，每个偏楼为四层楼，每层楼约有五十名学生上课，学生来不及挤向楼梯口，被垮塌的墙壁和楼板压在下面；绵竹市富新镇富新二小有四个年级八个班级三百〇九个学生，目前已经确认一百二十三人死亡，救出一百二十六人，还有六十人无法确定生死；东方汽轮机厂百分之九十五的建筑物和厂房坍塌，五百多名职工和家属失踪，目前该厂职工已经成功救出一百人左右；中国银行绵竹分行是一栋六层楼的建筑，不到一分钟就消失了。看到同胞和同事遇难，我的心情复杂而难过……

就在这期间，国家已投入数十万人开展抗震救灾。其中，解放军、武警官兵和公安民警就达十万多人。有一千二百三十五个医疗急救小组和上百支专业救护队已到达灾区救灾。

五月二十一日，鸡峰分行党委传达了上级行的工作安排，在全体党员中开展自发缴纳“特殊党费”活动。缴纳的“特殊党费”要逐级上缴到中央，由中共中央组织部全部捐献给灾区人民。那天，我在网点检查完工作刚回行里，看见有好多人去党务工作部缴纳“特殊党费”。我也来到党务工作部缴纳了一千元的“特殊党费”。我想用这微不足道的“特殊党费”再次表达一下我对灾区人民的一点心意。

这次鸡峰分行缴纳“特殊党费”活动，全行党员共缴纳“特殊党费”两万一千七百五十元。这也是鸡峰分行党委第二次开展此类活动。这两次捐款活动算是鸡峰分行全体员工及党员为四川省汶川灾区人民应尽的一点微薄之力吧！更使我感动的是在鸡峰分行向四川省汶川灾区人民捐款的同时，西京省分行党委在鸡峰市发生地震后，第一时间伸出援助之手向鸡峰分行全体员工每人发放受灾慰问金一千元。鸡峰分行的班子成员却毫不犹豫地把各自的一千元慰问金全部捐献给了受灾相对比较严重的西虢区支行的全体员工。西虢区支行的领导用这笔钱为西虢区支行的员工统一购买了毛巾、香皂、牙具等洗漱用品和藿香正气水、板兰根冲剂等防疫降暑的药品。

九十二

根据中国地震局通报：四川汶川发生八级地震时，宁夏、青海、甘肃、河南、山西、西京、山东、云南、湖南、湖北、上海、重庆、北京等地均有震感。后来，地震专家分析说：这次地震是继一九七六年四川松潘和平武两县发生七点六级地震以后，近三十二年来发生在四川省内的首次七级以上地震。“5・12”汶川八级地震的类型属于“主震余震型”地震。主震后，总体趋势是衰减的，但其持续时间较长。而且，在此次地震过程中，会有一些起伏，有时起伏还比较剧烈，也就是说在以后的日子里可能有较大余震发生。地震专家把“5・12”汶川八级地震和一九七六年唐山大地震作了对比分析，他们说：汶川大地震是中国一九四九年以来破坏性最强、波及范围最大的一次地震。地震的强度和烈度都超过了唐山大地震。原因有六个方面：首先，从震级上可以看出，汶川地震稍强，唐山地震国际上公认是七点六级，汶川地震是八级。其次，从地缘机制断层错动上看，唐山地震是拉张性的，是上盘往下掉。汶川地震是下盘往上升，要比唐山地震影响大。第三，唐山地震的断层错动时间是十二点九秒，汶川地震是二十二点二秒。通常讲，错动时间越长，人们感受强震的时间就越长，建筑物摆幅持续时间就越长。第四，从地震张量指数上看，唐山地震是二点七级，汶川地震是九点四级，差别相当大。第五，汶川地震波及面积和造成受灾面积要比唐山地震大。汶川地震是挤压断裂，错动方向是北东方面，波及面积大，几乎整个东南亚和整个东亚地区都有震感。第六，汶川地震诱发的地质灾害和次生灾害要比唐山地震大。唐山地震主要发生在平原地区；汶川地震主要发生在山区，次生灾害和地质灾害明显大于唐山地震，比如滚石加上滑坡和破坏性崩塌就相当严重。另外，汶川地震的位置也非常特殊。唐山地震发生在中国的东部，因为东部地区延迟线比较薄，东部地震波衰减厉害，而四川的延迟线厚，所以地震波衰减慢。据统计，一九七六年唐山大地震造成二十四点二万人丧生。截至目前，汶川地震造成四万〇七十五人遇难。这是因为唐山地震发生时间是夜间，大部分人在睡觉。而汶川地震主要发生在白天。另外，唐山地震主要发生在市区，而汶川地震主要是在山区或者说农村人口密度不是很大的地方。

听专家这么一分析，我们就不难理解为什么汶川地震发生后，余震那么频繁，而且，威力还那么强烈。专家还说，汶川地震形成的根本原因有三个方面：一是印度板块向亚洲板块俯冲，造成青藏高原快速隆升。高原物质向东缓慢流动，在高原东缘沿龙门山构造带向东挤压，遇到四川盆地之下刚性地块的顽强阻挡，造成构造应力能量的长期积累，最终在龙门山北川——映秀地区突然释放。二是此次地震属于逆冲、右旋、挤压型断层地震。发震构造是龙门山构造带中央断裂带，在挤压应力作用下，由南西向北东逆冲运动。这次地震属于单向破裂性地震，由南西向北东迁移，致使余震向北东方向扩张。挤压型逆冲断层地震在主震之后，应力传播和释放过程比较缓慢，导致余震强度较大，持续时间较长。三是此次地震是浅源地震。汶川地震不属于深板块边界的效应，发生在地壳脆——韧性转换带，震源深度为十千米至二十千米之间，因此破坏性巨大。

这些专业术语听起来有些绕口，但汶川地震确实波及到鸡峰市，且破坏性非常巨大，这是不争的事实。

就在这次地震期间，我亏欠了我父母亲。自从我从双山县支行调到鸡峰分行工作后，我父母亲就住在双山县中行家属院，他们都已年迈，特别是我母亲经常有病，身体虚弱。在这次地震期间我曾打电话问候过二老，但我无法抽出时间看望他们，也无法给二老搭建帐篷。每次打电话，我父母亲都说："我们好着呢！你就放心工作！"其实，我心里清楚，我父母亲还是怕耽误我的工作，不愿意给我增添麻烦。

地震期间，当双山县支行的领导看见两位老人的实际困难后，他们在我不知情的情况下，请两位老人晚上一起住在给县支行员工和家属搭建的帐篷里。后来，我知道了此事后，感到很欣慰。我从内心感激双山县支行的领导和同志们，能在二老有困难的时候帮助他们。

五月二十五日是个礼拜天。那天微微下着小雨，下午4:00左右，青川六点四级余震波及到鸡峰市。当时，我正在陈宝园支行检查工作，立即与网点负责人疏散员工，紧急安排接库。等一切工作完成后，我回到家里，一进家门就看见白雪脸色蜡黄，坐在沙发上发呆。她一见我就说："地震一来，丽丽比我老练，咱们住楼高，楼房摆动特别大，不要说下楼了，人都站不稳，我慌了手脚。你宝贝女儿不管三七二十一，把头一抱钻进了卫生间洗脸盆下躲地震。后来我问她，你怎么知道往卫生间钻？丽丽说：'是我们老师讲的。'"我听了后非常欣慰，就对白雪说："这说明咱们的丽丽懂事了，正确的避震方法就应该是这样！"我心里暗暗地为丽丽的做法叫好，我非常感谢学校对孩子们处理突发事件能力的培养！

此事过了两天，我正在与行长办公室姚占岐副主任讨论市行办公楼和西虢区支行办公楼如何修缮的问题，突然，省行保卫部何毅副总经理打来电话说，西京省委、省政府安排咱们中行西京省分行对口援建鸡峰市的秦南县，让我与秦南县政府联系一下，尽快了解一下秦南县的受灾情况，然后将情况报告给省行。我立即上楼去陈治国行长办公室汇报了情况。陈行长听了后对我说："你和姚主任商量一下，尽快把秦南县的实际情况了解回来，我们再研究怎么给省行汇报。"

根据陈治国行长的安排，我立即与姚占岐副主任去秦南县了解情况……

秦南县位于西京省西部的秦岭腹地，总面积二千七百八十平方公里。县辖五镇三乡，六十六个行政村，五万二千人口。"5·12"四川汶川特大地震灾情致使该县八个乡镇不同程度受灾。全县受灾面积二百七十平方公里，占总面积的百分之十；受灾人口一万三千多人，占总人口的百分之二十五。一千三百七十七户，四千一百五十五间民房倒塌。一千九百四十六户，六千八百二十间民房，七十一栋办公用房，二十三栋商品房不同程度受损。其中，三十九所学校受灾。两所教学用房九栋面积六百〇五万平方米全部倒塌。危房五所，墙体裂缝或倾斜三十二所，经济损失一千二百六十六万元；需维修三栋面积三百六十平方米，经济损失十七万九千元；医院需拆除重建五栋面积三千五百平方米，经济损失四百二十万元；需维修九栋面积三千五百万平方米，经济损失四百三十万元；基础设施损坏严重，十四条县乡村道路、八座桥涵、二百一十四根电力杆塔、十四台变压器以及城乡四十八处供水系统遭到破坏，直接经济损失一亿二千八百六十八万元；两人受伤。特别是老鸹镇窖村楚坝自然村受灾严重，该村四十七户一百八十五人中，四十一户一百六十三人受灾，三十七户二百二十间民房倒塌。

我们将掌握的这些情况给陈治国行长做了汇报后，他安排我将了解的秦南县受灾情况书面向省行如实做了汇报……

九十三

六月三日下午2:30，烈日高照，气温骤升。中国银行朱爱民副行长一行在省行唐世才行长的陪同下，冒着随时发生余震的危险，来到鸡峰分行西虢区支行现场视察灾情，了解受灾员工安置情况。

朱爱民副行长是个高个子。他大约有一米八五左右，圆脸，头发微微花白，戴一副近视眼镜，上身穿一件白色长袖衬衫，下身穿一条灰色裤子。白色长袖衬衫束在腰间裤子里。因为天热，他将两只袖子挽在胳膊肘，一只手里攥着一条白毛巾，时不时在额头和脖项上擦擦汗。我第一眼看见他时，有些不敢相信他竟然是总行的领导，他倒很像是邻家的一位普通大叔。他查看西虢区支行办公大楼的时候，西虢区支行李伟军行长递给他一顶黄色安全帽，他随手戴上，继续走在人群的前列……

朱爱民副行长先去西虢区支行办公大楼对大楼外墙损坏情况进行了查看。之后又对楼内墙体损坏情况入室进行了查看。在查看的过程中，他不住地询问李伟军和陈治国行长有关西虢区支行办公大楼的一些情况……

查看完西虢区支行办公大楼后，他又来到了西虢区支行住宅楼现场。朱爱民副行长对住宅楼整体受损情况进行了了解。随后，他深入住户家中查看灾情，问寒问暖。接下来，他又现场查看了安置员工的防震大棚和临时食堂，与棚内居住的员工家属和值班的退休员工进行了交谈，询问了员工家庭受灾情况和近期生活情况。在防震大棚，当看到宽敞的大棚、整齐的床铺、有序的管理、齐全的生活和安全卫生防疫设施后，朱爱民副行长对省行唐世才行长和市行陈治国行长说："比想象的好多了，你们费心了！"

接着，他又来到员工临时食堂，看到整洁的卫生环境、具体的管理制度和丰富的食谱安排时，朱爱民副行长一再表示，对鸡峰分行管理层在非常时期的有序工作感到很欣慰，对发生地震后省、市、区三级行及时应对、妥善安置员工、精心安排员工生活表示肯定。

随后，朱爱民副行长一行又前往西虢支行街西分理处，对灾后合并营业的支行营业部和街西分理处员工进行了亲切慰问，对广大员工的敬业精神表示了充分肯定。他要求大家相信组织，相信总行，有全行二十三万员工与大家在一起，大家众志成城一定会战胜灾害，渡过难关。慰问中，朱爱民副行长与街西分理处张同生、孙悦芳亲切交谈，询问了他们家庭受灾情况，了解了员工的生活情况。

现场视察慰问后，朱爱民副行长又来到西虢区支行临时租赁的机关办公室，在详细听取了西虢区支行李伟军行长的汇报后，朱副行长说："我这次来，一、代表总行党委和二十三万中行员工对鸡峰分行进行慰问。请大家相信，有中国银行在，有组织在，有全体员工的共同努力，我们一定会渡过难关的。二、对各级行在省行党委领导下工作得力，组织有序，我代表总行表示感谢。灾害发生后，省、市、区三级行应对灾害的自救措施和组织措施很到位，这是值得肯定的。每到一处，员工和家属都比较满意，这让我们很欣慰，也感谢各位的付出。三、灾害发生后，员工能毫无畏惧及时为社会提供金融服务，难能可贵。这是值得我们大力宣传和倡导的。四、我们的各级组织要继续关心员工生活，充分考虑灾害的不确定性，拿出比较周全的方案，从组织上、物质上和精神上做多种准备，要做到有备无患。五、西虢区支行党支部要发挥战斗堡垒作用，充分发挥党员在抗震救灾中的先锋模范作用，带领全体员工做好抗震救灾工作。六、要突出体现中国银行在抗震救灾中与客户共渡难关的关系，大力弘扬抗震救灾中的正气及员工的敬业精神和专业精神。七、要借灾后重建的这个平台，在网点布局上精心规划，提升中国银行的品牌形象，总行将会在资源和费用上大力支持。八、要进一步保持和激发员工的爱行敬业热情，将这股热情运用到恢复正常的生活和生产秩序及重建工作中去，将各项工作做在同业前列。”朱爱民副行长的讲话很朴实，也很到位，特别是对省、市、区三级组织工作的肯定很鼓舞人心。

九十四

朱爱民副行长在繁忙的工作之余，心系受灾员工，轻车简从，只带了一个秘书就来到西虢区支行视察和慰问受灾员工的举动，让西虢区支行的员工和在场的领导及同志们很受感动。特别是他的讲话平实而富有感染力，使所有人听了后都倍感鼓舞。朱爱民副行长一讲完话，陈治国行长就接着表态说：“请领导放心，我们绝不辜负总行党委的期望与嘱托，鸡峰分行将众志成城、和衷共济，用实际行动报答总行和省行对我们的关心和帮助。”西虢区支行李伟军行长说：“请领导放心！我们一定会想尽一切办法做好抗震救灾工作。同时，也要把我们的业务搞上去，不辜负各级领导对西虢区支行的期望……”

当天下午17:00左右，朱爱民副行长一行在慰问完西虢区支行干部员工后，又驱车来到鸡峰分行。他一到鸡峰分行，首先查看了鸡峰分行办公大楼受损情况，在鸡峰分行营业部和二楼机关各部室分别看望慰问了正在上班的每位员工。

当他走到二楼监察内控保卫部主任办公室，陈治国行长介绍我是监察内控保卫部主任时，朱爱民副行长和蔼地与我握了握手。他问我说：“这次鸡峰分行的抗震救灾工作是通过你们这个部门牵头实施的吧？”我忐忑地说：“是的！我们的工作还做得很不够！”

朱爱民副行长高兴地说：“你们做得很好，很到位！你们辛苦了……”

紧接着，他向我询问了鸡峰分行在这次抗震救灾工作中的一些具体做法。我一一向领导做了汇报。他谈吐自如，风趣幽默，平易近人，一点架子都没有，与他交谈就好像与自己家人在一起交谈一样，我很快消除了初次见面的那种拘谨……

朱爱民副行长与我交谈完毕，在陈行长的陪同下，他又去东边党务工作部和计划财务部进行慰问。慰问完机关上班的所有员工后，朱爱民副行长又与陈行长一起上了四楼陈治国行长办公室等待开座谈会。我随后带上笔记本也上了四楼中型会议室……

当我来到四楼中型会议室，大部分的部室主任已来到会议室。时间不长，朱爱民副行长在陈治国行长的陪同下来到了会议室。大家站起来鼓掌。朱爱民副行长微笑着向大家点点头，示意大家坐下。然后，他坐在北边最中间的位置。省行唐世才行长及省行其他领导依次坐在朱爱民副行长左边的位置，陈治国行长及市行的领导依次坐在了右边的位置。我坐的位置在南一排，正好对着朱爱民副行长。这时，我仔细观察了一下朱爱民副行长：他依旧挽着袖子，面带微笑。当陈行长向他介绍参加座谈会的人员时，他一一向对方点点头，丝毫没有一点大领导的架子。座谈会一开始，陈行长首先汇报了鸡峰分行抗震救灾工作。在他汇报工作期间，朱爱民副行长一边听，一边时不时拿笔在自己的笔记本上记一下。偶尔，他拿起右前方自己用的白毛巾擦一擦额头上的汗珠，又端起杯子喝几口水。等陈行长汇报完工作，他说：“我在查看西虢区支行和鸡峰分行灾情过程中，已多次对西京省分行和鸡峰分行以及西虢区支行在这次抗震救灾当中的出色表现给予了充分肯定，对大家在抗震救灾中的精神状态和所表现出的凝聚力以及中行企业文化精神也给予了肯定的评价。在这里我不想多做赘述。但对同志们提出的工作中出现的新情况和新问题，请大家相信组织，总行党委对灾区行及其员工非常关心，将会切切实实解决一些实际困难和问题。

“这场天灾对我行带来很大影响，我们中国银行和中行员工在天灾面前交出了一份出色的答卷。地震发生后，各级反应特别快，无论是省行、市行还是县区支行，反应都很及时，坚定不移地把员工的生命安全放在了第一位。从目前情况看，员工思想稳定，业务开展势头良好，尽到了我们银行业的社会责任，发扬了难能可贵的敬业精神。同时，我们把业务做了上去，这就是很大的胜利。我为你们的努力感到非常的骄傲，你们在这场突如其来的天灾中经受了考验，在很短的时间内把职工灶和帐篷都搭建了起来。二十多天时间里晚上睡帐篷，白天穿制服精神抖擞去上班，保证了正常开门营业。像这样的精神，在全辖要大力发扬光大。借此机会，我向鸡峰分行三百多位员工，转达总行党委、董事长、行长、中行全辖二十三万员工对大家的感谢和敬意。这也充分体现了中国银行的凝聚力和敬业精神，体现了管理班子和干部的组织能力。西京分行在自己地震受灾的同时，在总行的统一安排部署下，坚定不移地冒着次生灾害的风险支持了四川分行，体现了非常好的企业文化精神，这一点值得大力宣传。

“我们要把员工的安危放在前面，总行目前已经把一千四百顶帐篷调运西京分行，全辖也会支持你们。我们要在大灾之年收入更上一层楼，作为管理者，第一步首先要考虑员工无伤亡；第二步要考虑生活能正常；第三步要考虑营业能继续；第四步要考虑收入能上升。对于西京分行和鸡峰分行提出的四点建议，一是办公楼、网点维修、搬迁改造等全部解决，财务将单列。对员工住宅楼修缮争取通过全辖员工捐赠或总行的费用解决，这需要专题调研。你们先拿出具体方案。二是员工生活补助以考勤补贴和上岗津贴形式考虑。三是住房贷款和助学贷款核销需要进一步研究，总行研究后会很快给你们一个答复。四是秦南县重建工作要从长计议，多与当地政府沟通。对今后的工作我也想借此机会再谈两点意见：一、抗震救灾形势在不断变化，我们要做好中长期的工作准备，从组织、精神、物质上做好准备。组织上，做好分工，我们的干部团结起来充分调动全辖资源；在精神上，不断激励鼓励员工战胜地震带来的灾害。目前，我们员工精神面貌空前团结，越是困难越是要强调发扬党员先锋模范分子的带头作用，宣传他们的先进事迹，宣传工作要跟上，突出宣传中国银行在抗震救灾中与客户共渡难关的鱼水关系，大力弘扬抗震救灾中的正气及员工的敬业精神和专业精神；物质上，从资源、费用、安全设施方面拿出方案，冬季之前要把房屋修缮好，要始终把员工的生命安全放在首位，把社会服务放在前列。二、积极开展业务，把目前的大局面和商业原则结合起来，加强与政府的联系，主动请示汇报，提高中行在当地的品牌。加大营销，积极宣传中行企业文化。在这次抗震救灾中鸡峰分行和每位员工要经得住锻炼和考验，干部要对员工负责，做银行的一定要把事做细，做管理的一定要管在前面……”

朱爱民副行长的即兴讲话结束后，会场上响起了热烈的掌声……

九十五

朱爱民副行长回北京不久，唐世才行长就给鸡峰分行陈治国行长打电话说，总行已经研究同意向秦南县政府捐款。请鸡峰分行协助省行尽快与鸡峰市人民政府和秦南县人民政府取得联系，摸清他们的一些具体情况，省行打算把捐赠仪式就放在鸡峰分行举行。届时，省行领导将参加捐赠仪式，请鸡峰分行务必做好前期准备工作。

陈治国行长把我叫到他办公室就给我安排了此项工作。我回监察内控保卫部后就迅速组织有关人员分头准备捐赠仪式有关工作……

六月六日，中国银行西京省分行向鸡峰市秦南县地震灾区捐赠仪式会议在鸡峰分行三楼会议厅举行。省行高治远纪委书记率领省行办公室艾宗芳主任和保卫部张群总经理参加了这次捐赠仪式会议。鸡峰市人民政府刘忠副市长、张凯副秘书长、秦南县委米红科书记和常瑞丽县长应邀来中国银行鸡峰分行三楼会议厅参加了捐赠会议。鸡峰分行陈治国行长和班子成员、各部门各机构“一把手”以及驻鸡新闻媒体的记者朋友们列席了此次会议。

上午10:00，各位领导和同事一到齐，捐赠仪式就正式开始了。

会议由鸡峰市人民政府张凯副秘书长主持。他着一身灰色正装，拿一个粉红色文件夹走到主席台宣布说：“中国银行西京省分行向鸡峰市秦南县地震灾区捐款仪式现在开始：首先邀请中国银行西京省分行纪委书记高治远同志讲话，大家欢迎!”掌声过后，高治远纪委书记走向主席台，他先向台下鞠了一躬，然后走向发言席说：“……今天，中国银行股份有限公司向西京省鸡峰市秦南县地震灾区捐赠仪式在这里举行。在此，我谨代表总行、省行以及我行全体员工向秦南县受灾的人民群众表示亲切的问候!

“‘一方有难，八方支援’，这是中华民族的优良传统美德。得知秦南县在‘5·12’强震中受灾较为严重后，我行积极行动起来，与县委、县政府加强联系，紧急调运一批赈灾急需物资，筹集了一笔资金，启动对口支援鸡峰市秦南县的灾后重建工作。希望通过我们的工作和努力，帮助灾区人民共渡难关、重建家园。

“目前，我们中国银行所有网点还开展了一系列赈灾活动。包括：开辟了抗震救灾绿色通道；免除向受灾地区捐款的所有汇款手续费。中国银行将履行我们的社会责任，尽我们最大的努力，为抗震救灾提供优质的金融服务。

“我们坚信，秦南县委、县政府在鸡峰市委、市政府的坚强领导下，在米红科书记的带领下，在各方的大力支持下，一定能够取得灾后重建工作的最后胜利……”

这次“5·12”汶川大地震波及到鸡峰，在鸡峰市，秦南县是灾情最为严重的县区之一，全县八个乡镇不同程度受灾。当时，党和国家领导人在灾后第一时间亲临现场视察慰问了秦南县重灾区的当地干部群众。随后，又来到西虢区查看了灾情，慰问了当地干部群众。

那天上午，在鸡峰分行三楼会议厅举行的捐赠仪式是中国银行股份有限公司西京省分行在前期向西京省政府地震灾区捐助人民币一百万元的基础上，第二次向鸡峰市捐助，共捐助人民币三十万元，物资四万五千元。这批物资和资金将定向用于西京省分行对口支援灾后重建的秦南县，为受灾地区抗震救灾、恢复生产和重建家园贡献中国银行的一份微薄之力。省行高治远纪委书记在讲话中说：“‘5·12’汶川地震强烈波及到鸡峰市后，给当地人民造成了巨大的生命及财产损失。中国银行作为承担社会责任的上市公司，积极支援灾区建设，在灾情发生后迅速为四川灾区运送了大量救灾物资。在省政府确定西京省分行为对口支援秦南县的灾后重建工作后，积极响应，尽最大努力支援灾区重建，并以高度的责任心和使命感，为抗震救灾提供优质的金融服务……”

高治远纪委书记讲话即将结束的时候，我赶快将事先准备好的一块写有中国银行捐赠人民币三十万元、物资四万五千元的大牌子提前预备好拿给礼仪小姐，第二项议程是捐赠仪式……

等高治远纪委书记和陈治国行长向秦南县人民政府捐赠完款物，秦南县委米红科书记就代表县委、县政府对中国银行的无私奉献、慷慨解囊表达感谢之意。他在发言中说，秦南县一定要用好这笔宝贵的资金和物资，为灾区人民实实在在办些实事……

最后一项议程由鸡峰市人民政府刘忠副市长讲话，他肯定了中国银行多年以来为鸡峰市经济社会发展所做出的贡献，感谢中国银行对鸡峰市抗震救灾工作的全力支持和物资援助。对此次善举和中国银行支持秦南县灾后重建工作给予了高度评价。

这年“七一”，鸡峰分行被西京省分行党委评为“抗震救灾先进集体”；我被鸡峰分行、西京省分行党委分别评为“抗震救灾先进个人”。这是上级组织对鸡峰分行工作的肯定，也是对我们监察内控保卫部全体员工工作的肯定和褒奖。

九十六

“七一”那天，省行抗震救灾大会在西京省奴丹娜影视城举行。我是第一次来这样的地方参加表彰会的。奴丹娜影视城共设有八个放映厅，过道墙壁一律是黑金大理石装修，铺着红地毯，走在上面特别有档次，脚下柔软而富有弹性。我们参加会议的是八号放映厅，也是奴丹娜影视城最大的一个放映厅，大概能容纳一百六十余人。

自从鸡峰市河滨、解放、人民和大众电影院逐步退出市场后，我还是第一次来这样的影视城。一进入八号放映厅就感觉特别新鲜。一排排阶梯式蓝色软靠背椅有序排列，四周墙壁全用米黄色隔音材料装饰，环绕立体音响正播放着豪迈的抗震救灾音乐。参会人员正陆续进入会场。前面，大银幕上播放着用电脑合成的总、省、市行领导和全行员工众志成城抗震救灾的画面。当我看到总行朱爱民副行长、省行唐世才行长等领导同志视察鸡峰分行的画面时，我仿佛又回到了那个惊心动魄的日子……

忽然，谁叫我的名字，我回头一看，是为大会照相的省行工会张虎平主管在喊我。我向他打了招呼……

看得出，西京省分行领导是很重视这次抗震救灾表彰大会的。唐世才行长及班子成员全部都参加了这次会议。表彰大会由省行高治远纪委书记主持。大会一开始，唐行长首先对全省抗震救灾工作进行了全面总结。最后，高治远纪委书记宣布了对西京省分行抗震救灾先进集体和个人的表彰决定。所有班子成员集体给获奖先进单位颁发了奖牌，给先进个人颁发了奖状。

领完奖，刚好第二天是个礼拜天，我顺路回了一趟双山县老家。回家后，我才知道家里的墙体也在这次地震中出现了裂缝……

我对母亲说："在这次抗震救灾工作中，我受到了我们市行和省行的表彰。"躺在病床上的母亲脸上有了一丝笑容。她动了动嘴唇，但欲言又止。我知道，我母亲对我在这次抗震救灾中的工作表现是满意的。她停顿了片刻说："在地震那阵子，我和你爸最担心的就是你们一家子人的安全！你给家里打来电话后，我和你爸才放下了心！"听到这里，我心中一阵难受，如鲠在喉……

自从母亲第二次住院出院后，她的身体就每况愈下，一直在家里养病。我因工作忙，除我母亲住院期间利用礼拜天看望过几次外，却不能照顾母亲，只有我父亲一直在母亲身边照顾着……

我在双山县支行工作的时候，心里早就清楚，我母亲得的病是个麻缠病。目前，从国内医学角度来看还无法治愈，只能靠药物维持。

后来，我父亲从双山县医院打听到秦都市有一家医院专门治疗这种病，我就与我父亲一起带我母亲去了一趟秦都市武长医院为母亲看病。

自从我母亲吃了秦都市武长医院的中药后，病情大有好转，我与我父亲也特别高兴。那一年春节，我硬动员我父母亲去双山县微娜斯摄影厅拍了一张全家福。这是我们全家人拍摄的唯一一张全家福，照片里有我、白雪、青青和丽丽；锁丽与女婿万学军及我两个外甥万成和万达；锁娟与女婿陈文轩及我的小外甥陈涛涛。我把这张照片放成了六十四寸大，装上镜框挂在我母亲的房间里。我母亲埋怨我说："这么贵！花这钱干啥？"我说："好不容易我们照了一张全家福，把它放大，留个纪念我觉得值。"我母亲笑了笑没再言语。后来，我调到鸡峰分行工作后，买下了房子，等房子装修好后，我就先将我父母亲接过来，照顾青青和丽丽。等一年后，白雪调到鸡峰工行工作后，我父母亲才执意要回双山县居住，他们才回了双山县。后来，我母亲病重，照顾母亲的重担就全落在了我父亲的肩上……

这次领完奖回家，一是为了想看看我母亲；二也想让我母亲分享一下我的喜悦。临走，我给我母亲放了一些零花钱。我母亲说："你刚买下房时间不长，还要供青青和丽丽上学。我不要你的钱，你就放心工作吧！我没事……"我说："您就放下看病吧！我爸的退休费也不高……"

虽说我母亲说她没事，但我一直担心我母亲的病。临走，我见父亲给我母亲倒水吃药，他的右手在颤抖。我问父亲："爸！您怎么右手颤得这么厉害？要不，我带您去医院看看？"我父亲说："老毛病了，医生说不碍事。"我说："那您也得注意啊！实在不行就去医院看看？”我父亲说：“我会注意的，时间不早了，你赶快搭车回鸡峰吧！”我就回了鸡峰市……

九十七

二〇〇八年七月，距离奥运会只有一个月的时间了，由中国人民银行发行的十元面额的奥运纪念钞在全国各地银行网点兑换。那天，中国银行鸡峰分行营业部和开发区支行门前人声鼎沸，前来兑换纪念钞的群众排成了长龙。按照前一天晚上陈治国行长的安排，我和郭玉庭副主任一直忙碌着与物业公司的保安在营业部和开发区支行维持秩序。就在这期间，人民银行鸡峰市中心支行的张成唤行长和有关工作人员在陈治国行长的陪同下分别来到营业部和开发区支行检查安全工作。当张成唤行长看到中国银行鸡峰分行这两个指定兑换网点一直秩序井然、群众都能按规定自觉排队兑换时，他对中行的安保组织工作表示了赞许和肯定，他说：“转了几个行，目前只有你们行秩序井然，没有出现混乱。”陈治国行长听后很高兴，他说：“谢谢领导鼓励，这都是我们应该做的！”

遗憾的是我与郭玉庭一直忙乎着维持两个网点的秩序，根本没有顾上兑换一张纪念钞。回家后，丽丽问我要奥运纪念钞。我说：“这次兑换纪念钞，人实在太多了，爸爸没顾上给你兑换，等以后发行了一定给你兑一张！”丽丽不满意地说：“人家兴兴他爸与你在一起上班，人家咋能兑换下？”我说：“爸爸太忙了，根本没时间排队！好女儿！下次吧！下次等爸爸不忙了一定给你兑换一张！”丽丽听后不再言语……

巧合的是七月十一日，中银香港宣布获准发行港币二十圆面额的北京二〇〇八年奥运会港币纪念钞。陈治国行长给全行每个员工每人兑换了一张港币纪念钞。我拿到手后，如获珍宝。这张北京二〇〇八年奥运会纪念钞正面为古代奥林匹克运动发源地的遗址建筑柱式图案和北京二〇〇八年奥运会会徽及香港中银大厦图案。背面为二〇〇八年北京奥运会主场馆——国家体育场鸟巢。下班后，我赶快拿回家送给丽丽，可青青看见后说：“爸爸！您咋这么偏心呢？给丽丽送，为啥不给我送？”我说：“你是姐姐么，应该照顾着妹妹。下次吧！等下次有机会，我也给你兑换一张。”就在北京奥运会举办的前夕，我有了一次去香港见学的机会。那次，我们一共去了四个人，到香港后正好是个礼拜天，张雨涵、赵洪川和冯明琦起先要拉上我去香港吉尼斯公园玩，我硬说服了他们与我一起去了香港中银大厦。以前总在电视上看到香港中银大厦，它是香港的标志性建筑之一，这次来香港一定要目睹一下它的尊容。一到中环，一眼就看到一座银光闪闪外形很像竹笋的建筑，它就是高三百一十五米、共有七十层的中银大厦。这座摩天大楼的设计者就是中行的老前辈贝祖诒的儿子贝聿铭。当年，贝聿铭一岁的时候，他的父亲贝祖诒创立了中国银行香港分行。一九八五年，几近古稀之年的贝聿铭设计了香港中银大厦。听说香港中银大厦从一九八五年年中破土动工，以每四天盖一层楼的速度拔地而起，整座超级建筑结构在十六个月内就完成了。这就是中国速度和中国力量，也是贝祖诒和贝聿铭父子俩与中行的一种机缘巧合。站在大门外广场能看见香港中银大厦两旁的大瀑布直流而下直接汇聚到了门前特意设计的鱼池里。拾级而上，大门两旁有一对雄壮的古铜色狮子，一进营业大厅就好像进了休闲商场，一楼全部是开放式柜台和封闭式柜台的组合体，整个大厅客户显得并不多，我们也不好意思在大厅多待就直接上了二楼。二楼为理财中心，整个大厅空间宽阔，客户也显得寥寥无几。我们刚坐在一组空闲沙发上，一位大堂助理就笑盈盈地为我们端来了热茶……

从香港刚回来，举世瞩目的第二十九届奥林匹克运动会就在北京国家体育场开幕了。夜幕下，“鸟巢”造型的国家体育场华灯灿烂，流光溢彩。百年期盼，七年筹办，终于梦想成真。这是十三亿中国人民永远难忘的时刻，也是现代奥林匹克运动又一次辉煌的瞬间。当天晚上，我、白雪和丽丽，我们一起在电视机前观看中央电视台现场直播，精彩处，我情不自禁地喊出了声：“好——好……”

奥运会开了十六天，我只要一有空，每天晚上都要抽时间在电视机前观看奥运比赛。十六天的紧张比赛，让北京这座有着光辉历史而又充满生机活力的现代城市见证了激情和欢乐。博尔特百米潇洒飞越，菲尔普斯泳池狂揽八金，刘春红举重力拔山兮……奥运会上不断刷新的纪录，书写着人类超越自我、挑战极限的梦想。那届奥运会中国健儿以五十一枚金牌一百枚奖牌的优异成绩和崭新风貌令世界瞩目；更令世人称颂的是百万名志愿者以他们的亲切微笑和周到服务让世界刮目相看；中国银行作为唯一奥运银行合作伙伴的周到金融服务令组委会称赞。作为一名中国银行的员工，我感到无尚光荣和自豪……

为了保证那次北京奥运会的安全，全国各条战线的安保人员都紧绷神经，防患于未然。我们鸡峰分行监察内控保卫部也不例外，除了加强安保措施外，那段时间，我和郭玉庭就一直未休过假。

十六天紧张激烈的奥运比赛结束后，鸡峰分行一切平安，我们向上级组织交出了一份满意的答卷……

九十八

二〇〇九年六月，夏收已完全结束了，家家户户都颗粒归仓后，一些麦茬地里已播种下秋粮的种子。这时候，我母亲病重了，她住进了双山县人民医院。我母亲不让我父亲给我说，她怕分我的心。那段时间，青青正在参加全国统一高考。

我母亲住院后，她昏迷了再苏醒，苏醒了又昏迷。医院已经连续七次给我母亲发来病危通知书。可每当我母亲苏醒后的第一句话就是交代我父亲和锁丽、锁娟，不要让我知道她住院的事。后来，我听锁娟给我说这事的，我忍不住一阵难受。

得知我母亲住院的消息是六月八日下午两点多钟。青青参加最后一场考试刚进入考场不久，锁娟就给我打电话说：“哥！你赶快回来吧！妈病得厉害，她不让给你说，怕影响青青的考试。”

接完电话，我赶快向行请假搭车赶回双山县。到医院后，我母亲正在病榻上苏醒过来。她见我后的第一句话就说：“青青考得怎么样？”我拉着我母亲的手强忍着泪水说：“您放心吧！青青考得很好。”我母亲听后，声音微弱地说：“那就好——那就好……”看得出我母亲眼角流出了激动的泪……

下午，青青考完试，白雪带着青青搭车赶回了双山县人民医院。青青一见我母亲就说：“婆！您的病好些了吗？”

我母亲说：“婆的病就这样了，你考得好吗？”青青说：“成绩还没出来，估计差不多吧！”

我母亲拉着青青的手，又流下了激动的泪……

青青见我母亲一直流眼泪，就去县供销社给她奶奶买了一块浅蓝色花格手帕放在我母亲的床头说：“婆！您再流眼泪就用这块手帕擦一擦吧！”我母亲说：“青青大了，你给婆买的手帕，以后也是婆的一个念想。”青青说：“婆！你好好看病，等我参加工作有钱了给您经常买好吃的。”我母亲叹了一口气微笑着说：“唉！你看婆的这身体，还能盼到我乖孙女参加工作的那一天吗？”

青青拉着我母亲的手继续说：“婆！您好好看病！我看一定行的……”

我从母亲的病房出来，去了一趟主治医生的办公室询问了一下母亲的病情。主治医生告诉我：“我给你父亲说了几次了，赶快将人往回送吧！这病在后期说不行就不行了，不然怕……”我问：“怎样才能延长我母亲的生命？哪怕几天？”他说：“只能打白蛋白溶剂了，但我也不敢给你完全保证，只能试试看吧！况且，这种药我们医院也没有。”我说：“只要能救我母亲的命，我们自己想办法。”从主治医生办公室出来，我已不能自已了，但我又怕我母亲听见，就跑到西边卫生间的走廊里流下了伤心的泪……

一位农村大娘在卫生间前的一个水龙头上洗完碗，她转过身看见我哭得特别伤心就拍了拍我的肩膀说：“小伙子！看得出你是个孝子。一后晌，就看见你跑前跑后给你娘端吃端喝，你已尽孝了，不要哭了！再哭会伤身体的。”我望了望这位大娘，好像在哪见过，一时又想不起来。她走后，我忍不住还是不住地流泪。后来，居然哭出了声……

晚上，我给党务工作部刘立峰主任打电话。刘主任以前在双山县中行工作过，我们曾是搭档。我知道当年他母亲病重期间，他从鸡峰市医药总公司托熟人给他母亲买过白蛋白溶剂，就托他给我母亲寻找药。

刘立峰主任很上心，他很快从熟人那里买到了两盒白蛋白溶剂。第二天，我就去鸡峰市拿回了白蛋白溶剂。很快，医生就给我母亲用上了药。隔了一天，快到晚上的时候，主治医生又告诉我，我母亲还需要服用尿毒清颗粒，目前双山县和鸡峰市都无此药，只有西京医科大学附属医院有药。我赶快搭车去西京医科大学附属医院给我母亲买药。

长途汽车到西京后，七找八找，好不容易找到了西京医科大学附属医院。这家医院是军队医院，坐北向南，医院很大，看病的人也很多。挂号、排队，等把药买下，已经是下午三点多了。我刚从西京医科大学附属医院坐上车往长途汽车站赶的时候，我父亲打来电话。他说：“刚才，主治医生说白蛋白没有了，让再找一些白蛋白溶剂。”我说：“行！我去找。”当时，我人还在西京，只好又给在鸡峰的刘立峰主任打电话，请他帮忙再找些白蛋白溶剂。刘立峰主任是个爽快人，他一听我着急，二话没说就答应了此事。我从西京赶到鸡峰市后，他已将买好的白蛋白溶剂药放在他那儿。我拿到药，又搭车回了双山县。赶到双山县医院时，已是晚上十点多钟了。药一到，护士就给我母亲用上了药。

第二天中午，县医院按程序例行化验我母亲的几项监控指标。等化验结果出来后，主治医生对我说："你母亲的几项主要指标值都太高，已无法治疗了，赶快往回送吧！"

当天晚上，我们只好将我母亲用救护车送回了老家。

就在我母亲回老家后，上小学四年级的丽丽学校正组织期末考试。她太小，我没有让她回老家。她却打电话一定要问候她奶奶，我就把手机放在我母亲的耳边，让我母亲接听。那时候，我母亲已无法自己接听电话了。丽丽说："婆！您病情怎么样了，好些了吗？"

我惊讶地听到我母亲说："好些了！"

"婆！您是在哪里看的病？"

"县医院！"

"是在中医医院，还是在人民医院？"

"人民医院！"

"婆！您好好养病，我考完试，再回来看您！"

"嗯！"

"婆！我挂断电话了，您要好好养病。"

"嗯！"

以前，在我母亲身体好的时候，丽丽每次打电话问候我母亲，总是问候得很周到。我母亲平时也很喜欢丽丽。每次，丽丽给我母亲打完电话后，我母亲总要逢人夸赞一番小孙女。这次，我母亲虽然病得已很厉害，一直躺在病床上，呼吸和说话都有些困难，但丽丽一打电话，她好像就来了精神。我问母亲："丽丽给您打电话，您能听得清楚吗？"母亲点了点头……

一周后，母亲就离开了我们。那天，我单位有急事，一早就搭班车赶回了单位，刚处理完工作，锁娟就打电话说，我母亲在我走后不久就去世了，她让我赶快回去。我给陈治国行长和常征纪委书记请了假就赶回了老家。

回老家后，我听锁娟给我说，我母亲去世的时候，她老人家没有给任何人交代后事就平静地走了。我望着躺在冰棺里安详的母亲，止不住泪如泉涌：母亲啊！您咋这么命苦，说走就这么走了呢？您一生只为儿女付出，从来没有想着要从儿女那里得到什么，哪怕您给我们提一些要求或说一句自己的心愿也行！我们一定实现您的遗愿。可您什么也没说就走了……

我母亲去世的那几天，我父亲单位的领导和同事；白雪单位的领导和同事；锁丽和锁娟单位的领导和同事；陈治国行长和鸡峰分行的班子成员及同事也都来我们家表示了慰问及哀悼，这对我们全家人来说是一种莫大的安慰。

处理完我母亲的后事，当我们全家人在清理我母亲的遗物时，我惊讶地发现，在我母亲平时居住的房间里，床头对面的一个橘红色半截柜抽屉里放着我二〇〇〇年在大连学习时带回来的一个红布袋。红布袋里装着一撮芝麻、一个顶针、一只钢笔帽；还有我平时给我母亲的零用钱。我母亲一分钱也没舍得花，整整齐齐地码放在红布袋里。后来，我去我父亲居住的房间里，用钥匙打开我父亲房间的枣红色半截柜抽屉。在半截柜抽屉里，我发现了一个用手帕包着的东西，打开一看，里面整齐地码放着一千七百元。这两个半截柜的钥匙平时都由我母亲掌管着。我恍然大悟……

原来，我母亲对她的后事早已做了安排。一千七百元可能是我母亲留给我父亲的。意思是说，我父亲失去她后，一定要自己照顾好自己。她房间橘红色半截柜抽屉里的红布袋一定是留给我们子女的。芝麻可能是说子妈连心，不管在什么地方，不管遇到什么情况，母亲总会牵挂着子女；顶针、钢笔帽可能是想告诉我们，母亲一针一线、含辛茹苦、供子女上学、把子女拉扯大，就希望子女能有出息，做一个对国家对社会有用的人吧！

我看后泪如泉涌，锁丽和锁娟也跟着哭出了声……

九十九

就在我母亲去世的那段时间，母亲的音容笑貌时常浮现在我的脑海。一想起母亲，我的内心就莫名地难受……

我母亲在我舅家姊妹中为大，她有两个妹妹，一个弟弟。我大姨小我母亲三岁，我小姨小我母亲五岁。我舅最小，他八岁时就离开了我外爷。听我母亲说，那时候，生活艰苦，我外爷积劳成病，落下了病根，一直身体不好。我母亲读完小学二年级就不得不辍学在家务农。她很小就能写一手漂亮的毛笔字。后来，她和大多数农村女孩一样一边干农活，一边做针线活。她喜欢针凿女红，不到十四岁就已出师成了绣花把式。她长大后嫁到周村。周村东老墙我兰花婆和我桂香嫂子的绣花手艺都是跟我母亲学的。我母亲更喜欢画窗画，她画的窗画城门口我翠翠姨经常拿去当洋枕头花样子。我小的时候，经常看到天阴下雨，门子我二婶和我三嫂子就拿着针线活找我母亲学扎花。我母亲扎的老虎枕头和鲤鱼戏水洋枕头大方漂亮，眉目清秀，活灵活现，在周村堪称一绝。我二婶和我三嫂子经常说她们跟着我母亲学都学不来。

我母亲说，最让她自豪的还是她小的时候每年都要被挑选去贾村与陈家村我梅芳姨耍马社火。我梅芳姨大她两岁，她把她叫姐姐，她俩是一对好搭档。她经常扮演《白蛇传》里的小青，我梅芳姨扮演白素贞。她俩一化妆骑上大白马在游演队伍中经常挑梢子。后来，我母亲招工去了周城铁厂工作。那时缺吃少穿，她们一伙女娃整天饿着肚子从北山往铁厂背矿石，好多人饿得走在半路上就昏了过去。时间一长，大多数人都吃不了这苦，就辞职不干了，但她坚持了下来。

我母亲嫁到周村后，我奶奶去世得早，我爷又身体不好。那时，我父亲在揽凤县师范学校上学还没毕业。我母亲就辞去了铁厂的工作，经常在家干农活，一有空还去北山砍柴贴补家用。北山距离周村有个四十多里路，天还没亮就得出发。一次，她上山砍柴带了两片玉米面粑粑馍。粑粑馍不耐捂，天一热捂的时间长就发馊。上山后，她就将带着的布口袋解开晾在石头上。一晌午，她只顾在山上到处砍柴火，却忘了晒在石头上的粑粑馍。等她肚子饿了想吃粑粑馍时，两块粑粑馍早已被老鸹叼走了，害得她一天水米未进，天黑时，还得挑上两捆柴火往回赶。走在半路，她不停地吐酸水，腿脚也不听使唤了，突然就晕倒在了上周村十字路口。上周村距离周村还有个五六里路程，听说很早以前上周村与周村拜的是一个祖先。后来，上周村的人趁大年三十祭拜祖先就偷偷将周村祠堂里的祖案给拿走了。从此，他们再也不来周村祠堂拜祖了。周村管事的人不得已又重新在祠堂表了一个祖案。从此，两个村不再在一起联络了。不管怎么说，亲人总归还是亲人，幸亏有上周村一位好心大嫂把我母亲搀扶到自己家里给她熬了一碗玉米面糊糊，才使她缓过劲来回了家。

我母亲是一个很要强的人，她什么农活都能干。我爷在世时，我爷还能帮衬她一下。我爷去世后，我父亲在外地工作，我、锁丽和锁娟尚小，我母亲就成了我们家唯一的劳动力。那时候，我经常看见我母亲起早贪黑参加生产队的劳动。每次，她去生产队劳动时就把我、锁丽和锁娟锁在家里让我带两个妹妹。我母亲担心我们仨跑出去不安全。有一年冬天，农业学大寨平整土地任务正紧。我母亲不小心在平整土地时一只手腕骨折，她没休息，继续打着绷带拉架子车转土方。有一天，吃过早饭，我母亲刚去生产队拉土方，锁娟就在家里闹着要我母亲，我哄不下，就带着锁丽和锁娟去我家后院爬杏树摘杏子哄锁娟不哭。因锁丽当时还不到三四岁，一只脚刚登向杏树杈，就被树杈给卡住了。那时，我也只有七八岁大，尽管我使出浑身解数想把锁丽的脚腕子拔出来，可怎么拔也拔不出来。无奈，我只好搬来一条高凳子让锁丽另一只脚站在上面等我母亲回来。我想这下完了，我母亲回来后肯定要打骂我。可我母亲放工回来后，拔出锁丽的脚腕子，把锁丽抱下来并没打骂我。她望着我们仨每个人的花猫脸，却流下了眼泪。我母亲一哭，锁娟、我和锁丽也一起哭了起来……

在修建堀山沟大坝时，我母亲担任突击排排长，她早上四点多钟就起床给我、锁丽和锁娟做饭。饭做好后，她就拉上架子车去四十里外的堀山沟修大坝。别人都在工地休息，我母亲却每天晚上放工后赶回家里照顾我们仨。每天，等我母亲到家后都已到了晚上十一点多钟了。每次，她回家都给我们带一块白面杠子馍。我问母亲为啥自己不吃呢，她说，她饭量小，工地供应的杠子馍她吃不了。可我心里清楚，母亲每天去工地时，总要带几片玉米面粑粑馍充饥，她就是有意想省下白面杠子馍给我们吃。

那个年代，修建堀山沟大坝是双城人民公社响应伟大领袖毛主席“水利是农业的命脉”的号召，举全公社之力建设的一项重大工程。每天，在工地修建水利的社员有上万人。因为人多，在管理和记载工分方面有时候免不了会出现一些疏漏。听我母亲说，我翠翠姨、桂香嫂子和兰花婆不识字，经常算不清工分，也不知道怎么用土方折算工分。她们仨就每天找我母亲给她们算工分。当我母亲发现记工员给她们仨把工分记错时，就带她们仨找记工员进行更正。这让我翠翠姨、桂香嫂子和兰花婆至今在我们回老家上坟碰见后都在念叨这事呢！

那年冬天的一天，我母亲得了重感冒，全身无力，清早四点多钟起床给我们仨煎好搅团，就匆匆拉着架子车去了堀山沟大坝工地。

早上起床，我给锁娟穿好衣服，就领着锁丽和锁娟去厨房给她俩每人舀了一碗煎搅团，又给自己舀了一碗煎搅团。吃过早饭，我就带着她俩去院子里玩。等中午吃饭时间，我去厨房准备给锁丽和锁娟再在锅里盛煎搅团时，锅里的煎搅团已没有了汤水。我就去隔壁房间柜子上拿保温瓶想掺些开水，可保温瓶里没开水。我再去厨房想重新烧开水，可桶里空着，我就提着水桶模仿我母亲平时绞水的样子去后院井里绞水。

我将水桶套在井绳的铁链上，用辘轳将水桶下到井里，没想到水没绞上来，水桶却掉进了井里。无奈，我只好回到厨房将我母亲半夜临走时在风箱板上凉的一杯茶水倒入锅里，结果搅团苦得我和锁丽、锁娟都无法下咽。我们仨只好等晚上我母亲回来再吃饭。晚上十一点多钟，我母亲回来了，她看见我们仨中午没吃饭，心疼地一边给我们仨掰杠子馍，一边说："都是妈妈不好，让你们仨受饿了！我现在就给你们煎搅团。"我说："妈妈！都怪我不好把水桶掉到井里了……"

还有一次，我母亲看见村子里的二狗和毛蛋追赶着打来周村讨饭的六善，她大声地制止了二狗和毛蛋，就把六善叫到我们家给六善舀了一碗煎搅团，还给六善拿了一片玉米面粑粑馍。等六善吃饱后，她又把我父亲不穿的旧衣服送给了六善。六善虽然人糊涂，但他却知道知恩图报。一次，我母亲在灶房做饭，他将自己捡的一捆柴火非要送给我母亲……

有一年夏季，母亲背着锁娟带着我和锁丽去我舅家，路过大队时看见陈村的来锁给他们生产队看豆角。来锁一见我母亲就比画着要吃的，我母亲摸了摸提着的口袋，发现没有现成的吃的东西，就叫我回家给来锁拿馍吃，因为已走了多一半路程了，我就不情愿回去拿。我母亲就说："积德行善是在做好事，来锁是个可怜人。我在这儿歇一会等你，你拿上钥匙快回去拿吧！"我虽然心里不情愿，但还是接过了我母亲的钥匙跑了回去……

就在母亲病重住院的时候，我从医院回家给母亲取衣服。回医院后，我对母亲说："我回去的路上碰见咱们村我鹿娃叔，我问他在县上干啥呢，他说，我翠翠姨在中医医院住院呢，他来照顾。"我母亲听了后就说："你翠翠姨住在咱们家对门，我们从年轻的时候就关系不错，你买些东西去看看吧！"当我去中医医院看望我翠翠姨时，我翠翠姨感动地对我说："你妈病那么严重，还让你来看我……"

唉！直到今天我最后悔的还是那年冬天，天那么冷，我母亲听说我们周村要给每家每户拉自来水，就与我父亲早早地回老家一直在老家等候给我们家拉自来水管。当轮到要给我们家拉自来水管时，水管要从我们家新砌的地砖上挖一道沟通过，我母亲嫌不好看非要另加一些钱，让施工人员从地下打一个洞通过。

我母亲是一个很要强的人，她不管做啥事一定要把事做好。等家里的水管拉好后，已快过元旦了。我打电话问我母亲在老家冷不冷，我母亲说："有电褥子哩！不冷！"我说："大冬天哪有不冷的？要不，您和我爸先回来，等明年二三月开春后咱们再拉吧？"我母亲说："人家施工队不可能只等咱们一家呀！挺挺就过去了……"

第二年五月我母亲就去世了。唉！

母亲啊！母亲！羊有跪乳之恩，鸦有反哺之义。树欲静而风不止，子欲养而亲不待。我多想报答一下您的养育之恩啊！可如今您却与我们阴阳相隔，天地相别，这怎能不让人悲痛伤心呢！当晚，我做了一个梦，睡梦中，我给我认识的和不认识的人在讲我母亲的故事：

吾母上官，祖籍陈家。家中为伯，知书达理。
恭敬公公，孝顺娘亲。针黹女红，样样精通。
自幼家贫，聪慧贤淑。心灵手巧，爱好艺术。
社火表演，贯村亮相。少年英姿，名震乡邻。
年轻之时，铁厂做工。北山背矿，周城炼铁。
食不果腹，苦不堪言。山上砍柴，只顾劳作。
口袋粑粑，鸟叼鸦衔。一天到晚，水米未进。
身负重担，昏倒途中。好人送粥，才救一命。
农业社里，家严在外。慈母持家，子幼女小。
缺衣少劳，为添工分。儿女家锁，早出晚归。
白昼耕作，夜晚浆洗。兴修水利，两头顶星。
担任排长，拉土垫方。带上粑粑，省下白馍。
哺育儿女，忘了自己。一家生计，未雨绸缪。
粗粮细作，旧衣翻新。带病负重，乐而忘忧。
教子不倦，循循善诱。劝孙不懈，力争上游。
使子守身，建功立业。使孙精进，奋发图强。

积德之人，必有后福。改革开放，全家转非。
一子两花，跻身社会。媳贤子孝，家道殷实。
庇荫子孙，一种三收。老来向佛，心似水柔。
北京揽秀，峨眉拜佛。广结善缘，普施仁爱。
礼数如天，以善为舟。家母仙去，安详如睡。
未留遗言，只有遗物。布袋之中，芝麻一撮。
顶针一个，笔帽一只。情深意浓，恩重如山。
不堪回首，泪眼朦胧。思之念之，历历在目……

我正在讲我母亲的故事时就看见旁边一位少年掉在了水里大喊救命，我跑过去想拉他的手，却听见白雪在旁边喊我说："你怎么睡觉还哭呢？"我醒来后说："我想我妈了……"

一〇〇

我母亲活着的时候，我们一家人最操心的是我母亲。母亲去世后，我和锁丽、锁娟又担心起我父亲，特别是那次吃饭时偶然发现我父亲右手有些颤抖后，我就一直比较担心。

关于我父亲手抖的事，我曾经去鸡峰市中心医院咨询过医生，医生说："引起手抖的原因很多，常见的像帕金森病、特发性震颤、甲亢、肝硬化、小脑疾病和服用某些药物等都会引起手抖或震颤。"我说："我父亲平时手不抖，一吃饭或倒水一只手就抖。手抖的问题已经有八九年了，您看是不是帕金森病？"医生说："那不一定！帕金森病手抖常从一侧开始，多为静止性震颤，即放松、静止不动时震颤，活动、用力时消失，其典型的表现为'搓药丸样'或'数钞票样'震颤，走路时易被发现。听你刚才介绍的情况，你父亲吃饭或倒水时手才抖动，平时并不震颤，这很可能是特发性震颤病。这种病大多数表现为姿势性或动作性震颤，常见的是用筷子吃饭、倒水或写字时震颤，而静止不动时震颤往往减轻或消失。特发性震颤一般无肢体僵硬、活动不灵活的症状。你父亲究竟是哪一类震颤，还是将他带来医院检查后才能做定论。”

后来，我将我父亲带到鸡峰市中心医院检查后，医生诊断为神经性震颤，他说：“目前，国内还无法治愈这种病，从你父亲的情况看，生活上不会出现大的问题，这种病发展也不很快！可以再观察观察……”

再后来，我把父亲接到了鸡峰市与我一起居住。

一天，我正在监察内控保卫部整理资料。突然，电话铃声响起，我拿起电话刚“喂”了一声，就听见陈治国行长在电话里说：“你这会儿不忙了来我办公室一趟!”我说：“行！陈行长，我马上到!”

我放下手头的工作，带上笔记本就去了陈行长的办公室。

自从省行同意鸡峰分行灾后重建加固修缮市行办公大楼后，监察内控保卫部、党务工作部和风险管理部都从二楼搬到了五楼办公。除了公司金融部仍在二楼楼梯对面的三间办公室办公外，财管运营部和个人金融部都搬到了六楼办公。二楼腾出来的地方准备修缮后做市行财富中心。

我来到陈治国行长办公室，他开门见山地说：“坐吧！找你来，党委准备让你去风险管理部当主任，想听一下你的意见。”我一听陈治国行长要调我去风险管理部工作，屁股还没坐稳就又站了起来。陈治国行长见我有些惊讶就示意我坐下来说。我坐下来后，他从自己的座位上站起来，去热水器旁的吧台上拿了一个纸杯，捏了一些茶叶，给我倒了一杯茶水，放在茶几上说：“让你去风险管理部，我觉得你能做好这项工作……”说着，他又去办公桌上拿了自己的茶杯给自己倒了一杯水，坐在我旁边的单人沙发上继续说：“你有没有意见?”我说：“这事有点突然，我思想上一点准备都没有!”随后我又说：“如果组织决定了，我服从组织安排!”陈治国行长说：“那就好！按岗位交流的要求准备把刘洪科从双山县支行调回来，让他接替你的工作；丁旺旭去营业部担任主任。你先去风险管理部报到。随后，等省行批准你风险管理部主任任职资格后，行里再发文正式任命。如果你没意见，那你准备一下，明天就交接工作……”

我虽然在陈治国行长面前没有提出什么不同意见，但我的内心还是有些忐忑。因为，我经常参加行长办公会，知道风险管理部那时最大的难题就是清收光辉化学建材有限责任公司的不良贷款问题。为这事全行上下都很揪心，也很闹心。

二〇〇八年由于金融危机的影响，光辉化学建材有限责任公司九千一百七十八万元贷款降入不良后，导致鸡峰分行不良资产再次出现大幅反弹，严重影响了鸡峰分行在西京省分行的考核，甚至影响了西京省分行在总行的资产质量和考核。

这件事引起了省、市行领导的重视。省行宋西年副行长和赵立恒副行长与省行授信执行部、风险管理部、法律合规部的老总们及有关团队的同志们都相继来到鸡峰分行蹲点解决此问题。他们一起与鸡峰分行的陈治国行长和何丽副行长及相关部门的负责人专题研究应对策略。这次，市行党委决定让我去风险管理部工作，也是这个原因。

第二天，我准时来到风险管理部报到。之前，市行已先后四次派人到银穗集团所在地湘洲省，与该集团负责人进行了催收与谈判。要求光辉化学建材有限责任公司归还鸡峰分行的贷款和承兑汇票垫款。

陈治国行长和何丽副行长为了这笔贷款经过多方协调，在总行的撮合下，也参加过总行和牵头行湘洲省分行组织的电视电话会议。鸡峰分行原打算争取在总行和湘洲省分行的协调下，通过压缩和重组，盘活该笔贷款，使其不进入不良。可后来虽然经过多方努力收回了一千三百二十二万元，但这笔贷款分类最终还是进入了不良贷款。

光辉化学建材有限责任公司贷款降入不良后，西京省分行授信执行部、法律合规部和风险管理部的领导马上带领相关团队有关人员来鸡峰分行了解情况，指导和帮助鸡峰分行处置不良资产。鸡峰分行在陈治国行长的主持下，根据省行相关要求，制定了以承兑垫款为诉讼标的进行诉讼保全的处置方案。

经过艰苦的迂回谈判，最终收回光辉化学建材有限责任公司不良贷款一千六百八十五万元承兑汇票垫款及利息，七万五千元流动资金贷款和欠息。

在诉讼清收承兑汇票垫款的同时，鸡峰分行又按照总行和湘洲省分行在电视电话会议上关于银穗集团授信处置全国“一盘棋”的精神和省行的要求，与光辉化学建材有限责任公司进行谈判，制定在其归还两千万元流动资金贷款的前提下，将剩余五千五百万元项目贷款按五年期限进行重组的方案，将这个方案报送西京省分行，由西京省分行再转送湘洲省分行，最终由总行进行审批。同时，鸡峰分行又派人到光辉化学建材有限责任公司进行催收，不断向银穗集团施加压力。经过多方努力，鸡峰分行最终收回了光辉化学建材有限责任公司全部流动资金贷款。进一步将光辉化学建材有限责任公司不良贷款压缩到了五千四百七十一万五千元。

针对光辉化学建材有限责任公司剩余的五千四百七十一万五千元中长期项目不良贷款，陈治国行长又组织有关人员制定了通过诉讼促谈判，通过谈判促使光辉化学建材有限责任公司归还鸡峰分行全部贷款的处置方案。为了尽快实施这个方案，他协调鸡峰市法院和宋一全代理律师，灵活掌握诉讼与谈判的时机和技巧，使光辉化学建材有限责任公司刘延总经理与鸡峰分行进行了多次谈判，最终双方达成了年内归还全部项目不良贷款本息的还款计划。后来，在西京省分行的指导下，鸡峰分行与光辉化学建材有限责任公司及所有担保人正式签订了《和解协议》。

《和解协议》签订后，光辉化学建材有限责任公司经营进一步恶化。光辉化学建材有限责任公司仅履行了两个月的还款计划，就不再执行《和解协议》了。在这种情况下，我由监察内控保卫部调入风险管理部。初来乍到，一头雾水。我问风险管理部张强专管员要来光辉化学建材有限责任公司贷款的有关资料。看完资料，我第一感觉就是要收回这笔不良贷款不出一身冷汗恐怕很难实现。不过，从有关材料分析，要收回这笔不良贷款也不是一点办法都没有。目前，既然双方已签订了《和解协议》，我们就拿《和解协议》作为切入点。可眼下光辉化学建材有限责任公司已经出现了反悔，这就意味着《和解协议》成了一张废纸。思前想后，我还是觉得从《和解协议》公证入手比较可行。如果《和解协议》得到公证，就可以有效避免以前贷款合同中存在的瑕疵。更重要的是公证后的《和解协议》在执行上更具有法律效力，也可以为以后打官司提供有力保证。当然，这只是我个人的想法，我让张强先将鸡峰分行法律顾问宋一全律师找来，与宋律师从法律层面进行商讨。

第一次见面，宋一全律师戴一副近视眼镜，身材矮小，说起话来像打机关枪，还不停地眨巴他的松鼠大小的眼睛。他说："这样也好，以后打起官司来，从举证方面更有说服力。不过，现在这个时候，让光辉化学建材有限责任公司配合公证，他们能愿意吗？"我说："只要这个方案可行，我们就朝这个方向努力吧！如果不行，我们再想别的办法！"宋一全律师说："那就这样吧！我有事要去办！如果还有什么事你就给我打电话……"说完，他就办他的事去了。宋一全律师走后，我问张强说："这人行吗？"张强说："你别看他其貌不扬，他能耐大着呢！"我说："那就好……"

与宋一全律师沟通达成一致意见后，我把这个想法汇报给陈治国行长。他听了我的想法后很赞同。下午，我就带上张强去光辉化学建材有限责任公司进行交涉，要求对方对《和解协议》进行公证。

一见面，光辉化学建材有限责任公司财务部何思雨总经理就不冷不热地说："《和解协议》是三方签订的，目前集团委托有权签字人刘延总经理不在公司，现在也无法签字呀！"我问："何总！刘总什么时候回来？"

他面无表情地说："刘总是集团派来的人，我不太清楚，他走不会给我汇报的。"随后，他似乎觉得这样说有些不妥又补充说："我们三方既然签订了《和解协议》，你们怕什么？我觉得公不公证无所谓。况且，还要无辜花一笔公证费呢！"他反问我说："你觉得有这个必要吗？"说着，他就拿起公文包准备外出。我说："何总！您说的的确有道理。不过，我们上级行要求对《和解协议》必须要进行公证。如果你们实在不愿意出那一笔公证费的话，那我们全出！"我看他要外出，又说："何总！如果您有事，那您先办您的事，等刘总回来后，请您记着通知我们一声，咱们一块儿先把公证给办了，我们也好回去交差！"他思考了片刻说："那行吧！不好意思！我现在确实有个急事要办，就不送你们了。"随后，我与张强走出了他的办公室。

过了两周，我和张强又去找何思雨总经理，谈的还是上次谈的那些事……

时间一长，何思雨总经理与我俩玩起了捉迷藏。我俩迟早去，他都不见人。没办法，我和张强就一大早去光辉化学建材有限责任公司大门口堵何总。何总来上班，一看我们在门口，无路可躲，就与我俩坐在他办公室谈事情。一次谈不下来，两次、三次……甚至十几次地谈。我们的诉求很简单，只要求光辉化学建材有限责任公司对《和解协议》办理公证。

最终，何思雨总经理还是同意了与我们一起办理公证手续。但他对我说："公证手续费必须你们出！"我说："行！我们出就我们出……"

《和解协议》办理了强制执行公证后，一段时间，光辉化学建材有限责任公司还是赖着不执行还款计划，我就与张强以强制执行为锐利武器，促使光辉化学建材有限责任公司归还欠款，八月份刚还了欠款五百万元，进入九月份后，一方面，由于光辉化学建材有限责任公司每月还款计划增加至一千万元；另一方面，受房地产市场调控的影响，光辉化学建材有限责任公司经营出现了问题，这样，光辉化学建材有限责任公司又不履行还款计划了。

一天，我去光辉化学建材有限责任公司约何思雨总经理来行洽谈工作。他见我的第一句话就说："你不用再来了，你也看到了我们企业的现状。钱是还不上了！你们要打官司就看着办吧！"我说："何总，我这次来，主要是受我们陈治国行长的委托，邀请您去我们行坐坐，毕竟我们的合作已经这么多年了，您总不可能这点面子都不给吧？"何总见我这样说，就疑惑地问我说："是你们陈治国行长约我？"我说："是的！"

后来，他随我来到行里，见到陈治国行长后，他与陈治国行长在陈行长办公室相互寒暄了一阵坐下，我沏了一杯茶水放在何总对面的茶几上，然后，坐在何总的旁边。陈治国行长说："听说咱们公司经营每况愈下，经营越来越困难了？"何思雨总经理说："公司经营确实出现了麻烦，咱们行的欠款我们实在无法按时归还了。"陈治国行长说："你们公司的困难我们是清楚的，也能理解。不过，我觉得你们可以向总部沟通，让总部协助解决。贷款已经归还了将近一半了，现在戛然而止，如果剩下的贷款成为不良，将会影响你们总部其他省份的中行贷款，这就有点不划算了，也得不偿失……"

陈治国行长动之以情，晓之以理，这令何总很感动。他们的谈话持续了大约两个多小时……

陈治国行长和何思雨总经理会面后，我和张强趁势加大了催收力度。每天，我俩都要不间断地上门或打电话催收这笔不良贷款。为了掌握情况，我通过我的朋友刘贤录联系光辉化学建材有限责任公司财务主管马立本在一起闲聊。在掌握了光辉化学建材有限责任公司内部一些情况后，我又与张强再次向光辉化学建材有限责任公司施加压力。同时，有理有据地帮助光辉化学建材有限责任公司分析尽早归还贷款对双方的利弊。这样一来，迫使何总碍于面子又开始以每天一百万、五十万、二十万，甚至是八万元的零星销售回款归还鸡峰分行的贷款和欠息……

—〇—

这年十二月初，我们终于收回了光辉化学建材有限责任公司最后一笔不良贷款本息，顺利实现了光辉化学建材有限责任公司不良贷款的清收目标。西京省分行向鸡峰分行发来了表扬信。表扬信如下：

表扬信

鸡峰分行：

截止二〇一〇年十二月三日，你行经过艰辛努力，分次成功收回光辉化学建材有限责任公司新发生不良贷款本金九千一百七十八万元及利息八百七十二万元，实现了该户自发生不良后十四个月安全清退，本息全部收回的目标，为全行在抢抓时机及时化解新增不良方面作出了表率。同时，你行今年已经累计化解各类不良资产本息一亿二千一百〇二万元，超额完成了省行下达的全年清收任务和奋斗目标。在此，省行向你行特提出表扬。

二〇一〇年，你行各级领导高度重视不良贷款的压降工作，“一把手”亲自挂帅，主管领导身体力行，多次召开清收专题会议研究对策，面对困难，迎难而上，以高度负责的态度和精神，积极解决遗留问题，与各级清收部门落实目标责任，制定措施，有力地激发了清收人员的信心和决心。各级清收人员自加压力、主动出击、敢于碰硬、紧抓时机、集中攻坚，收获了明显效果，为超额完成全年任务和奋斗目标做出了贡献。

省行希望你行在新的一年里，总结经验，再接再厉，为实现西京省分行的质量、效益目标再创佳绩。

中国银行西京省分行授信执行部

二〇一〇年十二月六日

就在三天前的十二月三日，随着光辉化学建材有限责任公司最后一笔一千六百九十六万元本息的收回，二〇一〇年鸡峰分行已累计处置不良授信本金一亿〇八百七十万元；利息九百三十六万元。不良授信余额由年初的一亿五千四百四十九万元，大幅度降至历史上的最低点四千五百七十九万元，不良率下降到百分之三点零三。完成西京省分行当年不良处置任务五千〇一十二万元的百分之二百一十六点八七。清退不良客户三户，退出率达到百分之七十五。回拨准备金三千三百六十九点五万元，提前二十八天超额完成全年不良资产清收任务。陈治国行长对这个结果很满意，风险管理部的同志们看到这个数字也很高兴。

这些枯燥的数字总结起来很简单，但数字背后的故事却并不简单……

这一年，我被鸡峰分行评为年度先进个人；被西京省分行党委评为优秀共产党员。我们风险管理部被鸡峰分行评为年度先进集体；被西京省分行评为优秀团队。我心里清楚，此次清收任务的完成，与鸡峰分行陈治国行长沉着应对困难、坚持不懈加快历史遗留不良贷款处置的决心密不可分；更与宋西年和赵立恒等省行领导的科学决策、周密部署、狠抓不良大户处置的指导密不可分。

一〇二

二〇一〇年，随着上级行对基层机构改革步伐的进一步加快，省行下发通知，为便于工作，要求各地市分行将财管运营部原内控这一块职能职责划归风险管理部管理，将风险管理部更名为风险内控部。

那一年，就在我刚调出监察内控保卫部去风险管理部工作不久，省行就发文要求各地市分行将监察内控保卫部更名为监察保卫部，将内控这一块职能职责划归财管运营部管理。划归后，全辖各二级分行可能都感觉内控这一块工作放在财管运营部管理不是很顺畅，省行就又将内控这一块工作划归了风险管理部。改革就是这样，摸着石头过河，改不顺畅就再做调整。风险管理部更名后，自然张蓝萍、梁勇、杨臣伟和刘立峰也从财管运营部划归到了风险内控部。刘立峰是我在双山县支行工作时的老领导。他从双山县支行调回市行后，先在市行监察室当主任，后在姜城支行当行长。后来，又调党务工作部当主任到五十岁的时候转岗当了内控合规经理。这次，内控团队的一班人马一到风险内控部，加上我、蔡德奇和张强，我们的队伍一下子壮大到七个人。人多了，事也多了起来。好在大家都很团结，分工也很明确。我负责全盘工作，分管风险管理工作；张蓝萍副主任分管内控工作。我们的工作虽然事情比较繁杂，但工作起来大家还是有条不紊、忙而不乱。这期间，风险内控部在全辖开展了“迎行庆·防风险”内控知识竞赛活动。此项工作，陈治国行长比较重视，他经常过问我们活动的筹备情况，有时候还把我叫到他办公室谈谈他对开展这项活动的想法，这更加使我不敢怠慢这项工作了。为了不让这项活动出现失误，办出特色，我特意安排刘立峰经理专门负责这项工作。刘立峰经理工作一向认真负责，他先在全辖二十一个单位三百七十三名员工中组织了一次内控知识答卷。后又根据考试成绩，从中选拔出比较优秀的十六支代表队。再通过预赛，又从十六支代表队中选拔出六支代表队参加了市行的“迎行庆·防风险”内控知识决赛。在他的精心组织下，鸡峰分行的内控知识竞赛活动开展得有声有色，富有成效。决赛那天晚上，陈治国行长特意邀请了省行法律合规部和保卫部以及鸡峰市人行和银监分局的相关领导与全行员工一起参加了那次内控知识竞赛活动。省行法律合规部王招弟副总经理和保卫部王化安副总经理对鸡峰分行开展的“迎行庆·防风险”内控知识竞赛活动给予了高度评价。两位老总说，鸡峰分行举办的这次“迎行庆·防风险”内控知识竞赛活动是一项创新，值得在全辖推广。临走，他俩让鸡峰分行将这次竞赛活动好好总结一下，给省行两个部门分别报来，省行要在全辖进行学习推广。

第二天一上班，陈治国行长就把我叫到他办公室说：“既然省行这么重视这项工作，咱们除了给省行报送汇报材料外，也将这次内控知识竞赛活动的资料整理一下，联系一个印刷厂给全行员工每人印一个小册子，让大家在日常工作中好好学习和掌握。”

后来，我按照陈治国行长的要求，除给省行两个部门分别报送了汇报材料，又给全行员工每人印制了一本《内控知识竞赛规章制度汇编》发给大家。恰巧在这一年，总行和省行在全辖开展“爱中行·迎行庆”百年行庆征文竞赛。我忙里偷闲，利用业余时间撰写了一篇中篇报告文学《中行之歌》投送到了省行党务工作部。没想到这篇中篇报告文学还荣获了省行“爱中行·迎行庆”百年行庆征文特等奖。省行把这篇征文报送到总行后，这篇征文还获得了总行“爱中行·迎行庆”百年行庆征文二等奖。《中行之歌》共写了十章，主要描写了二十世纪九十年代一帮年轻人在县支行创业奋斗、挣扎的心路历程。

这期间，省行党务工作部特邀我参加了省行在西京大会堂举办的“‘爱中行·迎行庆’征文颁奖仪式暨百年行庆座谈会”。我非常高兴，倍受鼓舞。

西京大会堂被誉为“西京的钓鱼台”，是一座接待党和国家领导人及召开大型会议的园林式国宾馆。我是第一次来西京大会堂。大会堂坐落于西京市南郊。宾馆内草木茂盛，百卉竞妍，廊桥亭台，池塘荷花，将自然与艺术容纳其中，交织出湖光柳影，美景横生、如诗如画，使人仿佛进入了盛唐时代。

庄严肃穆、高大雄伟、气势恢宏的大会堂四面悬挂着国徽。南北由直径二点四米、高十余米的八根廊柱组成，东西由直径二点四米、高十余米的十根廊柱组成。入口处的大铜门高大气派，气势磅礴。我去时正好一楼主会堂大门敞开着，我就顺便进去参观了一下。一楼大会堂能容纳两千多人开会。东西长约五十米，南北跨度约为三十米，台口高约十一米。里面装修考究，灯光明亮，金碧辉煌，工作人员正在清理卫生。

这次，省行举办的“‘爱中行·迎行庆’征文颁奖仪式暨百年行庆座谈会”就在二楼世纪厅召开。世纪厅大约能容纳二百多人，省行把会议桌摆放成长方形，当天，我们参加会议的人员有八十多人。

颁奖暨座谈会由省行党务工作部部长史竟舟主持。首先，他通报了这次“爱中行·迎行庆”百年行庆征文获奖情况。接着，由省行领导为获奖员工颁奖。在座谈会上，唐世才行长回顾了中国银行的百年发展历史；西京省退休老行长王鹤年回顾了西京省分行的发展历史……

一〇三

就在全行上下欢欣鼓舞地举办各种庆祝活动迎接中国银行成立一百周年到来的时候，在一个阳光明媚的礼拜天，鸡峰分行工会利用休息时间组织了全行员工开展了“迎行庆·郊游登山活动”。那天，我也参加了此项活动。因为堀山在我的家乡双山县，我对堀山别有一番感情。我们的大巴车从鸡峰出发，直奔堀山森林公园。一路上，大家欢声笑语，显得特别高兴。

堀山分为东堀山和西堀山，最有名的是堀山寺，据史料记载，东晋时期，后秦王姚兴请龟兹高僧鸠摩罗什在堀山寺译经。因此，到现在这里都有姚兴与鸠摩罗什避暑阁和讲经台以及大法师译注《金刚经》的佛堂。堀山寺到唐、宋时期达到鼎盛，成为长安西部最著名的佛教圣地。元、明、清大规模修建，遂以“堀山名刹”列居双山县八景之一。

春翡夏翠秋金冬银，路窄是堀山的生动描写。那次，我们就吃了路窄的亏。中巴车因车体大，只能开到山门外。因此，所有人都是步行进入堀山的。不过坏事也能变成好事，十几里的路程，年轻的员工欢声笑语，一路高歌；年龄大的员工边走边欣赏沿途奇特峻秀的山峰，这倒别有一番情趣。

那次登山活动，我们主要是登西堀山。西堀山是堀山风景区的景观之一。堀山风景区是以东、西堀山之间的冢子河、堀山沟为中轴线的。洞门沟、龙凤坪、九龙坪、千佛寺、冢子河、苜蓿河才是真正的自然景观核心区。以前，我母亲在世时听她讲过，她年轻时就在这一带割柴，收种山庄。那时候，这里还不是风景游览区，大多地方都是各生产队的山庄。我小的时候放暑假，就与同伴们经常来堀山打五味子、杏子和核桃。后来，上学后，又经常去堀山沟我们学校的农场跟老师们一块儿收黄豆和玉米什么的。参加工作有了青青和丽丽后，有一年，我带着青青和丽丽，我们全家人重游了一回堀山。可惜我母亲当时年纪大了，无法登上西堀山。我们只在慧日寺和堀山沟大坝转了转。就这，我母亲高兴了好几天。因为修堀山大坝的时候，她曾经在这里与乡亲们一起战天斗地过。当时，她还是修大坝队伍中妇女突击排的排长呢！好几次都上过喇叭，走过铁丝，受到过公社的表扬……

那次行里组织的"迎行庆·郊游登山活动"，所有人都是走那条堀山中轴线上的简易石子路。放眼望去，山路崎岖，满山翠绿，道路两旁偶有白、黄、红花出现，恰好给连绵不断的山峰增添了不少景色。东、西两峰之间约有一两公里长，南北却有二十多公里，在山、谷、河、林之间行走，险象环生，别有情趣。往前走，拐过一道岭，前面一条大坝挡住了去路。大坝活像一条巨龙横卧在两山之间，上面用白漆写着五个耀眼的大字"堀山沟水库"。

每当看见"堀山沟水库"五个大字，我的心中总有一种莫名的惆怅，不由得想起我的母亲，眼前又浮现出他们那个年代战天斗地的劳动场景。"抓革命，促生产""水利是农业的命脉""千万不要忘记阶级斗争"，到处都是五颜六色的标语，到处都能看到招展的红旗，车水马龙，人山人海。我母亲就是在这个大坝上拉着我们家的那辆破旧架子车，挡板上还写着我的名字——周锁澜来回穿梭在人流中……

坝依旧，人已去。如今我母亲已离开我们有两年了，这不由得不让人感到遗憾。

从大坝东侧拾级而上，坝上别有洞天。六角凉亭小巧玲珑，亭内有石桌石凳供人小憩。站在大坝上，阳光当头，和风习习。向南环视，山下景致尽收眼底。我脑海里忽然闪过杜甫的两句诗："会当凌绝顶，一览众山小。"母亲，您当年可曾站在这堀山沟大坝上欣赏过这美景？

过了大坝，再往前走就是慧日寺了。慧日寺建在六水坪，是二十世纪九十年代南方来的两个僧人化缘重新修建的寺院。寺院早课和晚课诵经声不断，僧人较多。因为地势平坦，不用登山，善男信女烧香拜佛的人络绎不绝，香火也比西堀山的法华寺旺盛得多。但最让我佩服的是西堀山法华寺的那位老和尚。老和尚已有九十多高龄了，依旧一个人守着法华寺。我还小的时候就听我母亲讲过西堀山住着一个衣衫褴褛的外地和尚，他一个人化缘，一个人建庙，一个人在山下挑水吃。

如今，日复一日，年复一年，这位和尚已在岁月的洗礼中变成了一位老和尚，可他依旧坚守着他的信念。他将一尊巨大的玉卧佛从千里之外请上了山；将一座铜制的佛塔建在了西堀山之巅；在最险象环生的山崖边修建了“鹫之亭”。在我们这些凡夫俗子看来这一切都无法想象，可他做到了。

我母亲去世后的第一年春节，我们全家人从鸡峰市回老家过年。我和家人又登了一次西堀山。我们一家人想利用假期离开喧闹的城市清静清静；也想去西堀山看看这位老和尚，表达一下我们全家人对他的敬重之意。可让我和白雪没有想到的是，一上山，老和尚既给我们倒茶，又给我们下挂面。山上的水和饭都很金贵，我们怎能忍心喝茶吃饭呢？对这一幕着实感动的白雪忙掏出一百元钞票直往老和尚怀里塞……

丁旺旭在旁边突然叫我：“周主任！周主任！你快看已到山下了！”我回过神来。不知不觉，我们已步行到了堀山脚下。远眺东堀山高耸入云，气势非凡；再看西堀山五峰拱立，势若戟列；瘦驴岭逶迤若龙，山崖洞窟形态各异，景观丛生，为险峻的堀山诸峰平添了几分悠远神秘的感觉。向西堀山山顶望去，森林茂密，野生动物时有活动。来时，我们在山下就看到了一只五彩斑斓的大野鸡，丁旺旭惊奇地忙拿手机拍了起来。因为是春天，满山遍野都是翡绿色，季节不同，堀山的景色也各有不同。

登西堀山的过程是艰难的。有的拄着棍子；有的因体力不支走走歇歇；有的最终也没有登上山顶。我走在队伍的中间，时不时看见工会干事刘丽洁一边给员工打气加油；一边给大家照相。双山县支行的高军林是当地人。他从后面冲向前来，主动承担起了向导。年轻的员工帮助年龄大的员工拎起了包，登山的队伍走成了Z字形，浩浩荡荡，蔚为壮观。最先登顶的竟然是事先不被看好的老员工们。日久见人心，路遥知马力，姜还是老的辣，你不得不佩服刘立峰他们……

西堀山万木丛生，穿林而过，有羊肠鸟道七十二盘。山上五峰拱罗，势若戟列。沿小道进山门，南峰的天王殿、睡佛洞、十八罗汉洞尽收眼底。登完南峰，再登中峰。中峰有梳妆楼、琉璃殿等景点，每到一处，丁旺旭和刘立峰都要兴奋地拿起手机狂拍一阵。我已来了无数次，已没有太大的新鲜感，继续边走边指着东峰给他俩讲：我们当地人将东、西二峰称为东石碣和西石碣。东石碣突出如塔，高耸入云，其南崖幽深险僻，鸟迹罕至，民间传说妙善公主曾舍身于此，故称“舍身崖”。北峰称为香山，上面有妙善公主殿，殿壁有连环悬塑，工艺考究，来堀山一定要看看……

从西堀山下来，已是下午两点多钟了，刘丽洁组织全体人员在双山县民俗村就餐，也许是因为大家体力支出太大，也许是因为超过了吃饭时间，也许是因为双山县民俗村的臊子面太过可口，从领导到员工都是狼吞虎咽……

一〇四

二〇一一年刚过完春节，省行发文将陈治国行长调往省行监察部任总经理。张德刚由中行铜城分行调鸡峰分行当行长。张德刚行长以前我并不认识，第一次见他是省行人力资源部刘国梁总经理在鸡峰分行四楼中型会议室宣布鸡峰分行新一届领导班子。当时，他就坐在省行人力资源部刘国梁总经理的左边，穿一身藏蓝色行服，个子不高，留一个小平头，看起来挺精神的。那次见面后，偶尔在上下班电梯里碰见他，我就礼貌性地向他点点头，他也微笑着向我点点头，我们算是打了招呼。因我在风险内控部工作，我有我的主管领导，除了开会，一般汇报工作，我就直接找何丽副行长汇报。假如有时遇到必须要“一把手”拍板定案的事，一般由何丽副行长找张德刚行长汇报。有一天，我按我们部门的工作计划去双山县支行检查工作。刚到双山县支行不久，何丽副行长就打来电话说：“周主任！你现在接电话方便吗？”我说：“方便！我们刚到双山县支行！”她在电话里说：“刚才党委在一块儿议了议准备让你去行长办公室当主任，张行长让我征询一下你的意见。”

我说：“噢……”心想：自从清收完光辉化学建材有限责任公司不良贷款后，

我才松了一口气，怎么又突然要调我去行长办公室呢？电话那头何丽副行长不停地喊着："喂！喂！周主任！能听见吗？是不是信号不好？"我赶快在电话里说："是这样的，何行长！您这么一问，我真不知道该给您怎么回答。我个人的想法是再过几年我就五十了，按照省行现行的干部管理政策我就该转岗了，如果组织能不调动就不调动了吧！"说到这里，我似乎觉得这样说有点欠妥，又接着说："如果组织上必须让我去，我服从组织安排。"

电话那头何丽副行长说："行！我知道了！"便挂断了电话。

下午，我从双山县支行回市行后，先去了何丽副行长办公室，何丽副行长一见我就开门见山地说："没有啥！叫你干行长办公室的工作，对你来说是小菜一碟！"我说："哪里呀！我就担心干不好……"何丽副行长说："我也不愿意放你走，可党委会已经研究过了。要不，你再找找张行长？"

我去张德刚行长办公室找张行长。一见面，张德刚行长就说："你来得正好，我正要与你谈这事。你的情况何行长已经给我说了，行党委刚开会已经研究通过了，还是决定让你来行长办公室当这个主任。同时，调双山县支行副行长王润发做行长办公室副主任，组织相信你们能干好这项工作的。"

我一听张德刚行长这么说，就说："那行吧！既然组织已经决定了，我服从组织安排……"

第一天一到行长办公室上班就遇到了几件麻缠事：第一件事就是司机张春科、余振华、曾小波，打字员陈爱琴，接待员于蓝，档案管理员尤凤巧挨个找我要涨工资。我一了解情况，原来他们的工资都是好几年前定的标准。在他们当中司机的工资算最高，也不过一千三百元。其他人员工资普遍都在一千元左右，按当时社会上的工资水平确实是低了点。因此，我觉得他们的诉求并不过分，但自从中行股改上市后，这部分辅助人员全部交由物业公司管理。而且，中行鸡峰分行与力安物业公司都是两年一签合同。这次合同刚与力安物业公司签订不到一年多，合同还没有到期，李金星感觉这事在他职权范围内不好解决就搁到了现在。

说起李金星也很重视这件事，他已将给这些人增加工资的建议提交给了力安物业公司。因力安物业公司苦于合同没有到期，在等合同到期后想一并提交到行里统一研究解决这事儿。这次，我来行长办公室工作后既然大家向我提出了这个诉求，我怎么能坐视不管呢？这事放在单位算不上啥大事，可搁在他们个人身上就不是小事了。想到这儿，我就去找张德刚行长。张德刚行长一听，倒挺支持我们的工作的。他说："这么办吧！先开一个行长办公会研究一下，再让力安物业公司从现在起先垫付需补发的工资，等到物业合同到期后再与力安物业公司算总账。"这事就这么迎刃而解了。从此，看得出张春科、余振华、曾小波、陈爱琴、于蓝和尤凤巧的工作干劲更大更卖力了。

第二件事就是大楼外 LED 大屏幕安装与执法局打起了扯皮官司，双方各持己见，安装工作就此搁置了下来。租赁 LED 大屏幕的这家公司因不能按期使用 LED 大屏幕，天天找行里要求解决此事情。

说来这事并不复杂，大屏幕安装方案是由执法局批准的，但在安装过程中，租赁的这家公司为了使大屏幕更阔气一点，自己掏钱加宽了五十公分，这样一来执法局不干了。我了解到这些情况后，就对行长办公室管这项工作的汪尚义说："这事不能老端在咱们手上不放啊！解铃还需系铃人，咱们如果解决不了，就给租赁大屏幕的这家公司的人说让他们自己想办法与执法局协商解决！"

后来，汪尚义找这家租赁公司的老板说明了情况，这家公司还真的与执法局协商解决了此事。

第三件事就是外出见学要落实人员和培训公司。因行内见学人员和培训公司一时半会儿定不下来，便搁置了下来。张德刚行长下了死命令，要求行长办公室必须尽快落实此事，赶五月底前一定要完成。我叫来行长办公室负责这次培训工作的陈大勇商量办法，安排他限期尽快落实见学方案。陈大勇嘟噜着嘴说："说起来简单，票咋开？账咋报？"他给我摆了一大堆困难。我见他讲的确实是他职权范围内无法解决的问题，就对他说："办法总比困难多，我与你一起去找何丽副行长沟通，咱们行里达成一致意见后，再找培训机构去沟通。"后来，我们一一克服了种种困难，很快落实了见学培训人员和培训公司。

第四件事就是网点升格和搬迁遇到了大麻缠。由于过去欠账太多，十六家网点要在当年全部转型升格为支行，这是省行下达的死命令。可鸡峰银监分局按照他们的规定，一月只给一家金融机构最多批准两家网点升格为支行的指标。时下马上已到六月，即便每月都按两家网点升格也无法完成任务。我找来王润发副主任，给他压担子，让他全权负责此项工作。我说："困难再大，我们必须赶年底完成所有网点的升格任务。这也是组织对我们的考验。"

后来，我们果真一起通过努力完成了这个看似不可能完成的任务……

第五件事就是汪尚义向我汇报的鸡峰分行与鸡峰银开餐饮娱乐有限公司打官

司的事，我一听这里面的掏扯还挺复杂的，就对汪尚义说：“你把前前后后的所有材料都找来先放在我这儿，我看看，咱们再商量下一步的解决办法。我的意思是，目前，既然已经走向了仲裁程序，我想不管困难再大，我们都先与仲裁委沟通，尽力达成走仲裁这条路。”汪尚义难为情地说：“行吧！也只有这样了！那我把现有材料先放在你这儿，你先看！随后，我再找其他材料。”我说：“行吧……”

那几天，我的办公室天天围得水泄不通，只要是行长办公室的事，没有一样不找我。没办法，我召集行长办公室的全体人员一起来开会。在会上，我说：“我来行长办公室工作这几天，确实感觉行长办公室的工作政策性、综合性、随机性和服务性都很强。而且，职能繁杂，头绪多，工作节奏快，标准要求高。干行长办公室的工作，咱得牵住牛鼻子，抓住关键点，掌握主动权，不能老当救火队，头疼医头，脚疼医脚，天天忙忙乱乱，理不出头绪。从现在开始行长办公室的所有同志必须分工明确，各负其责，各管一行，该谁管的谁管，不能胡子眉毛啥都抓。当下的关键和今年的重点工作就是十六家网点的升格与迁址，这是大事，也是牛鼻子，不管有多大的困难，我们一定要克服，下大力气完成此项任务……”那天，我讲的比较多，会场上鸦雀无声，大家都听得很认真……

有了分工，各尽其职，各负其责。随着时间的推移，各种困难也一个一个迎刃而解。一次，王润发副主任到我办公室汇报完工作后开玩笑说：“工资降了一千多（他原来是县支行副行长，工资级别拿一线业务口工资标准，现在是行长办公室副主任，拿机关二线工资标准），劳动强度增了一倍多（落实一些具体工作必须加班加点，费劲劳神）！”我也开玩笑说：“你没听张德刚行长在大会上讲，越是艰苦的地方越能锻炼人吗？这是组织对我们的信任和厚爱。”王润发听后哈哈一笑，扬长而去……

一〇五

“七一”党的生日那天，我作为机关第一党支部书记参加了去照金的党日活动。照金与瑞金一样同属红色革命根据地，它位于铜城市耀州区西北部，距离耀州区大约有五十公里。听铜城分行的同事们讲，照金革命根据地地处桥山山脉最南端，北倚子午岭，南俯渭北高原，东邻西榆大道，西邻西甘腹地，地势险要，人烟稀少，属于“三不管”地带，从战略角度上讲是易守不易攻的绝佳之地。

一早，党务工作部朱青芳主任就忙乎着招呼大家上大巴车，等要去的优秀党务工作者、党员代表和入党积极分子全都上了车后，司机就开着大巴车一溜烟经西鸡高速、西京绕城高速，再上铜城新高速干线，一直开往铜城高速路收费站。

一到铜城收费站，我们老远就看见铜城分行的领导及对口部门的同事来接应。张德刚行长来鸡峰分行以前在铜城分行当过行长，这次鸡峰分行的同志们到铜城后，铜城分行的领导和同志们格外热情。相互寒暄一阵后，在铜城分行的领导和同志们的带领下，大巴车七拐八拐，上下颠簸，纵深前行，最终到达了照金革命根据地纪念馆广场。我看了看表，已到了12:30了，显然这是讲解员吃午饭的时间了。在铜城分行行长办公室肖力主任的努力下，讲解员还是耐心地一个展区接着一个展区仔细地给我们讲解了当年红军鲜为人知的革命故事……

新建成的照金纪念馆大气宽敞，具有现代气息，占地约有六千九百多平方米。纪念馆主要陈列着刘志丹、谢子长和习仲勋等老一辈无产阶级革命家的珍贵照片，红军战士的遗物、事迹介绍，实景再现，国家和地方领导人的参观图片。再加上展馆内利用了现代激光技术和高科技，使人有身临其境的感觉。

我们跟随着讲解员小李边走边听她讲解。小李说：“别看照金革命根据地建在穷山僻壤地带，它可有好多名头。它是中宣部批准的全国一百个红色旅游经典景区之一，是第四批国家级爱国主义教育示范基地，是首批国家级国防教育基地，首批省级党史教育基地、省级风景名胜区、省级丹霞地貌地质公园和省级重点文物保护单位……”

我跟随着参观队伍神情专注地聆听着讲解员小李的介绍，目睹着展馆的实景，心情沉重而震撼，一种无名的探秘感油然而生……

参观完照金革命纪念馆，按行程安排，全体人员要去后山照金人民英雄纪念碑前敬献花篮；新党员要进行入党宣誓；老党员要跟随新党员重温入党誓词。

我们一行人就跟随讲解员小李拾级而上，在后山人民英雄纪念碑前将一切议程进行完毕，这时已是下午2:30了。虽然烈日炎炎，气温达到了三十五摄氏度，但每个人都丝毫没有感觉到饥饿和炎热。

吃过中午饭，在铜城分行肖力主任的带领下，我们又来到了薛家寨风景区，在这里，实地攀登了红军的大本营——薛家寨，重走了一回当年红军走过的路。

薛家寨海拔有一千多米，距离纪念馆有个五六公里路程，这里是刘志丹、谢子长和习仲勋等老一辈无产阶级革命家生活和工作的地方，也是西北地区第一个山区革命根据地。当年就是照金革命根据地的建立有力地震撼了国民党的黑暗统治，造成了国民党内部的恐慌和混乱，有力地牵制了国民党大量兵力，也配合支援了陕北、渭北、陕南和陇东地区的革命斗争，唤起了千千万万陕甘宁人民在中国共产党领导下开展土地革命的觉悟，鼓舞了西北人民争取解放的勇气和信心，它又是红二十六军发展壮大、走向胜利的坚强阵地。

肖力主任老远就指着前面隐约能看见的一座山包对我们讲，那半山腰的石缝就是当年红军的总部，里面有红军的兵工厂、被服厂和医院旧址。我朝肖力主任手指的方向看去，对面那座山很像麦积山（甘肃天水市）。不过，它比麦积山的石头看起来硬朗了许多；又恰似一块从天而降的华山石。细看，半山腰的石缝恰似一位老人裹着的裤腰带。

没等肖力主任对大家讲完注意事项，刘增武、黎占生、闫怀斌和罗美娟他们已捷足先登了。肖力主任赶忙说："穿高跟鞋的女同志，如果上不去就不要勉强了……"

我是最后一批上山的，顶着烈日，沿着陡峭的台阶，爬到五分之一的地方就已汗流浃背了。拼命再爬，到了三分之二的地方，已感到浑身喘不过气。往上看，恰似天梯一样陡峭的石阶放不下一只脚，我有些动摇了，可要下山谈何容易？硬着头皮再爬，爬了一段时间，抬头看见不远处有了铁锁链。我如获救命稻草，猛爬几步，抓住铁锁链。爬到半山腰，我有些体力不支，头晕目眩，心跳加快，脸色苍白。也许是天气太热，也许是爬得太急，或许确实是山势太陡峭，我赶快坐下来休息。停了一会儿，才勉强缓过了精神。我问闫怀斌说："我有些爬不上去了！你怎么样？"他说："我确实也有些支撑不住了。"看来，他也与我有同感。黎占生年轻，有气力，他早早地爬了上来。为了要安慰我，他笑呵呵地说："周主任！我们还算是坚强的一批人呢。你瞧！没攀上来的大有人在呢！"他手指向山下……

我向山下望了望，确实有几个小人影向我们挥手……

一〇六

冬天的脚步越来越近，我在办公室上班已感觉有些寒冷了。那天下午，张德刚行长突然掀开我办公室的门，拿来一张报纸让我看，他说：“周主任！你闲下了看一下，今天报纸上刊登了一篇《她辍学打工，只为供弟弟妹妹读书》的报道，很感人。你能不能让西虢区支行派人打听一下，看实际情况是否是这样？”我停下手头的工作，接过报纸就看了起来……

浏览完报纸，我对张德刚行长说：“行！张行长！我现在就联系西虢区支行李耀华行长了解情况！”张德刚行长走后，我拨通了西虢区支行李耀华行长的电话……

临下班的时候，李耀华行长回电话说，他开车去了一趟溪水镇上窑村，在上窑村确实有一名叫云云的女孩，她今年十六岁。两年前父亲病逝，母亲出走，弟妹尚小，她就辍学打工供弟弟妹妹上学。我将了解到的情况向张德刚行长做了汇报。第二天，张德刚行长安排我通知工会在全行员工中为姐弟仨捐款。他自己带头捐了一千元，我捐了五百元。在他的倡议下，不到两天，全行员工就为姐弟仨捐款两万三千一百元。

十一月二十六日，尽管突如其来的降温让人难避冬日的寒冷，但在鸡峰市西虢区溪水镇上窑村的云云家里，却暖流涌动。那天，张德刚行长、吕江海副行长、我、党务工作部朱青芳主任、工会刘丽洁和西虢区支行的李耀华行长，我们一起去了云云的家。这个不大的院子没有院墙，只有三间瓦房。当时，云云在外打工没有在家。家里只有云云的妹妹小荣和弟弟小刚。一只小花狗见来了生人，紧张地蹲在中间房间门口东张西望，不时向我们汪汪叫几声。小刚有个八九岁，穿一身宽大的上窑村中心小学统一制作的化纤校服，急忙跑过去喊着“花丽”，不让“花丽”叫唤。他先圪蹴在“花丽”的跟前，拍拍“花丽”的头，捏捏“花丽”的嘴，“花丽”就不叫唤了。他又迅速地站起来跑回姐姐小荣的身旁。这时，我才注意到小刚没有戴帽子，留着一个小平头，还不停地吸溜着鼻涕。姐姐小荣看起来比小刚会收拾一些。她扎一个小羊角辫，穿一身洗得干净的印有上窑村中心小学字样的校服，两个脸蛋冻得通红，看样子有个十一二岁。这时，站在一旁的小荣和小刚的老师张惠珍说：“两个娃挺可怜的，自从大人不在后，做饭、洗衣服、烧炕都是他们姐弟俩自己完成的，你看把娃手冻得多红!”说着，她一只手拉起了小刚的手，另一只手抚摸着小刚的头。张德刚行长向前走了几步对小刚和小荣说：“孩子！别怕，你们姐弟俩是好样的！叔叔、阿姨们来看你俩了!”说着，他从李耀华行长手里接过两个崭新的书包送给小刚和小荣。吕江海副行长将来时带的羽绒服分别给小荣和小刚穿在身上。刘丽洁赶快将带来的首批资助款交给小荣。这时，张德刚行长当着大家的面对小荣和小刚说：“今后你们姐弟俩的学习费用就由中国银行鸡峰分行全部承担，如果你们的姐姐云云愿意回来上学，中国银行鸡峰分行将向她提供继续上学的学费，直到她大学毕业……”

春节过后，当第二批学费转交到小荣手里后，一天中午，云云害羞地拿着一封感谢信来到鸡峰分行行长办公室，她找到我说：“叔叔！我们姐弟仨写了一封感谢信，希望您能给中国银行鸡峰分行的叔叔和阿姨们转达一下。”她话还未说完，脸就绯红。我打开感谢信一看，感谢信是这样写的：

尊敬的鸡峰分行的叔叔、阿姨们：

你们好！感谢你们一直以来对我们姐弟的关心和照顾，让我们对生活又有了新的希望；让我们从过去的阴影中渐渐走了出来。

我们仨的生活一直都很艰辛，一直在别人的帮助下维持着。在我们最困难的时候，你们伸出了援助之手，替我们仨解决了燃眉之急，才使我们的生活渐渐地有了起色。作为年少的我们，现在虽然没有能力回报一些什么，但是，请你们相信，在不久的将来，通过你们的帮助和我们自己的努力，我们一定会干出一份成绩的。我们知道你们帮助我们姐弟仨是不求任何回报的。但是，我们还是很感谢你们无私的关怀，让我们的生活越来越好！请你们相信我们仨，我们一定会吃水不忘挖井人的。等我们仨有能力的时候，我们会把这份爱心传递下去，扶持一些需要帮助的人们。再次感谢你们！

云云　小荣　小刚

三月三日

看完他们仨写的感谢信，我觉得这三个孩子非常懂事。他们从小就懂得知恩图报，就有远大的志向和抱负，也愿意长大后将这份爱心传递下去。这让我很感动……

我对云云说："你与我的小女儿丽丽一样大，你应该回学校继续上学才是。"她说："叔叔！感谢咱们中行的叔叔阿姨的资助，我会上学的……"

一〇七

市行综合培训楼在我们的不懈努力下，通过仲裁委的仲裁终于依法收回了。这是我来行长办公室解决的最难缠的一件事。

正当大家都为解决了综合培训楼问题而松了一口气的时候，谁曾料到在研究处置综合培训楼的问题上又起了波澜。

事情还得从二十世纪九十年代鸡峰市兴建高新产业技术开发区说起。那时，鸡峰市在市区渭河南岸划出一片空地来，搞高新产业技术开发区。当时，中国银行鸡峰分行的领导就抓住了这一机遇，在西京分行同意的情况下在高新产业技术开发区征了三亩多地盖了一栋十六层的办公楼，又在科技路中段征了十七亩地以集资建房的形式盖了两栋家属楼来解决员工住宿的问题。

两栋家属楼盖好投入使用后，院子前还剩余下二千三百一十七平方米的土地因临街一直闲置着。

有一天，鸡峰市高新产业技术开发区管委会开始集中整治开发区闲置土地了。一时间，鸡峰分行的二千三百一十七平方米闲置土地就被开发区管委会城管大队的刘忠义队长盯上了。刘忠义队长不管单位是啥情况，三天两头带着一帮人来找鸡峰分行的麻烦。这帮人一来，不找领导，只找管后勤的田宝利。刘忠义队长说："上面有政策了，土地不能闲置着。管委会要求临街门面房必须盖六层以上楼房。否则，管委会将依法收回闲置土地！"田宝利说："行！情况我都知道了，我尽快给我们领导汇报。"可刘忠义队长走后，田宝利给唐应才行长一汇报，唐应才行长说："哪有钱？这事先放一放再说！"田宝利一听唐行长是这态度，就不再言语。后来，刘忠义队长又带着一帮人来了。田宝利就开始躲猫猫。刘忠义队长一生气就说："咋地啦！还没招了！"过了几天，他就打发人送来了一张收回闲置土地意见书扔在了田宝利的办公桌上。这下，田宝利急了，赶快把这一情况报告给唐应才行长。唐应才行长一听也急了。他抽着烟，在办公室来回踱步，想来想去也没个好办法。后来，干脆把这事放在行长办公会上让大家讨论。

正当大家在行长办公会上都感到这事特别棘手的时候，不知谁提出了一个建议说："何不来建一座六层框架结构的综合培训楼呢。只要省行能批准，至于资金问题嘛，好办!"唐应才行长问道："资金咋解决?"他说："可以采取员工集资的办法来解决，这样有两点好处：一、可以解决建综合培训楼的资金问题；二、综合培训楼建好后可以出租，收回的租金也可以给员工搞一些福利呀!"大家一听这是个好办法，就都同意按这个办法办。

报告打到西京省分行，西京省分行一看，既然鸡峰分行能自己解决资金问题，事已聚到这儿了，就同意鸡峰分行建综合培训楼。

批复一下来，唐应才行长就立即安排行长办公室给鸡峰市高新产业技术开发区打报告。报告一打过去，管委会没多久就下了批复：同意鸡峰分行在科技路中段临街建设一栋六层综合培训楼。唐应才行长得知情况后就组建了专业人员开始招标建设鸡峰分行综合培训楼。

一年后，综合培训楼竣工了，建筑面积六千五百八十四点七六平方米，决算资金为五百八十万五千零四十二元五角五分。

就在建设综合培训楼期间，唐应才行长同时也紧锣密鼓地组织在全行员工当中进行集资。当时，行里研究规定：这是给员工办好事，集资采取员工自愿，行内正式员工每人只允许集资一万五千元。员工如果没有钱，可以申请贷款。这事放在现在，看起来似乎有些不妥。可放在当时的大环境下，员工一月拿的工资还不够买两袋大米，社会上大部分单位为了调动员工的积极性，也经常通过办劳动服务公司或其他方式创收给职工解决一些福利问题。更何况贷款的员工都是正式员工也跑不了。

集资政策一宣布，员工一听，这是百年不遇的大好事啊！回报率在百分之二十左右，即使贷款，扣去贷款利息，还能稳赚将近百分之十四呢。因此，消息一放出去，全行员工都异常兴奋，集资也异常踊跃。不几天，全行共有三百零一人参与了这次综合培训楼集资。每人集资一万五千元，总共集资了四百五十一万五千元。

一〇八

那年，我在双山县支行工作。当双山县支行主持工作的田光明副行长给我通知了集资的事后，我觉得是好事就立即表示愿意集资。那时，我手头紧张，就与其他员工一样在县支行营业部贷了一万五千元交了集资款。令我纳闷的是市行国际结算科蔡德奇就没有集资。他说：“哼！别看你们现在都积极，总有一天有你们后悔的时候。”张建业听了这话后对我说：“蔡德奇真是个怪人，全行所有员工都集了资，就他不集资。”我说：“集资本身就是拿风险买回报，他可能觉得这事有风险吧！”张建业撇了撇嘴，坏笑地说：“我还是觉得蔡德奇这人不可思议！”说着，他从营业部出去办他的事了。

因为建设综合培训楼是用的员工集资款，因此，唐应才行长就一心想尽快让综合培训楼产生效益。那年，综合培训楼一竣工，他就要求行长办公室田宝利赶快发公告进行对外招租。公告发出后，报名的人不少，经过激烈竞争，最终鸡峰分行还是同意与鸡峰市银开餐饮娱乐有限公司签订十年租赁合同。合同明确规定租金前三年为一百二十万元，从第四年起，每年租金为一百三十万元。唐应才行长还算了一笔账，按每年一百二十万元的租金计算，每个人每年百分之二十的回报率绝对没问题，大家听了后都挺高兴的。

可后来情况发生了变化，不知是租金太高，还是鸡峰市银开餐饮娱乐有限公司经营有问题。实际情况却是前四年只收回房租二百六十万元，从第五年起每月只收到了五万元房租。不说原本大家都想拿百分之二十的回报资金，就每个人能安全拿回本金都成了问题。这还不算，大家还要每季度定期支付自己贷的一万五千元贷款利息。

精明的员工一看这情况，就开始想办法向行里索要集资款，不然怕一万五千元打了水漂。

这期间，有人就打听到，二〇〇〇年撤销揽凤县支行的时候，行里就给揽凤县支行的员工退还了集资款。还有从行里调走的五名员工市行也给退还了集资款。掌握到这些情况的员工就整天嚷嚷着要求鸡峰分行也给他们退还集资款。田宝利给唐应才行长反映情况，唐应才行长说：“解决个别人的问题好办，要退还全行员工的集资款钱从哪里来?”尽管唐应才行长话是这样说，可田宝利走后，他还是寻思着该如何解决全行员工的集资款问题，就在这期间，省行调唐应才行长去了省行保全部工作。这事只好交给了下一任行长崔建国解决了。新来的崔建国行长也觉得这问题比较棘手，就操着陕北普通话对田宝利说：“胡闹么！这事不提早解决将后患无穷。”

恰巧在这期间，西京省分行稽核处来鸡峰分行搞专项稽核，发现鸡峰分行存在无存单质押给员工贷款的问题，就要求鸡峰分行立即整改。

崔建国行长就召开行长办公会专题研究解决这一问题。最终会议同意根据现有资金情况先给全体集资人员每人退还七千五百元集资款，再让大家自己先想办法把贷行里的贷款全部还掉。至于剩余的集资款，等以后行里有钱了再整体想办法予以解决。

鸡峰分行的员工都是好样的。既然省行稽核处的检查人员说员工贷款不合规，那就赶快想办法先将行里贷的款还掉。就这样，所有员工都归还了行里的集资贷款。

集资贷款还清后，第二年开春，崔建国行长又想办法挤出一部分资金退还了一百九十六名员工的集资款，剩余的六十八人只能等下次再解决。

隔了半年，崔建国行长又组织召开专题办公会。专门研究如何解决综合培训楼剩余六十八人集资款归还的问题。这个问题，崔建国行长一直牵挂着。最后，会议还是决定先筹措一部分资金将剩余的集资款全部归还。按照这个决定，田宝利就逐一退还了六十八人的集资款。

还清了集资款，自然综合培训楼也就从账外账并入中国银行鸡峰分行的大账。至此，综合培训楼的产权就归了中国银行鸡峰分行所有，土地证也就办到了中国银行鸡峰分行的名下……

按理说，解决了集资款问题，综合培训楼也并入了大账，崔建国行长应该松一口气了，可事情还是没有那么简单。解决了彼问题，此问题又摆在了眼前。鉴于鸡峰市银开餐饮娱乐有限公司既没有按合同缴纳房租，在执行合同期间，又未征得鸡峰分行同意，在综合培训楼上私自加高一层简易楼房改变了综合培训楼房屋主体结构的问题还没有完，崔建国行长正准备着手下决心解决此问题的时候，省行根据干部交流规定将崔建国行长调往省行工作了。省行又派陈治国行长来鸡峰分行当行长，陈治国行长一到鸡峰分行，他就安排田宝利与鸡峰市银开餐饮娱乐有限公司谈判解决综合培训楼剩余房租和收回综合培训楼的问题。

双方为这事争争吵吵协商了多次都没有啥结果。陈治国行长就对田宝利说：“既然协商不成，那就走司法途径来解决吧！”

从此，鸡峰分行就开始与鸡峰市银开餐饮娱乐有限公司打起了官司。

那年六月，鸡峰分行向鸡峰市仲裁委员会提出仲裁申请。一个月后，仲裁委下达了仲裁意见书。意见书要求鸡峰市银开餐饮娱乐有限公司按双方合同约定限期无条件归还鸡峰分行综合培训楼。

可鸡峰市银开餐饮娱乐有限公司接到仲裁委意见书后就是不执行，却把鸡峰分行上诉到了鸡峰市中级法院。田宝利得知这一情况后，正寻思着找法律顾问宋一全商量与对方打官司的事，不知啥原因，鸡峰市银开餐饮娱乐有限公司突然又撤诉了。最终，鸡峰市仲裁委还是采取了强制执行手段，收回了主楼。鸡峰银开餐饮娱乐有限公司在主楼后面院子盖的临设和主楼上加盖的一层简易楼房的问题，因鸡峰银开餐饮娱乐有限公司牟发成总经理要求鸡峰分行必须赔偿，一直拖延着。

我调到行长办公室当主任后，田宝利向我汇报了此事，我了解了事情的来龙去脉后就对田宝利说：“既然你以前就负责这项工作，那你就继续负责到底。目前，这场官司已走到了仲裁程序，你就继续盯紧，督促仲裁委尽快仲裁！不能再拖泥带水了，务必要彻底收回整个综合培训楼。”田宝利说：“事情太复杂了，我尽力吧！”我说：“那你就再辛苦一点！如果有什么问题，咱们一块商量解决！”

那段时间，牟发成总经理拒不补偿拖欠房租，也不肯拆除临设，并要求鸡峰分行还要给他赔偿装修、加高一层楼房以及院子里的临设费用。因此，官司就这么一直僵持着。

从掌握的材料看，牟发成总经理的要求看似无理，但他手里的证据并不利于鸡峰分行打这场官司。吕江海副行长、我和田宝利就此事与行里聘任的法律顾问宋一全律师反复沟通商量对策，又与对方的律师王元阔进行了几次面对面的沟通。那几个月的拉锯战，使我感到身心疲惫，一直纠缠到这事里。

第二年三月，这场官司取得了实质性的进展，双方终于达成协议，鸡峰市仲裁委员会也下达了裁决书，在鸡峰分行没有赔偿一分钱的前提下彻底收回了综合培训楼。至此，断断续续打了三年多的官司终于画上了圆满句号。

综合培训楼整体收回那天，我、王润发副主任和田宝利看了整个大楼的现状。田宝利还将综合培训楼的现状录了像，制作成了光碟保存了下来。由于承租人牟发成对无偿交还综合培训楼始终抱有抵触情绪，且法律诉讼持续三年之久，因此，楼内有关设施遭到人为拆除和破坏。整个大楼上下水和卫生洁具全都无法使用。电路设施老化，暖气管道设施被拆除，门窗损害严重。加之当年为了尽快出租综合培训楼也未安装消防设施。就综合培训楼现状而言，自交给鸡峰市银开餐饮娱乐有限公司运营后，虽然有对方初期的装修和低档次的设施投入，但经过十多年的自然损耗和失修以及最后的人为拆除和损坏，直到鸡峰分行收回时，实际已成了一个空壳子。

收回综合培训楼后，张德刚行长再三考虑，与班子成员一起协商，拿出了四套处置方案去西京省分行找覃建博行长汇报。原来的省行行长唐世才已调往北京总行工作。现在，西京省分行的行长是覃建博，他是从总行调来西京省分行任职的。当覃建博行长听了这四套方案后，他首先肯定了前三套方案，否决了最后一套方案。他对张德刚行长说："这只是我个人的意见，你们行研究一下究竟要采取哪一种方案，你们自己决定。"他否决最后一套方案的理由很简单：如果鸡峰分行自己装修、自己来使用，目前，总行没有这方面的政策支持。

张德刚行长回行后，他立即组织科技路家属院住户在办公大楼三楼会议厅召开座谈会。在会上，他先拿出第二套方案征询大家的意见，大家分歧比较大；他又拿出第一套和第三套方案供大家讨论。参会人员讨论来讨论去还是没有一个统一的意见。最后，张德刚行长在行长办公会上权衡来权衡去决定采取第三套方案对外公开招租。

会后，我按照行长办公会上的决定就安排王润发副主任和田宝利联系招拍挂公司对外实施招租。

很快，行里确定天成招拍挂公司为这次招租承办公司。天成招拍挂公司按照鸡峰分行的要求三下五除二就完成了鸡峰分行综合培训楼对外招租。结果出来后，张德刚行长对这个招租结果很满意。他要求行长办公室尽快走程序，签订租赁合同。

可令所有人没有想到的是招租结果公示期结束后，却出现了一些新情况。首先是落选的鸡峰市阳鼎工贸有限责任公司给鸡峰分行领导发短信要求按最终招租结果一次性交清房租租赁鸡峰分行综合培训楼；后来，又出现了鸡峰分行部分内退和退休老同志去省行上访的事情。西京省分行覃建博行长一看这情况，赶快通知鸡峰分行暂停综合培训楼对外出租。

一〇九

没有收回综合培训楼的时候，大家倒没有把关注点放在综合培训楼上。行里准备处置的时候，综合培训楼却成了一部分退休和内退员工的议论焦点。

究竟怎么样处置综合培训楼？张德刚行长也没有拿准主意，但他心里明白，综合培训楼处置不只是处置那么简单，它很可能牵扯到方方面面的利益。一旦触及这个烫手的山芋，很可能会产生各种各样的矛盾。甚至会使自己陷入泥潭。但作为一届班子的班长，他又怎能坐视不管呢？这本身就不是他的性格和做派。

他思索了一夜，第二天还是决定把这烫手的山芋拿在手中，尽量在处理这件事方面考虑得周全一些，能让绝大部分员工感到满意。

处理这件事的难点在于综合培训楼与家属楼是同一个院子，而且，在修建的时候，又有三百〇一名员工参与了集资。尽管后来行里想尽各种办法退还了三百〇一名员工的集资款，但张德刚行长从几个退休和内退老同志的闲谈中还是隐约能感到一些退休和内退的老同志到现在还对当年的集资有怨气。

几天前，他曾与班子其他领导讨论过处置综合培训楼的途径，其他领导们也都给他提过一些好的建议和意见。在那次会上，他曾说："这次无论如何处置综合培训楼，行里绝不能伤害绝大多数员工的利益，更不能无缘无故让中国银行鸡峰分行的资产受到损害，这是最起码的处置原则……"

于是，本着这样的想法，他在行长办公会上提出了四套方案供大家讨论和决策。

第一套方案：按照上级有关规定将闲置综合培训楼拍卖。拍卖款项全部列入大账；作为闲置资产处置，这是最捷径和有效的办法。但这一方案的弊端是处理不好很可能伤害科技路家属院第一栋家属楼住户的利益。综合培训楼与科技路家属院地界当时是按租赁户自盖的简易厨房操作间边沿划的线，从现在来看，地界距离第一栋家属楼确实太近。如果综合培训楼拍卖后万一对方要拆掉综合培训楼另盖高层楼房，肯定会遮挡科技路家属院第一栋家属楼的光线和员工进出自由。

第二套方案：由房地产开发商将综合培训楼与家属院两栋家属楼全部拆除统一规划进行整体改造。然后，将综合培训楼资产全部置换出来，另寻一个商业繁华区或建或买都可以，用新盘活的房产将鸡峰分行低产低效网点搬迁过去。这样，既不损害员工的利益，又保全了中行的资产不流失。张德刚行长还说："要实施这个方案，当然，就必须科技路家属院的住户全部都同意，这是前提条件。目前，要想让所有住户都同意肯定难度比较大，但至少要有百分之八十以上的住户同意，这样，我们才有可能做通其他人的工作，最终实行这个方案。"

第三套方案：在目前处置条件还不成熟的情况下，暂时对外出租，变死资产为活资产。等条件成熟后，再将综合培训楼进行处置。

第四套方案：重新装修综合培训楼，把综合培训楼建成真正意义上的中行综合培训楼。装修后可以作为省行或市行的培训专用楼，但要实施这个方案必须先征得省行同意和支持才有可能实施。

在行长办公会上，大家听了张德刚行长的发言后，都觉得也只能提出这四套方案了。

第二天，张德刚行长就带上我专程去了一趟西京省分行，向覃建博行长做了专题汇报。

覃建博行长听了这四套方案后，他首先否决了第四套方案。理由很简单，省行已有了培训中心，地市行没有必要再投资装修培训楼了。况且，从现在掌握的政策和规定来看，也没有这方面的政策支持和开支渠道。不过，覃建博行长还是原则同意前三套方案，具体怎么操作，由鸡峰分行自己来决定。

这也算省行覃建博行长给鸡峰分行明确做了答复。张德刚行长从省行回来后，就立即召开行长办公会，向与会同志通报覃建博行长的意见。最后，会议决定先让科技路居住的员工讨论一下第二套方案，听听大家的意见再做最后决定。

会后，张德刚行长就让我安排王润发副主任和田宝利准备一下，当天晚上就通知科技路家属院的住户在办公楼三楼会议室召开座谈会讨论此事。在会上，张德刚行长详细向各位住户介绍了第二套方案的实施计划及设想，征询大家的意见和想法。

在这之前，他要求王润发副主任和田宝利专门找了一家房地产开发公司对科技路家属院的地方进行了丈量，并让这家房地产开发公司拿出了一个完整的改造方案，提供给科技路家属院的住户让大家来讨论。结果，张德刚行长刚一通报完第二套方案，全场就炸了锅……

以前，也有人提议过，将综合培训楼和现有的两栋砖混结构的家属楼一同拔掉，腾出地方来让开发商利用足够的空间代建两栋高层楼房，改善一下员工的居住条件，让原来没有住房的年轻员工也能住进科技路家属院。至于怎么实施，一些员工就建议说，可以把综合培训楼的资产折算成人民币，让开发商给鸡峰分行另选一块地方，盖一栋营业用房或新购一栋楼房，将鸡峰分行租赁的低产低效网点置换出来搬到新点营业。

对于在科技路家属院新建的两栋高层楼房，一部分按成本价出售给本行有意愿购房的员工；另一部分作为开发商的利润回报对外出售。至于在科技路家属院原有住房的员工，可以按现有居住面积一兑一折算成新建房面积。如果不足面积按成本价补足差价。

就在鸡峰分行正式拿出第二套方案召集科技路家属院住户进行讨论的时候，大家的意见却出现了相当大的反差。特别是一些退休和内退的员工提出工资收入低，如果增加面积要补钱无法承受；现在居住在低一点楼层的员工又提出本来他们现在居住的楼层还可以，万一盖成高层后分不到理想的楼层怎么办？

后来，张德刚行长又通报了第一套方案，大家的想法与鸡峰分行在行长办公会上讨论时的看法基本一致，综合培训楼距离科技路家属院第一栋家属楼太近，如果综合培训楼拍卖后，万一开发商要拆掉综合培训楼另盖高层楼房，肯定会遮挡家属楼第一栋楼房，到时候土地是人家的，咱们的员工倒有理没处说了。

当提到第二套方案时，反对的人倒不多，但有一些退休和内退的老员工还是提出了不同的想法和意见。主要针对综合培训楼的产权归属问题提出了自己的看法和意见。最终，会议也没有讨论出个啥结果。

一一〇

这件事过去没几天，有一天早晨刚上班，张德刚行长打电话叫我去他办公室。我一进他办公室他就斩钉截铁地说："这事不能再拖了，你安排人逐户再征求一下科技路家属院住户对第二套方案的意见！如果同意的人真的达不到百分之八十，那咱们就另选其他方案……”

从张德刚行长办公室出来，我去后二楼王润发副主任办公室，王润发副主任和田宝利在一个办公室办公，他俩坐对面。我去时，他俩正好都在办公室。我就向他俩安排了此项工作，让他俩设计一个表格，下午就去科技路家属院逐户征询大家的意见。

第二天，王润发副主任和田宝利来我办公室汇报征询意见结果。王润发副主任说：“周主任！意见征询完了！你看看情况吧！”他将一沓征询意见表递给我。我接过意见表问：“超过百分之八十了没有？”田宝利说：“这事不好玩！连百分之四十都不到！”我疑惑地说：“这数字准确吗？”他说：“没问题！底稿都在这里！”我说：“行！那你先把底稿放在我这儿，我有空再看看！”

王润发副主任和田宝利走后，我又认真地翻阅了一遍征询意见表，确定没有问题后，就去张德刚行长办公室将这一情况汇报给张德刚行长。张德刚行长听了后说：“是这！你现在就通知行长办公会成员在四楼会议室召开办公会……”

会上，张德刚行长说：“因第一套方案可能涉及到伤害员工利益，我个人意见，现阶段不宜按第一套方案执行，大家一会儿再议议。第二套方案呢，我让行长办公室征求了一下科技路家属院住户的意见，结果同意的住户连百分之四十都不到。看来，第二套方案也不适宜现阶段实施。那么，究竟该如何处置综合培训楼呢？我们再讨论讨论！”

参会人员一听张德刚行长这么说，最终还是否决了第一套和第二套方案，都一致同意按第三套方案实施。

张德刚行长最后说：“既然大家的意见是一致的，都同意对外出租综合培训楼，那我就先介绍一下前期综合培训楼租赁的情况：科技路综合培训楼自建成后，当时签订的租赁合同是每年收取房租一百二十万元，但由于市场的变化等因素，实际最多时每年只收过房租七十万元。后来，就一直按六十万元收取房租。这三年我们一直与鸡峰市银开餐饮娱乐有限公司打官司，因此一分钱也没有收到账上。前期，我让财管运营部魏紫旭主任算了个账，咱们综合培训楼每年的土地使用税、土地摊销费、房产税和房产折旧费等等费用就达八十多万元，这都要占我们的费用啊！我们是经营性金融机构，我们必须要降低成本，增加收入。在这里有几件事，我必须再说明一下。一、行里一部分退休和内退员工认为三百〇一人参与了集资建房，对行里拿出的四套方案全部提出了异议，要求行里要借这次处置综合培训楼的机会纠正错误，给员工再办一次福利，把综合培训楼归还给三百〇一人。前期，我们与省行进行了沟通，这已不可能。二、综合培训楼一揽子改造方案，行里先后召开了三次会议，科技路家属院住户大多数都不同意。我上面说过，同意的人数连百分之四十都不到。因此，这次行里决定要出租综合培训楼，很可能一些退休和内退的员工要阻挠，我们大家就得做好这些同志的解释工作。鉴于目前的实际情况，这次出租行里的综合培训楼就委托一个入围代理招投标公司进行招租吧！我的想法，行里不再投资、不再维修，就现状出租。我们要汲取上次租赁综合培训楼的经验教训，出租时有必要订立一些约束条件。譬如：我们规定必须要交保证金；要有一定的经济实力；不允许租户转租；不能继续租给原租户等等。在招租过程中，若发现原租户参与招租：一、要没收保证金；二、要废止合同。一句话，不能再给原租户租赁综合培训楼，这条一定要写在招租文件里。”

其他几位副行长见张德刚行长这么说，也各自发表了自己的意见和建议。所有参会人员都一致同意对外出租综合培训楼。

那天，我根据行长办公会议的决议，安排王润发副主任和田宝利一起与省行入围房地产评估公司联系，对综合培训楼进行了评估。后来，房地产评估公司去科技路家属院经过丈量、目测、询价和计算，最终评估出综合培训楼出租价为一百零三万八千九百元。我又安排他们俩对综合培训楼周边租赁户的租价进行了摸底询价。他俩摸底询价的结果与房地产评估公司评估的综合培训楼租赁价格基本吻合。

第二天行里召开行长办公会，王润发副主任和田宝利向参会人员详细汇报了综合培训楼出租评估价和市场询价的情况，大家一致同意按评估基价对外竞租。他俩很快向行内员工通过邮件发出了公告。另外，又委托代理招租公司在《鸡峰日报》刊登了招租公告。

在起草招租意向书时，代理招租公司根据鸡峰分行的意见对承租人资质提出了要求：一、要具有独立的法人资格；二、企业或个人自有资金不得低于人民币五百万元；三、承租人有相应的实力规模和经营业绩；四、没有不良记录；五、承租人不得从事娱乐和危险性行业。

以前，鸡峰分行在招租方面吃过亏。我特别叮咛王润发副主任和田宝利，让他俩将草拟好的招租意向书先拿去咨询一下鸡峰分行聘请的法律顾问宋一全律师，然后，再送省行法律合规部做最后审定。后来，宋一全律师和省行法规部修订后的招租意向书如下：一、承租人租赁房屋后必须是自用或自己经营，不得转租、转让第三方经营。一旦发现转租将无条件终止合同，并对已交保证金不予退还。二、有意租赁者，在提交书面意向的同时，必须缴纳五十万元投标保证金。三、中标者租赁中行综合培训楼必须先预交五十万元保证金作为租赁押金，租赁合同期满手续结清后退还保证金。四、租赁费缴纳：必须先缴费，后租房，每半年缴一次房租。上半年为月初五日内缴纳上半年房租，下半年为月初五日内缴纳下半年房租。五、承租人要保证承租期内房产安全，可对房屋做适当装修，但不得影响楼房整体结构。如果形成结构影响，由此引起的后果由承租人承担，同时须负责赔偿责任。六、承租人门前广场涉及的维修费及垃圾费或门前三包等政策性收费均由承租人承担。七、在承租人租期内，所有商业用电和水费均由承租人承担，必须做到按季缴纳。八、本楼由于和原租赁户发生过纠纷，故不允许其参与招标；若发现与原租赁户有直接或间接连带关系，所签订合同无效，并没收其保证金。凡有意承租的单位或个人必须在有效期内向租赁中介机构提供较为完备的书面意见书。最终承租人以评价形式确定，承租人应无条件接受出租人所提供的房屋租赁合同条款。此次租赁，租期为十年，五年以后根据市场价格上浮房租，在出租人同意的情况下，一楼可适当分割转租。公告的解释权属中国银行股份有限公司鸡峰分行。

一周后，代理招租公司按程序对鸡峰分行综合培训楼进行了公开招标，田宝利和监察部刘俊文主任参加了招租会，评标结果以最高报价为中标价。鸡峰市春光商贸有限责任公司以一百三十一万六千元为第一候选人；鸡峰市阳鼎工贸有限责任公司以一百二十五万六千元为第二候选人；西京大衡置业有限责任公司以一百一十八万九千元为第三候选人。

前五年因为要对大楼整体修缮和装修，维持招标价不变，后五年，每年按百分之五递增。

一一一

按理说综合培训楼出租能走到今天也算是大功告成了，大家都可以松一口气了。可谁曾想到从筹划招租开始，一直到招租结果公示结束却出现了一连串麻缠事。先是七八个退休和内退的老同志接二连三去省行上访；后又是招租公示结束后，鸡峰市阳鼎工贸有限责任公司总经理马生魁对招租结果提出异议；再后来，又是秦山铅锌矿业有限责任公司总经理吴天佑因没有报上招租名来行闹事。那段时间，我与王润发副主任和田宝利就一直没消停过。

先说七八名退休和内退老同志去省行上访的事。张德刚行长与他们接触了几次，基本上摸清了那七八个退休和内退老同志的诉求。

其实，七八名退休和内退老同志的诉求很简单，就是想要为三百〇一名员工要回综合培训楼的产权。他们说，过去由于鸡峰分行错误的做法，才使综合培训楼归了大账。现在，鸡峰分行无权对综合培训楼进行处置或出租。当时员工集资和退款都是组织行为而不是员工自愿要求。因此，组织应该对这些年的房租收入做一个清算，将综合培训楼收入所得作为分红分给集资员工。他们还提到综合培训楼与科技路家属院家属楼的地界划分存在严重问题。正确的划分应该依照综合培训楼决算时的土地面积进行划分，而不应该按现在土地证上的土地面积进行划分。

那天中午快11:00了，西京省分行行长办公室艾宗芳主任突然给张德刚行长打电话说，鸡峰分行又有七八个退休和内退老同志来省行上访，要求鸡峰分行赶快派人来省行领人。

前两次这七八个退休和内退的老同志也去省行上访过。那两次都是吕江海副行长带领党务工作部李念慈主任去西京省分行领的人。吕江海副行长分管这方面的工作。这次，吕江海副行长因在西京医院住院做心脏血管搭桥手术，张德刚行长就叫上我和党务工作部李念慈主任一块去省行领人。

我们仨一到省行，七八个退休和内退的老同志还在省行八楼会议室坐着。省行覃建博行长刚从八楼会议室出来，一看我们仨来了，就让我们仨先去七楼会议室等着。一会儿，他来到七楼会议室不留情面地就对张德刚行长提出了批评，他说："你们鸡峰分行要重视这些退休和内退老同志的上访工作。维稳工作是当前压倒一切的首要任务；我听这些老同志讲，他们原本不想来，是你让他们来的？"

张德刚行长有些委屈地两手一拍，无奈地说："好我的领导呢！我怎么能让这些老同志来省行呢？"

覃建博行长话锋一转说："就说么！你们鸡峰分行怎么可能这样做呢？好了！你先把人领回去。回去后，再详细将鸡峰分行综合培训楼的产权、集资、退资、房租收入和地界划分等等做个了解，然后给省行做一个书面专题汇报。我们再研究如何给这些退休和内退老同志做解释……"

张德刚行长对覃建博行长说："这事比较复杂，以前我们曾安排专人对有关档案资料进行了查阅。从查阅情况看，情况基本是清楚的。行吧！我回行后，再安排人详细查阅一下当年的有关资料。然后，专题给您汇报！"

从省行七楼会议室出来，艾宗芳主任就在门口等着。覃建博行长回了自己的办公室，我们跟艾宗芳主任上了八楼会议室。一进八楼会议室，艾宗芳主任就向这七八个鸡峰分行退休和内退的老同志说明了情况……

当天下午，我们就把这七八个退休和内退的老同志领了回来。

回行后，张德刚行长安排我尽快安排专人负责，对鸡峰分行的历史档案进行重新查阅。他特别交代我说："查阅档案要从这四个方面入手：一、综合培训楼的产权是否明晰；二、集资和退资情况究竟是怎样的；三、合同期间共收了多少房租，又是怎么处理的；四、综合培训楼的地界到底是怎样划分的。"

因为时间太久，知情的人调走的调走，退休的退休，我就叫来王润发副主任和田宝利，将查账的事交代给他俩。田宝利一直在行长办公室工作，对有关情况基本有所了解。经过他俩几天的查阅档案和询问有关当事人，很快就弄清了有关情况。

关于科技路综合培训楼的产权问题。一九九五年五月，鸡峰分行在科技路中段以每亩二十九万五千元的价格征得十七亩土地。其中十一亩土地用于建设员工家属楼，临街的六亩土地当时由于资金问题没有开发利用。直到一九九八年七月，鸡峰市高新技术产业开发区管委会多次督促鸡峰分行对长期闲置的六亩（剔除街道拓宽外，实际占用土地二千三百一十七平方米）临街土地及时进行开发利用。否则，管委会将按《土地法》有关规定予以收回。为了避免因土地长期闲置而被有关部门收回，一九九八年八月四日，鸡峰分行以鸡中银办字一九九八第十六号文件向西京省分行上报了“关于开发兴建综合培训楼的报告”。同时，又以鸡中银办一九九八第二十六号文件向开发区管委会上报了“关于申请基建项目计划的报告”。开发区管委会以鸡高新管发一九九九第九号文件批复鸡峰分行，同意鸡峰分行兴建砖混结构六层、建筑面积六千平方米综合培训楼一栋。

从查阅档案看，综合培训楼是以中国银行鸡峰分行的名义申请建设的。现在，鸡峰分行所持的《中华人民共和国房屋所有权证》上也清楚地载明综合培训楼的产权归属中国银行鸡峰分行所有。因此，鸡峰分行综合培训楼的产权是清晰的。

关于科技路综合培训楼的集资和退资情况。一九九九年四月九日鸡峰分行行长办公会对综合培训楼员工集资问题进行了研究，决定员工集资采取自愿，行内员工每人集资一万五千元到两万元，给大家贷款解决。一九九九年四月二十六日行长办公会又对集资贷款中存在的具体问题进行了研究。根据二○○四年八月十一日鸡峰分行行长办公会记录反映：一九九九年五月进行的集资，共有三百○一人参与了。当时，每人集资一万五千元，共集资四百五十一万五千元。提前退款情况是这样的：(1) 二○○○年十月揽凤县支行撤销，同年十二月十八日退还揽凤县支行员工十七人集资款二十五万五千元，利息二万五千五百元。(2) 调走人员退款二十人，只退还了本金。(3) 二○○二年一月二十三日给所有未退还集资款的员工每人退还集资款七千五百元，共计一百九十八万元。(4) 二○○三年十月二十八日给一百九十六名员工每人退还集资款三千七百五十元，金额七十三万五千元。截止二○○三年十月二十八日，还有六十八人每人未退还三千七百五十元。以上四项总计已退还集资款和利息三百二十九万五千五百元。至此，还有一百二十四万五千元集资款本金未退还。在鸡峰分行科技路综合培训楼决算前夕，二○○四年八月十一日行长办公会上，会议最终决定退还剩余的集资款本金一百二十四万五千元，未退还集资款利息统一按百分之八计算。随后，鸡峰分行于二○○四年八月十六日退还了所有员工剩余的集资款和利息。从查阅档案看，当时每个人都签署了退还集资款协议书。因此，鸡峰分行综合培训楼的集资和退资流程是有据可查的，是清楚的。

关于科技路综合培训楼的房租收入情况。鸡峰分行综合培训楼是一九九九年十二月二十二日与鸡峰市银开餐饮娱乐有限公司签订的房产租赁合同，租赁期限为十年，从二〇〇〇年八月十五日起，到二〇一〇年八月十五日收回。租金规定第一、二、三年为一百二十万元，从第四年起，每年租金为一百三十万元。但实际情况是：(1) 截止二〇〇四年八月十一日应收房租费四百九十万元，实际收到房租费二百六十万元。(2) 鸡峰市仲裁委员会二〇一〇年鸡仲裁字第二十二号仲裁裁决书中显示，二〇〇三年三月二十四日开具的租金收据显示：二〇〇二年一至十二月房租为七十万元；二〇〇四年四月五日开具的租金收据显示二〇〇三年房租也为七十万元。从二〇〇四年八月二十六日开具的租金收据显示：从那一年一月起就变为每月五万元。自二〇〇五年下半年开始租金按月交纳，并按此租金标准申请人已收取至二〇一〇年三月。(3) 自二〇一〇年四月开始至二〇一三年三月份在打官司期间未交过房租。经查会议记录：二〇〇四年八月十一日鸡峰分行专题会议研究了综合培训楼的处置问题，并决定将综合培训楼并入分行大账。因此，鸡峰分行科技路综合培训楼的房租收入是清楚的。

关于科技路综合培训楼的地界划分问题。一九九九年九月，鸡峰分行科技路综合培训楼竣工后，建筑面积六千五百八十四点七六平方米，实际占用土地面积为二千三百一十七平方米。鸡峰市国土资源局颁发的《中华人民共和国国有土地使用证》上载明了鸡峰分行综合培训楼占用土地的相关信息。因此，鸡峰分行综合培训楼的地界划分也是明确清晰的……

鸡峰分行张德刚行长将查阅档案的情况汇报给省行覃建博行长后，覃建博行长指派省行行长办公室艾宗芳主任与鸡峰分行一起在鸡峰分行四楼会议室给七八个退休和内退老同志进行了答复。当天，参会的七八个退休和内退的老同志没有再提出不同的意见……

我以为这事就这么告一段落了，可隔了几天，有一天早上，我还在职工灶吃早饭，田宝利就急匆匆跑来职工灶向我反映情况说：“昨晚有人用榔头将科技路综合培训楼与家属楼中间的栅栏围墙砸坏了。”我听到这消息后赶快放下碗筷就与田宝利去了现场。到现场一看，砸坏的栅栏围墙面积不大，有六七米长。回行后，田宝利问我说：“报不报案？”我说：“这是人民内部矛盾，怎么报？”他笑了笑没再言语，就走出了我的办公室……

恰巧那段时间，张德刚行长去了杭州大学参加总行组织的高级管理人员培训班学习。他临走时叮咛吕江海副行长，要继续做好退休和内退老同志的工作。我将此事汇报给吕江海副行长，并谈了我的看法，吕江海副行长也同意我的意见……

又过了几天，王润发副主任和田宝利急乎乎跑到我办公室对我说："昨晚不知谁又在栅栏围墙上悬挂了一个白色横幅，上面写着：'还我综合培训楼！'还把科技路综合培训楼与家属楼中间的栅栏门换了锁，用八号铁丝拧上了。"我听了后说："你俩先想办法把横幅卸下来，以免给咱们行声誉造成影响。"随后，我将这一情况向吕江海副行长做了汇报……

看来这部分退休和内退的老同志的思想工作一时半会儿还没彻底做通。对于做好退休和内退老同志的思想工作，张德刚行长和吕江海副行长早就安排过党务工作部和行长办公室。张德刚行长曾几次召开专题会议研究过此项工作。一次，他在专题会上责成党务工作部拿出专题方案，安排所有行领导和一些年龄较大的中层管理者一对一做这七八名退休和内退老同志的思想工作。

就我与一些退休和内退老同志接触了解的情况来看，这些老同志也有他们的苦衷。他们在中行最艰苦的时候，把自己的青春奉献给了中行。由于政策等因素，在股改上市前，却让这部分人提前内退了，他们有些不甘心。他们说他们没有享受到股改给他们带来的红利。他们当中有相当一部分人的确也存在生活上的一些困难和问题。比如：子女安置、生活困难等等。他们的退休或内退工资又偏低。于是，一小部分退休和内退老同志就想找一些机会宣泄一下他们对行里的不满和自己的诉求……

张德刚行长掌握到这些情况后，他组织召开了几次退休和内退老同志座谈会。一次，他在座谈会上说："鸡峰分行之所以有今天，在座的退休和内退老同志功不可没，没有大家的努力和奉献，鸡峰分行不会有今天这样的发展成果。虽然大家由于年龄等各种因素离开了工作岗位，但鸡峰分行的领导和员工永远不会忘记大家。对于大家的实际困难，我们的想法是这样的，在政策允许的情况下，行党委能给大家解决的困难和问题，我们一定要千方百计想办法解决……"

就在这年重阳节，张德刚行长特意安排我和党务工作部李念慈主任带领全行退休和内退老同志去了一趟合阳湿地进行了参观。去时，他特意安排我俩要带老同志参观一下习仲勋纪念馆，老同志都挺高兴的……

临近春节的时候，张德刚行长和吕江海副行长代表行党委逐户对退休和内退老同志进行了慰问。对家庭困难或生病的老同志提前让工会从省行申请了专项困难资金和大病救助资金……

一一二

当科技路综合培训楼招租结果公示结束后，没想到鸡峰市阳鼎工贸有限责任公司总经理马生魁却气呼呼地来到鸡峰分行找田宝利非要租赁综合培训楼。田宝利怎么解释都解释不下，又将马生魁总经理领到我办公室……

得知情况后，我让马生魁总经理先坐下不要太激动慢慢讲情况。其实，马生魁总经理没有来鸡峰分行找我之前，我已收到了他通过手机短信发给我的诉求。他不但给我发了这样的短信，还给鸡峰分行所有领导都发了短信。他发的短信大概意思是说，鸡峰市阳鼎工贸有限责任公司这次是真心实意想租赁鸡峰分行的综合培训楼，他们愿意按开标最高价、一次性付清十年房租，希望中行的领导务必将综合培训楼租赁给他们。

他对我激动地说："这次代理招租公司开标有问题。在我们还没有弄清楚开标有关要求的情况下，代理公司就开了标，这才导致我们落选。现在，我们愿意按第一候选人竞标的金额一次性缴清十年房租，希望你们把综合培训楼租赁给我们阳鼎工贸有限责任公司。"

我见马生魁总经理讲话很激动就站起来离开办公桌走到半截柜旁，从半截柜上拿起水壶给他倒了一杯茶水："马总！您先喝些水，别着急，我想问您，那天咱们公司在招租现场会上是否对招租结果进行了签字确认？"

他说："签了！"

我又问："当时有没有不同意见？"

他说："没有！"

我接着问："那公示期内你们向招租代理公司提出过不同意见吗？"

他说："也没有！"

我说："那今天您来这儿还有啥意见？"马生魁总经理说："这几天，我越想越想不通，越想越像吃了苍蝇！我们被人骗了。"

我说："您还是要往开里想哩！这次招租我们是委托代理招租公司公开招的标，公示期五天已经结束了。如果您还对招租程序方面有什么质疑，您可以直接向代理招租公司或仲裁机构质询啊!”

田宝利接着我的话茬对马总说:“人说话要讲道理,您也知道这次招租,代理公司完全是按照程序进行的。您现在跑来说,您要一次性交清十年房租,这可能吗?”

马生魁总经理是一个认死理不回头的人,他还是按他的思维方式继续说:“我就不信了,一次性给你们行十年房租,你们行的上级领导就不同意把房租给我?”

我尽量平和地说:“这哪里是钱的问题?这是招租规矩。如果在没有开标之前,您提出按最高价一次性付清十年房租,没准专家评委们评标时可能让你们公司中标。可开标后,您提出要按最高价一次性付清十年房租将综合培训楼租赁给你们,您觉得作为现在的中标第一候选人春光公司,人家能同意吗?”

马生魁总经理听我这么一说,停顿了片刻,他结结巴巴地说:“哪有租房给你们中行一次性付房租不要的道理?我要向你们省行反映情况。”

我说:“我倒建议您不要为这事耗费精力了,难道您的生意仅仅就只是为了租赁中行鸡峰分行综合培训楼吗?”

我这一反问,马生魁总经理立刻停止了辩解。我之所以这么问他,我心里明白,这次要租赁综合培训楼的这几家公司都有一定的实力,而且,他们经营的范围都比较广泛。

这次我与马生魁总经理接触,发现他是一个粗人,也有一点江湖习气。像这种人只要他从内心服了你,以后不管你咋说,他都会服服帖帖的。如果他不服你,八根缰绳都拉不回来。停了一会儿,马生魁总经理对我说:“算了,看在你和田师的面,我就不计较了!”他转身要走的时候,又叹了一口气说:“唉!我始终咽不下这口恶气……”

过了几天,省行行长办公室艾宗芳主任突然给张德刚行长打电话说,行领导让鸡峰分行暂时先停一下租赁综合培训楼的事,啥情况以后再说。

又隔了一天,省行就派监察部盛华副总经理和吴宏建经理两个人来鸡峰分行对这次租赁综合培训楼有关情况进行了解。我让田宝利向代理招租公司将这次招租的所有资料全部拿回行里,如实向省行监察部的两位同志做了汇报。省行监察部的盛华副总经理和吴宏建经理将所有资料复印后全部带回了省行。后来,我听张德刚行长说省行监察部的同志告诉他,经过查阅有关招租资料,省行认为鸡峰分行综合培训楼租赁方案详细，招标过程严密、公正，符合有关规定。

后来听说鸡峰市阳鼎工贸有限责任公司马生魁总经理在家停了两天还是压不住火，又去了一趟省行，向省行反映了鸡峰分行招租过程中存在的问题和自己的诉求。他从省行反映情况回来后又去了一趟代理招租公司，向代理招租公司提出了自己的诉求。听说后来仲裁部门裁定鸡峰市阳鼎工贸有限责任公司的诉求为无正当理由诉求不予采纳。

这期间，我刚把马生魁总经理的事搁下，鸡峰分行又来了一个叫吴天佑的总经理。那天，我正在办公室批阅文件，突然进来了三个莽汉。一进门，其中一个胖高个光头中年人给我介绍说："这是我们吴总！"我扫视了一眼这人：他大概有三十来岁，右手拿着一个咖啡色公文包，手腕上戴着锃亮的一串檀香木佛珠，个子不高。留一个很短几乎看不清的小平头，看样子是刚理过发。他的长相很有特点，眼睛、鼻子和嘴巴集中长在一个像油糕一样的圆脸上。他声音沉沉地说："今天来，有件事想向您讨教一番！"我一看来人不是一个善清人就说："噢！你们来了！请坐吧！"他并没有坐，指着旁边那个胖高个光头中年人对我说："这是我们于副总！"又指着右边的瘦高个中年人说："这是我们的法律顾问刘律师！"然后，他严肃地提醒瘦高个中年人说："刘律师！把音给我录好了！"接着，他问我说："就说这次招租为啥不让我们公司参加？"我说："您说的是哪里的话？这次是由招租代理公司对外公开招租，哪来的不让你们公司参加呢？"吴天佑总经理听我这么一说，生气地问于副总："于总！就说我这几个月啥事都没给你安排就让你盯这事，你咋盯的？"于副总说："在招租还没开始前，我就给田师留了手机号码，没人给我通知呀！"我说："这次招租公司在《鸡峰日报》上打了招租广告，留下了联系方式；又在招投标网上公布了信息，也留了联系方式，时间持续了两个多月，如果你们有专人跟进怎么能不知道这事呢？就算以前你们给田宝利留过电话号码，这两个多月来你们与田宝利联系过吗？"吴天佑总经理一听我这么说，当场就骂于副总说："就说你整天操的都是屄心吗！"随后又叫刘律师说："刘律师！走！咱们回！"他还不解气地边走边指着于副总的光头骂道："你这个蠢货！养你能干啥？"说着走出了我的办公室……

吴天佑总经理一行走后，我叫来田宝利了解情况，田宝利说："秦山铅锌矿业有限责任公司于副总经理的确在咱们行刚提出要租赁综合培训楼的时候，来咱们行自己留过电话号码，后来，我将电话号码交给了招租代理公司，听说招租代理公司一直打不通这电话……”

一一三

就在省行要求鸡峰分行暂停租赁综合培训楼期间，有一天下午我刚上班，省行财管运营部丁甲经理就给我打电话，他在电话里说：“周主任！你好！我是省行财管运营部丁甲！我刚给何丽副行长打过电话，何行长让我直接找你，根据省行领导安排，我想要一下咱们鸡峰分行综合培训楼招租的有关资料。”我在电话里说：“噢！您是丁经理呀！是这情况，前一阵子，省行监察部盛华副总经理一行来我们行了解综合培训楼租赁情况已将一些资料复印带回了省行，如果您需要可以去他们那儿拿！”他在电话里说：“是这样，我们已拿到了那些资料，但还不能反映租赁的全貌。麻烦你，能不能将剩余的一些资料给我们发来?”我说：“行！那您还需要什么给我们发一个清单过来……”

接完电话，等丁甲经理发来清单，我叫来田宝利，让田宝利按清单内容将资料复印后全部发给了丁经理。上周五发的资料，刚过了个礼拜天，这周一丁甲经理就给我打电话说，按省行领导的安排，他们一行三人要对鸡峰分行这次招租综合培训楼过程进行一个全面的辅导，他已通知了何丽副行长，让我们准备一下。我一放下电话，何丽副行长就来到我办公室对我说：“周主任！你上午就不要安排其他事了。省行丁甲经理带了几个人一会儿就要来咱们行辅导科技路综合培训楼招租的事，你通知有关人员在四楼会议室参加会议。”何丽副行长走后，我赶快让田宝利通知代理招租公司陈志伟总经理和行长办公室王润发副主任一块儿参加会议。我们一坐到会议室，省行丁甲经理一行也到了会议室……

丁甲经理一行在查看招租资料的过程中，不停地询问陈志伟总经理招租过程中的一些细节问题。对于重要资料，他还让代理招租公司的陈志伟总经理复印了复印件。一上午，丁甲经理一行一直在翻阅资料。临走，他们把该带的资料全部复印带走了……

就在丁甲经理一行离开鸡峰分行的第二天，田宝利急急地给我拿来一封《律师催告函》。

这封《律师催告函》是鸡峰市春光商贸有限责任公司代理律师高仓建写的，催告函的大致意思是七月至九月，他的委托人受中国银行鸡峰分行的邀约，向鸡峰分行递交了投标申请等资料，并按规定交付了五十万元履约保证金。九月三十日，该项目开标后，经评审专家评定，确定他的委托人中标。十月十日，鸡峰分行与其招标代理机构共同向他的委托人签发了中标通知书。至此，招标人和中标人应订立合同。他的委托人按中标通知书的规定要求与鸡峰分行签订招租合同，但是，鸡峰分行一直拖延，至今未履行签约义务。依据《招标投标法》和《合同法》的相关规定，鸡峰分行的行为已经违背先合同义务和诚实信用原则，导致缔约不能。为此，向鸡峰分行郑重告知：自今十五日内，请依法与他的委托人订立招租合同，否则，将承担缔约过失责任。届时，除应向他的委托人双倍返还履约保证金外，亦应承担他的委托人的信赖利益损失和诉讼产生的一切费用。

就在接到这封《律师催告函》的两个月前，鸡峰市春光商贸有限公司法人代表陈真亭总经理专门给张德刚行长写了一封督促签订租赁合同的函，这封督促函倒写得有理有据，非常诚恳。但张德刚行长当时考虑到行内有七八个内退和退休的老同志一直不是很安稳，且省行也叫停了鸡峰分行与中标的这家公司签订租赁合同，因此，张德刚行长就让田宝利给陈真亭总经理回电话通知暂缓签订租赁合同。看来，鸡峰市春光商贸有限责任公司确实是等不及了，他们能送这封《律师催告函》，可能也做好了两手准备。此事非同小可，我就将这封《律师催告函》拿到张德刚行长办公室让他看。第二天，张德刚行长就带上我和党务工作部李念慈主任专程去了一趟省行，向省行覃建博行长汇报了这一新情况……

我们从省行回来后，没过几天，张德刚行长就接到了丁甲经理打来的电话。丁甲经理给张德刚行长在电话里说："前几天，按照省行的工作安排，我们一行三人去了鸡峰分行一趟，对鸡峰分行科技路综合培训楼的租赁情况进行了进一步的了解。那次工作仅仅是对租赁科技路综合培训楼流程的一个辅导。在此，非常感谢何丽副行长和鸡峰分行的同志们对我们工作的大力支持和帮助。回行后，我们将相关情况向行领导进行了汇报，按照省行领导在办公会上的指示要求，鸡峰分行的事还是需要鸡峰分行自己来解决，省行法律合规部将就租赁合同的相关流程和规定，从法律流程角度给鸡峰分行一个明确的答复。"

就在同一天，张德刚行长又接到了省行法律合规部黎明副总经理打来的电话，黎明副总经理在电话里说："鸡峰分行科技路综合培训楼出租的事情，省行财管运营部曾派人调查过，省行法律合规部仅派了一名律师参加，未派工作人员。此事，法律合规部仅了解到省行财管运营部调查后征询法律合规部意见时的情况，请鸡峰分行关注中标单位资格预审及保证金缴纳和退还等情况。建议鸡峰分行请聘请的法律顾问对招租过程出一个法律意见书，如无大的问题，是否出租由鸡峰分行自己来决定。”

省行两个部门的领导同一天都打来电话，这就等于给鸡峰分行吃了一颗定心丸，张德刚行长立即安排我通知田宝利找来鸡峰分行聘请的法律顾问宋一全律师，让他对这次招租的全过程进行审查，宋一全律师看过资料后，出具了一封法律意见书，意见书如下：

“中国银行鸡峰分行：贵行所涉中行鸡峰分行综合培训楼整体招租项目适用法律及招租程序严谨，无违反法律规定之情形。”

省行法律合规部对鸡峰分行《房屋租赁合同》审查和修改后，鸡峰分行又让自己的法律顾问宋一全律师对《房屋租赁合同》出具了一封法律意见书，意见书如下：

“中国银行鸡峰分行：贵行所涉中行鸡峰分行综合培训楼整体租赁合同符合法律规定，可签订。”

至此，鸡峰分行终于与第一候选人鸡峰市春光商贸有限责任公司签订了租赁合同……

一一四

那一年，鸡峰市政府办公室在鸡峰国贸酒店召开全市办公室主任工作会议。这是我调行长办公室工作以来第一次参加这样的会议。会议一直开到了中午12:00。吃过午饭，下午一上班，我就在市行四楼会议室组织行长办公室全体员工开会传达这次会议精神。组织学习完市政府秘书长的讲话，我又结合会议精神，谈了我对行长办公室工作的认识和理解。我说：“行长办公室的工作担负着承上启下、联系基层、协调各级、沟通左右、上传下达的职责，管公文、管人事、管后勤，每件事都事无巨细，也非常繁琐。我来咱们行长办公室这段时间，对大家日常工作中的辛苦，确实也看在眼里，记在心里。可以说，我们行长办公室绝大多数的同志表现都非常优秀，值得在这里表扬和肯定。但还有个别同志，我觉得工作上还没有完全进入状态，有时候办事拖拖拉拉，心不在焉，经常犯一些常识性的错误。有时候甚至贻误工作，影响我们行长办公室的整体工作进程。如何有效做好行长办公室的工作，我想谈一下我的看法和认识，仅供大家参考，不妥之处请同志们批评指正。在行长办公室工作，一定要有较高的思想觉悟。行长办公室的工作是一项政治性很强的工作，无论是服务领导决策，还是服务机关日常运转，在政治上都要有很高的要求。在行长办公室工作非常辛苦，加班加点是家常便饭，可能要比其他部门付出更多。因此，行长办公室的人员都得有较高的思想觉悟，没有强烈的事业心和责任感，没有踏踏实实的工作态度，是绝对干不好行长办公室的工作的。在行长办公室工作，一定要发扬四种精神：首先，要有认真负责的精神。行长办公室工作无小事，大到安排 次会议，起草 个报告，小到接听一个电话，传递一份文件，都要坚持严谨细致，一丝不苟，快速高效。其次，要有无私奉献的精神。在行长办公室工作本身就是对一个人的党性、意志和品格的锻炼。这就要求我们要有一种不图名、不图利、默默无闻、忘我工作的思想境界。要真正耐得住清贫，抵得住诱惑，在实干中逐步成长和进步。第三，要有团结协作的精神。行长办公室本身就是一个有机的整体，每个岗位只有协作配合，才能拾遗补缺，搞好工作。在行长办公室工作必须要增强协作精神和团队意识，要相互尊重，相互支持，紧密配合，形成合力。第四，要有实事求是的精神。在行长办公室工作要扎扎实实做事，勤勤恳恳做人，不能摆花架子，不能做表面文章，要凭真抓实干，要靠真才实学，这样才能干出成绩。

“要做好行长办公室的工作，就必须要有比较高的质量和效率。质量和效率是衡量行长办公室这个中枢系统输出功能的根本标准，是体现行长办公室工作整体水平的重要标志。简单地说，能按照行领导的意图落实就是质量，能以最快的速度落实就是效率。要做到这一点，行长办公室的同志就必须要有雷厉风行的作风，对布置的工作立即干、马上办，对可预见的工作谋在前、干在前，切实做到超前服务、主动服务、高效服务；要有细节决定成败的理念，对任何工作都要细致入微，力求周密。要确保每项工作不误不漏、高质量完成；要有争创一流的强烈愿望，要坚持高起点谋划、高标准要求、高效能执行，用激情激发干劲，出色完成职权范围内的各项工作。

“要做好行长办公室的工作，就必须要有规范的制度来约束。俗话说：没有规矩不成方圆，在当今体制和机制下，行领导的决策节奏加快，业务发展高效运转。行长办公室的同志要力争做到‘办文办成范文佳作，办会办得圆满成功，办事办得无可挑剔’。要实现这一目标，就必须要建立健全各项规章制度。进一步明确各项工作的数量标准、质量标准、时效标准，将标准贯彻在各个细节之中，从而力争无失误、零差错。行长办公室的同志在一定程度上是行领导的‘代言人’，这就要求行长办公室说出的话要经得起推敲，发出的文要经得起检验，经办的事要经得起评价，这一切都必须以制度规范为基础。要做到制度规范，首先要规范工作内容，减少工作随意性。其次要规范工作流程，岗位责任力求细化、量化，具有操作性。特别是对工作程序一定要逐级明确，坚决执行。要规范工作标准，将工作标准贯穿在各个环节之中。要做到在制度面前，人人平等。行长办公室的同志要做遵守制度的模范、按章办事的模范、严格管理的模范。

“要做好行长办公室的工作，就必须要有开拓创新的精神。当前，银行业典型的特征是创新。行长办公室的工作要符合时代的潮流，符合银行管理的要求，这就必须要以改革创新的精神，不断解放思想、实事求是、与时俱进，要转变观念，充分发挥每个人的主观能动性和创造性。要以新视角、新思路、新举措不断推进各项工作实现新突破。要为领导、为基层、为员工提供高水平、高质量的服务。行长办公室的同志要不断增强开拓创新的意识，要提高开拓创新的本领，要加快开拓创新的步伐，要把开拓创新贯穿到行长办公室每一项工作之中。要争当最为开放和勇于创新的模范。

“要做好行长办公室的工作，就必须要加强学习，终生学习。终生学习是时代发展的必然要求。行长办公室的工作要紧跟时代发展的步伐，要把加强政治理论和业务知识学习作为一种觉悟、一种责任；要自觉践行，及时充电，长期坚持。要在学好政治理论和党的路线、方针和政策的同时，努力学习各种新业务，特别是资产业务、理财业务、科技信息知识、文秘知识等，不断更新知识结构，大力提高适应当下行长办公室工作的各项基本能力，使行长办公室的同志都能成为既是头脑型、智囊型，又是实干型、操作型的复合型人才。在日常工作中，有些同志办事办会或搞一些接待工作经常会出现一些常识性错误，究其原因还是理论功底不扎实，底子薄弱，知识老化。面对日新月异的业务发展和核心银行系统的不断升级，我们只有勤奋学习，增长知识，才能夯实基础，练好‘内功’，才能适应行长办公室不断变化的工作……”

那天开会，我也真的想把行长办公室一些同志带有倾向性的问题给纠正过来……

一一五

一天早晨我刚上班，正在忙着我的工作。省行党务工作部史竟舟部长打电话通知我说，我的征文《中行之歌》获得了总行“迎行庆征文比赛”二等奖。总行党务工作部发通知邀请全国部分获奖征文作者和党务工作部部长去总行召开座谈会，让我准备一下，后天统一乘飞机去北京。我将这一消息告诉张德刚行长，张德刚行长很高兴。他说：“这是好事么！再忙行里也要让你去北京参加这次座谈会。”

那天，当我与史竟舟部长站在北京长安街上注目中国银行总行大厦时，心中甭提有多激动。史竟舟部长向我介绍说：“总行大厦地上十五层，地下四层，建筑面积达十七万平方米，它是世界上最大的银行建筑之一，一九九四年设计，二〇〇一年竣工。”我说：“以前只知道中银大厦的设计者是中行老前辈贝祖诒的儿子——大名鼎鼎的建筑大师贝聿铭和他的两个儿子贝建中、贝礼中设计，没想到这么气派。”史竟舟部长接着说：“贝老是享誉海内外的华裔建筑大师，他的代表建筑有很多，像北京香山饭店、苏州博物馆、法国巴黎卢浮宫扩建工程等都是他的杰作。据一份材料上介绍说，当时，贝老和他的两个儿子贝建中、贝礼中联手设计中国银行大厦时已年近八旬了，可他对中银大厦的建设可谓兢兢业业，对每一份材料的用量、尺寸、标准都有严格地把控。中银大厦厅堂里的假山顽石就来自云南，翠竹则来自杭州……”

我与史竟舟部长边走边聊，不知不觉已来到了中银大厦的东南角。中银大厦的东南角是一个贵宾入口，大门上面有一个半球形罩棚，罩棚上方五十三米高的玻璃幕墙外的钢结构由十二个正三角形组成。史竟舟部长领着我在中银大厦的东、西两侧转了一圈，东、西两侧是公众出入口，两个出入口的上方各增加了一个大跨度钢桁架，承托上方八层混凝土楼体，每个钢桁架立面均由七个正方形和十八个等腰三角形组成，国旗旗杆就在东南广场（贵宾入口）前……

从北京参加座谈会回来不久，就到了行庆日。那天上午，庆祝中国银行成立一百周年大会在北京人民大会堂隆重举行。人民大会堂鲜花绽放，灯光璀璨，到处洋溢着热烈喜庆的气氛。大会主席台悬挂着中国银行一枚硕大的行徽。行徽的两侧分列着“1912”和“2012”。这两组数字标志着中国银行迎来了一百周年的风雨历程和沧桑巨变。在两组数字的两边分别矗立着五面五星红旗。整个会场嘉宾和代表云集，二层眺台上悬挂着醒目的大幅红色标语：“在党中央、国务院坚强领导下，深入贯彻落实科学发展观，团结奋斗，开拓创新，加强建设国际一流银行，共同创造更加美好的明天！”

上午10:00整，鸡峰分行根据上级行的通知，组织机关全体员工在三楼会议厅收看了电视实况转播。当中国银行的行徽映入眼帘时，我不由得想起了当年在双山县粮油议价公司招待所面试时所见到的那枚行徽。那枚行徽不大，是用有机玻璃做成的。它像一粒纽扣，非常精致，市行工会主席汪俊杰就佩戴着那枚行徽。我第一次看到后非常羡慕。后来，我成为一名中行正式员工后，也得到了那样的一枚行徽，我很珍惜那枚行徽。至今，我都珍藏着。

关于中国银行行徽的含义，我是进入中国银行双山县支行后才完全弄明白的。它的设计者是靳埭强先生，他曾谈过自己设计中国银行行徽的初衷，他说，这个红“中”标志，以“中”字和古钱形相互结合而构成。“中”代表以中国资本为主的联营集团；古钱象征银行服务；圆角的方孔是现代化计算机的联想；上下串联的直线则象征联营服务。

一次，我与王润发去双山县财政局拜访吴昊局长，闲聊中，吴昊局长半开玩笑地说：“工行的行徽是一个‘工’字，一看就是工行；农行的行徽是一个麦穗，也一目了然；你们中行的行徽心太空，令人看不懂！”我一听他话中带话就也半开玩笑地说：“吴局长！想不到您的观察力还挺细致的！确实我们中行的行徽里的‘中’字没有拉透，但它有没有拉透的含义。中行的行徽既代表着中行金融行业的身份，又凸显着它作为国有银行的本质。外圆则表明中国银行面向世界，内方则表示中国银行内部铁的规章。同时，中国银行的行徽还包含着深刻的民族传统文化意蕴。您注意到没有？它是一个‘内方外圆’的意象图形，《周髀算经》里说：‘方属地，圆属天，天圆地方。’古代曾以‘圆’‘方’作为天地的代称，中国银行的行徽寓意是：在不断追求完美的过程中，将永葆生命的活力。现在大家不是都在讲传统文化吗？'圆'是中国道家通变与趋时的学问，而'方'则是中国儒家人格修养的理想境界。可以说，圆方互容，儒道互补，构成了中国传统文化的主体精神。因此，中国银行的行徽，简单的构图里交织着繁复悠远的中国古老哲学的精髓，可以带给人们很多启发和思考。另外，'内方外圆'也可以看作是个人的一种修养，是刚柔相济、内刚外柔的处世哲学，智欲圆而行欲方。体现到中行员工身上，'方'要求我们要有原则、有主张，做任何事情一定要有自己的底线。'圆'则要求中行员工要对同事、对客户豁达、宽厚、圆润、通达、善巧，做事要讲究策略、方法、技巧和艺术性，要积极与人沟通，善于与人相处和合作。中国银行的行徽'内方外圆'也可以视为中行的企业文化和企业精神。所谓无规矩不成方圆，'方'表示中行营运秩序井然，规章守则清明严谨，各级部门各司其职，每个成员恪守其责，处处体现出稳健、专业和诚信的国有大银行本色；'圆'表示中行'以人为本，关爱社会'，也表现中行在经营方面灵活圆融，适应市场需求之经营策略，以及全方位的优质服务。'圆'还代表中行是一个大家庭，倡导中国银行的员工要有集体主义精神以及团结协作的团队精神，显示中行将永远自强不息及创新进取。'方'则告诫中行员工做人做事要方方正正，要不断匡正自己，树正气，完善自我。'内方外圆'表明只有将个人融进团队，才能更好地体现中行员工的自身价值。"说到这里，我怕吴昊局长误解我的意思，就对吴昊局长说："吴局长！见笑了！我这是王婆卖瓜，自卖自夸。也许我对中行的行徽理解还不够透彻和深刻，是小和尚念歪了经……"吴昊局长听后笑了笑说："周行长！你又给我上了一课，看来是我曲解了你们中行……"

我趁热打铁问吴昊局长："吴局长！那您看财政局开户的事能不能考虑一下？"吴昊局长痛快地说："行么！是这，你明天让你们的同志找我们预算科安科长联系吧！"

从县财政局回来的路上，王润发对我说："周行长！我以为吴局长不可能在咱们行开户了，可您将行徽这么一解释，他还真要把户开到咱们中行了！"

我说："其实，你不要把营销看得太神秘。营销简单地说就是谝闲传，拉家常！"王润发疑惑地问我说："这怕太简单了吧？"我说："当然，你还得记住五个字！"他问我说："哪五个字？"我说："一是'笑'。要有一个惹人喜欢的脸蛋子；二是'甜'。要有一个能说会道的嘴皮子；三是'活'。要有一个灵活思考的脑瓜子；四是'干'。要有一双能进能退的泥腿子；五是'厚'。一定要有一个能屈能伸的腰杆子。”

后来，双山县财政局把他们的基本户开到了双山县中行营业部……

一一六

我的思绪还没有转过弯，电视上已响起进场的音乐。十时十五分，中共中央政治局常委、国务院副总理李克强，中共中央政治局委员、国务院副总理王岐山，全国政协副主席何厚铧等党和国家领导人及有关部门和中国银行的领导依次进入人民大会堂主席台就座。庆祝中国银行成立一百周年大会在庄严的国歌声中开始了，首先由大会工作人员宣读了国务院总理温家宝的贺信。温家宝总理的贺信全文如下：

值此中国银行成立一百周年之际，我谨代表党中央、国务院向中国银行全体干部职工表示热烈的祝贺和亲切的慰问！

中国银行在辛亥革命中诞生，在改革开放后发展壮大，是我国唯一持续经营百年的银行。中国银行长期作为国家对外开放的重要窗口和对外筹资的主渠道，服务大众，诚信至上，为支持经济建设和促进对外经贸发展做出了重要贡献。近十年来，中国银行顺利完成股份制改革并上市，竞争力明显增强，国际形象和影响力大幅提升。

随着经济发展方式转变和结构调整，我国经济社会发展对金融业提出了新的更高要求。金融机构必须牢固树立服务实体经济的指导思想，全面提高服务实体经济的质量和水平，实现金融与实体经济的共生共荣。

希望中国银行继续深入贯彻落实科学发展观，着力转变发展方式，牢牢把握发展机遇，进一步完善公司治理，努力提高管理水平，不断改进金融服务，百尺竿头更进一步，为推动我国经济社会平稳较快发展做出新的更大贡献……

紧接着，由中国银行董事长肖钢向大会致辞。肖董事长说：“尊敬的李克强副总理、王岐山副总理、何厚铧副主席、各位领导、各位嘉宾：今天，我们在这里隆重集会，庆祝中国银行成立一百周年，党中央、国务院高度重视和亲切关怀，国务院总理温家宝同志专门发来贺信，中央政治局常委、国务院副总理李克强同志，中央政治局委员、国务院副总理王岐山同志，全国政协何厚铧副主席亲自出席大会，并在大会开始前亲切接见了中国银行的干部员工代表。李克强副总理还将发表重要讲话。这是对中国银行和全国金融系统干部员工的巨大鼓舞和鞭策。我们一定要认真学习贯彻中央领导同志的指示精神，决不辜负党中央、国务院的殷切期望。

“一九一二年一月，孙中山先生批准，将大清银行改为中国银行，同年二月五日，中国银行正式成立。在各个不同的历史时期，中国银行发挥了重要作用，为中国革命和建设作出了积极贡献。中国银行始终站在民族金融业前列，坚持走国际化经营之路，成为具有全球系统性重要影响的大型跨国银行集团。目前，总资产超过十一点五万亿元，所有者权益超过七千三百亿元，在三十二个国家及港、澳、台地区拥有五百八十六个分支机构，各项主要指标位居世界大银行前列。

“在庆祝百年华诞的时候，我们要衷心感谢长期以来各级领导、所有客户、金融同业和各界朋友给予中国银行的大力指导、支持和信任，衷心感谢为中国银行做出贡献的老前辈、老同事，衷心感谢海内外三十万名干部员工付出的辛勤劳动。正是各方面的支持与努力，共同铸就了中国银行的百年品牌。

“中国银行正站在新的历史起点上。我们一定要紧紧抓住和用好重要战略机遇期，沉着应对各种困难和挑战，坚持创新发展、转型发展、跨境发展，大力加强各级领导班子建设、员工队伍建设和企业文化建设，加快建设国际一流的大型跨国银行集团。

“让我们在党中央、国务院的坚强领导下，高举中国特色社会主义伟大旗帜，深入贯彻落实科学发展观，同心协力，开拓奋进，求真务实，共同创造中国银行更加美好的明天，为国家富强和民族振兴做出新的更大贡献……”

最后一项议程，由李克强副总理作重要讲话。李克强副总理说，中国银行等民族企业在百年沧桑中拼搏成长壮大，揭示了开放兴业、变革求存、振兴图强的深刻道理。开放能够开拓视野、拓展发展空间，中国银行要在扩大内需的同时坚持扩大开放，保持经济平稳较快发展，改革创新永无止境，要加快转变方式，在改革中转型发展。企业的前途系于国运，经济发展和实现现代化的基础在于企业，实体经济和金融可持续发展相辅相依。金融和各类企业应增强市场竞争力和抗风险能力，支持农业和小微企业发展，服务改革开放、服务转型发展、服务民生改善……

他强调说："百年老店来之不易，铸就百年品牌登上国际舞台参与合作与竞争需要再努力，希望中国银行在全面建设小康社会、实现中华民族伟大复兴中谱写新篇章……"

观看完庆祝中国银行成立一百周年大会实况转播后，我心情激动，倍受鼓舞，夜不能眠，就提笔写了一首《百年中行赋》发表在总行网站上，内容如下：

日出东方，其道大光。中国银行，历史悠久。
誉满全球，服务世界。清朝肇端，民国更名。
前身户部，民族旗帜。军阀混战，夹缝生存。
抗衡列强，海外布局。推行纸币，统一币制。
稳定货币，诚信为本。兴办商业，增加股份。
抵制停兑，威震北洋。修改则例，支援抗战。
经历内战，旗帜鲜明。迎来解放，日新月异。
脱胎换骨，锐意改革。重振雄风，走向专业。
经营外币，为国分忧。海外业务，独家代办。
改革开放，如鱼得水。本外货币，全都经营。
追求卓越，永不止步。改革体制，敢为人先。
成立股份，处置不良。减员增效，轻装上阵。
香港挂牌，内地登陆。商业运作，彰显特色。
诚信至上，以人为本。汶川地震，南方雪灾。
社会责任，勇于担当。北京奥运，为国出力。
奥运伙伴，服务一流。最佳银行，世界留名。
蓝图上线，实现夙愿。持续发展，扩大经营。
百年中行，屹立东方。继往开来，再创辉煌。

那一年，香港、澳门分别发行纪念中国银行成立一百周年纪念钞。

香港纪念钞正面主景为中国银行大厦，衬景为长城和一九一二年《申报》关于中国银行成立报道的组合图案。纪念文字为"纪念中国银行成立一百周年"。正面中部极具中国书法韵味的数字"100"既是面值，又与百年纪念主题呼应。背面主景为中银香港大厦，衬景为维多利亚港风景，彰显中银香港分行为香港的长期繁荣稳定作出贡献。票面采用与现行港钞一百元券相近的“庆典红”颜色为主色调，体现盛世华诞、百年庆典的祥和氛围。票面正背对印采用香港特区金紫荆雕塑图案。水印采用高清晰多层次工艺，图案为金紫荆雕塑，白水印为数字“100”。

澳门纪念钞正面主景为中国银行总行大厦，衬景为雄伟的万里长城和一九一二年《申报》关于中国银行成立报道的组合图案。彰显历史悠久的中国银行始终秉承追求卓越的精神、稳健经营的理念、客户至上的宗旨、诚信为本的质量。纪念文字为“纪念中国银行成立一百周年”，正面中部极具中国书法韵味的数字“100”既是面额，又与百年纪念主题呼应，其中“00”以横卧的“&”符号表现，寓意中国银行无限广阔的发展前景。颜色采用与现行澳门币一千元券相近的“华彩金”为主色调，体现盛世华诞、百年庆典的祥和氛围。正面采用国际前沿的防伪技术光彩光变莲花图案和动感中国银行行徽安全线，具有很强的防伪性能。背面采用了别具一格的竖式构图，以绿色为主色调，为中国水墨莲花图，莲花是澳门特别行政区的区花，她根深而叶茂，是圣洁、祥和、宁静、太平的象征，寓意澳门特别行政区和谐安宁、繁荣昌盛。

背面莲花和莲叶采用先进的激光雕刻技术体现凹印效果，其中莲叶是由数字一百元素组成的深浅变化，具有工艺性和艺术性。

就在同一年，中国人民银行还发行了纪念中国银行成立一百周年熊猫加字纪念金银币；中国邮政集团公司发行了纪念中国银行成立一百周年纪念特种邮票两个版本：一种为面值一元二角的邮票，可用于国内邮寄。主图元素选用中国银行在上海汉口路三号的旧址，背景元素为一九一二年中国银行成立布告及中国银行自印发行的第一张钞票——南京券。另一种为面值一元五角的邮票，可用于向港、澳、台地区邮寄。主图元素选用中国银行总行大厦，背景元素为中国银行在香港和澳门地区发行的面值一百元的港币和澳门元钞票图案。

这是世界金融史上第一次以百年企业——中国银行为主题发行纪念邮票和纪念钞，它开创了钞、币、邮票组合发行的先河，是中国货币和邮票发行史上的一次创新……

一一七

重阳节来临之际，中国银行鸡峰分行在三楼会议厅举办重阳节退休员工联欢会。那天晚上，鸡峰分行领导班子成员、全行退休老同志、机关全体员工以及各辖属支行的行长共计三百余人参加了联欢会。

会前，张德刚行长与副行长何丽、吕江海、李谷香等领导一起与李国华、田光明、刘立峰等老领导以及我、文坤乐、丁旺旭、耿文科、徐生贵、刘洪科、罗美娟、姚占岐、赵琳、刘丽洁、刘淑婉、马根旺、赵玲玲、魏紫旭、田宝利、朱青芳等以前年度和今年刚退休的员工进行了亲切交谈，领导们询问了我们退休后的生活和身体状况。张德刚行长和其他行领导离开后，我与李国华老行长闲聊了起来，他询问我说："锁澜！我退休得早，现在行里的一些变化也不太清楚了。从双山县支行调来市行的那几位同志现在都在干啥哩?"我说："丁旺旭和罗美娟您是清楚的。丁旺旭先从县支行副科级检察员调市行任监察室副主任，后又去西虢区支行当行长，干了几年后，回市行后在党务工作部、风险部、营业部等部门工作过。这不，今年与我一起都到了退休年龄，办理了退休手续；罗美娟先在市行党务工作部干过，后又去了网点，前年从行长办公室行政经理岗位上退了休；刘学谦与我一起来市行后，先是在宝塔分理处当副主任，后又在个人金融部当副主任，现在在首善县支行当行长；王启明来市行后先在个人金融部当信用卡专管员，后来，被提拔做了陈宝园支行副行长；李立新先在公司金融部当信贷员，后来，被提拔当了公司金融部副主任；王润发由县支行副行长调市行后，先与我在行长办公室是搭档，后来，当了行政大道支行的行长；闫怀斌现在是市行中小企业中心的主任；黄树宽在公司金融部当中级经理；王曼丽在财管部做费用专管员；陈克琳在个贷中心做综合管理员；耿秋霞在陈宝园当大堂经理……"李国华老行长眯缝着眼睛听得很认真，他好像要努力地把这些人的变化都熟记于心。他听完后说："看来双山县调来的人都很有本事啊!"我说："那都是您当年培养得好!"他得意地说："锁澜！你再不要给我戴高帽子了……"我补充说："他们都在后面坐着呢！不信，您一会儿会散了问他们?"

我正与老领导李国华行长谝说着，联欢会就开始了。主持人是营业部的康凯和李小萌。康凯是刘立峰的儿子，他比青青早三年进行，现在是营业部的大堂经理。李小萌是今年新分配来的大学生，她是东北财大的法学硕士研究生。在康凯和李小萌的介绍下，张德刚行长上台致辞，他向所有退休老同志表达了节日的祝福和问候。他说："俗话说：'前人栽树，后人乘凉。'鸡峰分行之所以能取得今天的成绩，这与在座的各位退休老同志不懈的努力和关心分不开。'饮水思源'，大家为了鸡峰分行的事业风风雨雨几十年，在工作岗位上用满腔热血和辛勤汗水奉献了自己的青春和力量，铸就了鸡峰分行的辉煌。今天，我们一部分同志虽然光荣退休，离开了工作单位，但仍然'老骥伏枥，志在千里'。大家长期以来在工作中形成的优良品质和艰苦奋斗的作风，积累的丰富知识和经验，都是我们后来者取之不尽用之不竭的宝贵财富和学习法宝。

"所谓退休，我个人理解，就是从工作岗位上退下来休息。退休既是人生中工作的终点，也是一个全新生活的起点，辛辛苦苦工作几十年，也到了该享受改革开放成果的时候了，可以腾出更多的时间照顾家庭、锻炼身体、外出旅游、享受生活。但不论退休与否，我们都是一个大家庭，我们都是中行的员工，鸡峰分行将会一如既往地关心大家的生活，尽最大努力帮助解决退休老同志的困难，让退休老同志能退有所养、退有所为。从今年开始，行里决定，对退休员工颁发鸡峰分行'忠诚员工'纪念杯，旨在激励中青年员工向退休老同志学习，为鸡峰分行的事业建功立业、奉献青春。也希望各位退了休的同志们多提宝贵意见和建议，继续为单位的发展献计献策。同时发挥余热，做好传、帮、带工作，为鸡峰分行的发展培养后继人才。

"'人老不失戎马志，余热生辉耀九重。'退休生活虽然没有春天的鲜艳，但仍拥有金秋的丰盈。朝霞固然灿烂，晚霞同样壮观。正如一首歌中所唱：'最美不过夕阳红。'衷心祝愿每位老同志都能在欢乐、宁静、温馨、和谐中度过'夕阳无限好'的多彩人生。最后，衷心祝福各位退休老领导、老同志身体健康，生活愉快，阖家幸福……"

第二项议程安排鸡峰分行的领导为当年退休的九名员工颁发"忠诚员工"纪念杯。我、刘洪科、赵琳、刘丽洁、刘淑婉、马根旺、田宝利、魏紫旭、朱青芳等九名员工身披大红花列队依次上台，张德刚行长及班子成员为我们颁发了"忠诚员工"纪念杯，这是组织对我们为中行服务一生的肯定和褒奖。同时，青年员工代表为我们每人献上了鲜花表示敬意和感谢。我接过青青送来的鲜花非常高兴。青青是大前年大学毕业被分配到双山县支行做操作柜员的，她上大学时学的是会计学。那天，行里特意安排她为我送上鲜花。她说："爸爸！您辛苦了！祝您退休生活愉快！"我接过青青的鲜花后高兴地说："谢谢女儿！希望你能传承好咱们中国银行的企业文化，不管在哪个岗位都要把工作做到极致。"青青故意瞥了我一眼，咬字真切地说："您放心吧！我一定照您说的办……"最后，我代表九名退休员工发了言。我说：

"各位领导，各位同事，大家好！

"非常感谢市行领导和行长办公室的同事们安排了这次活动，感谢各位同事为这次活动付出的辛劳和精心布置。时间过得真快，一个月以前我已经步入了退休人员的行列，离开了我挚爱的工作岗位。四十一年零六个月零八天的职业生涯结束了。说实话，退休了没有压力了，心就闲下来了。回想过去几十年的工作，特别是在鸡峰分行工作的三十年里，我亲眼见证并亲历了鸡峰分行由小变大、由弱变强的发展历程。我很欣慰，我以我毕生之所学、毕生之心血和感情都投入到我挚爱的事业中。

"首先，感谢组织的培养和信任，让我能够有机会为中行的发展做出自己的一份贡献，四十一年尽心竭力，但求不辱使命，没有辜负组织的期望和嘱托。

"其次，感谢各位领导和同事们对我过去工作的支持与信任。我在鸡峰分行工作这三十年里，先后在双山县支行、党务工作部、财管运营部、监察内控保卫部、风险管理部、公司金融部、行长办公室等部门工作。特别是调入行长办公室工作以后，一直从事管理和服务工作，基本上与行内每个员工都打过交道。在这些年的工作中，难免会有不足之处，有些事情可能还做得不够尽如人意，现在回想起来确实有些遗憾和后悔。但我感谢历任领导和各位同事对我工作的理解和支持，尤其是对我本人方方面面的照顾和帮助，使我倍感亲切和温暖。

"鸡峰分行是一个大家庭，有三百多名员工，每个人都有自己的长处，我从大家身上学到了为人处世的大气，遇事沉着冷静，工作认真踏实，任劳任怨，从不计较个人得失的做人品格。回首往事，与大家在一起朝夕相处的一幕幕仿佛就发生在昨天，我们一起努力工作，一起勤奋学习，一起畅谈理想，一起展望未来……

"四十一年，遇到很多志同道合的朋友，共同携手、风雨同舟！

"四十一年，最美好的年华，赤诚坦荡、无怨无悔！

“四十一年，情深意重、一言难尽，唯有感恩！

“虽然说，我的职业生涯告一段落，但退休生活又是新的开始。我依然十分挂念各位同事，在此也祝愿大家工作顺利，身体健康，阖家幸福！祝愿鸡峰分行乘风破浪，再创辉煌……”

在我发言的时候，我身后LED大屏幕上突然播放出我过去在岗位时的一些老照片，有我与同事们一起创建双山县支行的合影，有我调往市行后组建党务工作部、监察内控保卫部时的一些老照片……

他们放这些照片，事先都是保密的，这让我十分感动。看到这一幅幅老照片，我的眼泪扑簌簌流了下来，这是对我青春的回忆，也是对中国银行双山县支行过去的回忆，更是对中国银行鸡峰分行未来的期望，美好的未来只有靠我们的下一代去实现。

我刚一发完言，震天的锣鼓就奏响了联欢会的序曲；欢快的秧歌，舞出了同志们的豪迈和热情，联欢会以双山县支行的舞蹈《凤舞九天》拉开了第一个节目的序幕，随后，西虢区支行、新成立的眉坞县支行、揽凤县支行以及市行团委等单位和部门都表演了节目。市行营业部以激昂奋进的大合唱《青春中行》将整个联欢会推向了高潮。

一一八

退休后，我闲着无事，除了给我父亲做三顿饭外，就开始创作我的小说《盛宴》。小女儿丽丽第二年也考上了延安大学，因妻子白雪还有一年才退休，丽丽上学时，我和白雪都未去延安送她。这次，青青要去吴起男方家办婚礼，我和白雪就想参加完青青的婚礼顺便去丽丽的学校看看。

青青和康永斌都在中国银行双山县支行上班。他俩谈恋爱后，在这件事上，我和她妈白雪都比较开明，也支持他们的婚事。那天，康永斌提着礼当来我家与我和她妈白雪商量在他们老家办婚礼的事。我知道孩子们能给父母说，他们自己肯定早已商量好，就和她妈顺水推舟，同意在永斌的老家办。女婿一听我俩同意了，就又试探着说：“我爸我妈的意思，不行了就把日子定在阳历十月二十八日？”我说：“行么！”白雪翻了我一眼，不过，她并没说啥……

还没有到青青结婚的日子，白雪就从哪里打听到延安天气冷，早早地就准备我们出行的衣裳。我劝白雪说：“那边天气与关中究竟能差几度？用得着你带那么多衣服？”白雪哪能听得进去我的劝？她还是一根筋地按她的想法和节奏准备着她该准备的东西。

去吴起的那天，我、父亲、白雪、锁丽、锁娟以及我的大妹夫、小妹夫和青青都是先天下午搭乘汽车赶到西京与青青的大姨、二姨、大姨夫、二姨夫等亲戚会合后才去的。一清早，我们就往北客站赶。从西京北客站到吴起要坐五个多小时的汽车，中途只休息了一次。过了延安，向西北方向又开了近两个小时才到了吴起。一出收费站，我就看见一个十几米高的古代将军塑像矗立在转盘基座上。只见此人手拿长剑，身披盔甲，非常威猛。塑像的基座正面刻有吴起二字。我好奇地问身旁坐着的我父亲说：“这地方原来是用人名来命名的？”我父亲随口说：“这有啥奇怪呢！志丹县就是为了纪念民族英雄刘志丹由保安县改名的。”

“那吴起究竟是哪朝哪代人呢？”我问我父亲。我父亲说：“吴起原本是战国时魏国的大将军，被魏文侯封为西河郡守，在此地带兵戍边二十三年。当地人可能是为纪念他就将这里改名叫吴起了。”

虽说我对吴起本人不是很了解，但我对这里发生的革命故事倒不陌生，我上中学时就知道，一九三四年十月，中共中央率领中央红军离开江西瑞金革命根据地北上抗日，实行战略大转移，期间历尽艰辛，迂回曲折，但对北至何处，却踌躇未定。直到进入甘肃的哈达铺之前还未做出最后的决断。一九三五年九月二十日，在哈达铺的红一方面军，从国民党的报纸上惊喜地发现陕北有相当大的一片苏区和相当数量的红军。于是，决定到陕北去会合刘志丹领导的红二十六军。九月二十七日，中共中央在甘肃省通渭县榜罗镇政治局常委会议上决定把中央红军的落脚点放在陕北。榜罗镇会议之后，中央红军士气高昂，精神振奋，突破了国民党军最后一道封锁线——平凉至固原公路线，挥师向陇东高原东进。十月十八日，中央红军进入今天的吴起县境内。十月十九日，胜利到达第六区苏维埃政府所在地吴起镇。至此，历时近一年的二万五千里长征，红军终于找到了家。

中央红军刚到吴起镇后，国民党军骑兵就追到了苏区大门口。毛泽东、彭德怀连夜召开会议，研究分析敌情。毛泽东当时说：“打退追敌，不要把敌人带进根据地。”会后，彭德怀精心部署，亲自指挥了著名的“切尾巴”战役。

十月二十一日四时半，毛泽东登上吴起镇西边的平台山，来到设在一棵杜梨树下的指挥所，召开部分干部战前动员会，反复强调打好这一仗的重要意义。随后疲劳至极的毛泽东要休息，叮咛警卫员说："枪声激烈时不要叫我，枪声零星响时再叫醒我。"然后酣然入睡。

我和父亲正谝得热乎，大巴车已进入吴起车站。老远，就看见青青的公公和女婿康永斌站在那里等着接我们。他俩一见我们到了，就向我们招手打招呼。一下车，青青的公公问寒问暖。我们寒暄了几句，他就带我们去了下榻的汽车站对面的石油酒店。

到了酒店，洗漱完毕，青青的公公和女婿康永斌就带我们去县城边的农家乐吃当地的特色农家宴。原本用餐完毕，他俩准备带我们去当年红军的会师地——胜利山，谁知，一来二往，喝了几圈酒后，天色已晚，只能等明天再去胜利山。好在陕北的婚礼要举行两天，第一天下午举行的是下马仪式，第二天才正式举行婚礼。

第二天，趁着上午没事，我们就自己去了一趟胜利山。胜利山山势陡峭，三面环山，地形似簸箕状。车子一直把我们拉到寨子梁山顶，在平台山的西边，我就看到一组毛泽东在杜梨树下披着大衣、手夹烟头坐在一块石头上召开第一纵队负责人战前动员会的雕塑，不远处有两个红军战士正警惕地紧握钢枪站岗放哨。参观完第一组雕塑，再往下走，另一组雕塑是立在东边一座山梁下的一块巨石，上面刻有毛泽东挥毫为彭大将军题写的一首诗："山高路远坑深，大军纵横驰奔；谁敢横刀立马，唯我彭大将军。"沿着石雕往山梁走，山梁上雕塑着彭德怀元帅骑马纵横疆场的巨幅铜像：只见彭大将军光头目视前方，抖动缰绳怒吼策马。此时，我感到"谁敢横刀立马，唯我彭大将军"这首诗是多么的形象逼真……

下午，我们几个知己的亲戚一起参加了青青的下马仪式。陕北的下马仪式独特而又热闹，六人组成的唢呐队，吹吹打打一直跟随车队吹打到新房；鞭炮声、礼炮声响了一路；炮花像玫瑰花瓣一样也撒落了一路。下马仪式中最重要的一个环节要属铺床铺，等铺床仪式一结束，下马仪式才算真正意义上的结束。此时，正好赶上吃晚饭，我们又随大队人马去一家农家乐吃陕北人待客的羊肉饸饹……

第二天天上飘起了雪花，丽丽和云云穿着厚厚的羽绒服从延安赶到了吴起。云云是我们中国银行帮扶的贫困孩子，她与丽丽是同一年一起考上延安大学的。她听说丽丽的姐姐结婚，也赶来凑热闹。白雪赶忙一边问长问短，一边拍云云和丽丽身上的雪。接着，她瞟了我一眼，意思是说她带的衣裳派上了用场。我笑了笑故意躲开白雪的话茬问云云说："雪下这么大，你咋来了？"云云说："听丽丽说您也来了，我也想趁机看看您么……"

青青的婚礼是从早上九点钟开始的。吃羊肉饸饹，上凉菜、热菜，喝酒，再上陕北的十三花。酒席一直接上了中午举行婚礼。当天的婚礼仪式是一位女司仪主持的。她既能主持婚礼，又能唱陕北民歌。这里的婚礼最特别的要算男女双方的舅爷和舅舅给一对新人搭份子，主人家根据凑份子的多少，也跟着搭份子。唢呐队就这么一直站在他们的饭桌旁吹打。这次，青青的外爷和舅舅因故未来，管事的也就免了此程序。可坐在对面的男方的外爷和舅舅却享受了这一最高礼仪……

下午，参加完青青的婚礼，丽丽说："爸、妈！明天是礼拜天，我和云云都休假，我们就一块去延安吧！顺道再去梁家河看看。"

延安是革命圣地，也是丽丽和云云上学的地方；梁家河是习总书记年轻时插队的地方。没等妻子白雪说话，我就高兴地答应了，我们一大家子人和云云又坐班车去了梁家河……

班车驶向高速公路，身后一个山圪垯里传来了一个男后生的歌声：

青线线那个蓝线线，蓝个英英采，
生下一个蓝花花，实实的爱死人。
玉谷子那个田苗子，数上高粱高，
一十三省的女儿，数上蓝花花好。
正月里那个说媒，二月里定，
二月里交大钱，四月里迎。
三班子那个吹来，两班子打，
撇下我的情哥哥，抬进了周家。
我见到我的情哥哥呀，说不完的话，
咱们两人死活呦，长在一搭。
咱们两人死活呦，长在一搭……

2016 年 5 月 30 日第一稿
2018 年 12 月 6 日第二稿
2019 年 5 月 23 日定稿

后　记

我的经历很简单，小的时候在农村长大，参加工作后，先在民政系统工作，后又调入金融系统工作，值得我欣慰的是，我把我毕生所学奉献给了我工作的单位和岗位；更让我自豪的是，在我人生的每一个节点都能得到一些前辈和同事们的指导和帮助，这是我永远值得珍惜的财富和宝藏。

我爱好不多，唯有对文学情有独钟，时间长了，也就不自量力地利用闲暇之余写一些短篇文章。偶尔，这些文章也见于报端或杂志，这让我有了些许惊喜。有了惊喜，我又产生了新的想法，想有朝一日也能写一部大块头的文章将它作为自己的压枕之作。可苦于没有时间，也下不了决心，这件事就这么一直搁置了下来。直到二〇一二年中国银行成立一〇〇周年，总省行要在全辖组织百年行庆征文比赛，我才忙里偷闲写了一篇回忆在县支行工作的文章——《中行之歌》，这篇报告文学大约有三万多字，是那次总省行征文作品中最长的一篇，没想到还获得了总省行的大奖。当时，由于该篇文章篇幅过长，总省行在内部刊物上无法全部刊载，就只选登了我写的《中行之歌》的序言。不过，此事更坚定了我要创作一部长篇小说的决心。从那时起，我就开始着手写这部小说，由于我在单位是做行政工作的，白天上班根本抽不出时间来写作，我就利用晚上或节假日的时间写这部小说。断断续续，这部小说我写了七年，终于要付梓了，难免心中有些激动和感慨。虽说该书在许多方面还有不尽如人意的地方，但它至少是我为“百年中行”专门创作的一部小说，也是我的第一部长篇小说。它就像我养的孩子，我为它伤过神，熬过夜，流过汗，不管是丑是美，我先把它印出来，也算是我没有辜负关心和爱护我的同事和朋友们对我的期望，我衷心希望大家能给我的这部作品拍砖，提出宝贵意见。

我有一个习惯，无事的时候爱翻一翻中国银行的行史。我总觉得百年中行的历史就是一个世纪的中国金融史。我窥见了新中国成立以后，特别是改革开放以来，中国银行业所取得的骄人业绩和一系列变化。

我是一九九二年进入金融系统这个大家庭的，在县支行工作期间，亲眼目睹了中国银行一九九四年由一家外汇外贸专业银行改制成为一家国有独资商业银行的全过程；也见证了中国银行二〇〇三年被国务院确定为国有独资商业银行股份制改造试点银行的全过程。那个时候，中国银行上下步调一致，团结拼搏，围绕“资本充足、内控严密、运营安全、服务和效益良好、建设具有国际竞争力的现代股份制商业银行”的目标，完善公司治理机制，强化风险管理和内控体系建设，整合管理流程和业务流程，推动人力资源管理改革，加快产品创新，稳步推进股份制改造工作。在党中央国务院的领导下，经过全行员工的共同努力，二〇〇四年八月二十六日，中国银行正式挂牌成立中国银行股份有限公司。当时，全行雀跃，欢欣鼓舞。后来，因工作需要，我调往市行工作，在市行工作期间，也目睹了二〇〇六年六月一日、七月五日中国银行股份有限公司先后在香港联交所和上海证券交易所成功挂牌上市的全过程。当时，中央《新闻联播》节目专门转播了中国银行领导在香港联交所和上海证券交易所鸣锣的那一幕。二〇一〇年三月，我又见证了中国银行IT蓝图从西北五省联网到全国大规模上线的全过程。作为金融系统的一员，现在回过头来看，我们走过的路，虽然艰辛，但很有意义；我们承担的使命虽然平凡，但非常光荣。今天，站在一个新的历史节点上再展望“百年中行”的辉煌历史，既有老一辈人的艰苦创业，也有新一代人的继往开来，正因为有不断地传承、改革和发展，我们的金融事业才像滔滔不绝的黄河滚滚向前，永不止步，这就是我要创作这部小说的初衷。

本书是以我个人的经历为基础，通过虚构与想象创作的一部叙事性小说，它虽然不是真人真事，但它接地气，能激励人、启发人和鼓舞人。如果本书中一些人或事与现实生活中有雷同，纯属巧合。

关于《盛宴》这本书的书名由来，起初，我想给这部小说起名叫《追梦》。一次，看到周国平先生写的《只有一个人生》，深受启发，他在文章中说："一个人的生活是否精彩，并不在于他留住多少珍宝，而在于他有过多少想留而留不住的美好时刻。正是这些时刻，组成了他生命中流动的盛宴。"因此，我给本书取名叫《盛宴》。我觉得这个名字更确切，更能代表我的心声。

在这部书出版之际，我要感谢当代重要的小说家，国家一级作家，陕西省文联副主席，陕西省作家协会副主席，中组部专家库特殊津贴有突出贡献专家，陕西省政府授予终身艺术成就奖，陕西文化交流协会名誉会长，西安航空学院文学院院长，西安交通大学、西北大学、西安外国语大学、西安培华学院客座教授高建群老师，感谢他的提携，高老师在百忙之中用他那刚劲有力的笔为《盛宴》封面题字，使本书如鱼得水，顿增分量。高建群老师著有《最后一个匈奴》《最后的民间》《最后的远行》《愁容骑士》《白房子》《统万城》等六部长篇小说，《遥远的白房子》《伊犁马》《雕像》《大顺店》《刺客行》《菩提树》等二十四部中篇小说，《我在北方收割思想》《罗布泊大涅槃》《胡马北风大漠传》《狼之独步》等散文集。我很早就看过高老师的《最后一个匈奴》，它与陈忠实的《白鹿原》、贾平凹的《废都》等陕西作家的作品引发了"陕军东征"现象，震动了中国文坛。

感谢为《盛宴》作序的中国作家协会会员、长安大学研究员、宝鸡市国学研究会主席、宝鸡市作家协会副主席、多所高校客座教授、知名作家李巨怀先生，他不辞辛苦为本书作序，还在我疲惫的时候，督促我完成了这部作品，并积极为我联系出版社，足显他为人的大气和慷慨。他的主要作品有长篇小说《没有波长的阳光》《老牲》，诗词集《永远的天堂》，报告文学集《开拓之路》，散文集《今晨心语》等，他创作的现当代小说《书房沟》，出版了八年，红了八年，最近又在紧张地改编拍电影。

感谢为《盛宴》作序的中国金融作家协会会员、陕西省作家协会会员、陕西省金融作家协会副主席赵晓舟先生，他是一位耕耘不辍的好老兄，自我认识他，我从他身上学到了不少做人的真谛，他是我终身的良师益友。目前，赵晓舟先生担任中国企业文化促进会专家委员，中国文化管理协会企业文化专业管理委员会理事、专家委员，山东大学华夏文化研究中心中国金融文化研究所研究员，陕西师范大学企业文化研究中心研究员，西部新闻文化研究院常务院长，陕西省创意文化产业协会副会长，陕西省中小企业投融资促进会秘书长。

感谢为《盛宴》作序的我的好友巨世亨先生，他一直在行政和金融系统工作，退休后作品颇丰，他是中国散文学会会员，中国金融作家协会会员，陕西省作家协会、散文协会会员，陕西省金融作家协会理事。我告诉了他我要出书后，他很高兴为我的书作序。

感谢成都力扬文化传播有限公司为本书的牵线搭桥和费心操劳；感谢本书的责任编辑，还有出版社其他辛苦付出的员工们，出版流程的诸多环节，都离不开他们的尽心尽力，在此一并表示感谢。本书参考了绛帐社会福利院院史及中国银行行史等资料，在这里也对作者表示衷心的感谢！

作者

2019 年 6 月 28 日于宝鸡养心斋